A MEMÓRIA DE NOSSAS MEMÓRIAS

NICOLE KRAUSS

A memória de nossas memórias
Great house

Tradução
José Rubens Siqueira

COMPANHIA DAS LETRAS

Copyright © 2010 by Nicole Krauss

Grafia atualizada segundo o Acordo Ortográfico da Língua Portuguesa de 1990, que entrou em vigor no Brasil em 2009.

Título original
Great House

Capa
Rita da Costa Aguiar

Fotos de capa
Corbis(RF)/ LatinStock

Preparação
Isabel Junqueira

Revisão
Ana Maria Barbosa
Marise S. Leal

Dados Internacionais de Catalogação na Publicação (CIP)
(Câmara Brasileira do Livro, SP, Brasil)

Krauss, Nicole
    A memória de nossas memórias / Nicole Krauss ; tradução José Rubens Siqueira — 1ª ed. — São Paulo : Companhia das Letras, 2012.

    Título original: Great House.
    ISBN 978-85-359-2087-1

    1. Ficção norte-americana I. Título.

12-03887   CDD-813

Índice para catálogo sistemático:
1. Ficção : Literatura norte-americana   813

[2012]
Todos os direitos desta edição reservados à
EDITORA SCHWARCZ S.A.
Rua Bandeira Paulista 702 cj. 32
04532-002 — São Paulo — SP
Telefone (11) 3707-3500
Fax (11) 3707-3501
www.companhiadasletras.com.br
www.blogdacompanhia.com.br

Para Sasha e Cy

Sumário

I
Todos em pé, 11
Bondade verdadeira, 60
Buracos para nadar, 91
Mentiras contadas por crianças, 129

II
Bondade verdadeira, 201
Todos em pé, 234
Buracos para nadar, 280
Weisz, 329

I

Todos em pé

Fale com ele.

Meritíssimo, no inverno de 1972, R e eu rompemos, ou talvez eu devesse dizer que ele rompeu comigo. Os motivos eram vagos, mas a essência era que ele tinha um eu secreto, um eu covarde, desprezível, que nunca conseguia me revelar e que precisava se afastar como um animal doente até conseguir melhorar esse eu e levá-lo até o ponto que julgava digno de companhia. Discuti com ele — eu era sua namorada havia quase dois anos, seus segredos eram meus segredos, se havia alguma coisa de cruel ou covarde nele, eu, mais que qualquer outra pessoa, saberia —, mas foi inútil. Três semanas depois ele se mudou e recebi um cartão-postal (sem endereço de remetente) dizendo que ele sentia que nossa decisão, como chamava, por mais difícil que fosse, tinha sido a decisão certa, e eu tive de admitir para mim mesma que nossa relação estava definitivamente terminada.

Durante algum tempo, as coisas pioraram em vez de melhorar. Não vou entrar em detalhes, a não ser para dizer que eu não saía, nem mesmo para ver minha avó, e também não deixava ninguém vir me ver. A única coisa que ajudava, curiosamente, era o fato de o tempo estar ruim, de forma que eu tinha de ficar correndo pelo apartamento com uma estranha chave inglesa pequena, de latão, feita especialmente para apertar os parafusos de ambos os lados dos caixilhos das janelas antigas, porque quando o vento os soltava as janelas guinchavam. Havia seis janelas e, quando eu acabava de apertar os parafusos de uma, a outra começava a uivar, então eu corria com a chave inglesa e aí tinha, talvez, uma meia hora de silêncio na única cadeira que restava no apartamento. Durante algum tempo, pelo menos, parecia que tudo o que existia no mundo era a chuva prolongada e a necessidade de manter os parafusos apertados. Quando o tempo finalmente melhorou, eu saí para uma caminhada. Tudo estava inundado e havia uma sensação de calma com toda aquela água parada, a refletir. Caminhei por um longo tempo, seis ou sete horas no mínimo, por bairros onde eu nunca tinha estado e onde nunca mais estive depois. Quando cheguei em casa estava exausta e me senti purgada de alguma coisa.

Ela lavou o sangue de minhas mãos e me deu uma camiseta limpa, talvez dela mesma. Achou que eu era sua namorada ou mesmo esposa. Ninguém veio buscar o senhor ainda. Não vou sair do seu lado. *Fale com ele.*

Não muito tempo depois disso, o piano de cauda de R foi baixado pela imensa janela da sala, do mesmo jeito que tinha chegado. Era o último de seus pertences a ir embora, e, enquanto o piano esteve ali, era como se ele não tivesse ido embora de fato. Nas semanas que fiquei sozinha com o piano, antes de virem buscá-lo, eu o afagava do mesmo jeito que costumava afagar R ao passar perto dele.

Poucos dias depois, um velho amigo meu, chamado Paul Alpers, apareceu para me contar de um sonho que tinha tido. No sonho, ele e o grande poeta César Vallejo encontravam-se numa casa no campo que pertencia à família de Vallejo desde que ele era criança. Estava vazia e todas as paredes estavam pintadas de um branco azulado. O efeito geral era muito tranquilo, Paul disse, e no sonho ele achava que Vallejo tinha sorte de poder ir trabalhar num lugar assim. Parecia um lugar de repouso antes da outra vida, Paul disse. Vallejo não ouviu e ele teve de repetir duas vezes. Finalmente o poeta, que na vida real morreu aos quarenta e seis anos, sem um tostão, no meio de uma tempestade, exatamente como havia previsto, entendeu e acenou com a cabeça. Antes de entrarem na casa, Vallejo tinha contado a Paul uma história na qual seu tio costumava molhar os dedos na lama e fazer uma marca na testa, algo que ver com a Quarta-Feira de Cinzas. E então, Vallejo disse (Paul falou) que ia fazer uma coisa que eu nunca entenderia. Para ilustrar, Vallejo mergulhou dois dedos na lama e desenhou um bigode sobre o lábio superior de Paul. Os dois deram risada. Paul disse que o mais estranho em todo o sonho era a cumplicidade que havia entre eles, como se se conhecessem havia muitos anos.

Naturalmente, Paul havia pensado em mim ao acordar, porque quando estávamos no segundo ano da faculdade nos conhecemos num seminário sobre poetas de vanguarda. Ficamos amigos porque sempre concordávamos um com o outro em classe, enquanto todo o resto discordava de nós, mais e mais veementemente à medida que o semestre avançava, e com o tempo formou-se uma aliança entre mim e Paul que depois de todos esses anos (cinco) ainda podia se abrir e inflar instantaneamente. Ele perguntou como eu estava, aludindo ao rompimento, que alguém devia ter contado a ele. Eu disse que estava bem só que achava que meu cabelo estava caindo. Disse também que, junto com o piano, o sofá, as poltronas, a cama e até a prataria tinham ido embora com R, uma vez que quando nos conhecemos eu estava vivendo mais ou menos com apenas uma mala, enquanto ele vivia como um Buda, cercado por toda a mobília que tinha herdado da mãe. Paul disse que achava que alguém, um poeta, amigo de um amigo, estava voltando para o Chile e precisaria de uma casa para deixar a mobília. Fez um telefonema e confirmou-se que o poeta, Daniel Varsky, tinha realmente alguns artigos que não sabia onde pôr, e que não queria vender para o caso de mudar de ideia e resolver voltar a Nova York. Paul me deu o número de telefone e disse que Daniel estava esperando que eu entrasse em contato. Deixei passar alguns dias antes de telefonar, principalmente porque era um pouco esquisito pedir mobília a um estranho, mesmo com as portas já abertas, e também porque nesse mês sem R e todos os seus pertences eu me acostumara a não ter nada. Só havia problema quando alguém vinha me visitar e eu via, refletido no rosto da visita, que, de fora, as condições, as minhas condições, meritíssimo, pareciam patéticas.

Quando finalmente telefonei para Daniel Varsky ele atendeu depois do primeiro toque. Havia certa cautela na saudação inicial, antes de ele saber quem estava do outro lado, cautela que depois vim a associar com Daniel Varsky e com os chilenos em geral, os poucos que eu conhecia. Ele levou um minuto para me localizar, um minuto para esclarecer que eu era amiga de um amigo e não alguma maluca ligando (sobre a mobília? ela ouviu dizer que ele quer se livrar da mobília? ou emprestar?), um minuto em que pensei em me desculpar, desligar e continuar como eu estava vivendo, com um colchão apenas, objetos de plástico e só uma cadeira. Mas assim que a luz se acendeu (Ah! Claro! Desculpe! Está tudo aqui à sua espera) a voz dele se abrandou e ficou mais alta ao mesmo tempo, revelando uma expansividade que também passei a associar com Daniel Varsky e, por extensão, com todos que vêm daquela ponta de punhal no coração da Antártica, como disse Henry Kissinger.

Ele morava do outro lado da cidade, na esquina da rua 99 com o Central Park West. No caminho, parei para visitar minha avó, que morava num lar para idosos na West End Avenue. Ela não me reconhecia, mas quando superei isso fui capaz de sentir prazer em estar com ela. Normalmente sentávamos e falávamos do tempo de oito ou nove maneiras diferentes, antes de passar para meu avô, que dez anos depois de sua morte continuava a ser objeto de fascinação para ela, como se, a cada ano de sua ausência, sua vida, ou a vida deles em conjunto, se tornasse um enigma maior para ela. Sentada no sofá de que gostava, ela se deslumbrava com o saguão; Tudo isso me pertence?, perguntava de vez em quando, com um gesto que abarcava o espaço todo, usando todas as suas joias ao mesmo tempo. Sempre que eu ia, levava para ela um pão doce de chocolate da Zabar. Ela comia um pouquinho por gentileza, o pão esfarelava em seu colo, grudava em seus lábios e quando eu ia embora ela dava o resto para as enfermeiras.

Quando cheguei à rua 99, Daniel Varsky permitiu minha entrada pelo porteiro eletrônico. Enquanto esperava o elevador no saguão esquálido me ocorreu que eu podia não gostar da mobília, que talvez ela fosse muito escura ou de alguma forma opressiva, e que era tarde demais para recuar com elegância. Mas ao contrário, quando ele abriu a porta, minha primeira impressão foi de luminosidade, a tal ponto que precisei semicerrar os olhos e por um momento não consegui enxergar seu rosto, porque só se via uma silhueta. Havia também o cheiro de alguma coisa cozinhando que depois descobri ser uma receita de berinjelas que ele havia aprendido a fazer em Israel. Quando meus olhos se acostumaram, fiquei surpresa ao descobrir que Daniel Varsky era jovem. Eu esperava alguém mais velho, uma vez que Paul tinha me dito que o amigo era poeta, e embora nós dois escrevêssemos poesia, ou tentássemos escrever, fazíamos questão de nunca nos referirmos a nós mesmos como poetas, termo reservado àqueles cuja obra foi julgada digna de publicação, não só em um ou outro periódico obscuro, mas como um livro de verdade que podia ser comprado numa livraria. Em retrospecto, isso era de fato uma definição embaraçosamente convencional de poeta, e, embora Paul, eu e outros que conhecíamos nos orgulhássemos de nossa sofisticação literária, naquela época ainda mantínhamos nossa ambição intacta e de certa forma isso nos cegava.

Daniel tinha vinte e três anos, um a menos que eu, e, embora ainda não tivesse publicado um livro de poemas, parecia ter empregado melhor seu tempo, ou mais imaginativamente, ou talvez o que se pudesse dizer é que ele sentia uma pressão para ir aos lugares, conhecer pessoas e experimentar coisas que me faziam ficar com inveja sempre que eu as encontrava em alguém. Ele tinha passado os últimos quatro anos viajando, morando em diferentes cidades, no chão de apartamentos de gente que conhecia no caminho, e às vezes em apartamentos próprios quando conseguia convencer a mãe ou talvez a avó a lhe enviar dinheiro, mas agora, afinal, ia voltar para casa para assumir seu lugar ao lado de amigos com quem havia crescido e que lutavam pela liberação, pela revolução ou ao menos pelo socialismo no Chile.

A berinjela estava pronta e Daniel me disse para olhar a mobília enquanto ele punha a mesa. O apartamento era pequeno, mas havia uma janela grande que dava para o sul e pela qual entrava toda a luz. A coisa mais notável no lugar era a bagunça: papéis pelo chão, copos de plástico manchados de café, cadernos, sacos plásticos, sapatos de borracha baratos, discos e capas divorciados. Qualquer outra pessoa se veria na obrigação de dizer "não repare na bagunça" ou fazer uma piada sobre um bando de animais passando por ali, mas Daniel não disse nada. A única superfície mais ou menos vazia eram as paredes, nuas, a não ser por alguns mapas que ele havia pendurado, das cidades onde vivera: Jerusalém, Berlim, Londres, Barcelona, e sobre certas avenidas, esquinas e praças ele havia feito anotações que não entendi de imediato porque estavam em espanhol, e teria sido grosseiro tentar decifrá-las enquanto meu anfitrião e benfeitor arrumava os talheres. Então voltei minha atenção para a mobília, ou ao que dava para ver dela por baixo da bagunça: um sofá, uma escrivaninha grande com uma porção de gavetas, umas grandes, outras pequenas, duas estantes cheias de livros em espanhol, francês e inglês, e a peça mais bonita, uma espécie de arca ou baú com guarnições de ferro que parecia ter sido resgatada de um navio afundado e era usada como mesinha de centro. Ele devia ter comprado tudo aquilo de segunda mão, nada parecia novo, mas havia certa harmonia entre todas as peças, e o fato de estarem sufocadas debaixo de papéis e livros só as tornava mais atraentes. De repente, senti-me inundada de gratidão por seu proprietário, como se ele estivesse me entregando não apenas um pouco de madeira e estofado, mas a chance de uma nova vida, deixando em minhas mãos a responsabilidade de estar à altura da situação. Tenho vergonha de dizer, mas fiquei com os olhos cheios de lágrimas, Meritíssimo, embora como é o caso, tantas vezes, as lágrimas brotassem de remorsos mais antigos, mais obscuros, em que eu havia deixado de pensar, e que o presente, ou o empréstimo da mobília de um estranho de alguma forma despertou.

    Acho que conversamos durante sete ou oito horas, no mínimo. Talvez mais. Acontece que nós dois gostávamos de Rilke. Também gostávamos de Auden, embora eu mais do que ele, e nenhum de nós dois ligava muito para Yeats, mas ambos nos sentíamos culpados por isso, pois poderia indicar alguma falha pessoal no nível em que a poesia vive e é importante. O único momento de desarmonia veio apenas quando levantei o assunto Neruda, único poeta chileno que eu conhecia e ao que Daniel reagiu com um relâmpago de fúria. Por que será, ele perguntou, que sempre que um chileno sai pelo mundo, Neruda e a porra das suas conchas já chegaram antes e estabeleceram um monopólio? Ele sustentou meu olhar, esperando que eu o contradissesse, e diante disso tive a sensação de que na terra dele era lugar-comum conversar como estávamos conversando, e mesmo discutir sobre poesia até o ponto da violência, e por um momento me senti tocada pela solidão. Um momento apenas, porém, e saltei para me desculpar, jurei a torto e a direito que ia ler a breve lista de grandes poetas chilenos que ele rabiscou nas costas de um saco de papel (no alto do qual, em letras maiúsculas ofuscando o resto, estava Nicanor Parra) e também que nunca mais pronunciaria o nome de Neruda, nem na presença dele, nem na de ninguém.

Falamos de poesia polonesa, de poesia russa, de poesia turca, grega, argentina, de Safo e dos cadernos perdidos de Pasternak, da morte de Ungaretti, do suicídio de Weldon Kees e do desaparecimento de Arthur Cravan, que Daniel dizia ainda estar vivo, aos cuidados das prostitutas da Cidade do México. Mas às vezes, no mergulho ou vazio entre uma frase a esmo e outra, uma nuvem escura surgia em seu rosto, hesitava por um momento como se quisesse ficar, e depois passava, dissolvendo-se nos limites da sala, e nesses momentos eu quase sentia que devia me retirar, uma vez que embora tivéssemos falado muito sobre poesia, não falamos quase nada sobre nós mesmos.

A certa altura, Daniel deu um pulo e começou a revirar a escrivaninha, abrindo algumas gavetas e fechando outras, em busca de um ciclo de poemas que tinha escrito. Chamava-se *Esqueça tudo o que eu disse*, ou algo assim, e ele próprio havia feito a tradução. Ele pigarreou e começou a ler com uma voz que vinda de qualquer outra pessoa poderia parecer afetada ou até cômica, tocada que era por um ligeiro *tremolo*, mas vinda de Daniel parecia completamente natural. Ele não se desculpava nem se escondia por trás das páginas. Bem ao contrário. Endireitou o corpo como uma estaca, como se tirasse energia do poema e erguia os olhos com frequência, com tanta frequência que comecei a desconfiar que ele sabia de cor o que tinha escrito. Foi num desses momentos, quando cruzamos o olhar sobre uma palavra, que me dei conta de que na verdade ele era bem bonito. Tinha o nariz grande, um grande nariz chileno judeu e mãos grandes com dedos finos, pés grandes, mas havia também algo delicado nele, algo que tinha a ver com os cílios longos ou com sua ossatura. O poema era bom, não ótimo, mas muito bom, ou talvez fosse ainda melhor que muito bom, era difícil dizer sem poder ler eu mesma. Parecia ser sobre uma moça que tinha partido seu coração, embora pudesse ser igualmente sobre um cachorro; na metade eu me perdi e comecei a lembrar que R sempre lavava os pés estreitos antes de ir para a cama porque o chão de nosso apartamento era sujo, e embora nunca tivesse me dito para lavar os meus, isso estava implícito, uma vez que, se eu não os lavasse, os lençóis ficariam sujos, tornando a limpeza dele sem sentido. Eu não gostava de sentar na beira da banheira ou ficar em pé na frente da pia com um joelho levantado, olhando a sujeira preta girar na porcelana branca, mas era uma das incontáveis coisas que fazemos na vida para evitar uma discussão, e agora a lembrança daquilo me fazia ter vontade de rir ou talvez de sufocar.

Nessa altura, o apartamento de Daniel Varsky tinha ficado em penumbra e aquático, com o sol mergulhando atrás de um prédio, e as sombras que estavam escondidas atrás de tudo começaram a dominar. Me lembro que havia alguns livros muito grandes na estante, livros finos com altas lombadas de tecido.

Não me lembro de nenhum título, talvez fossem uma coleção, mas pareciam de alguma forma estar em conluio com o escuro da hora. Era como se as paredes do apartamento de repente tivessem ficado acarpetadas, como as paredes de um cinema, para impedir que o som se disperse ou que outros sons entrem, e dentro daquele tanque, Meritíssimo, na luz que havia, éramos ao mesmo tempo a plateia e o filme. Ou como se só nós tivéssemos sido separados da ilha e estivéssemos então vagando por águas desconhecidas, águas negras de insondável profundidade. Naquela época, eu era considerada atraente, algumas pessoas até diziam que eu era bonita, embora minha pele nunca tenha sido boa e era isso que eu notava ao olhar no espelho, isso e um ar ligeiramente perturbado, um leve franzir de testa que eu não sabia que estava fazendo. Mas antes de viver com R, e enquanto estava com ele também, muitos homens deixavam claro que gostariam de ir para casa comigo, por uma noite ou mais, e quando Daniel e eu nos levantamos e fomos para a sala, me perguntei o que ele achava de mim.

Foi então que ele me disse que a escrivaninha tinha sido usada brevemente por Lorca. Eu não sabia se estava brincando ou não, parecia altamente improvável que esse viajante do Chile, mais novo que eu, pudesse possuir um item tão valioso, mas resolvi que ele estava falando sério para não correr o risco de ofender alguém que só havia me demonstrado gentileza. Quando perguntei como tinha arrumado a escrivaninha, ele deu de ombros e disse que tinha comprado, mas não se estendeu a respeito. Achei que ele ia dizer "e agora estou dando a escrivaninha para você", mas ele não disse, simplesmente deu um pequeno chute numa das pernas dela, não um chute violento, mas de leve, cheio de respeito e continuou andando.

Foi nessa hora, ou depois, que nos beijamos.

* * *

Ela injetou mais uma dose de morfina em seu soro e fixou um eletrodo solto em seu peito. Pela janela, o amanhecer se espalhava sobre Jerusalém. Por um momento, ela e eu ficamos olhando o fulgor esverdeado de seu eletrocardiograma subindo e descendo. Depois ela puxou a cortina e nos deixou a sós.

Nosso beijo foi um anticlímax. Não que fosse um beijo ruim, mas era apenas uma pontuação em nossa longa conversa, uma observação entre parênteses feita para comprovar para o outro uma profunda concordância, uma oferta mútua de companheirismo, que é tão mais raro do que a paixão sexual ou mesmo que o amor. Os lábios de Daniel eram maiores do que eu esperava, não eram grandes em seu rosto, mas grandes quando fechei os olhos e os toquei com os meus, e por um segundo senti que estavam me sufocando. O mais provável era que eu estivesse tão acostumada com os lábios de R, lábios finos, não semitas, que sempre ficavam azuis no frio. Com uma das mãos, Daniel Varsky apertou minha coxa, e eu toquei seu cabelo que tinha cheiro de rio sujo. Acho que nesse momento chegamos, ou estávamos para chegar, ao charco da política; primeiro raivosamente, depois quase às lágrimas, Daniel Varsky vociferou contra Nixon e Kissinger, contra suas sanções e impiedosas maquinações que estavam, ele disse, tentando estrangular tudo o que havia de novo, de jovem e belo no Chile, a esperança que levara o dr. Allende até o Palácio de La Moneda. Cinquenta por cento de aumento no salário dos trabalhadores, e tudo o que esses porcos pensam é em seu cobre e em suas multinacionais! A simples ideia de um presidente marxista eleito democraticamente faz com que caguem nas calças! Por que não nos deixam viver nossa vida em paz, disse ele, e durante um minuto sua expressão era quase suplicante, como se de alguma forma eu tivesse poder sobre os sombrios personagens no leme do escuro navio de meu país. Ele tinha o pomo-de-adão saliente; cada vez que engolia, ele subia e descia em sua garganta, e agora parecia estar subindo e descendo continuamente, como uma maçã lançada ao mar. Eu não sabia muito bem o que estava acontecendo no Chile, ao menos não naquele momento, não ainda. Um ano e meio depois, quando Paul Alpers me contou que Daniel Varsky tinha sido levado no meio da noite pela polícia secreta de Manuel Contreras, eu soube. Mas na primavera de 1972, sentada no apartamento dele na rua 99 à última luz do entardecer, enquanto o general Augusto Pinochet Ugarte ainda era o chefe do exército reservado e subserviente que tentava fazer os filhos de seus amigos chamarem-no de Tata, eu não sabia muita coisa.

O estranho é que não me lembro como terminou a noite (nessa altura já era uma enorme noite de Nova York). Obviamente devemos ter nos despedido e depois saído do apartamento, ou talvez tenhamos saído juntos e ele tenha me acompanhado até o metrô ou parado um táxi, uma vez que naquela época o bairro, ou a cidade em geral, não era seguro. Simplesmente não tenho lembrança de nada. Algumas semanas depois chegou ao meu apartamento um caminhão de transporte e os homens descarregaram a mobília. Nessa altura, Daniel Varsky já tinha voltado para o Chile.

Passaram-se dois anos. No começo, eu costumava receber cartões-postais. Primeiro eram calorosos, até joviais: está tudo bem. Penso me filiar à Sociedade Espeleológica Chilena, mas não se preocupe, não vai interferir em minha poesia, no máximo as duas coisas vão se complementar. Talvez eu tenha a chance de assistir a uma palestra de matemática de Parra. A situação política está indo para o inferno, se não me filiar à Sociedade Espeleológica, vou me filiar à MIR. Cuide bem da escrivaninha de Lorca, um dia volto para buscá-la. *Besos*, D.V. Depois do golpe, ficaram sombrios, e depois crípticos, e depois, uns seis meses antes de eu saber que ele havia desaparecido, pararam de vir completamente. Eu guardava todos numa gaveta de sua escrivaninha. Não respondia porque não havia endereço para onde escrever de volta. Naqueles anos, eu ainda escrevia poesia, e fiz alguns poemas dirigidos ou dedicados a Daniel Varsky. Minha avó morreu e foi enterrada no subúrbio, longe demais para visitar, eu saí com alguns homens, mudei de apartamento duas vezes e escrevi meu primeiro romance na escrivaninha de Daniel Varsky. Às vezes, esquecia dele por meses seguidos. Não sei se já sabia sobre Villa Grimaldi, quase certo que nunca tinha ouvido falar de Calle Londres 38, Cuatro Alamos, ou da Discoteca, também conhecida como Venda Sexy por causa das atrocidades sexuais ali realizadas e da música barulhenta de que os torturadores gostavam, mas em todo caso eu sabia que em outros momentos, ao adormecer no sofá de Daniel como eu fazia muitas vezes, tinha pesadelos sobre o que tinham feito com ele. Às vezes, eu olhava a mobília, o sofá, a escrivaninha, a mesa de centro, as estantes e cadeiras, e era tomada por um desespero esmagador, às vezes apenas uma tristeza oblíqua, e às vezes olhava aquilo tudo e me convencia de que se tratava de um enigma, um enigma que ele havia deixado para eu resolver.

De quando em quando, encontrava pessoas, sobretudo chilenos, que tinham ouvido falar de Daniel Varsky. Durante um breve momento depois de sua morte, sua fama cresceu e ele foi colocado entre os poetas martirizados silenciados por Pinochet. Mas é claro que aqueles que torturaram e mataram Daniel nunca haviam lido sua poesia; é possível que nem soubessem que ele escrevia poesia. Alguns anos depois de seu desaparecimento, com a ajuda de Paul Alpers, escrevi cartas aos amigos de Daniel, perguntando se tinham poemas dele que pudessem me mandar. Tinha a ideia de conseguir publicá-los em algum lugar, como uma espécie de memorial para ele. Mas só recebi uma resposta, uma carta curta de um antigo colega de escola dizendo que não tinha nada. Devo ter escrito alguma coisa sobre a escrivaninha em minha carta, senão o pós-escrito seria estranho demais: a propósito, duvido que essa escrivaninha tenha sido de Lorca. Só isso. Pus a carta na gaveta com os cartões de Daniel. Durante algum tempo até pensei em escrever para a mãe dele, mas afinal nunca o fiz.

Muitos anos se passaram. Fui casada durante algum tempo, mas agora vivo sozinha de novo, e não sou infeliz. Há momentos em que uma espécie de clareza baixa sobre nós e de repente vemos através das paredes uma outra dimensão que havíamos esquecido ou escolhido ignorar para continuar vivendo com as várias ilusões que possibilitam a vida, principalmente a vida com outra pessoa. E foi aí que cheguei, Meritíssimo. Se não fosse pelos acontecimentos que vou descrever, eu poderia ter seguido em frente sem pensar em Daniel Varsky nunca, ou muito raramente, embora ainda estivesse de posse de suas estantes, sua escrivaninha e o baú de galeão espanhol ou resgatado de um acidente em alto-mar, estranhamente usado como mesa de centro. O sofá começou a estragar não me lembro exatamente quando, mas tive de jogá-lo fora. Às vezes, pensava em me livrar do resto também. Aquilo me lembrava, quando eu estava em certo estado de espírito, de coisas que eu preferia esquecer. Por exemplo, às vezes um ou outro jornalista quer me entrevistar para saber por que parei de escrever poesia. Respondo que a poesia que eu escrevia não era boa, talvez fosse até terrível, ou digo que um poema tem um potencial de perfeição, e essa possibilidade acabou por me silenciar, ou às vezes digo que me sentia aprisionada pelos poemas que tentava escrever, o que é a mesma coisa que dizer que você se sente aprisionado no universo, ou aprisionado na inevitabilidade da morte, mas a verdade não é nada disso, não claramente, não exatamente; a verdade é que se eu conseguisse explicar por que parei de escrever poesia, poderia talvez voltar a escrevê-la. O que estou dizendo é que a escrivaninha de Daniel Varsky, que passou a ser minha durante mais de vinte e cinco anos, me lembrava dessas coisas. Sempre me considerei apenas a guardiã temporária e supus que viria o dia em que, apesar dos sentimentos conflitantes, eu me veria aliviada da responsabilidade de conviver e zelar pela mobília de meu amigo, o poeta morto Daniel Varsky, e que a partir de então eu estaria livre para mudar para onde quisesse, talvez até para outro país. Não é exatamente a mobília que me prende a Nova York, mas se me pressionarem tenho de admitir que essa foi a desculpa que usei todos esses anos para não ir embora, mesmo muito depois de ter ficado claro que a cidade não tinha mais nada para mim. E no entanto, quando chegou esse dia, a minha vida, que estava finalmente solitária e serena, entrou em torvelinho.

Era 1999, final de março. Eu estava trabalhando à escrivaninha quando o telefone tocou. Não reconheci a voz que perguntou por mim do outro lado. Reservada, perguntei quem estava falando. Ao longo dos anos, eu havia aprendido a proteger minha privacidade, não porque muita gente tentasse invadi-la (alguns invadiram), mas porque escrever exige que a pessoa seja resguardada e firme sobre tanta coisa que certa indisposição a priori em atender aos outros transborda até mesmo para situações em que isso não é necessário. A moça disse que não nos conhecíamos. Perguntei a razão do telefonema. Acho que conheceu meu pai, disse ela, Daniel Varsky.

Ao som do nome dele senti um arrepio me percorrer, não só pelo choque de saber que Daniel tinha uma filha, ou pela súbita expansão da tragédia à margem da qual eu estivera pousada tanto tempo, ou mesmo pela admissão de que minha longa zeladoria havia chegado ao fim, mas também porque uma parte de mim havia esperado tantos anos por esse telefonema e agora, apesar da hora tardia, ele chegara.

Perguntei como ela havia me encontrado. Resolvi procurar, disse ela. Mas como sabia que tinha de procurar por *mim*? Só encontrei seu pai uma vez e isso foi há muito tempo. Minha mãe, disse ela. Eu não fazia ideia da pessoa a quem ela se referia. Ela disse: uma vez você escreveu uma carta a ela, perguntando se tinha poemas de meu pai. De qualquer modo, é uma longa história. Posso contar quando nos encontrarmos. (Claro que íamos nos encontrar, ela sabia perfeitamente bem que o que estava a ponto de pedir não podia ser negado, mas mesmo assim a segurança dela me surpreendeu.) Na carta você dizia que estava com a escrivaninha dele, disse ela. Ainda está?

Olhei, do outro lado da sala, a escrivaninha de madeira onde eu havia escrito sete romances, e em cuja superfície, num cone de luz projetada pelo abajur, havia pilhas de páginas e anotações que viriam a ser o oitavo. Uma gaveta estava ligeiramente aberta, uma das dezenove gavetas, umas grandes, outras pequenas, cujo número ímpar e cujo estranho arranjo, eu me dava conta agora, no limiar de elas serem repentinamente tiradas de mim, tinham passado a significar uma espécie de ordem orientadora, mesmo que misteriosa em minha vida, uma ordem que, quando meu trabalho estava indo bem, assumia uma qualidade quase mística. Dezenove gavetas de tamanhos variados, algumas abaixo do tampo, outras acima, cujas ocupações mundanas (selos aqui, clipes de papel ali) escondiam uma ordem bem mais complexa, como a planta de uma mente formada ao longo de dezenas de milhares de dias pensando, a olhar para elas, como se nelas estivesse contida a conclusão de uma frase teimosa, a frase culminante, o rompimento radical com tudo o que eu tinha escrito e que deveria levar afinal ao livro que eu sempre quis e nunca consegui escrever. Aquelas gavetas representavam uma lógica singular incrustada profundamente, um padrão de consciência que não podia ser articulado de nenhuma outra forma senão por seu arranjo e número preciso. Ou será que estou exagerando?

Minha cadeira estava ligeiramente desviada, esperando que eu voltasse e a girasse de novo em posição de sentido. Numa noite dessas, eu podia ficar acordada metade da noite trabalhando, escrevendo e olhando o pretume do Hudson, enquanto restasse energia e clareza. Não havia ninguém a me chamar para a cama, ninguém a exigir que os ritmos de minha vida operassem em dueto, ninguém sobre quem eu tivesse de me debruçar. Se a pessoa que telefonou fosse qualquer outra, depois de desligar eu teria voltado à escrivaninha, em torno da qual, ao longo de duas décadas e meia, eu havia fisicamente me desenvolvido, minha postura formada por anos debruçada sobre ela, me acomodando a ela.

Durante um momento, pensei em dizer que tinha dado ou jogado fora o móvel. Ou simplesmente dizer à pessoa que estava enganada: eu nunca havia possuído a escrivaninha de seu pai. A esperança dela era marcada pela incerteza, ela havia me oferecido uma saída: *ainda tem a escrivaninha?* Ela ficaria decepcionada, mas eu não estaria tirando nada dela, pelo menos nada que ela tivesse possuído. E eu podia ter continuado escrevendo ali por mais vinte e cinco ou trinta anos, ou enquanto minha mente continuasse ágil e a compulsão não desaparecesse.

Mas em vez disso, sem parar para considerar as repercussões, eu disse a ela que sim, que ainda estava com a escrivaninha. Olhando para trás, me pergunto por que havia pronunciado tão prontamente aquelas palavras que quase de imediato tiraram dos trilhos a minha vida. E embora a resposta óbvia seja que era a coisa certa e boa a fazer, Meritíssimo, eu sabia que essa não era a razão para eu ter dito aquilo. Machuquei pessoas que amei muito mais gravemente em nome do meu trabalho e a pessoa que me perguntava algo agora era totalmente estranha. Não, concordei por uma razão que eu teria escrito numa história: porque dizer sim pareceu inevitável.

Eu gostaria de ficar com ela, disse a moça. Claro, eu respondi, e sem me dar sequer um momento para mudar de ideia, perguntei quando ela queria vir buscar a escrivaninha. Só vou ficar em Nova York mais uma semana, ela disse. Que tal sábado? Calculei que isso me daria mais cinco dias com o móvel. Tudo bem, respondi, embora não pudesse haver maior discrepância entre o tom casual de minha voz e a perturbação que tomava conta de mim ao falar. Tenho outros móveis que também pertenciam a seu pai. Pode levar todos.

Antes de desligar, perguntei seu nome. Leah, respondeu. Leah Varsky? Não, ela disse, Weisz. E então, direta, explicou que sua mãe, que era israelita, tinha vivido em Santiago nos anos setenta. Tivera um breve caso amoroso com Daniel na época do golpe militar e logo depois deixara o país. Quando a mãe descobriu que estava grávida, escreveu a Daniel. Nunca recebeu resposta: ele já havia sido preso.

Quando, no silêncio que se seguiu, ficou claro que havíamos esgotado todas as banalidades possíveis de conversação, deixando apenas as questões difíceis demais para um telefonema, eu disse que sim, contara com a escrivaninha por um longo tempo. Sempre achara que alguém a procuraria algum dia, disse a ela, e, claro, teria tentado devolver antes se soubesse como.

Quando ela desligou, fui à cozinha tomar um copo de água. Quando voltei à sala — a sala de estar que eu usava como estúdio, porque não tinha necessidade de uma sala de estar — fui até a escrivaninha e sentei como se nada tivesse mudado. Mas é claro que alguma coisa mudara e quando olhei na tela do computador a frase que tinha abandonado quando o telefone tocou eu sabia que seria impossível avançar mais naquela noite.

Me levantei e fui para minha poltrona de leitura. Peguei o livro da mesa ao lado, mas percebi que, de um jeito nada característico, minha cabeça estava voando. Olhei a escrivaninha do outro lado da sala, como havia olhado incontáveis noites em que chegara a um impasse, mas não estava pronta para capitular. Não, eu não alimento nenhuma ideia mística sobre escrever, Meritíssimo, é um trabalho como qualquer outro; o poder da literatura, sempre pensei, está no tanto de determinação que se tem ao fazê-la. Diante disso, nunca aceitei a ideia de que o escritor precise de qualquer ritual especial para escrever. Se for preciso, posso escrever em quase qualquer lugar, tanto num *ashram* como num café lotado, e sempre insisti nisso quando me perguntam se escrevo com caneta ou computador, de manhã ou à noite, sozinha ou acompanhada, numa sela, como Goethe, de pé como Hemingway, deitada com Twain, e assim por diante, como se houvesse um segredo nisso tudo que pudesse abrir a fechadura do cofre que abriga o romance, completamente formado e pronto para publicação, aparentemente suspenso em cada um de nós. Não, o que me incomodava perder eram as condições familiares ao meu trabalho; era sentimentalismo e nada mais.

Era um revés. A coisa toda se prendia a algo melancólico, uma melancolia que começara com a história de Daniel Varsky, mas que agora pertencia a mim. Mas não era um problema irreparável. Amanhã de manhã, resolvi, eu podia sair e comprar uma escrivaninha nova.

Passava da meia-noite quando adormeci e, como sempre acontece quando vou para a cama envolta em alguma dificuldade, meu sono foi irregular e os sonhos, vívidos. Mas de manhã, apesar de uma minguante sensação de que tinha sido arrastada por algo épico, só me lembrava de um fragmento — um homem parado na frente de meu prédio, congelando no vento glacial que vem do Canadá pelo corredor do Hudson, do próprio Círculo Ártico, e que, quando passei, me pediu para puxar um fio vermelho que saía de sua boca. Eu atendi ao pedido, pressionada pela caridade, mas, ao puxar, o fio foi se acumulando aos meus pés. Quando meus braços se cansaram, o homem vociferou para eu continuar puxando até que, numa passagem de tempo comprimido como só acontece nos sonhos, ele e eu estávamos ligados pela convicção de que havia algo crucial na ponta daquele fio; ou talvez fosse só eu que me dava ao luxo de acreditar ou não, enquanto para ele tratava-se de uma questão de vida e morte.

No dia seguinte, não saí para procurar uma escrivaninha nova, nem no outro dia. Quando me sentei para trabalhar, não só fui incapaz de reunir a concentração necessária, como também, ao olhar as páginas que já tinha escrito, achei que eram palavras supérfluas às quais faltava vida e autenticidade, sem nenhuma razão compulsória por trás. O que eu esperava que fosse o artifício sofisticado que a melhor ficção emprega agora eu via apenas como um artifício superficial, artifício usado para desviar a atenção do que era raso, em última análise, em vez de revelar as perturbadoras profundidades abaixo da superfície de tudo. O que eu pensava ser uma prosa mais simples, mais pura, mais marcante por ser despida da distração de qualquer ornamento, era na verdade uma massa pesada e sem graça, desprovida de tensão ou energia, em oposição a nada, não chegando a nada, não gritando nada. Embora eu viesse lutando com o mecanismo por trás do livro havia algum tempo, incapaz de discernir como as partes se encaixavam, eu acreditava o tempo todo que ali havia alguma coisa, um projeto que, se eu conseguisse soltar e separar do resto, mostraria ter toda a delicadeza e irredutibilidade de uma ideia que exige um romance, escrito de um único jeito, para expressá-la. Mas agora eu via que estava errada.

Saí do apartamento e dei um longo passeio pelo Riverside

Park, e segui pela Broadway para espairecer. Parei no Zabar para comprar alguma coisa para o jantar, acenei para o homem do departamento de queijos, que era o mesmo desde os dias em que eu ia visitar minha avó, passei por velhos corcundas, pesadamente empoeirados a empurrar um vidro de picles num carrinho, parei na fila atrás de uma mulher com um eterno e involuntário assentir de cabeça — sim, sim, sim, sim —, o exuberante sim da moça que ela foi um dia, mesmo quando queria dizer, não, não, já basta, não.

Quando voltei para casa foi exatamente a mesma coisa. No dia seguinte foi pior. Minha avaliação de tudo o que eu tinha escrito no ano passado inteiro, ou mais ainda, adquiriu uma nauseante solidez. Nos dias seguintes, tudo o que consegui na escrivaninha foi embalar em caixas o manuscrito e as anotações, e esvaziar as gavetas. Havia velhas cartas, pedaços de papel onde eu escrevera coisas agora incompreensíveis, coisinhas espalhadas, partes restantes de objetos havia muito jogados fora, transformadores elétricos diversos, papel de carta impresso com o endereço em que vivi com meu ex-marido, S — uma coleção de coisas sobretudo inúteis e, debaixo de uns cadernos velhos, os cartões de Daniel. Aninhado no fundo de uma gaveta, encontrei um livro em brochura amarelado, que Daniel devia ter esquecido muitos anos atrás, uma coletânea de contos de uma escritora chamada Lotte Berg, autografada para ele pela autora em 1970. Enchi um saco grande com coisas para jogar fora; todo o resto separei numa caixa, com exceção dos cartões-postais e do livro. Esses coloquei, sem ler, dentro de um envelope de papel pardo. Esvaziei todas as muitas gavetas, algumas muito pequenas, como eu disse, e algumas de tamanho médio, a não ser por aquela com a pequena fechadura de latão. Para alguém sentado à escrivaninha a fechadura ficaria localizada logo acima do joelho direito. A gaveta estava trancada desde que eu conseguia me lembrar, e embora eu tivesse procurado a chave muitas vezes, nunca consegui encontrar. Uma vez, num ataque de curiosidade, ou talvez de tédio, tentei arrombar a fechadura com uma chave de fenda, mas só consegui foi arranhar meus dedos. Muitas vezes desejei que outra gaveta é que estivesse trancada, uma vez que a de cima, à direita, era a mais prática, e sempre que eu ia procurar alguma coisa em uma das muitas gavetas, instintivamente estendia a mão para ela primeiro, despertando uma repentina infelicidade, uma espécie de sentimento de orfandade que eu sabia não ter nada a ver com a gaveta, mas que de alguma forma passara a viver ali. Por alguma razão, eu sempre achei que a gaveta continha as cartas da moça do poema que Daniel Varsky leu para mim uma vez, se não dela, de alguém como ela.

No sábado seguinte, ao meio-dia, Leah Weisz tocou a campainha. Quando abri a porta e vi a figura ali parada, fiquei sem ar: era Daniel Varsky, apesar dos vinte e sete anos passados, exatamente como eu me lembrava dele, ali parado naquela tarde de inverno quando toquei a campainha e ele abriu a porta para mim, só que agora estava tudo invertido num espelho, ou invertido como se o tempo tivesse de repente parado depois começado a correr para trás, desfazendo tudo que tinha feito. A mesma magreza, o mesmo nariz, e, apesar dele, a mesma delicadeza subjacente. Esse eco de Daniel Varsky estendeu a mão. Estava fria quando a apertei, apesar do calor lá de fora. Ela usava um blazer de veludo azul puído nos cotovelos e um cachecol de linho vermelho no pescoço, as pontas jogadas sobre os ombros à maneira descuidada de uma universitária sob a pressão de seu primeiro encontro com Kierkegaard ou Sartre, lutando contra o vento para atravessar um pátio. Parecia tão jovem quanto era, dezoito ou dezenove anos, mas quando fiz os cálculos me dei conta de que Leah devia ter vinte e quatro ou vinte e cinco anos, quase a mesma idade que Daniel e eu tínhamos quando nos conhecemos. E ao contrário de uma estudante de rosto leve, havia algo como um presságio na maneira como o cabelo caía sobre seus olhos, e nos próprios olhos, que eram escuros, quase pretos.

Mas dentro de casa vi que ela não era seu pai. Entre outras coisas, era menor, mais compacta, quase travessa. O cabelo era castanho avermelhado, não preto como o de Daniel. Debaixo da luz do teto do meu hall, os traços de Daniel se tornaram tão sutis que, se eu cruzasse com Leah na rua, jamais notaria nela algo de familiar.

Ela viu a escrivaninha imediatamente e caminhou devagar até ela. Parou na frente do móvel maciço, mais presente para ela, imagino, do que seu pai jamais poderia ser, pôs a mão na testa e sentou na cadeira. Por um momento, achei que ela ia chorar. Em vez disso, apoiou ambas as mãos no tampo, deslizou-as para um lado e outro, e começou a mexer nas gavetas. Controlei meu incômodo com essa intromissão, assim como com as outras que se seguiram, uma vez que, não contente de abrir só uma gaveta e olhar dentro, ela passou a olhar três ou quatro antes de se dar por satisfeita de que estavam todas vazias. Por um momento, achei que eu ia chorar.

Para ser gentil, e a fim de interromper qualquer outra inquisição sobre a mobília, oferci chá. Ela se levantou da escrivaninha e olhou em torno da sala. Mora sozinha?, perguntou. O tom de sua voz, ou a expressão do rosto quando olhou os livros empilhados ao lado de minha poltrona manchada e as canecas usadas que se acumulavam no peitoril da janela, me lembrou da pena que meus amigos demonstravam ao olhar para mim quando iam me visitar nos meses antes de eu conhecer o pai dela, quando morava sozinha no apartamento esvaziado das coisas de R. Moro, sim, eu disse. Como toma o chá? Nunca se casou?, ela perguntou, e talvez por ter me surpreendido com a pergunta direta, antes que pudesse pensar, respondi: Não. Eu também não planejo casar, ela disse. Não?, perguntei. Por que não? Olhe para você, ela disse. É livre para ir aonde quiser, para viver como quiser. Ajeitou o cabelo atrás das orelhas e olhou de novo por toda a sala, como se fosse o apartamento inteiro ou talvez até mesmo a vida inteira que estivesse para ser transferida para o seu nome, não apenas uma escrivaninha.

Teria sido impossível, pelo menos no momento, perguntar tudo o que eu queria sobre as circunstâncias da prisão de Daniel, onde ele fora detido, e se havia informações sobre como e onde ele tinha morrido. Em vez disso, ao longo da meia hora seguinte, fiquei sabendo que Leah havia morado em Nova York por dois anos, estudando piano na Julliard, antes de, um dia, decidir que não queria mais tocar aquele instrumento gigantesco ao qual estava acorrentada desde os cinco anos, e poucas semanas depois voltou para Jerusalém. Passou um ano lá tentando descobrir o que gostaria de fazer. Só tinha voltado a Nova York para recolher as coisas que deixara com amigos e planejava despachar tudo, junto com a escrivaninha, para Jerusalém.

Talvez houvesse outros detalhes que me escaparam, porque quando ela falou, me vi lutando para aceitar a ideia de que estava para entregar o único objeto significativo de minha vida como escritora, a única representação física de tudo o que era imponderável e intangível, àquela menina perdida que poderia sentar diante dela de quando em quando como diante de um altar paterno. E, no entanto, Meritíssimo, o que eu podia fazer? Combinamos que no dia seguinte ela voltaria com um caminhão que levaria a mobília diretamente para um *container* de transporte em Newark. Como eu não podia suportar ver a escrivaninha ser levada embora, disse a ela que estaria fora, mas que providenciaria para que Vlad, o rude zelador romeno, estivesse presente para abrir a porta para ela.

Logo cedo, na manhã seguinte, deixei o envelope de papel

pardo com os cartões-postais de Daniel em cima da escrivaninha vazia, peguei o carro e fui para Norfolk, Connecticut, onde S e eu tínhamos alugado uma casa por nove ou dez verões e à qual eu não havia voltado desde a separação. Só quando estacionei ao lado da biblioteca e saí do carro para esticar as pernas no parque da cidade, me dei conta de que, qualquer que fosse a razão, eu não devia estar ali, e, além disso, queria desesperadamente evitar encontrar qualquer pessoa que conhecesse. Voltei para o carro e durante as quatro ou cinco horas seguintes rodei sem rumo pelas estradas campestres, atravessei New Marlborough até Great Barrington, passando por Lenox, seguindo rotas que S e eu tínhamos percorrido centenas de vezes antes de abrir os olhos e notar que nosso casamento havia morrido de inanição.

 Enquanto dirigia, me vi lembrando de como, quatro ou cinco anos depois de casados, S e eu fomos convidados para jantar na casa de um bailarino alemão que morava em Nova York. Na época, S trabalhava num teatro, agora fechado, onde o bailarino apresentava um solo. O apartamento era pequeno e cheio de pertences estranhos dele, coisas que tinha achado na rua, ou durante suas viagens incansáveis, ou que tinha recebido de presente, todas arrumadas com o senso de espaço, a proporção, o ritmo e a elegância que faziam que a experiência de vê-lo no palco proporcionasse grande prazer. Na verdade, era estranho e quase frustrante ver o bailarino em roupas comuns e chinelos marrons, se movimentando de um jeito tão prático pelo apartamento, com pouco ou nenhum sinal do tremendo talento físico latente nele, e me vi esperando algum rompimento em sua fachada pragmática, um salto, um giro, alguma explosão de energia pura. Ao mesmo tempo, quando me acostumei com isso e me absorvi em suas muitas pequenas coleções, tive a sensação estimulante, sobrenatural, que tenho às vezes ao entrar na esfera da vida de outra pessoa, de que mudar por um momento meus hábitos banais e viver *daquele* jeito parece inteiramente possível, uma sensação que sempre se dissolve na manhã seguinte, quando acordo para as formas conhecidas e fixas de minha própria vida. Em algum momento, me levantei da mesa de jantar para usar o banheiro e no hall passei pela porta aberta do quarto do bailarino. Era despojado, com apenas uma cama, uma cadeira e um pequeno altar com velas num canto. Havia uma grande janela que dava para o sul através da qual se via o baixo Manhattan suspenso no escuro. As outras paredes eram vazias a não ser por uma pintura pregada com percevejos, um quadro vibrante de cujas pinceladas luminosas, vivas, emergiam rostos, como de um pântano, de vez em quando com um chapéu. Os rostos da parte superior do papel estavam de cabeça para baixo, como se o artista girasse a página ou a rodasse sobre os joelhos ao pintar, a fim de atingir cada uma com mais facilidade. Era uma obra estranha, de estilo diferente das outras coisas que o bailarino colecionava, e fiquei a estudá-la um minuto ou dois antes de seguir para o banheiro.

A lareira da sala se apagou, a noite progrediu. No final, quando estávamos vestindo os casacos, me surpreendi perguntando ao bailarino quem tinha feito a pintura. Ele me disse que tinha sido feita por seu melhor amigo de infância quando tinha nove anos. Meu amigo e a irmã mais velha dele, disse, embora eu ache que ela fez a maior parte. Depois, eles me deram. O bailarino me ajudou a vestir o casaco. Sabe, essa pintura tem uma história triste, acrescentou um momento depois, quase como uma reflexão posterior.

Uma tarde, a mãe pôs comprimidos para dormir no chá das crianças. O menino tinha nove anos e a irmã, onze. Quando dormiram, ela carregou os dois até o carro e dirigiu para a floresta. Já estava escurecendo. Ela jogou gasolina pelo carro todo e acendeu um fósforo. Os três morreram queimados. É estranho, disse o bailarino, mas sempre invejei as coisas da casa de meu amigo.

Naquele ano, eles tinham deixado a árvore de Natal até abril. Ela ficou marrom e as folhas pontiagudas caíram, mas muitas vezes insisti com minha mãe para que conservássemos nossa árvore de Natal quanto a gente quisesse, como faziam na casa de Jörn.

No silêncio que se seguiu a essa história, contada de maneira muito direta, o bailarino sorriu. É possível que fosse porque eu estava de casaco e o apartamento estava quente, mas de repente comecei a sentir calor e tontura. Eu queria perguntar muitas coisas sobre as crianças e sua amizade com elas, mas tive medo de desmaiar e então, depois que outro convidado fez uma piada sobre o fim mórbido da noite, agradecemos ao bailarino e nos despedimos. Descendo no elevador, tive de batalhar para me manter em pé, mas S, que estava cantarolando baixinho, parecia não ter percebido.

Na época, S e eu estávamos pensando em ter um filho. Desde o começo, nós dois achávamos que íamos ter. Mas havia sempre alguma coisa que sentíamos que tínhamos de trabalhar primeiro em nossas vidas, juntos ou separados, e o tempo simplesmente passou sem trazer nenhuma resolução, ou um sentido mais claro de como poderíamos ser algo além do que já lutávamos para ser. E embora quando mais jovem eu acreditasse que queria um filho, não me surpreendi ao me ver com trinta e cinco e depois quarenta anos sem filhos. Talvez pareça ambivalência, Meritíssimo, e acho que era, em parte, mas era alguma outra coisa também, uma sensação que sempre tive, apesar de crescentes provas em contrário, de que havia — de que sempre haverá — mais tempo para mim. Os anos passaram, meu rosto mudou no espelho, meu corpo não era mais o que tinha sido, mas achei difícil acreditar que a possibilidade de ter meu próprio filho pudesse expirar sem uma concordância explícita.

No táxi de volta para casa aquela noite, continuei pensando naquela mãe e seus filhos. Os pneus rodavam macios sobre as folhas de pinheiro do chão da floresta, o motor cortava uma clareira, os rostos pálidos daqueles jovens pintores dormindo no banco de trás, as unhas sujas. Como ela conseguiu fazer uma coisa dessas?, perguntei em voz alta a S. Não era a pergunta que eu queria fazer realmente, mas era o mais próximo que eu conseguia. Ela perdeu a cabeça, ele disse simplesmente, como se isso encerrasse o assunto.

Não muito depois, escrevi um conto sobre o amigo de infância do bailarino que tinha morrido no carro da mãe numa floresta alemã. Não mudei nenhum detalhe; só imaginei mais alguns. A casa em que as crianças moravam, o aroma flutuante das noites de primavera penetrando pelas janelas, as árvores do jardim que eles próprios haviam plantado, tudo surgiu com facilidade diante de mim. Que as crianças cantavam músicas que a mãe lhes ensinara, que ela lia a Bíblia para elas, que mantinham uma coleção de ovos de pássaros no peitoril da janela e que nas noites de tempestade o menino ia para a cama da irmã. O conto foi aceito por uma revista importante. Não telefonei para o bailarino antes que fosse publicado, nem lhe mandei uma cópia do conto. Ele tinha vivido aquilo, e eu tinha feito uso, embelezando conforme achei necessário. Em certo aspecto, esse é o trabalho que faço, Meritíssimo. Quando recebi um exemplar da revista realmente pensei, por um momento, se o bailarino o veria e no que sentiria. Mas não pensei muito nisso, me deliciando com o orgulho de ver meu trabalho impresso nas páginas ilustres da revista. Não encontrei com o bailarino durante algum tempo, nem pensei no que diria se o encontrasse. Além disso, depois da história publicada, parei de pensar na mãe e nos filhos que tinham morrido queimados no carro, como se escrever sobre eles os tivesse feito desaparecer.

Continuei escrevendo. Escrevi outro romance na escrivaninha de Daniel Varsky e depois outro, em grande parte baseado em meu pai, que tinha morrido no ano anterior. Era um romance que eu não podia escrever enquanto ele estava vivo. Se o tivesse lido, não tenho dúvidas de que teria se sentido traído. No fim da vida, ele perdeu o controle do corpo e a dignidade, algo de que tinha dolorosa consciência até seus últimos dias. No romance, eu narrava essas humilhações em vívidos detalhes, inclusive o dia em que ele defecou na calça e eu tive de limpá-lo, incidente que ele achava tão vergonhoso que durante muitos dias não conseguiu me olhar nos olhos, e sobre o qual, nem é preciso dizer, ele teria insistido comigo, se pudesse falar a respeito, para que nunca contasse a ninguém. Mas não me detive nessas tortuosas cenas íntimas, cenas que, se meu pai conseguisse suspender momentaneamente sua vergonha, poderia admitir que refletiam menos a ele do que à causa universal de envelhecer e encarar a própria morte — não me detive nisso, mas usei sua doença e sofrimento, com todos os detalhes pungentes, e por fim até sua morte, como oportunidade de escrever sobre sua vida, e mais especificamente sobre suas faltas, como pessoa e como pai, faltas cujos detalhes precisos e abundantes só podiam ser atribuídos a ele. Desfiei suas faltas e minhas mágoas, o drama de minha juventude com ele, mal disfarçadas (sobretudo por exagero) nas páginas do livro. Dava imperdoáveis descrições de seus crimes, como eu os via, e depois o perdoava. E, no entanto, mesmo que no final tenha sido tudo a favor de uma compaixão duramente conquistada, mesmo que as notas finais do livro fossem de amor triunfante e dor por sua perda, nas semanas e meses que levaram à sua publicação, uma dolorosa sensação às vezes me dominava e despejava sua escuridão antes de ir embora. Nas entrevistas que dei, insisti que o livro era de ficção e declarei minha frustração com jornalistas e leitores que insistiam em ler romances como se fossem autobiografias de seus autores, como se não existisse a imaginação do escritor, como se o trabalho do escritor se resumisse apenas a fazer uma crônica fiel e não uma fogosa invenção. Defendi a liberdade do escritor — para criar, para alterar e remendar, para eliminar e expandir, para atribuir sentidos, para organizar, para representar, para alterar, para escolher uma vida, para experimentar, e assim por diante — e citei Henry James sobre o "imenso aumento" dessa liberdade, uma "revelação", como ele diz, da qual qualquer pessoa que tenha feito uma tentativa artística séria acaba se conscientizando. Sim, com o romance baseado em meu pai, se não voando, ao menos migrando das estantes de livrarias por todo o país, eu celebrei a incomparável liberdade do escritor, liberdade de responsabilizar-se por qualquer coisa ou qualquer pessoa que não seus próprios instintos e visão. Talvez eu não tenha dito exatamente, mas com toda certeza insinuei que o escritor serve a um chamado superior, que só na arte e na religião se chama de vocação, e não pode se preocupar demais com os sentimentos daqueles de cujas vidas toma emprestado.

Sim, eu acreditava — talvez ainda acredite — que o escritor não deve ser limitado pelas possíveis consequências de seu trabalho. Ele não tem nenhuma obrigação com a precisão terrena ou a verossimilhança. Não tem um contador; nem é obrigado a ser algo tão ridículo e equivocado como uma diretriz moral. Em seu trabalho, o escritor está livre de leis. Mas em sua vida, Meritíssimo, não tem liberdade.

Alguns meses depois da publicação do romance sobre meu pai, eu estava andando e passei por uma livraria perto do Washington Square Park. Por mero hábito, diminuí o passo ao chegar à vitrine, para ver se meu livro estava exposto. Nesse momento, vi o bailarino junto ao caixa, ele me viu, nossos olhares se cruzaram. Durante um segundo, pensei em seguir depressa meu caminho sem lembrar exatamente o que me deixava tão inquieta.

Mas isso logo se tornou impossível; o bailarino ergueu a mão em saudação e tudo o que pude fazer foi esperar ele receber o troco e sair para me cumprimentar.

Ele estava usando um lindo casaco de lã e um cachecol de seda amarrado no pescoço. À luz do sol, vi que estava mais velho. Não muito, mas o suficiente para não poder mais ser chamado de jovem. Perguntei como estava e ele me contou de um amigo que, como tanta gente naquela época, tinha morrido de aids. Falou do recente rompimento com um namorado de longa data, alguém que ainda não conhecia na última vez em que nos vimos, e depois sobre uma coreografia sua que seria apresentada. Embora houvessem se passado cinco ou seis anos, S e eu ainda estávamos casados e morávamos no mesmo apartamento do West Side. Por fora, pouco havia mudado, e então, quando chegou minha vez de contar novidades, simplesmente disse que estava tudo bem e que eu ainda estava escrevendo. O bailarino assentiu com a cabeça. É possível até que tenha sorrido, de um modo genuíno, um modo que, sempre que deparo com ele, me faz saber que nunca serei tão solta, aberta ou fluente. Eu sei, ele disse. Leio tudo o que você escreve. Lê?, perguntei, surpresa e de repente agitada. Mas ele sorriu de novo e me pareceu que o perigo havia passado, o conto não seria mencionado.

Caminhamos juntos alguns quarteirões no sentido da Union Square, até onde era possível, antes de tomarmos direções diferentes. Ao nos despedirmos, o bailarino se inclinou e tirou um fiapo da gola de meu casaco. O momento foi de ternura, quase íntimo. Eu tirei da parede, sabe?, ele disse baixinho. O quê?, perguntei. Depois que li seu conto, tirei a pintura da parede. Achei que não conseguia mais olhar para ela. Tirou?, perguntei, pega de surpresa. Por quê? No começo, eu mesmo me perguntei por quê, ele disse. Ela me acompanhou de apartamento em apartamento, de cidade em cidade, durante quase vinte anos. Mas depois de algum tempo, entendi o que seu conto deixou claro para mim. O quê?, eu quis perguntar, mas não consegui. Então o bailarino, que mesmo mais velho ainda era lânguido e cheio de elegância, estendeu a mão e tocou minha face com dois dedos, virou-se e foi embora.

Ao voltar para casa, o gesto do bailarino primeiro me intrigou, depois me incomodou. Superficialmente, era fácil tomá-lo por ternura, mas quanto mais eu pensava a respeito, mais me parecia haver algo condescendente nele, com a intenção até de humilhar. Na minha cabeça o sorriso do bailarino foi ficando cada vez menos genuíno, e começou a me parecer que ele vinha coreografando aquele gesto havia anos, ensaiando-o, esperando para me encontrar. E era merecido? Ele não havia contado corajosamente a história não só para mim, mas para todos os convidados do jantar daquela noite? Se eu a tivesse descoberto por meios sub-reptícios — lendo seu diário ou cartas, o que não seria possível, conhecendo-o tão pouco —, seria diferente. Ou se ele tivesse me contado a história em confidência, cheio de uma emoção ainda dolorosa. Mas não. Ele havia ofertado a história com o mesmo sorriso e festividade com que tinha nos oferecido um copo de grapa depois do jantar.

No caminho, passei por um playground. Já era o final da tarde, mas a pequena área cercada estava repleta de ruidosas brincadeiras de crianças. Entre os muitos apartamentos em que vivi ao longo dos anos, um ficava na frente de um playground, e eu já havia notado que na última meia hora antes do anoitecer as vozes das crianças pareciam ficar mais barulhentas. Nunca soube dizer se era porque com a luz declinante a cidade ficava um decibel mais quieta, ou porque as crianças realmente ficavam mais ruidosas, sabendo que seu horário estava quase acabando. Certas frases ou ondas de riso se destacavam do resto, subindo, e ao ouvi-las, às vezes eu me levantava de minha mesa para olhar as crianças lá embaixo. Mas não parei para olhar para elas agora.

Consumida por meu encontro casual com o bailarino, mal as notei até que um grito soou, dolorido e aterrorizado, um grito torturado de criança que me dilacerou, como se fosse um apelo a mim apenas. Parei e virei, certa de encontrar uma criança machucada, caída de grande altura. Mas não havia nada, apenas crianças correndo para dentro e para fora de seus círculos e jogos, e nenhum sinal da origem do grito. Meu coração estava disparado, a adrenalina correndo por meu corpo, todo o meu ser alerta para correr e salvar quem quer que tivesse emitido aquele grito terrível. Mas as crianças continuavam a brincar, sem alarme. Olhei os edifícios acima, pensando que o grito talvez tivesse vindo de alguma janela aberta, embora fosse novembro e estivesse suficientemente frio para ligar o aquecimento. Fiquei segurando a cerca durante algum tempo.

Quando cheguei em casa, S ainda não estava. Pus o "Quarteto de cordas em lá menor" de Beethoven, uma obra que sempre adorei desde que um namorado da faculdade me fez ouvi-la pela primeira vez, em seu quarto. Ainda me lembro dos nós de sua coluna ao se curvar sobre o toca-discos e pousar a agulha devagar. O terceiro movimento é uma das passagens mais comoventes já escritas e nunca a ouvi sem sentir que eu, sozinha, era erguida aos ombros de alguma criatura gigantesca atravessando a paisagem calcinada de todo o sofrimento humano. Como a maioria das músicas que me afetava profundamente, eu nunca a ouvia com outras pessoas presentes, assim como nunca emprestava um livro de que gostasse especialmente. Fico embaraçada de admitir isso, sabendo que revela alguma falha essencial ou um egoísmo de minha natureza, e consciente de que vai contra o instinto da maioria, cuja paixão por alguma coisa faz com que queiram reparti-la, para despertar paixão semelhante em outros, e que sem o benefício desse entusiasmo eu ainda ignoraria muitos dos livros e muito da música que eu mais adoro, sobretudo o terceiro movimento do *Opus 132* que me marcou numa noite de primavera em 1967. Porém, em lugar de uma expansão, sempre senti uma diminuição de meu próprio prazer quando convidava alguém para participar, uma ruptura da intimidade que eu sentia com a obra, uma invasão de privacidade. É pior quando alguém pega um exemplar de um livro que me fascinou e começa a folhear casualmente as primeiras páginas. O simples ato de ler na presença de outra pessoa não foi algo que me veio naturalmente, e acho que nunca me acostumei de fato com isso, mesmo depois de anos de casamento. Mas nessa altura S havia sido contratado como gerente de programação do Lincoln Center e seu trabalho exigia mais horas do que no passado, e às vezes chegava a levá-lo a viagens a Berlim, Londres ou Tóquio durante vários dias. Sozinha, eu podia deslizar para uma espécie de imobilidade, para um lugar como o pântano que aquelas crianças desenharam um dia, onde rostos brotam dos elementos e tudo é silencioso, como o momento imediatamente anterior à chegada de uma ideia, uma calma e uma paz que só sentia quando sozinha. Quando S finalmente entrava pela porta, eu sempre achava perturbador. Mas com o tempo ele veio a entender e aceitar isso, e passou a entrar pelo cômodo em que eu não estivesse — a cozinha se eu estava na sala, a sala se eu estava no quarto —, ocupando-se em esvaziar os bolsos por alguns minutos, ou em organizar as moedas de dinheiro estrangeiro em latinhas de filme fotográfico, antes de gradualmente se fundir ao lugar onde eu estava, e esse pequeno gesto sempre dissolveu minha exasperação em agradecimento.

 Quando o movimento terminou, desliguei o toca-discos sem ouvir o resto e fui à cozinha preparar uma sopa. Estava cortando os legumes quando a faca escorregou e fez um corte profundo em meu polegar, e no momento em que gritei, ouvi uma duplicação de meu grito, pertencente a uma criança. Parecia vir do outro lado da parede, do apartamento vizinho. Fui tomada por uma sensação de remorso, tão agudo que me pareceu uma dor física nas entranhas e tive de me sentar. Admito que chorei, soluçando até o sangue do dedo começar a pingar em minha camisa. Quando recuperei o controle e enrolei o corte numa toalha de papel, fui bater à porta da vizinha, uma velha chamada sra. Becker que morava sozinha. Ouvi seus passos lentos se arrastando até a porta e, depois que me identifiquei, o paciente destrancar de várias fechaduras. Ela me olhou detrás de enormes óculos pretos, óculos que de alguma forma a fazem parecer um animalzinho entocado. Claro, querida, entre, que bom ver você. O cheiro de comidas antigas era intenso, anos e anos de aromas de cozinha impregnados nos tapetes e no estofamento, milhares de tigelas de sopa que permitiam que ela sobrevivesse. Achei que ouvi um grito vindo daqui há um minuto. Um grito?, a sra. Becker perguntou. Parecia uma criança, eu disse, olhando atrás dela os recessos escuros de seu apartamento, cheios de móveis com pés em garra que só seriam deslocados, com grande dificuldade, quando ela morresse. Às vezes, assisto à televisão, mas não, acho que não estava ligada, eu estava sentada aqui, lendo um livro. Talvez do andar de baixo. Eu estou bem, querida, obrigada por se preocupar.

Não contei a ninguém o que eu tinha ouvido, nem à dra. Lichtman, minha terapeuta havia anos. E durante algum tempo não ouvi mais a criança. Mas os gritos ficaram comigo. Às vezes, eu os ouvia de repente dentro de mim quando escrevia, me fazendo perder o rumo do pensamento ou ficar aflita. Comecei a sentir nesses gritos algo de zombaria, um tom subjacente que não tinha percebido antes. Outras vezes, ouvia um grito logo ao acordar, ao passar para o estado de alerta ou sair do sono, e nessas manhãs me levantava com a sensação de que havia alguma coisa em torno de meu pescoço. Um peso oculto parecia associar-se a objetos simples, uma xícara de chá, uma maçaneta de porta, um copo, pouco perceptível de início, além da sensação de que cada gesto exigia um uso ligeiramente maior de energia, e quando eu conseguia passar por essas coisas e chegar à minha escrivaninha, alguma reserva de mim já havia se esgotado ou havia sido levada embora. As pausas entre palavras ficavam maiores quando por um instante o impulso de transformar pensamento em linguagem falhava e brotava um ponto negro de indiferença. Creio que isso foi a batalha mais frequente de minha vida de escritora, uma espécie de entropia de cuidado ou langor da vontade, tão consistente, de fato, que eu mal prestava atenção — um empurrão para ceder a uma corrente subjacente de ausência de palavras. Mas eu quase sempre ficava suspensa nesses momentos, eles se alongavam e expandiam, e às vezes era impossível ver a outra margem. E quando finalmente eu chegava lá, quando uma palavra finalmente vinha como um barco salva-vidas, e depois outra e mais outra, eu as saudava com uma ligeira desconfiança, uma suspeita que se enraizava e não se limitava a meu trabalho. É impossível desconfiar da própria escrita sem despertar uma desconfiança mais profunda em si mesmo.

Por volta dessa época, uma planta que eu tinha havia muitos anos, um grande fícus que crescera contente no canto mais ensolarado de nosso apartamento, de repente adoeceu e começou a perder as folhas. Eu as recolhi num saco e levei a planta a uma loja especializada para perguntar como tratá-la, mas ninguém conseguia me dizer o que havia de errado. Comecei a ficar obcecada com a ideia de salvá-la, e explicava insistentemente a S os diversos métodos que eu havia experimentado para curá-la. Mas nada erradicava a doença e o fícus acabou morrendo. Tive de jogá-lo na rua, e durante um dia inteiro, até o caminhão de lixo levá-lo, pude vê-lo de minha janela, nu e acabado. Mesmo depois que os lixeiros o levaram, continuei a folhear livros sobre cuidados com plantas domésticas, para estudar as imagens de cochonilhas, pulgões e cancros, até que uma noite S veio por trás de mim, fechou o livro, pôs as duas mãos em meus ombros e segurou com força enquanto me olhava fixamente nos olhos, como se tivesse acabado de aplicar cola nas solas de meus pés e precisasse me segurar no lugar, fazendo pressão constante até a cola secar.

Foi o fim do fícus, mas não o fim de minha agitação. Não, acho que posso dizer que foi apenas o começo. Uma tarde, eu estava sozinha em casa. S estava no trabalho e eu tinha acabado de voltar de uma exposição de pinturas de R. B. Kitaj. Fiz o almoço e quando me sentei para comer ouvi a risada aguda de uma criança. O som, sua proximidade e alguma outra coisa, algo sombrio e perturbador por trás daquela pequena ascensão de notas, me fez derrubar o sanduíche e me pôs de pé tão subitamente que a cadeira caiu para trás. Corri para a sala, depois para o quarto. Não sei o que esperava encontrar; os dois cômodos estavam vazios. Mas a janela ao lado de nossa cama estava aberta e ao me debruçar para fora vi um menino de não mais de seis ou sete anos, desaparecendo sozinho no final do quarteirão, puxando um carrinho verde atrás de si.

Me lembro agora que foi nessa primavera que o sofá de Daniel Varsky começou a estragar. Uma tarde, esqueci de fechar a janela antes de sair e uma tempestade encharcou o sofá. Poucos dias depois, começou a exalar um fedor terrível, um odor de mofo, mas de alguma outra coisa também, um cheiro azedo, apodrecido, como se a chuva tivesse soltado alguma coisa que estava corrompida em suas entranhas. O zelador o removeu, com uma careta por causa do cheiro, o sofá em que Daniel Varsky e eu tínhamos nos beijado tantos anos atrás, e ele também ficou abandonado na rua até os lixeiros o levarem.

Algumas noites depois, acordei de repente de um sonho cavernoso que se passava num velho salão de danças. Durante um momento, não tive certeza de onde estava, então me virei e vi S dormindo ao meu lado. Me senti confortada por uns instantes, mas, olhando melhor, vi que em vez de pele humana ele parecia coberto com o couro cinza e áspero de um rinoceronte. Vi isso com tanta clareza que mesmo agora consigo me lembrar da aparência exata daquela pele cinza e escamosa. Nem bem acordada, nem bem dormindo, me assustei. Queria tocá-lo para ter certeza do que via, mas tinha medo de acordar a fera deitada ao meu lado. Então fechei os olhos e acabei dormindo de novo, e o medo da pele de S se transformou num sonho em que encontrava o corpo de meu pai lançado à praia como o corpo de uma baleia morta, só que em vez de ser uma baleia era um rinoceronte em decomposição, e para deslocá-lo eu tinha de fincar fundo nele a minha lança, para poder arrastá-lo atrás de mim. Mas, por mais forte que eu enfiasse a lança, ela nunca penetrava o suficiente no flanco do rinoceronte. No fim, o corpo em decomposição foi parar na calçada diante do apartamento onde o fícus doente e o sofá podre tinham sido jogados também, mas dessa vez havia se metamorfoseado de novo, e quando olhei de nossa janela do quinto andar, me dei conta de que aquilo que eu tomara por um rinoceronte era o corpo perdido e em decomposição do poeta Daniel Varsky. No dia seguinte, ao passar pelo zelador no saguão, achei que o ouvi dizer: faça bom uso da morte. Parei e me virei. O que você disse?, perguntei. Ele olhou calmamente para mim e pensei ver um resquício de sorriso malicioso nos cantos de sua boca. No décimo estão arrumando a porta, ele repetiu. Muito barulho, acrescentou e bateu a porta do elevador de serviço.

Meu trabalho continuou indo mal. Eu escrevia mais devagar do que nunca e continuava questionando o que havia escrito, sem conseguir escapar da sensação de que tudo o que escrevera no passado estava errado, mal direcionado, uma espécie de erro enorme. Comecei a desconfiar que em vez de expor as profundezas secretas das coisas, como eu supusera sempre estar fazendo, talvez o contrário é que fosse verdadeiro, que eu estivera me escondendo por trás das coisas que escrevia, usando-as para camuflar uma carência secreta, uma deficiência que eu vinha escondendo durante toda a minha vida, e que, ao escrever, eu mantinha oculta até de mim mesma. Uma deficiência que ficava maior com o passar dos anos, e mais difícil de esconder, tornando meu trabalho mais e mais árduo. Que tipo de deficiência? Acho que posso chamá-la de deficiência de espírito. De força, de vitalidade, de compaixão, e por isso, acoplada a ela, uma deficiência de efeito. Contanto que eu escrevesse, havia a ilusão dessas coisas. O fato de que eu não percebia o efeito não queria dizer que ele não existisse. Fazia questão de responder à pergunta que recebia de jornalistas com alguma frequência. Acha que livros são capazes de mudar a vida das pessoas? (que na verdade queria dizer: acha realmente que qualquer coisa que você escreve significa algo para alguém?), com um pequeno experimento hermético em que eu pedia ao entrevistador para imaginar o tipo de pessoa que ele poderia ser se toda a literatura que lera na vida fosse de alguma forma extirpada de sua mente, de sua mente e alma, e enquanto o jornalista contemplava esse inverno nuclear, eu me reclinava com um sorriso satisfeito, tendo escapado mais uma vez de encarar a verdade.

Sim, uma deficiência de efeito, nascida de uma deficiência de espírito. Esse é o melhor jeito de descrever, Meritíssimo. E embora eu tivesse conseguido esconder isso durante anos, contrapondo a aparência de certa anemia na vida com a desculpa de outro nível mais profundo de existência em meu trabalho, de repente descobri que não conseguia mais fazer isso.

Não falei a respeito disso com S. Na verdade, não levantei a questão nem com a dra. Lichtman, que frequentei regularmente durante meu casamento. Achava que ia falar, mas cada vez que chegava ao consultório dela um silêncio me dominava, e a deficiência se escondia por trás de centenas de milhares de palavras e um milhão de pequenos gestos continuavam seguros por mais uma semana. Porque admitir o problema, enunciá-lo em voz alta, teria sido soltar a pedra sobre a qual repousava todo o resto, telefonar para a emergência, e depois meses intermináveis, anos talvez, do que a dra. Lichtman chamava de "nosso trabalho", mas que na verdade era apenas uma dolorosa escavação de mim mesma com uma variedade de instrumentos contundentes, enquanto ela ficava sentada em sua poltrona de couro desgastado, pés sobre o banquinho, anotando de vez em quando alguma coisa na caderneta que mantinha equilibrada nos joelhos por momentos, enquanto eu me arrastava para fora do buraco, o rosto sujo, as mãos arranhadas, agarrada a uma pequena pepita de autoconhecimento.

Então continuei como antes, só que não como antes, porque agora sentia uma vergonha e insatisfação insinuantes comigo mesma. Na presença de outros — principalmente S, de quem eu era, claro, mais próxima — a sensação era quase aguda, enquanto sozinha eu conseguia esquecê-la um pouco, ou pelo menos ignorá-la. Na cama, à noite, eu me encolhia no canto mais remoto e às vezes, quando S e eu nos cruzávamos no hall, eu não conseguia olhar em seus olhos, e quando ele chamava meu nome de outra sala eu tinha de exercer certa força, uma pressão forte, para me forçar a responder. Quando ele me confrontou, dei de ombros e disse que era o meu trabalho, e como ele não insistiu no assunto, deixando passar como sempre, como eu o tinha ensinado a fazer, me dando mais e mais espaço, secretamente fiquei zangada com ele, frustrada de ele não ter notado o quanto a situação era calamitosa, como eu estava me sentindo horrível, zangada com ele e talvez até com repulsa. É, repulsa, Meritíssimo, eu não sentia isso apenas por mim, por não notar que todos esses anos ele vinha vivendo com alguém que havia transformado o fingimento em razão de viver. Tudo nele começou a me incomodar. O jeito de ele assobiar no banheiro e de mover os lábios ao ler o jornal, o jeito que tinha de estragar qualquer bom momento falando a respeito. Quando eu não estava brava com ele, estava zangada comigo mesma, furiosa, cheia de culpa por causar tanto sofrimento àquele homem para quem a felicidade, ou no mínimo a alegria vinha tão facilmente, que tinha um talento de deixar estranhos à vontade, atraindo-os para o seu lado de forma que as pessoas naturalmente faziam de tudo para lhe prestar favores, mas cujo calcanhar de aquiles era a falta de critério, prova disso o fato de ter voluntariamente se prendido a mim, uma pessoa que estava sempre caindo no gelo, que tinha o efeito oposto sobre os outros, deixando-os imediatamente com os pelos arrepiados, como se sentissem que iam levar um chute na canela.

Então, uma noite, ele voltou tarde para casa. Estava chovendo e ele tinha ficado encharcado, o cabelo grudado na cabeça. Ele entrou na cozinha ainda com a capa gotejante e os sapatos enlameados do parque. Eu estava lendo o jornal, como sempre faço ao entardecer, e ele ficou em cima de mim, pingando nas folhas. Tinha uma expressão terrível no rosto e de início achei que tinha passado por alguma coisa tremenda, algum acidente quase fatal, ou visto uma morte nos trilhos do metrô. Ele disse: lembra daquela planta? Eu não conseguia imaginar onde ele queria chegar, encharcado daquele jeito, com os olhos brilhantes. O fícus?, perguntei. É, ele disse, o fícus. Por vários anos você se interessou mais pela saúde daquela planta do que pela minha, ele disse. Fiquei chocada. Ele fungou e enxugou a água do rosto. Não me lembro da última vez que me perguntou como eu me sentia a respeito de alguma coisa, a respeito de qualquer coisa que pudesse importar. Instintivamente estendi a mão para ele, mas ele se afastou. Você está perdida em seu próprio mundo, Nadia, nas coisas que acontecem lá e trancou todas as portas. Às vezes, fico olhando você dormir. Acordo, olho para você e me sinto mais próximo de você quando está assim, desprotegida, do que quando está acordada. Quando está acordada você é como alguém de olhos fechados, assistindo a um filme dentro de suas pálpebras. Não consigo mais chegar em você. Houve uma época em que eu conseguia, mas não mais, e há muito tempo. Não acho que você dê a mínima para estabelecer contato comigo. Me sinto mais só com você do que com qualquer outra pessoa, ou mesmo quando estou andando sozinho na rua. Consegue imaginar como é essa sensação?

    Ele continuou falando durante algum tempo enquanto eu ouvia em silêncio, porque sabia que ele tinha razão, e como duas pessoas que se amaram mesmo que imperfeitamente, que tentaram fazer uma vida juntos, mesmo que imperfeitamente, que viveram lado a lado e viram as rugas se formarem nos cantos dos olhos um do outro, e viram uma gotinha de cinza como se despejada de uma jarra cair sobre a pele do outro e se espalhar com uniformidade, ouvindo as tosses, espirros e pequenos resmungos do outro, como duas pessoas que um dia tiveram uma ideia conjunta e lentamente foram deixando essa ideia ser substituída por duas ideias separadas, ideias menos esperançosas, menos ambiciosas, conversamos noite adentro e no dia seguinte e na noite seguinte. Durante quarenta dias e quarenta noites, sinto vontade de dizer, mas de fato precisamos de apenas três. Um de nós tinha amado o outro mais perfeitamente, tinha olhado o outro mais de perto, e um de nós tinha ouvido e outro não, e um de nós tinha se apegado à ambição da ideia conjunta mais tempo do que era razoável, enquanto o outro, levando a lata do lixo uma noite, havia casualmente jogado isso fora.

    E enquanto conversávamos, uma imagem de mim mesma

veio à tona e se desenvolveu, reagindo à mágoa de S como uma Polaroid reage ao calor, uma imagem de mim mesma para pendurar na parede ao lado daquela com a qual eu já convivia havia meses — a imagem de alguém que fazia uso da dor dos outros para seus próprios fins, que, enquanto os outros sofriam, passavam fome, eram atormentados, se escondia em segurança e se orgulhava de sua própria percepção e sensibilidade à simetria oculta nas coisas, alguém que precisava de pouco para se convencer que seus projetos autoimportantes serviam a um bem maior, mas que de fato era absolutamente supérflua, totalmente irrelevante e, pior, uma fraude que escondia uma pobreza de espírito por trás de uma montanha de palavras. Sim, ao lado dessa linda imagem, eu agora pendurava outra: a imagem de alguém tão egoísta, tão absorta em si mesma que não se preocupara o suficiente com os sentimentos de seu marido para lhe dar ao menos uma fração dos cuidados e atenções que dava ao imaginar as vidas emocionais das pessoas que esboçava no papel, ao prover suas vidas interiores, empenhando-se em ajustar a luz em seus rostos, afastando uma mecha de cabelo de seus olhos. Ocupada com tudo isso, sem querer ser incomodada, eu mal parava para pensar como S podia se sentir, por exemplo, quando entrava em nossa casa e encontrava a mulher silenciosa, de costas, os ombros curvos como se quisesse defender seu pequeno reino, como ele se sentia ao tirar os sapatos, conferir a correspondência, despejar as moedas estrangeiras nas latinhas, se perguntando até que ponto iria minha frieza quando ele finalmente tentasse se aproximar pela ponte oscilante. Eu quase nunca havia parado para pensar nele.

Depois de três noites de conversas como não tínhamos havia muitos anos, chegamos ao fim inevitável. Lentamente, como um grande balão de ar quente baixando e pousando com um ruído surdo na grama, nosso casamento de dez anos expirou. Mas levamos tempo para nos separar. O apartamento tinha de ser vendido, os livros divididos, mas realmente, Meritíssimo, não há por que falar de tudo isso, levaria tempo demais, e sinto que não tenho muito tempo com o senhor, então não vou falar da dor de duas pessoas apartando centímetro a centímetro suas vidas, a súbita vulnerabilidade da condição humana, a tristeza, o remorso, a raiva, a culpa, a repulsa consigo próprio, o medo e a sufocante solidão, mas também o alívio, tão incomparável, e só vou dizer que quando estava tudo acabado me vi sozinha outra vez num novo apartamento, cercada por meus pertences e pelo que havia sobrado da mobília de Daniel Varsky, que me seguia como um bando de cachorros sarnentos.

Creio que pode imaginar o resto, Meritíssimo. Em seu trabalho deve ver isso o tempo todo, a maneira como as pessoas continuam repetindo a mesma história para si mesmas sem parar, completa, com os velhos erros. Seria de se pensar que alguém como eu, com percepção psicológica suficiente para em princípio desvendar os pequenos e delicados esqueletos que organizam o comportamento de outros, fosse capaz de aprender com as dolorosas lições da autoanálise, e corrigir um pouco, para encontrar uma saída para o enlouquecedor jogo circular no qual estamos sempre mordendo a própria cauda. Mas não, Meritíssimo. Os meses passaram e não demorou para eu virar aquelas imagens de mim com a cara para a parede e me perdi na escrita de outro livro.

Quando voltei de Norfolk estava escuro. Estacionei o carro, caminhei para cá e para lá na Broadway, inventando várias tarefas para retardar o máximo possível a volta e o confronto com a ausência da escrivaninha. Quando finalmente fui para casa, havia um bilhete na mesa do hall. Obrigada por isto, dizia, numa caligrafia surpreendentemente miúda. Espero encontrá-la de novo algum dia. E então, abaixo da assinatura, Leah pôs seu endereço na Ha'Oren Street, em Jerusalém.

Só fiquei no apartamento quinze ou vinte minutos — o suficiente para dar uma olhada no espaço vazio onde antes ficava a escrivaninha, fazer um sanduíche e, cheia de determinação, ir buscar a caixa que continha as várias partes trabalhadas do novo livro — quando sofri o primeiro ataque. Veio depressa, quase sem aviso. Comecei a lutar para respirar. Tudo parecia tão perto à minha volta como se eu tivesse caído num buraco estreito no chão. Meu coração batia tão depressa que me perguntei se ia ter uma parada cardíaca. A ansiedade era opressiva — algo como a sensação de ser deixada para trás numa praia escura enquanto tudo e todos que eu conhecera em minha vida partiam num grande navio iluminado. Apertando o coração e falando em voz alta para me acalmar, entrei na antiga sala que era agora também o antigo estúdio, e só quando liguei a televisão e vi o rosto do âncora foi que a sensação começou a ceder, embora sentisse as mãos tremendo por dez minutos mais.

Na semana seguinte, experimentei ataques semelhantes diariamente, às vezes dois no mesmo dia. Aos sintomas originais juntaram-se uma terrível dor de estômago, náusea extrema e terror oculto nas menores coisas, numa variedade que jamais poderia imaginar. Embora os ataques a princípio fossem provocados pelo vislumbre ou lembrança de meu trabalho, rapidamente eles se espalharam em todas as direções, e ameaçavam contaminar tudo. A simples ideia de sair do apartamento e tentar realizar qualquer minúscula tarefa sem importância que em minha infinita normalidade jamais me preocuparia bastava para me encher de horror. Eu parava diante da porta, tremendo, tentando me convencer a passar por ela e sair do outro lado. Vinte minutos depois, ainda estava parada ali, e a única coisa que havia mudado era que agora estava encharcada de suor.

Nada fazia sentido. Eu vinha escrevendo e publicando livros constantemente à razão de um a cada quatro anos durante metade de minha vida. As dificuldades emocionais da profissão eram muitas, e eu havia tropeçado e caído muitas e muitas vezes. As crises que haviam começado com o bailarino e os gritos de criança tinham sido as piores, mas houvera outras no passado. Às vezes uma depressão, resultado da guerra para escrever que comprometia minha segurança e objetividade, chegava quase a me incapacitar. Tinha acontecido muitas vezes entre um livro e outro, quando, acostumada a ver meu trabalho refletir a mim mesma, tive de me satisfazer com olhar o vazio opaco. Mas, por pior que estivesse tudo, minha habilidade para escrever, mesmo hesitante e comprometida, nunca me abandonou. Sempre senti o impulso do lutador dentro de mim e fui capaz de enfrentar a oposição; de transformar o nada em alguma coisa contra a qual pressionar, pressionar, pressionar, até sair do outro lado, ainda dançando. Mas aquilo — aquilo era algo completamente diferente. Aquilo havia superado todas as minhas defesas, escapado sem que eu percebesse dos limites da razão, como um supervírus que se torna resistente a tudo e só quando tivesse se enraizado no próprio cerne de mim baixaria a cabeça aterrorizante.

Cinco dias depois de começarem os ataques, telefonei para a dra. Lichtman. Com o fim do meu casamento, eu havia parado de vê-la, desistindo aos poucos da ideia de empreender vastas reformas nos alicerces do meu ser a fim de me tornar mais adequada à vida social. Tinha aceitado as consequências de minhas tendências naturais, deixando meus hábitos voltarem, não sem alívio, a seu estado desimpedido. Desde então, eu só a vira ocasionalmente, quando não conseguia encontrar saída para um estado de espírito duradouro; às vezes, como ela morava no bairro, eu a encontrava na rua, e como duas pessoas que um dia foram próximas, mas não o são mais, acenávamos, fazíamos uma pausa como se fôssemos parar, mas continuávamos nosso caminho.

Foi um esforço monumental para mim conseguir ir do meu apartamento até o consultório dela, nove quarteirões adiante. A intervalos regulares, eu tinha de parar e me apoiar em alguma porta ou cerca, para emprestar dessas coisas um senso de permanência. Quando estava sentada na sala de espera da dra. Lichtman, cheia de livros evocativos, mofados, minha blusa estava molhada de suor nas axilas, e quando a médica abriu a porta e apareceu, emanando luz do cabelo bem penteado, dourado, que durante duas décadas ela usou estufado no alto da cabeça num estilo que nunca vi em mais ninguém, como se ela houvesse tido de esconder alguma coisa depressa e tivesse posto ali, quase me joguei em cima dela. Encolhida no familiar sofá de lã cinzenta, cercada mais uma vez pelos objetos que eu havia observado tantas vezes no passado e que agora pareciam marcos no mapa de minha psique, descrevi as últimas duas semanas. Ao longo de uma hora e meia (ela havia conseguido liberar uma sessão dupla para mim), uma sensação de calma começou a voltar, lentamente, hesitante, pela primeira vez em dias. E no momento mesmo em que falava sobre estar incapacitada pelo pânico, narrando a experiência de me ver nas garras de um monstro que parecia ter brotado do nada e me transformado numa estranha para mim mesma, em outro nível mental, sem precisar pensar sobre o que agora estava aos cuidados da dra. Lichtman, comecei a tomar as rédeas de uma ideia que era inteiramente ridícula, Meritíssimo, mas que me oferecia uma saída. A vida que eu havia escolhido, uma vida em grande parte ausente de outros, certamente vazia dos laços que mantinham a maior parte das pessoas envolvidas umas com as outras, só fazia sentido quando eu estava efetivamente escrevendo o tipo de trabalho para o qual eu havia me isolado. Seria errado dizer que as condições dessa vida tivessem sido duras. Algo em mim naturalmente migrou da batalha, preferindo a significação deliberada da ficção à realidade inexplicada, preferindo a liberdade sem forma ao trabalho robusto de atrelar meus pensamentos à lógica e ao fluxo de outrem. Sempre que tentei isso de alguma forma durável, primeiro em relacionamentos, depois em meu casamento com S, tudo falhou. Olhando para trás, talvez a única razão de eu ter sido feliz durante algum tempo com R foi que ele havia sido tão ausente quanto eu, ou talvez até mais. Éramos duas pessoas trancadas em nossos trajes antigravidade que por acaso orbitavam em torno das mesmas peças da velha mobília da mãe dele. E então ele flutuara para longe, através de alguma fenda em nosso apartamento, para uma parte inatingível do cosmos. Depois disso houve uma série de relacionamentos condenados, depois meu casamento, e quando S e eu nos separamos, prometi a mim mesma que seria a última tentativa. Nos cinco ou seis anos desde então, tive apenas breves casos, e quando esses homens tentaram se transformar em alguma outra coisa eu recusei, e logo depois terminei as relações e voltei sozinha à minha vida.

E então, Meritíssimo? Que dizer de minha vida? Sabe, eu pensei... É preciso fazer um sacrifício. Eu escolhi a liberdade de longas tardes descomprometidas em que nada acontece, mas a mais leve mudança de humor é captada num ponto e vírgula. É, o trabalho era isso para mim, um irresponsável exercício de pura liberdade. E se eu negligenciei ou mesmo ignorei o resto, foi porque acreditei que o resto conspirava para romper essa liberdade, para interrompê-la e forçar a ela uma concessão. As primeiras palavras de minha boca pronunciadas para S de manhã, e já começava a repressão, a falsa polidez. Hábitos se formam. A bondade acima de tudo, a receptividade, uma paciente demonstração de interesse. Mas é preciso também tentar ser interessante e divertida. É um trabalho exaustivo na medida em que é exaustivo tentar cultivar três ou quatro mentiras ao mesmo tempo. E tudo se repete amanhã e depois de amanhã. Você ouve um som e é a verdade se revirando no túmulo. A imaginação morre de uma morte mais lenta, por sufocação. Você tenta erguer paredes, isolar com cordas o lugarzinho onde trabalha como algo independente, com um clima próprio e regras diferentes. Mas os hábitos se infiltram como água envenenada do subsolo, e tudo o que você tentava cultivar ali se afoga e murcha. O que estou tentando dizer é que parece que não dá para ter as duas coisas. Então eu fiz um sacrifício e desisti.

A ideia que comecei a elaborar durante aquela primeira sessão com a dra. Lichtman se fixou de tal forma que depois de vê-la dez ou onze vezes em quase outros tantos dias, e, com a ajuda de Xanax, tendo conseguido reduzir o pânico de um pesadelo para uma ameaça, anunciei a ela que havia decidido viajar dentro de uma semana. Ela ficou surpresa e perguntou aonde eu ia. Uma porção de respostas possíveis me passou pela cabeça. Lugares para os quais eu havia sido convidada ao longo dos anos, e aos quais talvez pudesse ser de novo. Roma. Berlim. Istambul. Mas no fim eu disse o que já sabia que ia dizer. Jerusalém. Ela ergueu as sobrancelhas. Não estou indo para pedir de volta a escrivaninha, se é isso que está pensando, eu disse. Então por quê?, ela perguntou, a luz das janelas penetrando em seu cabelo, a onda de cabelo subindo bem alta na cabeça, em algo quase transparente — quase, mas não totalmente, de forma que parecia que o segredo do bem-estar, por mais improvável, podia estar escondido ali. Mas meu horário terminou e não precisei responder. Na porta, apertamos as mãos, um gesto que sempre me pareceu estranhamente deslocado, como se, com todos os órgãos espalhados sobre a mesa e o tempo da operação quase esgotado, o cirurgião embrulhasse com cuidado cada um com plástico antes de colocá-los de volta e costurar a pessoa rapidamente. Na sexta-feira seguinte, depois de dar a Vlad instruções para cuidar de meu apartamento enquanto eu estivesse fora, tomei um Xanax para passar pela segurança e outro ao rodar pela pista, e estava no ar num voo noturno para o aeroporto Ben Gurion.

Bondade verdadeira

Não concordo com o plano, já disse. Por quê?, você perguntou, com olhinhos furiosos. O que você vai escrever?, perguntei. Você me disse que era uma história enrolada sobre quatro, seis, talvez oito pessoas, todas deitadas em quartos, ligadas por um sistema de eletrodos e cabos a um grande tubarão branco. A noite toda o tubarão, suspenso num tanque iluminado, sonha os sonhos dessas pessoas. Não, não os sonhos, os pesadelos, as coisas difíceis demais para suportar. Então elas dormem e através dos cabos as coisas apavorantes saem delas e vão para o peixe assombroso com a pele cheia de cicatrizes capaz de suportar a desgraça acumulada. Quando você terminou, deixei passar um silêncio suficiente antes de falar. Quem são essas pessoas?, perguntei. Pessoas, você disse. Mastigo um punhado de nozes, olhando seu rosto. Sobre os problemas dessa historinha, não sei nem por onde começar, eu disse. Problemas?, você perguntou, a voz subindo e rachando. Nos poços de seus olhos sua mãe via o sofrimento de uma criança criada por um tirano, mas afinal o fato de você nunca ter se tornado escritor não tinha nada a ver comigo.

* * *

E daí? Como começar? Depois de tudo, depois de milhões de palavras, de conversas infindáveis, de implacáveis discussões, os telefonemas, as explicações, os tormentos, as ênfases, os ofuscamentos e esclarecimentos, e depois o silêncio de todos esses anos — onde?

Quase amanhecer. De onde estou sentado na mesa da cozinha, posso ver o portão da frente, e agora a qualquer minuto você vai voltar de sua excursão noturna. Vou ver você aparecer com seu velho blusão azul, aquele que você desenterrou do armário, e você vai se curvar, destrancar a trava enferrujada e entrar. Vai abrir a porta, tirar o tênis molhado, molduras de lama nas bordas e folhas de grama grudadas nas solas e depois vai entrar na cozinha e me encontrar à sua espera.

Quando você e Uri eram pequenos, sua mãe vivia com medo de morrer e deixar vocês sozinhos. Sozinhos comigo, observei. Ela olhava três, quatro vezes antes de atravessar a rua. Toda vez que voltava para casa em segurança ela havia conquistado uma pequena vitória contra a morte. Ela pegava você e seu irmão entre os braços, mas era sempre você que ficava mais tempo grudado nela, enterrando o narizinho escorrendo em seu pescoço como se sentisse que estivera em risco. Uma vez, ela me acordou no meio da noite. Foi logo depois da guerra de Suez, na qual lutei como havia lutado em 48, como lutou qualquer um que pudesse segurar uma arma ou atirar uma granada. Quero que a gente vá embora, ela disse. O que está dizendo?, perguntei. Não vou mandar esses meninos para a guerra, ela disse. Eve, eu falei, é tarde. Não, ela disse, sentando na cama, não vou deixar acontecer. Por que está preocupada? eles são bebês, eu disse. Quando tiverem idade não vai mais haver luta. Durma. Três semanas depois, um sujeito de meu batalhão estava andando na frente da nossa barraca quando uma bomba explodiu e ele se evaporou. Explodiu em pedaços. No dia seguinte, um cachorro ao qual todo mundo dava restos de comida trouxe a mão dele e ficou sentado a roê-la ao sol do meio-dia. Coube a mim tirar à força do animal esfaimado a mão decepada. Enrolei-a num trapo e a mantive debaixo de minha cama até alguém poder mandá-la de volta para a família. Mais tarde, fui informado que partes assim mínimas não eram devolvidas. Não perguntei o que ia acontecer com a mão. Entreguei-a e eles deram a ela o fim que acharam conveniente. Se eu tive pesadelos depois? Se gritava durante a noite? Não falemos nisso. Que adianta falar dessas coisas? Não pense nisso agora, eu disse a sua mãe e virei para dormir. Já pensei, ela disse. Vamos mudar para Londres. E como vamos viver?, perguntei, virando de volta e agarrando seus pulsos. Durante um momento ela ficou em silêncio, respirando pela boca. Você acha um jeito, ela disse baixo.

    Mas não mudamos, não achei nenhum jeito. Vim para Israel quando tinha cinco anos, quase tudo em minha vida aconteceu aqui. Não iria embora. Meus filhos vão crescer ao sol israelita, comendo frutas israelitas, brincando nas ruas israelitas, com as unhas sujas da terra de seus antepassados, lutando se preciso. Sua mãe sabia disso desde o começo. À luz do dia, à luz da minha obstinação, ela saiu à rua com um lenço amarrado no cabelo, saiu para combater a morte e voltou vitoriosa.

    Quando ela morreu, chamei Uri primeiro. Entenda como quiser. Todos esses anos foi Uri que veio quando a porta da garagem enguiçava, quando a porcaria do tocador de DVD travava, quando a bosta do sistema de GPS, de que ninguém precisa num país do tamanho de um selo postal, ficava latindo sem parar: no próximo farol, vire à esquerda! Esquerda, esquerda, esquerda! Vá se foder, sua vaca, eu vou para a direita. Sim, foi Uri que veio e que sabia o botão certo para silenciá-la para eu poder dirigir em paz outra vez. Quando sua mãe ficou doente, foi Uri quem a levou à quimioterapia duas vezes por semana. E você, meu filho? Onde você estava esse tempo todo? Então, me diga, por que diabos haveria de telefonar para você primeiro?

Vá até em casa, eu disse a ele, e pegue o conjunto vermelho de sua mãe. Pai, ele disse, a voz desenrolando como uma fita solta do alto do telhado. O vermelho, Uri, com botões pretos. Não o de botões brancos, isso é importante. Tem de ser o de botões pretos. Por que tinha de ser assim? Porque há muita consolação nas especificidades. Depois de um silêncio: mas pai, ela não vai ser enterrada com essa roupa. Uri e eu ficamos com o corpo dela a noite inteira. Enquanto você esperava um avião em Heathrow nós ficamos com o corpo da mulher que trouxe você ao mundo, que tinha medo de morrer e deixar você sozinho comigo.

Me explique de novo, eu disse a você. Porque eu quero entender. Você escreve e apaga. E chama isso de profissão? E você, em sua infinita sabedoria, disse: não, um modo de vida. Eu ri na sua cara. Na sua cara, meu filho! Um modo de vida!, e a risada sumiu de minha boca. Quem você pensa que é?, perguntei. O herói de sua própria existência? Você se recolheu em si mesmo. Guardou a cabeça como uma pequena tartaruga. Me diga, falei, eu gostaria mesmo de saber. Como é ser você?

Duas noites antes de sua mãe morrer, sentei para escrever uma carta a ela. Eu, que detesto escrever cartas, que preferia pegar o telefone e falar o que tinha para falar. Uma carta não tem volume e sou um homem que depende de volume para se fazer entender. Mas tudo bem, não havia linha para entrar em contato com sua mãe, ou talvez ainda houvesse linha, mas nenhum telefone do outro lado. Ou então, um toque contínuo e ninguém para atender, Jesus Cristo, meu menino, basta dessas merdas de metáforas. Então sentei na lanchonete do hospital para escrever uma carta para ela, porque ainda havia coisas que eu queria lhe dizer. Não sou homem de ideias românticas sobre a extensão do espírito, quando o corpo falha, acabou, terminou, cortina, *kaput*. Mas resolvi mesmo assim enterrar a carta com ela. Peguei uma caneta emprestada com a enfermeira gorda e sentei debaixo dos cartazes de Machu Picchu, da Grande Muralha da China e das ruínas de Éfeso como se eu estivesse lá para mandar sua mãe para um lugar distante, e não para lugar nenhum. Uma maca passou trepidando, levando o quase morto, careca e encolhido, um saquinho de ossos que abriu um olho no qual toda a sensibilidade havia se concentrado e fixou em mim o olhar ao passar. Voltei ao papel à minha frente. *Querida Eve.* Mas depois disso, nada. De repente, ficara impossível escrever uma palavra mais. Não sei o que era pior, se o apelo daquele olhinho patético ou a censura da página em branco. Pensar que você um dia quis fazer a vida com palavras! Graças a Deus o salvei disso. Você hoje podia ser um figurão, mas é a mim que deve agradecer.

Querida Eve, depois nada. As palavras secaram como folhas e voaram. O tempo todo que fiquei sentado ao seu lado enquanto ela estava inconsciente estavam tão claras na minha cabeça as muitas coisas que eu ainda precisava dizer. Eu resistia, eu continuava, tudo na minha cabeça. Mas agora, cada palavra que eu pescava parecia sem vida e falsa. Quando eu já estava a ponto de desistir e amassar a folha, me lembrei do que Segal me disse uma vez. Você se lembra de Avner Segal, meu velho amigo? Traduzido para tantas línguas obscuras mas nunca para o inglês, e por isso continuou pobre? Alguns anos atrás, nos encontramos para almoçar em Rehavia. Me surpreendeu o quanto ele havia envelhecido nos poucos anos desde que o vira pela última vez. Sem dúvida, ele deve ter pensado a mesma coisa de mim. Uma época, trabalhamos lado a lado no meio das galinhas, cheios de ideais de solidariedade. Os anciãos do *kibutz* tinham concluído que o melhor jeito de pôr em uso nosso talento juvenil era nos mandar inocular um bando de aves, depois limpar sua merda no feno. Agora estávamos sentados juntos, o promotor aposentado e o escritor envelhecido, com pelos nascendo em nossas orelhas. O corpo dele estava curvado. Ele me confidenciou que apesar de seu último livro ter ganhado um prêmio (nunca ouvi falar), ele estava passando um momento terrível. Não conseguia produzir um parágrafo sem condená-lo ao lixo. Então o que você faz?, perguntei. Quer saber?, ele perguntou. Estou perguntando, eu disse. Tudo bem, disse ele, aqui entre nós, vou contar. Inclinou-se sobre a mesa e sussurrou duas palavras: senhora Kleindorf. O quê?, perguntei. Isso que eu disse, senhora Kleindorf. Não estou entendendo, falei. Finjo que estou escrevendo para a senhora Kleindorf, ele disse. Minha professora da sétima série. Ninguém mais vai ver, digo a mim mesmo, só ela. Não importa que ela já tenha morrido há vinte e cinco anos. Penso em seus olhos bondosos e nas carinhas vermelhas sorridentes que desenhava em meus trabalhos e começo a relaxar. E então, disse ele, consigo escrever um pouco.

Voltei ao papel à minha frente. *Querida...* escrevi, mas parei de novo porque não conseguia me lembrar do nome da minha professora da sétima série. Nem da sexta, nem da quinta, nem da quarta também. Do cheiro de cera de chão misturado com pele não lavada eu me lembrava, e da sensação seca do pó de giz no ar, e do fedor de cola e urina. Mas os nomes das professoras estavam perdidos para mim.

Querida sra. Kleindorf, escrevi. *Minha esposa está morrendo no andar de cima. Durante cinquenta e um anos, dormimos na mesma cama. Há um mês ela está deitada num leito de hospital e toda noite volto para casa e durmo sozinho em nossa cama. Não lavei os lençóis desde que ela se foi. Tenho medo de não conseguir dormir se os lavar. Outro dia, entrei no banheiro e a empregada estava limpando os cabelos da escova de Eve. O que está fazendo?, perguntei. Estou limpando a escova, ela respondeu. Não toque nessa escova de novo, eu disse. Entende o que eu quero dizer, sra. Kleindorf? E, já que estamos falando da senhora, deixe-me fazer uma pergunta. Por que havia sempre uma unidade sobre história, matemática, ciência e Deus sabe quais outras informações inúteis, inteiramente olvidáveis, que a senhora ensinava àqueles meninos da sétima série, ano após ano, mas nunca nenhuma unidade sobre a morte? Nenhum exercício, nem texto, nenhum exame final sobre o único assunto que interessa?*

Gosta disso, meu menino? Achei que gostaria. Sofrimento: é bem o tipo de coisa que faz a sua cabeça.

De qualquer forma, não fui além disso. Enfiei a carta inacabada no bolso e voltei diretamente para o quarto em que sua mãe estava deitada entre cabos e tubos, bips e soros. Havia uma aquarela de paisagem na parede, um vale bucólico, umas montanhas distantes. Eu conhecia cada centímetro daquele quadro. Era uma pintura chapada e primária, terrível mesmo, parecia uma daquelas coisas de "pinte com números", uma daquelas paisagens enlatadas que vendem em barracas de suvenir, mas naquele momento resolvi que quando deixasse aquele quarto pela última vez, ia tirar o quadro da parede e levar comigo, com a moldura barata e tudo. Tinha olhado para ele tantas horas e dias que, de uma forma que não sei explicar, aquela porcaria de pintura passara a significar alguma coisa. Eu tinha implorado a ela, raciocinado com ela, discutido com ela, xingado-a, tinha entrado nela, tinha achado meu rumo naquele vale incompetente e ela acabou significando alguma coisa para mim. Então resolvi que, enquanto sua mãe ainda estivesse ligada àquele retalho desumano de vida dado a ela, quando tudo acabasse eu tiraria o quadro da parede, enfiaria debaixo do paletó e sairia com ele. Fechei os olhos e flutuei. Quando acordei, as enfermeiras estavam reunidas num coágulo em torno da cama. Uma onda de atividade, então se afastaram, e sua mãe estava imóvel. Tinha deixado este mundo, como disseram, Dova'leh, como se existisse algum outro. A pintura pregada na parede. Assim é a vida, meu filho: se você pensa que é original em alguma coisa, pense de novo.

Acompanhei o corpo dela à funerária. Fui eu que olhei para ela pela última vez. Que puxei o lençol sobre seu rosto. Como é possível?, eu pensava. Como estou fazendo isso, olhe minha mão, está se estendendo, agora está pegando o lençol, como? A última vez que vou olhar o rosto que passei a vida inteira estudando. Passar por cima dele. Procurei um lenço de papel no bolso. Em vez dele, tirei a carta amassada para a professora de sétima série de Avner Segal. Sem parar para pensar, alisei o papel, dobrei e coloquei junto dela. Acomodei-o junto ao cotovelo. Acho que ela deve ter entendido. Baixaram o caixão. Alguma coisa cedeu nos meus joelhos. Quem tinha cavado o túmulo? De repente, eu precisava saber. Devia ter passado a noite cavando. Quando me aproximei do buraco abissal, cruzou minha cabeça a ideia absurda de que precisava encontrar quem cavou para dar uma gorjeta.

Em algum ponto disso tudo, você chegou. Não sei quando. Virei-me e lá estava você, com capa de chuva escura. Tinha envelhecido. Mas ainda esguio, porque sempre teve os genes de sua mãe. Lá estava você no cemitério, único portador sobrevivente desses genes, porque Uri, como não preciso dizer a você, Uri puxou a mim. Lá estava você, o juiz importante de Londres, estendendo a mão, à espera de sua vez com a pá. E sabe o que senti vontade de fazer, meu filho? Queria dar um tapa em você. Ali mesmo, queria dar um tapa no seu rosto e mandar você procurar sua própria pá. Mas em respeito a sua mãe que nunca gostou de cenas, entreguei a pá. Precisei de todo meu esforço para me controlar, mas entreguei a pá e fiquei olhando você se abaixar, enfiar a pá no monte de terra solta e, com o ligeiro tremor de suas mãos, chegar perto do buraco.

Depois, todo mundo se reuniu na casa de Uri. Achei que era o máximo que eu podia aguentar — não minha casa, não sete dias —, e mesmo isso era demais. As crianças foram fechadas na sala de estar, assistindo à televisão. Olhei os convidados em torno de mim e de repente não conseguia mais ficar entre eles. Não conseguia aguentar nem a superficialidade nem a profundidade de seu luto — qual deles fazia ideia real do que se perdia? Não aguentava a retidão de seu consolo, as idiotas justificativas dos piedosos, nem a empatia das velhas amigas de Eve ou das filhas dessas amigas, a mão pousada cuidadosamente em meu ombro, os lábios contraídos e as testas franzidas que seus rostos assumiam com tanta naturalidade depois de anos criando filhos, mandando-os para o exército, e pastoreando seus maridos pelo vale escuro da meia-idade. Sem mais nem uma palavra, pus na mesa o prato intocado que alguém havia servido, um prato muito cheio que não comportava mais nem um bocado e cuja leveza, na razão de comida para dor, me enojava, e fui ao banheiro. Tranquei a porta e sentei na privada.

Logo ouvi chamarem meu nome. Outros acabaram se juntando à busca. Vi você atravessando o jardim, distorcido pelo vidro, chamando. Você! Chamando por mim! Quase me fez rir. De repente, vi você aos dez anos na trilha da cratera Ramon, caminhando agitado, sem fôlego, a boquinha aberta, suor escorrendo pelo rosto, o ridículo chapéu de sol como uma flor murcha em torno da cabeça. Me chamando sem parar porque você pensou que tinha se perdido. Imagine, meu filho. Eu estava lá o tempo todo! Ajoelhado atrás de uma pedra, poucos metros acima, no penhasco. Isso mesmo, enquanto você chamava, enquanto você gritava por mim, achando que tinha sido abandonado no deserto, eu me escondia atrás de uma pedra observando pacientemente, como o carneiro que salvou Isaac. Eu era Abraão e o carneiro. Quantos minutos se passaram enquanto eu deixava você borrar a calça, um menino de dez anos enfrentando sua pequenez e desamparo, o pesadelo de sua absoluta solidão, não sei. Só quando finalmente resolvi que você tinha aprendido a lição, que tinha ficado claro para você o quanto precisava de mim, foi que saí de trás da pedra e saltei para a trilha. Calma, eu disse, por que está gritando, só fui fazer xixi.

É, foi disso que me lembrei de repente quando vi você pela janela do banheiro trinta e sete anos depois. Existe uma falácia de que a emoção poderosa da juventude se abranda com o tempo. Não é verdade. A gente aprende a controlá-la e suprimi-la. Mas ela não diminui. Simplesmente se esconde e se concentra em lugares mais discretos. Quando a pessoa incidentalmente tropeça em um desses abismos, a dor é espetacular. Encontro esses pequenos abismos em toda parte agora.

Você continuou me chamando por vinte minutos. As crianças foram convocadas também, deixaram a televisão por um mistério da vida real, talvez, se tivessem sorte até uma emergência. Vi a menorzinha pela janela, arrastando meu suéter pela grama. Deixando a minha trilha para os cachorros talvez. São todos tão educados, os sobrinhos-netos e sobrinhas-netas. Se juntar o conhecimento deles, seriam capazes de administrar um pequeno país aterrorizante. Eles falam com segurança; detêm as chaves do castelo. Eu era o pão *afikoman* que eles procuravam. Poucos minutos depois de começado o jogo, ouvi o bando inteiro arranhando a porta. Nós sabemos que está aí dentro, diziam. Abra, disse um deles com uma vozinha rouca, e depois o resto se juntou a ele, pequenos punhos batendo. Toquei um gigantesco hematoma no joelho que não me lembrava de ter feito. Cheguei a uma idade em que hematomas se formam por falhas internas mais que por acidentes externos. Uri chegou, chamando as feras. Pai?, ele falou junto à porta. O que está fazendo aí? Tudo bem? Muitas maneiras de responder a pergunta, mas nenhuma suficiente. Acabou o papel higiênico?, uma das crianças perguntou. Uma pausa, passos se afastando, depois voltando. O som da maçaneta forçada e, antes que eu tivesse tempo de me preparar, a porta estremeceu e abriu-se. A multidão olhou para mim. Entre as crianças, risos e algum aplauso. A menor, minha pequena Cordelia, aproximou-se e tocou meu joelho machucado. Os outros, corretamente, recuaram. No rosto de Uri vi uma expressão de medo que não tinha visto antes. Calma, meu filho, eu estava só fazendo xixi.

Não, não sou um homem que alimenta ideias românticas sobre a extensão do espírito. Isso é uma coisa que quero acreditar que ensinei a meus filhos, gozar o mundo físico enquanto ele está ao seu alcance, porque esse é um sentido da vida que não se pode discutir. Experimentar, tocar, respirar, comer e se empanturrar — todo o resto, tudo o que acontece no coração e na mente vive na sombra da incerteza. Mas a lição não chegou fácil para você, e no final você nunca a aceitou. Você deu um tiro no próprio pé, e depois passou anos tentando entender a dor. Foi Uri quem adotou minhas lições sobre o apetite físico. Pode bater na porta de Uri a quase qualquer hora do dia ou da noite e ele vai atender com a boca cheia.

* * *

Nessa noite, depois que os hóspedes foram embora, deixando para trás as tigelas de *homus* formando crosta, a salada de ovo, a pescada malcheirosa, o pão de pita ressecando a olhos vistos, vi você e Uri abraçados na cozinha. Você o tinha deixado sozinho com o fardo de seus pais idosos — servir de chofer para cá e para lá, perder tempo conosco em salas de espera, se arrastar para nossa casa para olhar um problema, investigar uma reclamação, encontrar os óculos que ninguém consegue achar, arrumar esta ou aquela confusão com os formulários do seguro de vida, arrumar um pedreiro para consertar uma goteira ou, sem dizer uma palavra a ninguém, instalar um elevador de escada ao descobrir que eu vinha dormindo no sofá da sala fazia um mês porque não conseguia mais subir a escada. Imagine, Dovik, um *elevador*, de forma que toda vez que quero, posso subir e descer a escada como um esquiador. E como se tudo isso não bastasse, nos telefonar toda manhã para ver como passamos a noite, e toda noite para saber como foi o dia? E fazia tudo sem reclamar, sem ressentimento, mesmo tendo todo o direito de ficar furioso com você. Olhei para a cozinha e lá estavam vocês dois, cabeças juntas, dois homens crescidos conversando aos cochichos como faziam quando crianças, discutindo intensamente seja lá o que for que costumavam discutir, garotas, provavelmente, seus longos cabelos sedosos e suas bundas e peitos. Só que dessa vez, eu sabia que estavam falando de mim. Tentando resolver o que fazer comigo agora, o seu velho, sem ter a menor ideia, assim como um dia não tiveram a menor ideia do que fazer com um par de peitos. Se Uri estivesse pensando o que fazer, tudo bem para mim, eu já estava acostumado, ele tinha um jeito de fazer as coisas que não comprometia minha dignidade. Deus me livre que eu um dia perca a capacidade de segurar meu próprio pau para fazer xixi, mas Uri encontraria um jeito de fazer isso para mim que conservaria minha dignidade, com a piada certa ou uma história engraçada sobre alguma coisa que aconteceu com ele outro dia no supermercado. Esse é Uri. Mas o fato de você agora estar envolvido, você que durante tanto tempo viveu lá em silêncio enquanto sua mãe e eu nos atrapalhávamos e envelhecíamos, que de repente havia resolvido aparecer para distribuir sua magnanimidade, para fingir que fazia parte de tudo isto, com esse desagradável ar de preocupação no rosto — era mais do que eu podia suportar. Que porra está acontecendo aqui?, perguntei. E você virou para mim; em seus olhos, por trás de toda aquela falsa magnanimidade, pensei ver um brilho da velha raiva, aquela que você fazia ferver, alimentava e alimentava contra mim quando tinha dezessete, dezenove, vinte anos. E fiquei contente, meu rapaz. Fiquei contente de ver aquela raiva de novo, do mesmo modo que se fica contente de ver um parente há muito perdido.

Nada, você respondeu. Sempre mentiu mal. Estávamos resolvendo o que fazer com toda essa comida. Eu ignorei você. Estou pronto para ir para casa, Uri, eu disse. Pai, disse ele, tem certeza de que não quer ficar aqui? Ronit pode arrumar a cama de hóspede, o colchão é novinho, muito confortável, eu mesmo fui forçado a experimentar algumas vezes, e então deu um de seus sorrisos, porque ele é um homem capaz de fazer piada consigo mesmo. Não lhe custa nada. Ao contrário: quanto mais brinca consigo mesmo, quanto mais leva as pessoas a rirem dele, mais feliz fica. Isso é intrigante para você, Dov? Que um homem possa aceitar, possa até provocar a risada de gozação dos outros? Você sempre teve muito medo de ser feito de bobo. Se alguém ousava rir de você, você ficava amargurado e registrava em particular uma nota contra a pessoa em seu livro de contabilidade. Esse é você. E olhe para você agora: um juiz itinerante. Um dia, se tudo correr bem, vão pedir que assuma um posto no Supremo

Tribunal da Inglaterra. Presidir o julgamento de crimes sérios, dos crimes mais sérios de todos. Mas você começou a treinar faz muito tempo. Pôr-se acima dos outros, julgar, condenar — tudo isso é natural para você.

Obrigado mesmo assim, eu disse, mas quero ir para casa, e Uri deu de ombros, chamou Ronit para embalar um pouco de comida e foi procurar as chaves do carro. Gilad, que pela primeira vez em séculos era visto sem enormes fones de ouvido presos na cabeça, entrou na sala com um ar determinado no rosto e veio direto até mim. Olhei por cima do ombro, achando que ele estava focalizando algo atrás de mim, e quando me virei de volta nos chocamos. O menino, nada de menino mais, um rapazote de quinze anos, estava aplicando em mim alguma espécie de pressão ou aperto que era para ser um abraço. Um abraço, Dovik, meu neto que durante anos não havia respondido uma única de minhas perguntas com mais que um monossílabo, estava agora apertado contra mim, os olhos fechados, os dentes à mostra. Aparentemente tentando conter as lágrimas. Dei-lhe tapinhas nas costas, pronto, pronto, disse, vovó gostava muito de você. Foi o que bastou para ele explodir, me borrifando com saliva e caindo numa confusão chorosa. Porque ninguém havia lhe ensinado nada, nem mesmo aqui neste país em que a morte se sobrepõe à vida, e agora ele está sentindo seu gosto pela primeira vez. E ele não chora por ela, não por sua avó, ele chora por si mesmo: porque ele também vai morrer um dia. E antes disso, seus amigos morrerão, e os amigos de seus amigos e, com o passar do tempo, os filhos de seus amigos e, se o seu destino for realmente amargo, seus próprios filhos. Portanto, ali está ele chorando. E enquanto choro sem palavras para confortá-lo (tenho a sensação de que mesmo nesse estado enfraquecido, de alerta, o rapazote está surdo para todas as palavras, exceto aquelas que lhe chegam pelos enormes portais forrados de pele dos fones de ouvido), Uri volta sacudindo as chaves. E então, do nada, você estende a mão para detê-lo. Você, que, no que me diz respeito, não sabia de nada sobre nada. Eu levo ele, você disse. Ele?, quase gritei. *Ele?* Como se eu fosse uma criança esperando ser levada à aula de dança. Uri olhou para mim para avaliar minha reação. Uri, que tem o controle remoto da minha garagem preso ao para-sol de seu carro, ao lado do controle remoto de sua própria garagem, tamanha a frequência com que o usa. E, no entanto, o que eu podia dizer? Havia um Gilad ainda colado em mim. Você me pôs numa situação... Como eu podia dizer o que realmente achava de seu oferecimento com aquele meninão grudado em mim, buscando apoio e consolação para absorver o choque de que tudo aquilo, de que todos nós, tudo o que ele conhecera, é temporário?

E então, cinco minutos depois, contra a minha vontade, me vi no carro alugado com você, no colo, a sacola de Ronit cheia de recipientes plásticos com comida. O interior era de couro preto. O que é essa coisa?, perguntei. Um BMW, você respondeu. Um carro alemão?, perguntei. Vai me levar para casa num carro alemão? Você é um figurão tão importante que não pode aceitar um Hyundai como todo mundo? Não basta para você? Tem de pagar a mais especialmente por um carro feito pelos filhos dos nazistas? Dos guardas dos campos de extermínio? Já não basta de couro preto para nós? Deixe eu descer desta coisa, eu disse, prefiro ir andando. Pai, você apelou, e ouvi alguma coisa que não reconheci em sua voz. Alguma coisa escondida ali, nos registros mais agudos. Por favor, você disse. Não me faça implorar. Foi um longo dia. E você não estava errado, então virei o rosto para olhar pela janela.

Quando você era menino, eu costumava levá-lo comigo ao mercado *shuk* às sextas-feiras de manhã. Você se lembra, Dova'leh? Eu conhecia todos os comerciantes e eles me conheciam. Tinham sempre alguma coisa para eu experimentar. Pegue umas tâmaras, eu dizia a você enquanto discutia política com Zegury, o fruteiro. Cinco minutos depois, eu olhava e você estava pegando as tâmaras entre dois dedos, uma a uma, estudando-as com um distanciamento exótico. Eu agarrava o saco contendo a pequena coleção patética. Assim, nós vamos morrer de fome, eu dizia. Pegava dois ou três grandes punhados e jogava no saco. Nunca vi você comer nenhuma. Você dizia que pareciam baratas. Havia no *shuk* um velho árabe que recortava o perfil das pessoas em papel preto. A pessoa assumia seu posto num caixote e o árabe olhava e recortava. Você se arrepiava ao olhar, com medo de que o árabe fosse se cortar, o que nunca aconteceu. Ele recortava maniacamente, depois entregava a essência em papel do rosto do modelo. Para você ele era um gênio do porte de Picasso. Você ficava mudo em sua presença. Quando não havia ninguém para posar, o árabe afiava a tesoura numa pedra, cantarolando um longo e complexo trecho de uma canção. Um dia, você e Uri estavam comigo, e quando chegamos ao árabe, me sentindo orgulhoso ou magnânimo, perguntei: quem quer um retrato, meninos? Uri pulou para o caixote. Juntou toda a sua juvenil gravidade e fez uma pose. O árabe olhou para ele com pálpebras entrecerradas, recortou e apareceu a orgulhosa silhueta de meu Uri. Podia-se ler toda a glória de uma vida potente naquele nariz aquilino. Ele saltou do assento e pegou seu retrato, absolutamente deliciado. O que ele sabia sobre decepção e morte? Nada, como o retrato do árabe deixava claro. Nervoso, você tomou seu lugar no caixote onde tanta gente havia sido analisada e reduzida a uma única linha contínua pelo tremendo artista. O árabe começou a recortar. Você, sentado muito imóvel. Então vi seus olhos tremerem e baixarem para o chão onde o papel recortado havia caído, os retalhos pretos. Você ergueu os olhos para os olhos do árabe outra vez, abriu a boca e gritou. Gritou e soluçou e não parava por nada. Está agindo como um louco, eu disse, sacudindo você pelos ombros, mas você continuou. Chorou até em casa, se arrastando dois metros atrás de nós. Uri agarrado a seu perfil, olhava para trás, preocupado com você. Depois, sua mãe emoldurou a silhueta para ele. Não sei o que aconteceu com a sua. Talvez o árabe a tenha jogado fora. Ou guardado para o caso de eu voltar, uma vez que já estava paga. Mas eu nunca voltei. Depois disso, você parou de ir comigo ao *shuk*. Está vendo, meu filho? Está vendo o que eu enfrentava?

Você me levou de volta para nossa casa, de sua mãe e minha, só que agora não era mais dela. Ela estava passando sua primeira noite sob a terra. Mesmo agora, não consigo pensar nisso. Sra. Kleindorf, me deixa engasgado pensar no corpo sem vida de minha mulher embrulhado debaixo de dois metros de terra. Mas não recuo diante disso. Não me consolo imaginando que ela está polvilhada em torno de mim na atmosfera, ou voltou na forma do corvo que chegou ao jardim dias depois de sua morte e ali ficou, estranhamente, sem parceira. Não barateio a morte com pequenas fabricações. O cascalho rangeu debaixo das rodas de seu carro alemão, estacionamos, e você desligou o motor. O céu acima das montanhas estava de um anil profundo com a última luminosidade do dia, mas a casa já estava encerrada em escuridão. E ouvindo os pequenos estalidos do motor que morria no silêncio novo, de repente me lembrei do dia em que nos mudamos para cá, vindos da casa em Beit Hakarem. Você se lembra? Você havia passado a manhã inteira trancado em seu quarto, transferindo os peixes de nosso aquário para sacos plásticos cheios de água — preocupado com eles, abrindo e fechando os sacos. Enquanto o resto de nós corria fechando caixas com fita e carregando móveis, você cuidava de seus peixes e preparava a sua querida tartaruga para a viagem. Os cuidados que você dedicava àquele réptil! Costumava deixá-lo esticar as pernas no jardim; todo dia lhe dava um momento ao sol. Ficava olhando seus olhinhos de contas em busca do segredo de sua alma. Quando sua mãe comprou o repolho errado, você ficou tão bravo que chorou — *chorou e gritou* porque ela havia sido insensível a ponto de comprar repolho roxo em vez de verde. Gritei que você era um moleque ingrato. Em minha fúria, agarrei seu amiguinho e o balancei acima da lâmina do liquidificador, que girava. Desesperadamente, ele tentava recolher a perna de volta à segurança do casco, mas eu o prendi entre os dedos e fiz girar o motor. Você deu um grito de gelar o sangue. Que grito! Como se fosse você mesmo que eu estava preparado a sacrificar na lâmina. Senti um arrepio agradável na extremidade dos nervos. Depois, quando você fugiu para o seu quarto agarrando a patética criatura nos braços, o rosto de sua mãe transformou-se em pedra. Brigamos, como sempre brigávamos quando se tratava de você, e eu disse a ela que estava louca se achava que eu ia permitir aquele comportamento. E ela, que desde que você começou a andar respirava os últimos livros lançados sobre psicologia infantil, devorava cada teoria, tentava me convencer de que para você aquela tartaruga era um símbolo de si mesmo e que agirmos com desdém por suas necessidades e desejos era, para você, a mesma coisa que desconsiderar os seus próprios desejos. Um símbolo de si mesmo, pelo amor de Deus! Seguindo as ordens daqueles livros ridículos, ela achava um jeito de se contorcer para caber em seu pequeno crânio, de forma a poder não só entender, mas *concordar* com você que a compra de repolho roxo em vez de repolho verde constituía um abuso emocional. Deixei que ela terminasse. Deixei que se enrolasse em teorias. Depois disse a ela que tinha perdido a cabeça. Que se você se via como um réptil fedido, nojento, desmiolado, então era hora de tratar você como tal. Ela saiu de casa furiosa. Mas meia hora depois estava de volta, agarrada a um triste repolhozinho verde, insistindo com você, sussurrando e implorando pela fresta da porta que a deixasse entrar. Alguns meses depois, compramos a casa em Beit Zayit e você passou a noite inteira planejando o melhor jeito de transportar a tartaruga. Passou a manhã inteira separando os peixes em sacos e dando conselhos psicológicos à tartaruga. Levou o tanque no colo quando rodamos para a casa nova e a cada virada que eu dava, a tartaruga escorregava e batia nos cantos. Seus olhos se encheram de lágrimas, achando que eu estava sendo cruel, mas você me superestimava: nem eu era capaz desse tormento deliberado. Enfim, não foi por minhas mãos que seu precioso bicho de estimação encontrou seu trágico fim. Um dia, você o deixou no sol e quando voltou ele estava caído de costas, o casco rachado e aberto, morrendo devido ao ataque de uma fera de verdade.

Foi logo depois que nos mudamos que você começou com seus passeios noturnos. Você achou que ninguém sabia, mas eu sabia. Você não me confiou nada, manteve seu pequeno segredo. Naquele tempo, acontecia muitas vezes de eu acordar com fome no meio da noite. Eu descia para a cozinha e ficava na frente da geladeira, arrancando pedaços de carne da galinha assada, esfaimado demais para pegar um prato, sentar, ou mesmo acender a luz. Uma noite, eu estava ali parado, comendo no escuro, e vi um vulto atravessar o jardim, um boneco-palito que tinha adquirido alguma energia cinética se deslocando pelo gramado. Ele parou por um minuto, como se tivesse visto ou ouvido alguma coisa que chamou sua atenção. Havia um pouco de luar e, pelo que eu podia ver, o vulto não parecia nem homem, nem mulher e nem criança também. Um animal, talvez. Um lobo, um cachorro-do-mato. Só quando o vulto se mexeu outra vez, contornando a casa, e em seguida ouvi a porta se abrir devagar, depois os rápidos e sólidos movimentos de alguém que sabia exatamente onde estava — só então me dei conta de que era você.

Fiquei parado na cozinha até ouvir você desaparecer em seu quarto no andar de cima. Fui estudar seus tênis enlameados deitados de lado, exaustos, junto à porta, para adivinhar qual tinha sido sua escapada secreta, que confusão você estava aprontando, e com quem — se bem que se envolvesse alguém só poderia ter sido Shlomo. O que terá acontecido com ele? Shlomo, a quem você era ligado como um gêmeo siamês, com quem você se comunicava sob o radar dos outros numa linguagem privada, embutida, de caretas, rolar de olhos e tiques. Sim, quase com certeza seu passeio de meia-noite compreendia algum esquema imaturo que vocês dois deviam ter combinado sem dizer nada, com alguns movimentos dos músculos faciais que de alguma forma conseguiam mandar e receber em classe enquanto, com expressões dolorosas, a sra. Kleindorf martelava em suas cabeças os dois mil anos, sempre os dois mil anos, e mandava vocês dois sentarem em cantos opostos da sala. Eu pretendia confrontar você na manhã seguinte, mas quando você apareceu para o café da manhã nada em seu rosto revelava o menor indício da aventura e comecei a imaginar se seria possível que você fosse sonâmbulo. Mas quatro ou cinco noites depois eu estava de pé às duas da manhã, devorando o resto de *schnitzel* quando vi você entrando pelo jardim outra vez. A lua estava brilhando e vi o seu rosto banhado na expressão mais tranquila.

Agora você me acompanhou pelo mesmo jardim e esperou enquanto eu lutava com as chaves, e pela primeira vez fiquei contente de não ter deixado nenhuma luz acesa, para você não ver como de repente minhas mãos estavam tremendo. Finalmente consegui abrir a fechadura e acendi a luz. Tudo bem, eu disse. Pode ir agora. E só então olhei para baixo e vi que você estava com uma mala pequena na mão. Olhei a mala e olhei de volta para você. Olhei seu rosto, que ainda não tinha olhado, não de verdade, durante muito tempo. Você havia envelhecido, é verdade, mas vi alguma outra coisa ali, algo em seus olhos ou na inclinação da boca, uma espécie de dor — mas não só dor, mais que isso, uma expressão de alguém que tivesse sido vencido pelo mundo, como se você finalmente tivesse sido derrotado. E alguma coisa aconteceu dentro de mim. Uma espécie de sensação devastadora me penetrou. Como se agora que sua mãe tinha ido embora, agora que ela não estava mais ali para absorver sua dor, cuidar dela, senti-la como sua própria, isso sobrasse para mim. Tente entender. Durante toda sua vida, sua dor me enfurecia. Sua obstinação, sua determinação, sua introversão, mas acima de tudo a sua dor que sempre a fez ir correndo em seu socorro. E naquele momento, olhando para você na luz do hall, vi alguma coisa em seus olhos. Ela tinha ido embora, havia enfim nos abandonado, nos deixado sozinhos um com o outro, e vi em seu rosto alguma coisa e fui tomado por ela.

    Olhei da mala para seu rosto e de volta para a mala. E esperei que você explicasse.

    Quando você era menino, sua mãe me disse que era capaz de matar para protegê-lo. Você mataria outra pessoa para ele poder viver, repeti. Sim, ela disse. E deixaria cinco morrerem para ele poder viver?, perguntei. Sim, ela disse. Cem?, perguntei. Ela não respondeu, mas seus olhos ficaram frios e duros. Mil? Ela se afastou.

Não, não é culpa minha você não ter se tornado o escritor que queria ser. Você queria escrever sobre um tubarão que assume o ímpeto das emoções humanas. Sofrendo, eu disse a você. O quê?, você perguntou, com um tremor nos lábios. Escute, Dov, você tem de controlar isso. Tem de pegar o touro pelos chifres e lutar. Tem de sufocar isso senão vai ser sufocado. Você olhou para mim como se eu nunca tivesse entendido nada em minha vida. Mas era você que não entendia. Ali parado em sua farda do exército, a mochila no ombro. De farda um homem pode se sentir destacado de si mesmo, pode se perder no flanco da grande fera cuja cabeça nunca viu. Mas você não, meu filho. À paisana você sofria, e de farda não era diferente. Tinha vindo para casa de licença pela primeira vez em três meses. Lembra disso? Ainda estava apaixonado por Dafna. Era por ela que você voltava. Talvez no começo ela tenha se sentido atraída por seu sofrimento, mas até eu era capaz de perceber que ela estava começando a se entediar. Ela veio e vocês dois se trancaram em seu quarto, mas não como vocês costumavam se trancar, epicamente, contra o mundo; dessa vez, ela saiu depois de uma hora, usando sua camiseta do exército para explorar a geladeira e ligar o rádio. Fique à vontade, eu disse enquanto ela espiava as tigelas de salada de galinha e macarrão frio. Fiquei sentado na frente dela, olhando-a comer. Uma moça tão pequena e um apetite tão grande. Ela era segura da própria beleza; isso era evidente em seus menores gestos. Mexia os braços e as pernas num à vontade espontâneo, mas eles sempre pousavam com elegância. Havia uma lógica interna que a organizava inteira. Me diga uma coisa, falei. Ela olhou para mim, ainda mastigando. Havia nela um odor almiscarado. O quê?, ela disse. Fiquei ali sentado, os pelos crescendo em minhas orelhas. Nada, eu disse, e deixei o tubarão gigante nadar para longe de mim. Ela terminou de comer em silêncio e se levantou para lavar o prato. Na porta, parou. A resposta para sua pergunta é não, disse ela. Hã? Que pergunta é essa? Sobre Dov, ela disse. Esperei que ela continuasse, mas não continuou. Havia naquele instante muita coisa que eu não captava. Ouvi a porta da rua fechar quando ela passou.

Durante todo seu serviço militar, antes do que aconteceu com você, você costumava mandar pacotes para casa, endereçados a si mesmo. Sua mãe passou suas instruções de que esses pacotes não fossem tocados, a não ser para serem colocados na gaveta de sua mesa. Você não economizava fita colante, de forma que saberia se alguém tivesse mexido com eles. Bom, adivinhe só. Eu mexi. Abria os pacotes, lia o conteúdo, depois fechava exatamente como você tinha fechado, com mais fita, e se você perguntasse eu teria dito que isso era coisa dos censores do exército. Mas você nunca perguntou. Pelo que eu saiba, você nunca olhou de novo o que tinha escrito. Às vezes, eu achava até que você sabia que eu havia aberto os pacotes e lido o que você escrevia; que você queria que eu lesse. E então, com toda calma, quando sua mãe estava fora e a casa vazia, eu passava os envelopes no vapor e lia sobre o tubarão e os pesadelos interconectados de muitas pessoas. Sobre o zelador que limpava o tanque toda noite, esfregando os vidros e conferindo os tubos e a bomba para enviar água fresca — que fazia uma pausa no trabalho para examinar os corpos febris que tremiam, adormecidos nas camas, que se inclinava apoiado no esfregão e olhava nos olhos da fera branca atormentada, coberta de eletrodos, ligada aos tubos, que cada dia ficava mais e mais doente absorvendo a dor de tantos.

A moça, Dafna, o deixou, claro. Não imediatamente, mas depois de algum tempo. Você descobriu que ela havia estado com outro homem. Seria culpa dela? Talvez esse outro homem a levasse para dançar. Rostos colados, corpos colados, numa daquelas discotecas barulhentas com tambores tribais, e ela se embriagou com a proximidade de um homem cujo corpo não era um país distante para si mesmo, um país distante e às vezes inimigo. Não, a história não é difícil de imaginar. Já aos doze ou treze anos você começou a ficar introvertido. Seu peito afundou, os ombros se arredondaram, os braços e pernas assumiam posições estranhas, como se fossem dissociados do todo. Você se fechava no banheiro por horas sem fim. Deus sabe o que fazia lá dentro. Tentava entender as coisas. Quando Uri usava o banheiro, saía na mesma hora, a água ainda gorgolejando na privada, o rosto vermelho, cantando até. Era capaz de fazer aquilo na frente de uma plateia, ao vivo. Mas quando você finalmente saía estava pálido, suado, perturbado. O que fazia lá aquele tempo todo, meu filho? Esperava o cheiro se dissipar?

Ela te deixou, e você ameaçou se matar, voltou para casa de licença e sentou no jardim como um vegetal, os ombros embrulhados num cobertor. Ninguém veio ver você, nem mesmo Shlomo, porque poucos meses antes, por causa de sabe Deus qual ofensa que você julgou imperdoável, você cortou relações com ele, seu melhor amigo de dez anos, tão próximo de você, mais próximo, do que seus próprios membros. Uma vez perguntei a você como é ser um homem de princípios a tal ponto que ninguém está à altura deles. Mas você me virou as costas, assim como virava as costas a qualquer um que o traísse com suas limitações. Então ficou lá sentado com as costas curvas no jardim, como um velho, morrendo de fome porque o mundo o decepcionara outra vez. Quando tentei me aproximar, você enrijeceu o corpo e ficou mudo. Talvez sentisse minha repulsa. Deixei você com sua mãe. Vocês dois cochichavam e calavam quando eu entrava na sala.

Depois disso houve outra moça. Aquela que você conheceu no exército, quando estava destacado junto com Nachal Tzofar. Você parou de voltar para casa aos fins de semana; queria ficar ao lado dela. Depois ela foi enviada para o norte, não foi? Mas vocês achavam um jeito de se encontrar. Quando ela terminou seu serviço, entrou para a universidade hebraica. Sua mãe me disse que você planejava entrar também. O exército queria que você se tornasse oficial, mas você declinou. Tinha coisa melhor para fazer. Pretendia estudar filosofia. Que utilidade tem isso?, perguntei. Você me lançou um olhar sombrio. Eu não sou bobo: reconheço o valor de expandir o panorama humano. Mas para você, meu filho, eu queria uma vida de coisas sólidas. Ir na direção oposta, para uma abstração cada vez maior, me parecia desastroso para você. Existem aqueles que têm a constituição necessária, mas você não. Desde muito cedo, você incansavelmente procurava e recolhia sofrimento. Claro que não é assim tão simples. A pessoa não escolhe entre a vida externa e a vida interna; elas coexistem, por mais pobremente que seja. A questão é: onde colocar a ênfase? E aqui, mesmo que grosseiramente, tentei orientar você. Sentado no jardim enrolado num xale, se recuperando de suas incursões ao mundo, você lia livros sobre a alienação do homem moderno. O que o homem moderno tem contra os judeus?, perguntei ao passar na sua frente com a mangueira de jardim. Os judeus vêm vivendo em alienação há milhares de anos. Para o homem moderno é um hobby. O que você pode aprender com esses livros que não tenha nascido já sabendo? E então, molhando as plantas, deixei um jato de água borrifar em sua direção, molhando seu livro. Mas não era eu que me punha em seu caminho. Eu não conseguiria, nem que quisesse.

Ficamos parados no hall da casa que um dia tinha sido nossa, uma casa cheia de vida, cada quarto transbordando de riso, discussões, lágrimas, poeira, do cheiro de comida, dor, desejo, raiva, e silêncio também, o silêncio atado com força de pessoas apertadas umas contra as outras no que se chama de família. E, então, Uri se alistou, e, após três anos, você, e depois do que aconteceu você deixou Israel, e então a casa era apenas de sua mãe e minha, e conseguíamos ocupar apenas um, no máximo dois cômodos de cada vez, deixando o resto vazio. E agora é minha, sozinho. Só que ali estava você como um visitante desajeitado, um hóspede cansado, segurando sua mala. Olhei para ela e depois para você. Você a mudou de uma mão para outra. Pensei — você começou a dizer, mas parou, acompanhando alguma coisa invisível pela sala. Eu esperei.

Pensei que talvez, você começou de novo, se você não se importar, eu pudesse ficar um pouco aqui.

Devo ter parecido chocado porque você engoliu em seco e desviou os olhos. E eu estava, Dov. Estava chocado. E eu queria dizer, sim, claro. Fique comigo aqui. Vou arrumar sua cama. Mas não disse isso. O que eu disse foi: por sua causa ou por minha? Uma ligeira, mas inegável contração dominou seu rosto e se dissolveu, deixando seus traços lisos e sem vida outra vez. E por um momento, achei que tinha perdido você, que você ia me virar as costas outra vez, como sempre virou. Mas não. Você continuou ali parado, olhando a sala atrás de mim, como se estivesse vendo alguma coisa ali, uma lembrança, talvez, um fantasma da criança que você foi um dia.

Minha, você respondeu apenas.

Examinei seu rosto, tentando entender.

E o trabalho? Não tem de voltar?, perguntei, porque essa havia sido a sua desculpa durante todos os anos em que raramente veio nos visitar, sempre o trabalho que você não podia deixar, que o mantinha distante.

Você estremeceu. As rugas entre seus olhos ficaram mais fundas e com uma mão você tocou a têmpora, logo acima da veia azul que ficava saliente e pulsava quando você era criança.
Eu me demiti, você disse.
Achei que tinha entendido errado. Você, para quem não existia nada além do trabalho. Então perguntei de novo: sem dúvida vão precisar de você de volta, não? Mas vi que você não estava de fato comigo, ali parado no hall. Você estava com alguma lembrança que via atrás de mim, atravessando a sala de estar.

Um menino estranho, que cresceu introvertido desde o começo. Quando fazíamos uma pergunta, às vezes tínhamos de esperar meio dia pela resposta. Você nunca respondia sem pensar, sem ter certeza absoluta da verdade. Quando a resposta vinha, ninguém se lembrava do que você estava falando. Aos quatro anos, começou a ter ataques. Se atirava no chão, dando socos e batendo a cabeça, e jogava longe tudo que havia em seu quarto. Muitas vezes, era porque você não tinha conseguido as coisas do seu jeito, mas outras vezes era alguma coisa minúscula e completamente inesperada que provocava você, uma caneta de marcação cuja tampa ninguém conseguia encontrar, seu sanduíche cortado reto, e não na diagonal. A professora de jardim da infância telefonou para manifestar sua preocupação. Você se recusava obstinadamente a participar das atividades da classe. Sentava apartado, mantendo-se distante dos outros como se fossem leprosos, e fingia não entender o que diziam quando falavam com você. Você nunca dava risada, ela disse, e quando chorava não era um choro breve, ou um pequeno choramingo, como o dos outros garotos, um choro que poderia ser aplacado após uma conversa. Você era inconsolável. Com você, era algo existencial. Foi essa a palavra que ela usou. Sua mãe tinha de pegá-lo mais cedo, tinha de ir resgatá-lo e trazer para casa tantas vezes que ela logo começou a esconder isso de mim, para eu não me zangar. Marcou-se uma reunião com o psicólogo da escola. Ele próprio se convidou a nossa casa. Era um homem calvo, que andava com os pés virados para dentro e usava um lenço para enxugar o suor profuso. Tive de marcar um horário especial para sair do escritório. Sua mãe ofereceu café e biscoitos a ele, deu um copo de leite para você e então deixamos vocês sozinhos na sala. Durante uma hora o psicólogo, sr. Shatzner, tirou coisas de dentro da bolsa e conseguiu que você inventasse histórias sobre os brinquedinhos e bonequinhos. Podíamos ver você pela porta francesa quando passávamos na ponta dos pés pelo corredor. Depois, você foi dispensado e saiu para brincar no jardim enquanto ele nos entrevistava sobre nossa "vida doméstica". Antes de ir embora, ele deu uma volta pela casa. Pareceu surpreso por descobrir um lugar tão ensolarado e quente, cheio de plantas, brinquedos de madeira e muitos desenhos de creiom presos com fita nas paredes. A aparência pode ser enganadora, eu o vi pensando, fazendo o possível para raspar a superfície e descobrir negligência e brutalidade por baixo. Ele pousou o olhar no cobertor de lã de sua cama. Sua mãe pareceu preocupada e a vi morder o lábio e se martirizar porque, o quê? não era macio o bastante? Devia ter comprado um com carrinhos e caminhões estampados como de Yoni, o vizinho? Precisei de todo o meu controle para não pegá-lo pela orelha e jogá-lo na rua. Você estava brincando lá fora. Dava para ver sua camisa vermelha por trás do marmeleiro, onde você havia encontrado um formigueiro dois dias antes. Posso perguntar, Shatzner falou, se há algum problema na casa sobre o qual eu deva saber? Com o casal, talvez? Foi o máximo que eu podia aguentar. Agarrei a marionete de Pinóquio da estante e chamei o seu nome. Você entrou, sujando os degraus com a terra dos joelhos e ficou olhando enquanto eu fazia o Pinóquio dançar e cantar e depois cair de cara no chão. Cada vez que fazia ele cair, você uivava de rir. Basta, sua mãe disse, pondo a mão em meu braço, tenho certeza de que o senhor Shatzner entendeu que nosso Dov não é sempre tão sério. Mas eu continuei, fazendo você rir tanto que molhou a calça e então esmaguei a mão do psicólogo na minha, disse que ele era bem-vindo para xeretear sempre que quisesse, mas que eu tinha coisas mais importantes para fazer. Saí de casa, batendo a porta.

Sua mãe não ia deixar a coisa terminar tão fácil. Qualquer vestígio de sugestão de que ela estava de alguma forma fazendo algo errado como mãe a arrasava de culpa. Ela se torturou por causa disso e tentou entender onde havia errado. Se pôs sob a tutela do psicólogo e uma vez por semana ouvia o que ele explicava sobre o que havia recolhido das sessões com você, que continuaram na escola, e dava instruções a ela para aplacar algumas de suas "dificuldades". Ele desenvolveu uma estratégia e estabeleceu uma série de regras que sua mãe adotou sobre como devíamos ou não nos comportar com você. Ele chegou a dar o telefone da casa dele, e quando ela estava insegura sobre como aplicar as regras, ou qual seria a reação adequada para algum ataque seu, telefonava para ele, a qualquer hora do dia ou da noite, explicava o problema em tom sério, baixo, depois ouvia a resposta em silêncio, balançando a cabeça gravemente. O senhor Shatzner disse que devemos fazer isto, ela me dizia, assim que você saía da sala, o senhor Shatzner disse que devemos deixar que ele faça aquilo, o senhor Shatzner disse que temos de ficar de ponta-cabeça, morder a língua, correr em círculos, o senhor Shatzner, senhor Shatzner, senhor Shatzner, até que acabei explodindo com ela e disse que nunca mais queria ouvir aquele nome em nossa casa, que eu sabia como criar meu próprio filho, o que ele pensava que era, um jogo de palavras cruzadas ou Banco Imobiliário? Não existem regras, será que ela estava tão cega que não via que tudo o que aquele ano mental tinha conseguido era transformá-la numa desgraça nervosa, cheia de dúvida sobre uma coisa que lhe vinha naturalmente desde o começo, algo que qualquer idiota podia ver, que ela era uma ótima mãe, cheia de amor e paciência? Ele tem cinco anos de idade, pelo amor de Deus, gritei, se você tratar o menino como um caso especial, aí é que ele vai ser isso para sempre. Houve algum progresso desde que você começou a obedecer esse palhaço? Não. Quem é ele para se colocar como fonte de sabedoria sobre o comportamento humano? Acha que esse metido sabe mais do que nós, que você e eu? Fez-se um silêncio entre nós. Mas ele é um caso especial, ela disse baixinho. Sempre foi.

Ela acabou cedendo. As sessões foram interrompidas e você escapou da vigilância de Shatzner como um animalzinho libertado que vai diretamente se esconder na moita. Mas toda a experiência estabeleceu determinado tom. Sua mãe continuou a se afligir e a se preocupar, a submeter rigorosamente todos os seus humores, episódios e ataques a uma análise minuciosa, procurando uma pista para a sua mágoa e o nosso papel nela. Essa atitude de autolaceração me deixou maluco, quase tanto quanto seu choro e estardalhaço. Uma noite, no meio de um ataque por causa do nível da água do banho que não estava a seu gosto, agarrei você por baixo dos braços e o segurei nu, pingando, acima do piso. Quando eu tinha a sua idade, gritei, sacudindo-o com tanta força que sua cabeça balançava assustadoramente no pescoço, não havia nada para comer, nem dinheiro para brinquedos, a casa era sempre fria, mas nós saíamos e brincávamos, fazíamos jogos com nada e vivíamos porque tínhamos nossas vidas, enquanto outros estavam sendo assassinados nos pogroms, nós podíamos sair, sentir o sol, correr e chutar uma bola! E olhe para você! Você tem tudo no mundo e só faz berrar e infernizar a vida de todo mundo! Agora basta! Está me ouvindo? Para mim chega! Você olhou para mim, os olhos enormes, e refletida em suas pupilas, pequena e distante, vi a imagem de mim mesmo.

Setenta anos atrás eu era criança também. Setenta anos? *Setenta?* Como? Vamos em frente.

Ali estava você segurando sua mala. Não havia nada a dizer. Você não parecia mais precisar de minha ajuda. Um dia precisou talvez, mas não mais. Estou com uma terrível dor de cabeça, eu disse afinal. A luz está machucando meus olhos. Se não se importa, acho que vou deitar. Depois conversamos.

E assim, do nada, você entrou de volta na casa que havia deixado tanto tempo antes. Eu ouvia seus passos subindo a escada devagar.

Eles eram leprosos, Dov, aqueles outros meninos? Por isso é que você se mantinha apartado? Ou era você? E nós dois, fechados juntos nesta casa — estamos salvos ou condenados?

Um longo silêncio durante o qual você devia estar parado na porta de seu antigo quarto. Depois o ranger das tábuas do piso e o som de sua porta se fechando de novo depois de vinte e cinco anos.

Buracos para nadar

Naquela noite, estávamos lendo juntos, como sempre fazíamos. Era uma daquelas noites da Inglaterra em que o escuro que chega às três da tarde faz nove horas parecer meia-noite, lembrando a gente de quão ao norte plantamos a vida. A campainha tocou. Olhamos um para o outro. Era raro alguém nos visitar sem aviso. Lotte pousou o livro no colo. Fui abrir a porta. Lá estava um jovem segurando uma pasta. É possível que no momento em que abri a porta ele tivesse apagado o cigarro, porque pensei ver um traço de fumaça sair do canto de sua boca. No entanto, poderia ser apenas seu hálito por causa do frio. Durante um minuto, achei que era um de meus alunos — eles todos tinham um ar esperto, como se estivessem tentando contrabandear alguma coisa para dentro ou para fora de um país sem nome. Havia um carro esperando na calçada, o motor ainda ligado, e ele olhou para o carro. Alguém — um homem ou uma mulher, não sei dizer — estava curvado sobre a direção.

Lotte Berg está em casa?, ele perguntou. Tinha um sotaque carregado, mas não consegui identificá-lo de imediato. Quem gostaria de falar com ela? O rapaz pensou por um breve momento, mas o bastante para eu notar uma ligeira tensão nos cantos da boca. Meu nome é Daniel, ele disse. Presumi que fosse um leitor dela. Ela não era muito conhecida; naquela época, simplesmente dizer que ela era conhecida já seria generoso. Claro que sempre se alegrava ao receber uma carta de alguém que admirava seu trabalho, mas uma carta é uma coisa e um estranho na porta àquela hora é outra. É um pouco tarde — talvez se você telefonasse ou escrevesse primeiro, eu disse, lamentando imediatamente a falta de gentileza que achei que esse Daniel podia perceber em minhas palavras. Mas ele então passou de um lado para o outro alguma coisa que tinha na boca e engoliu. Notei que tinha um pomo-de-adão bem grande. Passou-me pela cabeça que ele não era um dos leitores de Lotte, absolutamente. Olhei para baixo, para o escuro debaixo das dobras do casaco de couro em torno de seu quadril. Não sei o que pensei que podia estar escondido ali. Mas é claro que não havia nada. Ele continuou parado, como se não tivesse me ouvido. É tarde, falei, e a senhora Berg — não sei por que a chamei assim, era absolutamente ridículo, como se eu fosse o mordomo, mas foi o que me veio à cabeça — a senhora Berg não está esperando ninguém. Então o rosto dele se enrugou, mas só por uma fração de segundo, de fato, retomando a aparência anterior tão depressa que outra pessoa poderia não ter percebido nada. Mas eu percebi e quando se enrugou, vi outro rosto, um rosto que se usa sozinho, ou nem mesmo sozinho, o rosto que se tem ao dormir ou quando inconsciente numa maca, e nele reconheci alguma coisa. Isto vai parecer bobo, mas embora eu vivesse com Lotte e, pelo que eu soubesse, aquele Daniel nunca havia se encontrado com ela, naquele instante senti que ele e eu estávamos alinhados de alguma forma, alinhados em nossa posição em relação a ela, e que apenas uma questão de graus nos separava. Era absurdo, claro. Afinal de contas, era eu que o impedia de obter o que quer que quisesse dela. Era uma mera projeção de mim mesmo sobre aquele jovem segurando a maleta na frente do esqueleto de minhas hortênsias. Mas de que outra forma podemos tomar decisões sobre os outros? Além disso, estava muito frio lá fora.

Deixei que entrasse. No hall, parado com suas botas debaixo de nossa pequena coleção de chapéus de palha, todas as sombras se dissiparam e eu o vi com clareza. Arthur? Lotte chamou da sala. Daniel e eu nos olhamos. Fiz uma pergunta e ele respondeu. Nada foi dito. Mas naquele momento concordamos sobre alguma coisa: acontecesse o que acontecesse, ele não nos incomodaria. Não faria nada para ameaçar ou desmantelar o que tínhamos nos esforçado tanto para construir. Já vou, querida, respondi. Quem está aí?, ela perguntou. Estudei o rosto de Daniel mais uma vez em busca do menor indício de perturbação. Não havia nenhum. Havia apenas seriedade, ou uma compreensão da seriedade daquele acordo, e algo mais também, algo que tomei por gratidão. Então ouvi os passos de Lotte atrás de mim. É para você, falei.

Nossas vidas transcorriam como um mecanismo de relógio, sabe. Toda manhã caminhávamos pelo Heath. Seguíamos o mesmo caminho para ir e para voltar. Eu acompanha Lotte até o buraco para nadar, como chamávamos, onde ela não faltava nem um dia. Havia três buracos, um para homens, um para mulheres e um misto, e era nesse último que ela nadava quando eu estava com ela, de forma que eu podia ficar sentado perto, na praia. No inverno, os homens vinham para abrir um buraco no gelo. Deviam trabalhar no escuro porque na hora que chegávamos o buraco já estava aberto. Lotte tirava a roupa: primeiro o casaco, depois a malha, as botas e calças, as de lã pesada que ela preferia, e então seu corpo aparecia afinal, pálido e riscado por veias azuis. Eu conhecia cada centímetro de seu corpo, mas ao vê-lo de manhã contra as árvores negras, úmidas, quase sempre ficava excitado. Ela se aproximava da beira da água. Por um momento, ficava parada, completamente imóvel. Deus sabe o que pensava. Até o final ela foi um mistério para mim. De vez em quando, a neve caía em torno dela. A neve ou as folhas, embora quase sempre fosse a chuva. Às vezes, eu queria gritar, perturbar sua calma que naquele momento parecia ser dela apenas. E então, num relâmpago, ela desaparecia no escuro. Havia uma pequena turbulência, ou o som da turbulência na água, seguido de um silêncio. Como eram terríveis esses segundos, como pareciam durar para sempre! Como se ela não fosse voltar nunca à superfície. Até que profundidade ia? Uma vez perguntei, mas ela disse não saber. Em muitas ocasiões, cheguei a saltar do banco, pronto para mergulhar depois dela, apesar de meu medo da água. Mas imediatamente sua cabeça aparecia na superfície como a cabeça lisa de uma foca ou de uma lontra, e ela nadava para a escada onde eu estava esperando para lhe atirar uma toalha.

Toda terça-feira de manhã eu tomava o trem das oito e meia para Oxford e voltava a Londres às nove da noite de quinta-feira. Quando saíamos com meus colegas, Lotte explicava mais uma vez por que não conseguia viver em Oxford. A insistência de todos aqueles sinos perturbava seu trabalho, dizia. Além disso, algum estudante apressado pela rua, ou alguém de bicicleta perdido nas coisas da mente sempre tropeça na gente, ou dá um encontrão, um empurrão. Pelo menos uma vez em cada jantar desses, eu ouvia Lotte contar a história da mulher que foi atropelada por um ônibus em St. Giles. Num segundo, ela estava atravessando a rua, dizia Lotte, a voz subindo, e no segundo seguinte era derrubada pelas rodas de um ônibus. É um crime, Lotte prosseguia, como soltam no mundo essas crianças com a cabeça cheia de Platão e Wittgenstein, sem lhes passar nenhuma noção de como enfrentar com segurança os perigos da vida diária. Era um estranho argumento vindo de alguém què passava a maior parte dos dias trancada em seu estúdio, inventando histórias e procurando maneiras de torná-las plausíveis. Mas por gentileza ninguém dizia isso.

A verdade era mais complicada, claro. Lotte gostava de sua vida em Londres — gostava do anonimato de que gozava assim que descia do metrô em Covent Garden ou King's Cross e que seria impossível em Oxford. Gostava do buraco para nadar e de nossa casa em Highgate. E acho que gostava de ficar sozinha enquanto eu dava aulas para aqueles jovens de cabelos compridos, vindos de Winchester e dos salões encerados de Eton. Nas noites de quinta-feira, ela estava a minha espera com o carro em Paddington, os vidros embaçados e o motor em ponto morto. Nesses primeiros minutos da volta para casa pelas ruas escuras, quando, a meu ver, ela ainda preservava a claridade de algo separado, eu às vezes percebia uma renovada paciência — por nossa vida conjunta, talvez, ou por alguma outra coisa.

Sim, Lotte era um mistério para mim, mas eu me consolava naquelas pequenas ilhas que descobria nela, ilhas que podia encontrar sempre, e independente das condições, usar para me orientar. Ela havia sido forçada a deixar sua casa em Nuremberg aos dezessete anos. Durante um ano, vivera com os pais num campo de transição em Zbaszyn, na Polônia, em condições que só posso imaginar como atrozes; ela nunca falava dessa época, assim como raramente falava de sua infância ou dos pais. No verão de 1939, com a ajuda de um jovem médico judeu que também estava no campo, ela recebeu um visto para acompanhar oitenta e seis crianças num *Kindertransport* para a Inglaterra. Esse detalhe, oitenta e seis, sempre me intrigou, tanto porque a história, conforme ela contava, tinha tão poucos detalhes, como também porque parecia um número enorme. Como ela podia cuidar de tantas crianças, sabendo que tudo o que ela conhecia, tudo o que todos eles conheciam, havia se perdido para sempre? O navio partiu de Gdynia, no mar Báltico. A viagem, que deveria levar três dias, levou cinco, porque na metade do caminho Stalin assinou o pacto com Hitler e o navio teve de desviar para evitar Hamburgo. Chegaram a Harwich três dias antes do começo da guerra. As crianças foram espalhadas por lares de adoção em todo o país. Lotte esperou até a última tomar o trem. Tinham ido embora, tinham sido tiradas dela, e Lotte desapareceu em sua vida.

Não, eu não tinha como saber o que ela carregava nas profundezas de si. Mas aos poucos descobri certos estribos. Quando ela gritava no sono, era quase sempre com seu pai que estava sonhando. Quando se magoava com alguma coisa que eu tinha dito ou feito, ou, mais frequentemente, deixara de fazer ou dizer, ela ficava de repente amigável, embora fosse uma espécie de verniz de amizade, a amizade de duas pessoas que se veem por acaso sentadas juntas numa viagem de ônibus, uma viagem longa para a qual apenas uma se lembrou de trazer comida. Alguns dias depois, algo banal acontecia — eu esquecia de guardar a lata de chá na estante, ou deixava as meias no chão — e ela explodia. A força e o volume de sua raiva eram chocantes, e a única reação possível era eu ficar muito quieto, e manter um rumo de silêncio até o ímpeto cessar e ela começar a se retirar para dentro de si mesma. Nesse momento, havia uma pausa ou abertura. Um momento antes e o gesto destinado a acalmar e pedir desculpas teria despertado sua fúria. Um momento depois e ela já teria engatinhado para dentro de si e fechado a porta, instalando-se naquela câmara escura onde conseguia sobreviver dias, até semanas, sem nem uma palavra para mim. Levei anos para identificar esse momento, para aprender a vê-lo chegando e aproveitar quando chegava, para nos poupar a ambos daquele silêncio punitivo.

Ela lutava contra a própria tristeza, mas tentava escondê-la, tentava dividi-la em pedaços cada vez menores e espalhá-los por lugares em que achava que ninguém os encontraria. Mas eu sempre encontrava — com o tempo, aprendi onde procurar — e tentava encaixá-los uns nos outros. Era doloroso para mim que ela sentisse que não podia falar comigo sobre isso, mas eu sabia que a machucaria ainda mais saber que eu havia descoberto o que ela não queria que eu percebesse. De alguma forma fundamental, acho que ela não queria ser conhecida. Ou se ressentia disso ao mesmo tempo que o desejava. Ofendia sua sensação de liberdade. Mas não é possível simplesmente olhar uma pessoa que se ama com tranquilidade, se satisfazer em olhá-la com perplexidade. A menos que a pessoa se satisfaça em adorar, e eu nunca me satisfiz com isso. No cerne de meu trabalho acadêmico está a busca de padrões. Você pode achar que soa como frieza sugerir que eu tomava uma atitude acadêmica com minha esposa, mas você estaria entendendo erradamente o que motiva um verdadeiro acadêmico. Quanto mais eu aprendia na vida, mais agudamente sentia minha fome e minha cegueira, e ao mesmo tempo, mais perto me sentia do fim da fome, do fim da cegueira. Às vezes, eu me sentia pendurado na borda — naquilo que nem posso dizer sem o risco de parecer ridículo — e escorregava e me via mais fundo que nunca no buraco. E então, no escuro, torno a encontrar uma forma de louvação para tudo aquilo que continua a esmagar minha certeza.

É para você, eu disse a Lotte, mas não me virei. Fiquei com os olhos fixos em Daniel, então perdi a expressão do rosto dela quando o viu pela primeira vez. Mais tarde, vim a me perguntar se teria revelado alguma coisa. Daniel deu um passo na direção dela. Por um momento, ele pareceu sem palavras. Vi em seu rosto algo que não tinha visto antes. Então ele se apresentou como um de seus leitores, como eu esperava. Lotte o convidou a entrar, ou vir mais para dentro. Ele me entregou o casaco, mas ficou com a pasta — concluí que devia conter um manuscrito que queria mostrar a Lotte. O casaco tinha um cheiro enjoativo de colônia, embora, pelo que pude perceber, livre do casaco o próprio Daniel não tinha cheiro de nada. Lotte o levou à cozinha e, ao segui-la, ele olhava tudo em volta, os quadros nas paredes, os envelopes na mesa esperando ser enviados, e quando meus olhos encontraram o reflexo dele no espelho, pensei ter visto a sombra de um sorriso. Lotte apontou a mesa da cozinha e ele se sentou, colocando a maleta delicadamente a seus pés, como se contivesse um pequeno animal, vivo. Pela maneira como ele olhou Lotte encher a velha chaleira de água e pôr no fogão, dava para perceber que não esperava chegar tão longe. Talvez esperasse sair com um livro autografado, no máximo. E agora estava dentro da casa da grande escritora! A ponto de tomar chá em suas xícaras! Me lembro de ter pensado que talvez fosse exatamente o estímulo de que Lotte precisava: ela falava pouco de seu trabalho quando mergulhada nele, mas por seu humor eu era capaz de saber exatamente como estavam indo as coisas, e durante algumas semanas ela parecera desatenta e deprimida. Eu pedi licença polidamente, dizendo que tinha de trabalhar, e subi. Quando olhei por cima do ombro, senti uma pontada de pena pelo filho que nunca tivemos e que podia ter agora quase a idade de Daniel e chegar do frio, como ele, cheio de coisas para nos contar.

Eu não havia pensado nisso até então, mas na noite em que Daniel tocou a campainha de nossa porta, no inverno de 1970, era final de novembro, a mesma época do ano em que ela morreu vinte e sete anos depois. Não sei o que isso pode significar para você; nada, a menos que nos consolemos com as simetrias que encontramos na vida porque sugerem um plano onde não existe nenhum. A noite em que ela perdeu a consciência pela última vez me parece mais distante agora do que a tarde de junho em 1949, em que a vi pela primeira vez. Era numa festa ao ar livre para comemorar o noivado de Max Klein, um amigo chegado dos meus dias de estudante. Nada poderia ser mais adorável e delicado do que a tigela de cristal do ponche e os vasos de íris recém-cortados. Mas, quase imediatamente, ao entrar, senti algo estranho na sala, algo interrompendo a luz ou o clima uniforme. Não tive dificuldade em encontrar a fonte. Era uma mulher pequena como um pardal, de cabelo preto cortado reto na face, parada na porta do jardim. Ela contrastava com tudo o que havia em torno. Para começar, era verão e ela estava usando um vestido roxo de veludo, quase uma bata. O penteado era completamente diferente do de qualquer outra mulher presente, algo como uma melindrosa, mas aparentemente cortado por comodidade, não por moda. Usava um anel de prata muito grande, que parecia ser pesado demais para seus dedos finos (muito depois, quando ela tirou o anel e o pôs na mesa de cabeceira, notei que havia deixado uma marca verde de corrosão em sua pele). Mas foi na verdade seu rosto, ou a expressão de seu rosto que me pareceu mais fora do comum. Me lembrou de Prufrock — *Haverá tempo,/ para preparar um rosto para os rostos que encontrar* — porque só ela naquela sala parecia não ter tido tempo, ou não ter pensado em aproveitar o tempo. Não que seu rosto fosse aberto, ou revelador de alguma forma. Só que parecia estar em repouso, absolutamente inconsciente de si mesmo quando os olhos absorviam tudo o que acontecia diante deles. O que tomei de início por uma inquietação a emanar dela agora me parecia, ao olhá-la do outro lado da sala, exatamente o oposto: a inquietação dos outros vinha à tona quando em oposição a ela. Perguntei a Max quem era e ele me disse que era aparentada, uma prima distante de sua noiva. Ela ficou plantada no mesmo lugar a festa inteira, segurando um copo vazio. A certo momento, fui até ela e me ofereci para enchê-lo.

Naquela época, ela morava em um quarto alugado não longe da Russell Square. O outro lado da rua havia sido bombardeado e da janela dela dava para ver as pilhas de entulho onde as crianças às vezes iam brincar de *King of the Castle* (muito depois de escurecer ainda se ouviam suas vozes), e aqui e ali havia a casca de uma casa cujas janelas vazias emolduravam o céu. Em uma delas, só a escada com o corrimão esculpido se erguia do entulho, em outra, ainda se via o papel de parede floral que o sol e a chuva aos poucos apagavam. Embora fosse melancólico, era também estimulante, de um jeito estranho, ver o interior virado para fora assim. Muitas vezes, eu via Lotte olhando aquelas ruínas com suas chaminés solitárias. A primeira vez que visitei seu quarto, fiquei surpreso com o pouco que havia nele. Ela estava na Inglaterra já havia quase dez anos na época, mas, a não ser pela escrivaninha, havia apenas uns poucos móveis simples, e muito mais tarde vim a entender que de certa forma as paredes e o teto de seu próprio quarto eram tão inexistentes para ela como os do outro lado da rua.

Sua escrivaninha, porém, era uma coisa complemente diferente. Naquele quarto simples, pequeno, a mesa sobrepujava todo o resto como uma espécie de monstro grotesco, ameaçador, ocupando a maior parte de uma parede e intimidando os outros móveis patéticos num canto remoto, onde pareciam se aglomerar, como sob uma sinistra força magnética. Era feita de madeira escura e acima do tampo havia uma parede de gavetas, gavetas de tamanhos nada práticos, como a escrivaninha de uma bruxa medieval. Só que absolutamente todas as gavetas estavam vazias, coisa que descobri uma noite enquanto esperava por Lotte, que tinha ido ao lavatório, o que de certa forma fazia a escrivaninha, o espectro daquela enorme escrivaninha, parecer realmente mais um navio que uma escrivaninha, um navio singrando um mar negro de azeviche na calada de uma noite sem lua, sem esperança de terra em nenhuma direção, parecer ainda mais enervante. Sempre pensei que era uma escrivaninha bem masculina. Às vezes, quando ia buscá-la, eu chegava a sentir uma espécie de estranho e inexplicável ciúme tomar conta de mim quando abria a porta e ali, pairando atrás dela, ameaçando tragá-la, estava aquele tremendo corpo de mobília.

Um dia, criei coragem para perguntar onde ela a tinha encontrado. Ela era pobre como um ratinho de igreja; era impossível imaginar que tivesse podido economizar dinheiro suficiente para comprar um móvel daqueles. Mas em vez de aplacar meus temores, a resposta dela me lançou em desespero: foi um presente, disse ela. E quando, tentando ao máximo agir casualmente, mas já sentindo os lábios começarem a tremer como tremem sempre que sou dominado pela emoção, perguntei de quem; ela me lançou um olhar, um olhar de que nunca esquecerei porque foi meu primeiro contato com as leis complexas que governam a vida com Lotte, embora ainda faltassem anos para eu entender essas leis, se é que realmente as entendi, um olhar equivalente a erguer uma muralha. Nem é preciso dizer que não se disse mais nada a respeito.

Durante o dia, ela trabalhava no porão da Biblioteca Britânica devolvendo livros às estantes, e à noite ela escrevia. Contos estranhos e muitas vezes perturbadores que ela deixava em cima da mesa, ao que suponho, para que eu lesse. Duas crianças que tiram a vida de uma terceira porque cobiçam seus sapatos, e só depois que o menino está morto descobrem que os sapatos não servem, e os passam para outra criança, na qual servem, e que os usa com alegria. Uma família empobrecida que sai para dar uma volta de carro em um país sem nome que está em guerra, e que por acaso atravessa as linhas inimigas e descobre uma casa vazia, onde passa a residir, indiferente aos crimes horrendos do antigo proprietário.

Ela escrevia em inglês, claro. Em todos os anos que vivemos juntos, poucas vezes a ouvi pronunciar alguma coisa em alemão. Mesmo depois que a doença de Alzheimer estava avançada e a linguagem se desorganizou, ela não retomou as sílabas de sua infância, como muita gente faz. Eu às vezes pensava que se tivéssemos tido um filho isso teria lhe dado uma chance de voltar à língua materna. Mas nunca tivemos um filho. Desde o começo, Lotte deixou claro que não existia essa possibilidade. Eu sempre imaginara que um dia teria filhos, talvez apenas porque me parecesse que isso era o que em geral acontecia com as pessoas; não creio que eu tenha alguma vez me visto realmente como pai. Nas poucas ocasiões em que tentei puxar o assunto com Lotte, ela imediatamente ergueu uma muralha entre nós que levei dias para demolir. Ela não precisava se explicar, nem defender sua posição; eu devia ter entendido. (Não que ela esperasse que eu entendesse. Mais do que qualquer pessoa que conheço, Lotte se contentava em viver num perene estado de equívoco. Pensando bem, é um traço tão raro que se pode imaginar pertencer à psicologia de uma raça mais avançada que a nossa.) Por fim, vim a aceitar a ideia de uma vida sem filhos, e não posso negar que parte de mim também se sentia um tanto aliviada. Embora mais tarde, com o correr dos anos com tão pouco a seu crédito, com quase nada em nossa vida crescendo e mudando, eu às vezes lamentasse não ter insistido mais no assunto — passos na escada, uma quantidade desconhecida, um enviado.

Mas não: nossa vida conjunta estava organizada em torno de proteger o comum; lançar nela uma criança teria desestabilizado tudo. Lotte ficava abalada com perturbações em seus hábitos. Eu tentava mantê-la insulada do inesperado; a menor mudança de planos a perturbava completamente. O dia ficava perdido na recuperação de uma sensação de paz. Levou mais de um ano para que eu a convencesse a deixar aquele quarto esquálido que dava para o entulho e vir morar comigo em Oxford. Claro que a pedi em casamento. Até mudei para cômodos mais amplos numa casa pertencente à faculdade, muito confortáveis, com lareira na sala e no quarto, e uma grande janela que dava para o jardim. Quando chegou finalmente o dia de mudar, fui buscá-la em seu quarto. Sem contar a escrivaninha e as escassas peças de mobília, tudo o que ela possuía cabia dentro de duas malas velhas já à porta. Tonto com a perspectiva de nossa vida juntos, cheio de esperança de que estávamos finalmente nos livrando daquela bendita escrivaninha, dei um beijo em seu rosto, o rosto que me arrebatava sempre que o via. Ela sorriu para mim. Contratei uma van para levar a escrivaninha para Oxford, ela disse.

Por algum milagre, milagre ou pesadelo, dependendo da perspectiva, os transportadores conseguiram passar pelos estreitos corredores e escadas da casa, gemendo de dor e gritando obscenidades que ecoavam na fresca brisa de outono e saíam pelas janelas abertas da sala onde eu estava, esperando horrorizado, até que finalmente ouvi baterem na porta e lá estava, pousada no patamar, sua madeira escura, quase ébano, brilhando vingativa.

Quase imediatamente ao trazer Lotte para Oxford me dei conta de que era um erro. Naquela primeira tarde, ela ficou parada com o chapéu na mão e parecia não saber o que fazer. Que uso tinha para ela uma lareira de pedra e poltronas estofadas? Eu me levantava no meio da noite, encontrava a cama vazia, e a descobria parada na sala, com o casaco na mão. Quando perguntava onde estava indo, ela olhava surpresa o casaco e o devolvia para mim. Então a levava para a cama e acariciava seus cabelos até ela dormir, do mesmo jeito que faria quarenta anos depois, quando ela esquecesse de tudo, e depois ficava acordado nos travesseiros, olhando as sombras do quarto até onde a escrivaninha pairava, como um cavalo de troia.

* * *

Um sábado, não muito depois, fomos almoçar com minha tia em Londres. Em seguida, fomos dar uma caminhada no Heath. Era um claro dia de outono; a luz banhava tudo. Enquanto caminhávamos, contei a Lotte a minha ideia de escrever um livro sobre Coleridge. Atravessamos o Heath e paramos para tomar um chá em Kenwood House, onde depois mostrei a Lotte o autorretrato de Rembrandt velho, aquele que eu ia ver em criança e que passei a associar com a expressão "homem arruinado", que, na minha cabeça infantil, se fixou e passou a ser minha aspiração gloriosa particular. Saímos do Heath e viramos a primeira esquina, que dava em Fitzroy Park. Caminhando na direção da aldeia de Highgate, passamos por uma casa que estava à venda. Estava em mau estado, negligenciada, tomada pelo mato por todos os lados. No telhado íngreme acima da porta, havia uma pequena gárgula agachada com uma careta terrível. Lotte ficou parada olhando para ela, esfregando as mãos de um jeito que fazia às vezes quando estava pensando, como se o próprio pensamento estivesse dentro de suas mãos e ela tivesse de poli-lo. Fiquei olhando enquanto ela estudava a casa. Achei que devia lembrá-la de algum lugar, talvez até de sua casa em Nuremberg; quando a conheci melhor, entendi que isso teria sido impossível — ela evitava qualquer lembrança. Não, era outra coisa, mais uma vez. Talvez a aparência simplesmente lhe fosse atraente. Fosse o que fosse, percebi de imediato que ela ficou encantada com o lugar. Seguimos o caminhozinho de entrada, tomado por arbustos mal cuidados. Uma mulher de aspecto severo nos deixou entrar depois de certa hesitação — ela era filha da velha, uma ceramista, que morava na casa havia anos, mas ficara frágil demais para continuar vivendo sozinha. Havia um odor abafado, medicinal e o teto do hall estava seriamente danificado por água, como se alguém tivesse acidentalmente desviado o curso de um rio por cima dele. Na sala que dava para o hall, vi as costas de uma mulher de cabelo branco numa cadeira de rodas.

Eu tinha uma pequena herança de minha mãe que possibilitava exatamente comprar a casa. Uma das primeiras coisas que fiz foi pintar o sótão que se transformou no estúdio de Lotte. Foi ela mesma quem escolheu o cômodo, mas admito que fiquei aliviado de pensar que a escrivaninha ficaria relegada ao sótão, longe do resto da casa. Ela escolheu o mesmo cinza pombo para as paredes e o piso e, do dia em que terminei a pintura até o dia em que ficou doente demais para subir sozinha a escada, eu evitei o sótão. Não por causa da escrivaninha, claro, mas por respeito ao trabalho e à privacidade dela, sem os quais ela não teria sobrevivido. Ela precisava de um lugar para escapar, até mesmo de mim. Se queria falar com ela, parava no final da escada e chamava. Quando fazia uma xícara de chá, deixava para ela no pé da escada.

Um ano e pouco depois que nos mudamos, Lotte vendeu a primeira coletânea de contos, *Janelas quebradas*, para uma pequena editora em Manchester, dedicada a trabalho experimental (um rótulo a que ela objetava, mas não a ponto de recusar a oferta de publicação). No livro não havia uma única referência à Alemanha. Tudo o que ela permitiu foi, na breve biografia da última página, uma menção ao local e data de nascimento — Nuremberg, 1921. Mas havia um conto enterrado perto do final que abordava o horror. Era sobre um paisagista de um país sem nome, um egotista tão voltado para o próprio talento que está disposto a colaborar com os funcionários do regime brutal do país a fim de ver um grande parque projetado por ele construído no centro da cidade. Ele encomenda bustos de bronze de aparência devidamente fascista com a imagem de cada um dos funcionários, os quais são espalhados entre plantas raras e tropicais. Ele atribui o nome do ditador a uma alameda de palmeiras. Quando a polícia secreta começa a enterrar corpos de crianças assassinadas debaixo das fundações do parque no meio da noite, ele fecha os olhos. As pessoas viajam de todo o país para ver as enormes plantações e admirar a rara beleza do lugar. O título do conto era "Crianças são terríveis para jardins" — frase que o paisagista havia lançado muitos anos antes a uma jovem jornalista que evidentemente estava apaixonada pelo entrevistado — e depois de ler o conto, durante muito tempo me vi olhando para minha mulher com um pouco de medo.

    Naquela noite em que Daniel apareceu, não ouvi a porta abrir e fechar até depois da meia-noite. Passaram-se mais quinze minutos antes de Lotte subir. Eu já estava deitado. Fiquei olhando ela se despir no escuro. A revelação de seu corpo duas vezes por dia era um dos maiores prazeres de minha vida. Ela deslizou para baixo das cobertas. Estendi a mão e pousei-a sobre sua coxa. Esperava que ela dissesse alguma coisa, mas ela não disse. Em vez disso, rolou para cima de mim. Tudo em silêncio, mas havia uma ternura especial no modo como ela inclinou a cabeça para tocar a minha. Depois, dormimos. Na manhã seguinte, restava na cozinha um cheiro de fumaça de cigarro, mas, além disso, nada fora do comum. Parti para Oxford e não se disse mais nada sobre Daniel.

    Mas quando voltei, na quinta-feira à noite, e fui pendurar o casaco, me atingiu o poderoso mau cheiro de colônia. Levei um minuto para ligar o cheiro ao casaco de Daniel, e, quando o fiz, esperava encontrá-lo pendurado ali, esquecido. Mas não havia sinal dele. Talvez não tivesse mais pensado no assunto se, ao sentar no sofá para ler depois do jantar, não notasse um isqueiro de metal perto de uma almofada. Sentindo seu peso na mão, pensei como colocar a pergunta a Lotte. Mas qual, exatamente, era a pergunta? O rapaz voltou para ver você? E daí se voltou? Ela não tinha o direito de ver quem quisesse? No começo, ela havia deixado claro para mim que eu não tinha ascendência sobre sua liberdade, nem eu queria ter. Havia muita coisa que ela não me contava e eu não perguntava. Uma vez, numa dura discussão sobre os negócios de nossa falecida mãe, minha irmã disse que achava que eu gostava de estar casado com um mistério porque isso me excitava. Ela não tinha razão — nunca entendeu nada sobre Lotte —, mas talvez não estivesse totalmente errada também. Às vezes, parecia que minha vida havia sido construída em torno de um triângulo das Bermudas, pelo amor de Deus! Envie alguma coisa ali para dentro e você nunca mais vai ouvir falar disso. Por outro lado, eu queria saber — o rapaz tinha voltado e o que havia nele que a fizera aceitá-lo imediatamente? Dizer que ela não era uma pessoa sociável seria pouco. E, no entanto, assim que o estranho se apresentou na porta ela foi fazer um chá para ele na cozinha.

Sabe, nós procuramos padrões só para descobrir onde os padrões se rompem. E é ali, naquela fissura, que levantamos acampamento e esperamos.

Lotte estava lendo na poltrona à minha frente. Eu queria perguntar, eu disse, de onde é Daniel? Ela ergueu os olhos do livro. Sempre a mesma expressão amarfanhada quando eu interrompo sua leitura. Quem? Daniel, respondi. O rapaz que tocou a campainha outra noite. Percebi um sotaque, mas não consegui identificar. Lotte fez uma pausa. Daniel, ela repetiu, como se estivesse experimentando a durabilidade do nome para uma de suas histórias. Isso, de onde ele é?, repeti. Do Chile, ela disse. Do Chile!, exclamei. Não é incrível! Que seus livros tenham chegado até lá. Pelo que sei, ele comprou o livro na Foyles, disse Lotte. Não falamos disso. Ele lê muito, e queria alguém com quem discutir livros, só isso. Você está sendo modesta, claro, eu disse. Ele parecia bem deslumbrado de estar em sua presença. Provavelmente devia ser capaz de citar parágrafos inteiros de seu trabalho. Uma expressão dolorida passou pelo rosto de Lotte, que manteve silêncio. Ele está solitário aqui, só isso, disse ela.

No dia seguinte, o isqueiro havia desaparecido do lugar onde eu o havia deixado na mesa de centro. Mas ao longo das semanas seguintes continuei a achar vestígios do rapaz — cigarros na lata de lixo, um cabelo comprido e preto na capa branca do encosto do sofá e uma ou duas vezes que telefonei de Oxford pensei sentir na voz dela um alerta pela presença de outra pessoa. Então, uma quinta-feira à noite, quando estava guardando alguma coisa em minha escrivaninha, encontrei uma agenda de couro, um livrinho preto, desbeiçado e muito usado. Dentro, tinha os dias da semana em cada página, segunda, terça, quarta-feira à esquerda, quinta, sexta, sábado/domingo à direita, e cada boxe estava preenchido até as margens com uma caligrafia minúscula.

Foi só quando vi a caligrafia de Daniel que o ciúme que germinava me atingiu com plena força. Me lembrei dele seguindo Lotte pelo corredor, e então, junto com o breve sorrisinho que ele trocou consigo mesmo no espelho, julguei lembrar de certa pose. Sozinho aqui!, pensei. Sozinho aqui com uma jaqueta de couro, um isqueiro de prata, um sorriso de autocongratulação e alguma coisa urgente atrás do zíper da calça jeans apertada. Tenho vergonha de admitir agora, mas foi isso que me ocorreu. Ele era quase trinta anos mais novo que ela. Não que eu desconfiasse que Lotte tivesse ido para a cama com ele — a simples ideia era remota demais pelas leis que governavam nosso pequeno universo. Mas se ela não tinha sido receptiva a suas aproximações, também não o havia afastado — os dois haviam se divertido, ou ela a ele, alguma intimidade fora admitida e vi, ou pensei ver, que esse rapaz de jaqueta de couro, que usou confortavelmente minha escrivaninha, havia descaradamente me feito de idiota.

Eu sabia que qualquer coisa que dissesse a Lotte nessa altura a deixaria com raiva — a ideia de que eu alimentava suspeitas e a observava constituiria para ela uma infração intolerável. Que direito tinha eu? Como vê, estava de mãos atadas. E, no entanto, eu tinha certeza de que alguma coisa acontecia pelas minhas costas, mesmo que fosse apenas desejo.

Comecei a elaborar um plano que poderia parecer pouco sensato, mas que no momento fazia total sentido. Eu iria viajar durante quatro dias, e os deixaria sozinhos juntos como teste. Eu me retirava, o obstáculo cansativo no caminho deles, e dava a Lotte toda a oportunidade de me trair com aquele jovem vaidoso com sua jaqueta de couro, jeans apertados e versos de Neruda, que ele sem dúvida sussurrava ofegante com o rosto a centímetros do dela. Escrever isto, depois de todos esses anos, à sombra do destino trágico do rapaz, soa ridículo, mas na época parecia real. Em meu desespero, com o orgulho ferido, eu queria, ou pensava querer, forçá-la a fazer aquilo que estava convencido que ela queria fazer, realizar seus desejos em vez de abrigá-los em segredo, e nos conduzir às terríveis consequências que se seguiriam. Embora a verdade fosse que o que eu estava procurando de fato era uma prova de que ela só queria a mim. Não me pergunte que provas eu pretendia apresentar de uma coisa ou de outra. Quando voltar, eu disse a mim mesmo, tudo se esclarecerá.

Informei a Lotte que ia assistir a uma conferência em Frankfurt. Ela assentiu e seu rosto não revelou nada, embora depois, deitado em meu miserável quarto de hotel, enquanto nada acontecia e as coisas iam de mal a pior, lembrei-me de um pequeno brilho em seus olhos. Uma ou duas vezes por ano, eu participava de conferências sobre o romantismo inglês realizadas por toda a Europa, breves reuniões talvez, para os participantes, não diferentes em sensação do que sentem judeus ao desembarcar do avião em Israel: o alívio de se ver, finalmente, cercado de todos os lados por sua gente — o alívio e o horror. Lotte raramente me acompanhava nessas viagens, preferindo não interromper seu trabalho, e por essa razão eu sempre recusava convites que recebia para conferências em outros continentes, em Sydney, Tóquio ou Johanesburgo, cujos peritos em Wordsworth ou Coleridge desejavam receber amigos e colegas. Sim, eu recusava esses convites porque eles me afastariam de Lotte por muito tempo.

Não me lembro por que escolhi Frankfurt. Talvez uma conferência tivesse ocorrido ou estivesse marcada para ocorrer lá em algum momento do futuro próximo, de forma que, se algum de meus colegas encontrasse Lotte e surgisse o assunto da conferência em Frankfurt, ninguém estranharia. Ou talvez, como nunca menti bem, tenha escolhido Frankfurt por causa do nome tão forte e ao mesmo tempo por ser uma cidade suficientemente desinteressante que não despertaria suspeitas, como Paris, digamos, ou Milão, embora a ideia de Lotte desconfiar fosse, de qualquer forma, absurda. Então talvez eu a tenha escolhido porque sabia que Lotte nunca, sob nenhuma circunstância, voltaria à Alemanha, e eu podia ter certeza de que ela não se ofereceria para me acompanhar.

Na manhã de minha partida, levantei muito cedo, vesti o terno que sempre usava para viajar de avião e tomei meu café enquanto Lotte ainda dormia. Depois, dei uma última olhada na casa, como se pudesse ser a última vez que a via: as tábuas largas do piso, lisas pelo uso, a poltrona de leitura de Lotte, estofada de amarelo-claro com as manchas de chá no braço esquerdo, as estantes rangentes com seus infindáveis e não repetidos padrões de lombadas, as portas francesas que davam para o jardim, o esqueleto das árvores sob o gelo. Olhei isso tudo e senti como uma flecha me atravessando, não em meu coração, mas nas entranhas. Depois fechei a porta e entrei no táxi que esperava na calçada.

Logo que cheguei a Frankfurt, lamentei a escolha. O voo tinha sido infernizado por turbulência e durante o pouso sacolejante um silêncio nefasto dominou os poucos passageiros enrolados em seus casacos, ou talvez só tenha parecido nefasto como pano de fundo para os altos gemidos da mulher indiana com um sári violeta, apertando ao seio uma criança pequena, apavorada. Em torno da sala de bagagem, o céu estava escuro e imóvel. Tomei o trem até a estação principal e dali fui a pé ao hotel onde tinha feito a reserva, numa ruazinha que sai da Theaterplatz, e que se revelou um lugar sombrio, de aspecto anônimo, cujo único esforço de receptividade era um toldo listrado de vermelho sobre a janela do saguão e restaurante, um esforço evidentemente feito havia muito tempo num espírito há muito esquecido, uma vez que o toldo estava desbotado e manchado de sujeira de passarinho. Um atendente entediado, cheio de espinhas, me levou ao meu quarto e me entregou a chave presa a um grande cadeado, o que a tornava pouco prática para carregar e, portanto, garantia que os moradores daquele local miserável deixariam a chave na recepção sempre que saíssem do prédio. Depois de acender o aquecedor e abrir as cortinas para revelar a vista de um prédio de concreto do outro lado da rua, o atendente examinou tudo, chegando a ponto de verificar se o minibar tinha o devido estoque de minigarrafas e latas, antes que eu finalmente me lembrasse de lhe dar uma gorjeta, de ele me dar bom-dia e sair.

Assim que a porta se fechou, me senti tomado pela solidão, uma solidão cavernosa que eu não sentia havia muitos anos, talvez desde meus tempos de estudante. Para me acalmar, tirei da mala as poucas coisas que havia levado. No fundo, estava o diário preto de Daniel. Tirei-o e sentei-me na cama. Até então, eu só havia folheado o diário, sem tentar decifrar o espanhol nanico, mas agora, sem nada mais para fazer, tentei entender aquilo. Pelo que eu podia dizer, me parecia uma narrativa bastante tediosa de sua vida: o que comeu, que livros leu, quem conheceu e assim por diante, uma longa lista sem nenhuma reflexão sobre essas atividades, uma marcha banal contra o esquecimento, tão ineficaz quanto qualquer outra. Evidentemente, procurei o nome de Lotte. Encontrei-o seis vezes: na data em que tocou a campainha pela primeira vez, e mais cinco vezes, sempre em dias em que eu estava em Oxford. Comecei a suar, um suor frio, uma vez que o aquecedor ainda não fizera efeito, e tomei uma garrafinha de Johnnie Walker. Depois, liguei a televisão e logo adormeci. Em meus sonhos, vi Lotte de quatro sendo possuída por trás pelo chileno. Quando acordei, apenas meia hora havia se passado, mas parecia muito mais. Lavei o rosto e desci, entreguei a chave ao recepcionista que estava ocupado contando grandes pilhas de marcos alemães e saí para a rua cinzenta onde tinha acabado de começar a chover. A alguns quarteirões do hotel, passei por uma mulher encostada à campainha de um prédio de apartamento bege, soluçando. Pensei em parar e perguntar para ela o que estava havendo, talvez até levá-la para tomar um drinque. Diminuí o passo quando me aproximei dela o bastante para notar a meia desfiada, e afinal aquilo não condizia com a pessoa que eu tinha sido minha vida inteira, eu gostasse ou não, e segui em frente.

 Esses dias em Frankfurt passaram com dolorosa lentidão, como a descida de algo sem vida pelas profundezas do oceano, mais e mais escuro, mais e mais frio, mais e mais sem esperança. Passei o tempo andando de um lado para o outro nos cais do rio Main, porque, pelo menos para mim, toda a cidade era cinzenta, feia, cheia de gente miserável, e não havia por que me aventurar além daquelas margens em que os francos haviam pisado pela primeira vez em terra com suas lanças, e porque, em toda aquela cidade, apenas as árvores ao longo do rio, grandes e bonitas, tinham algum efeito calmante sobre mim. Longe delas, eu imaginava o pior. Deitado em meu quarto de hotel, agitado demais para ler, o enorme cadeado pendurado na fechadura, eu via

Varsky se pavoneando sem camisa na cozinha, ou investigando meu guarda-roupa para escolher uma camisa limpa, derrubando no chão as que não o interessavam, ou deslizando para a cama, aquela que tínhamos compartilhado durante quase vinte anos, para junto de uma Lotte nua. Quando eu não aguentava mais, fazia um esforço para voltar às ruas sombrias e sem cor.

No terceiro dia, começou a chover e me abriguei num restaurante, na verdade uma lanchonete, povoada por zumbis, ou pelo menos assim pareciam àquela luz mortiça. Foi enquanto estava ali sentado, com pena de mim mesmo, diante de um prato de macarrão oleoso que não sentia vontade de comer, que uma súbita constatação me atingiu. Pela primeira vez me ocorreu que eu podia ter entendido errado a atitude de Lotte. Que eu podia ter me enganado grosseira e absolutamente. Em todos esses anos que eu achara que ela precisava de regularidade, de rotina, de uma vida sem a interrupção de nada fora do comum, talvez a verdade fosse o oposto. Talvez ela estivesse querendo o tempo todo que acontecesse alguma coisa que estilhaçasse aquela ordem cuidadosamente mantida, um trem atravessando a parede do quarto ou um piano caindo do céu, e quanto mais eu tentava protegê-la do inesperado, mais sufocada ela se sentia, mais louco era seu desejo, até que se tornara insuportável.

Parecia possível. Ou, pelo menos, no purgatório daquela lanchonete, não impossível, tão mais ou menos provável que a outra possibilidade, aquela em que eu havia acreditado o tempo todo, me orgulhando do quanto eu conhecia minha mulher. De repente, senti vontade de chorar. De frustração e exaustão, de desespero por chegar realmente perto do centro, do centro sempre em movimento da mulher que eu amava. Sentado à mesa, olhando a comida engordurada, esperei que viessem as lágrimas, desejei mesmo que viessem, para que eu pudesse me descarregar de algo, porque no pé em que estavam as coisas eu me sentia tão pesado e cansado que não via jeito de me mexer. Mas as lágrimas não vieram, então continuei ali sentado, hora após hora, vendo a chuva inexorável bater contra o vidro, pensando em nossa vida conjunta, minha e de Lotte, como tudo nela era projetado para dar uma sensação de permanência, uma cadeira contra a parede que estava ali quando íamos dormir e continuava ali quando acordávamos, os pequenos hábitos que citavam o dia anterior e prediziam o próximo, embora na verdade tudo fosse apenas uma ilusão, assim como a matéria sólida é uma ilusão, assim como nossos corpos são uma ilusão, fingindo ser uma coisa quando realmente são milhões e milhões de átomos indo e vindo, alguns chegando enquanto outros nos deixam para sempre, como se cada um de nós fosse apenas uma grande estação de trem, nem mesmo isso, uma vez que, pelo menos na estação de trem, as pedras, os trilhos e o teto de vidro continuam parados enquanto todo o resto passa depressa; não, era pior do que isso, mais como um gigantesco campo vazio onde todo dia um circo é erguido e desmontado, a coisa toda, de alto a baixo, mas nunca o mesmo circo, então que esperança teríamos de fato de jamais fazer sentido para nós mesmos, quanto mais para o outro?

Por fim, minha garçonete se aproximou. Eu não tinha notado que a lanchonete esvaziara, nem que os garçons tinham limpado as mesas e estavam estendendo as toalhas brancas para a noite, quando o lugar parecia se transformar em algo respeitável. O horário de almoço termina às quatro, ela disse. Fechamos até o jantar, que começa às seis. Ela não estava mais usando o uniforme preto e branco, tinha trocado por uma minissaia azul e malha amarela. Eu me desculpei, paguei a conta, deixei uma gorjeta generosa e me levantei. Talvez a garçonete, que não tinha mais de vinte anos, tenha visto uma careta em meu rosto, a careta de um homem que levanta um peso tremendamente grande, porque me perguntou se eu tinha de ir longe. Acho que não, respondi, porque não sabia exatamente onde estava. Vou até a Theaterplatz. Ela disse que também ia nessa direção, e para minha surpresa pediu que eu esperasse enquanto pegava sua bolsa. Eu não tenho guarda-chuva, ela explicou, e apontou para o meu. Enquanto esperava por ela, fui forçado a refazer minha opinião sobre a lanchonete, que agora tinha velas em cada mesa, que um garçom arrumava uma a uma e que, não pude deixar de admirar quando a moça voltou com um sorriso, empregava uma garçonete tão bonita e simpática.

Nos apertamos debaixo de meu guarda-chuva e saímos para a tempestade. A proximidade dela imediatamente abrandou meu humor. A caminhada era de apenas dez minutos, e falamos sobretudo de suas aulas na escola de arte, e de sua mãe que estava no hospital com um cisto. Para quem passasse, poderíamos ser pai e filha. Quando chegamos à Theaterplatz, disse a ela para ficar com o guarda-chuva. Ela tentou recusar, mas insisti. Posso fazer uma pergunta pessoal?, ela disse quando estávamos para seguir nossos caminhos separados. Tudo bem, respondi. No que o senhor estava pensando todo aquele tempo no restaurante? Estava com uma expressão tão triste e, quando eu achava que não era possível ficar mais triste ainda, ficava. Em estações ferroviárias, respondi. Estações e circos, e então toquei o rosto da moça, muito de leve, como pensei que seu pai faria, o pai que ela devia ter se o mundo fosse justo, e voltei para o hotel onde fiz minha mala, paguei a conta e peguei o primeiro avião para Londres.

Já era tarde quando o táxi parou em frente à nossa casa em Highgate, mas o que vi dela me encheu de alegria — o contorno familiar contra o céu, a luz dos postes entre as folhas, as luzes brilhando amarelas nas janelas, amarelas como só aparecem quando se olha de fora para dentro, amarelas como naquela pintura de Magritte. Ali mesmo resolvi que perdoaria qualquer coisa a Lotte. Contanto que a vida pudesse continuar como era.

Contanto que a cadeira que estava lá quando íamos dormir estivesse lá de novo de manhã. Não me importava o que acontecia com ela enquanto dormíamos lado a lado, não me importava se fosse a mesma cadeira ou mil cadeiras diferentes, ou se, durante a longa noite, ela cessasse de existir completamente — contanto que quando eu sentasse nela para calçar meus sapatos, como fazia toda manhã, ela sustentasse meu peso. Eu não precisava saber de tudo. Só precisava saber que nossa vida ia continuar conjunta como sempre tinha sido. Com mãos trêmulas, paguei o motorista e procurei minhas chaves.

    Chamei o nome de Lotte. Uma pausa e então ouvi seus passos na escada. Ela estava sozinha. Assim que vi sua expressão, entendi que o rapaz tinha ido embora para sempre. Não sei como eu soube, mas soube. Trocamos alguma coisa sem palavras. Nos abraçamos. Quando ela me perguntou como tinha ido a conferência e por que eu havia voltado um dia antes, disse que tinha ido bem, nada interessante, e que sentira saudades dela. Jantamos juntos, tarde, e enquanto comíamos, investiguei o rosto e a voz de Lotte em busca de algum sinal de como as coisas haviam terminado com Varsky, mas o caminho estava fechado: nos dias seguintes, Lotte ficou calada, perdida em pensamentos e eu a deixei em paz, como sempre fizera.

    Passaram-se meses antes de eu me dar conta de que ela havia dado a escrivaninha para ele. Só descobri porque notei que uma mesa que mantínhamos no porão tinha desaparecido. Perguntei-lhe se a tinha visto e ela me disse que estava usando a mesa como escrivaninha. Mas você tem uma escrivaninha, falei, idiotamente. Eu dei de presente, ela disse. Deu de presente?, perguntei incrédulo. Para Daniel, ela disse. Ele admirava a escrivaninha, dei para ele.

    É, Lotte era mesmo um mistério para mim, mas um mistério dentro do qual eu de alguma forma me localizava. Ela era a única filha que estava com os pais quando os SS tocaram a campainha naquela noite de outubro de 1938 e os despachou com outros judeus poloneses. Seus irmãos e irmãs eram todos mais velhos que ela — uma irmã estudava direito em Varsóvia, um irmão era editor de um jornal comunista em Paris, outro era professor de música em Minsk. Durante um ano ela ficou apegada a seus pais velhos e eles a ela dentro do compartimento selado daquele pesadelo que se deslocava rapidamente. Quando saiu seu visto de acompanhante, deve ter parecido um milagre. Claro que seria inimaginável não pegá-lo e ir embora. Mas deve ter sido igualmente inimaginável deixar seus pais. Acho que Lotte nunca se perdoou por isso. Sempre acreditei que era a única coisa que ela realmente lamentava na vida, mas um lamento de proporções tão vastas que não era possível lidar com ele diretamente. Ele mostrava a cabeça nos lugares mais improváveis. Por exemplo, eu achava que o que realmente havia incomodado Lotte no atropelamento da mulher por um ônibus em St. Giles era a maneira como ela mesma reagiu na hora. Ela tinha visto a coisa acontecer — a mulher descendo para a rua, o guinchar de freios, o terrível baque inanimado — e enquanto se formava uma multidão em torno da mulher caída, ela havia se virado e seguido seu caminho. Não falara no assunto até essa noite, quando estávamos lendo. Ela me contou a história e é claro que perguntei o que qualquer um teria perguntado — se a mulher ficou bem. Uma certa expressão apareceu no rosto de Lotte, uma expressão que tinha visto muitas vezes antes e que só posso descrever como uma espécie de imobilidade, como se tudo o que existia normalmente próximo da superfície se retirasse para as profundezas. Passou-se um momento. Senti aquilo que às vezes sentimos com alguém que nos é íntimo, quando a distância que esteve sempre dobrada como um brinquedo de papel chinês de repente se abre entre duas pessoas. E então Lotte deu de ombros, rompendo o encanto, e disse que não sabia. Não disse mais nada a respeito, mas no dia seguinte a vi examinando o jornal, procurando, eu tinha certeza, alguma notícia do acidente. Ela saiu andando, sabe. Saiu andando sem esperar para saber o que havia acontecido.

Eu achava que toda a sua vida tinha a ver com seus pais. Quando ela contou a história do ônibus, tinha a ver com seus pais, e quando acordava chorando tinha a ver com seus pais, quando perdia a paciência comigo e ficava fria durante dias, eu achava que tinha a ver com seus pais de alguma forma. A perda era tão extrema que parecia não haver necessidade de procurar mais longe. Então como eu podia saber que perdida dentro do vórtice que ela era havia também um filho?

Eu poderia nunca ter descoberto nada a respeito não fosse uma coisa estranha que aconteceu perto do fim da vida de Lotte. O mal de Alzheimer já estava bem avançado. No começo, ela tentara esconder a doença. Eu a lembrava de algo que tínhamos feito juntos — um restaurante à beira-mar em Bournemouth onde tínhamos comido anos antes, ou o passeio de barco que fizemos na Córsega em que seu chapéu foi levado pelo vento e foi flutuando nas ondas em direção à costa da África, ou pelo menos assim imaginamos deitados, encharcados de sol, nus e felizes na cama. Eu a lembrava de uma dessas coisas e ela dizia, claro, claro, mas eu via em seus olhos que por trás dessas palavras não havia nada, apenas um abismo, como o poço de água negra onde ela desaparecia toda manhã, independente do clima. Depois, seguiu-se um período em que ela ficou com medo, como uma pessoa que lentamente sangra até morrer, numa hemorragia de esquecimento. Quando saíamos para caminhar, ela agarrava meu braço como se a qualquer minuto a rua pudesse afundar, as árvores e casas, a própria Inglaterra, nos levar rolando para baixo, girando e rolando, incapazes de nos endireitarmos. Mais tarde, até essa fase passou e ela não lembrava mais o suficiente para ter medo, não se lembrava, acho, de que as coisas tivessem sido de qualquer outro modo, e a partir de então ela rumou sozinha, absolutamente sozinha, na longa jornada de volta às praias de sua infância. Sua conversação, se é que se podia chamar assim, desintegrou-se, deixando para trás apenas o entulho com o qual uma coisa um dia bela havia sido construída.

Foi durante esse momento que ela começou a escapar. Eu voltava das compras e encontrava a porta da rua aberta, a casa vazia. Na primeira vez em que aconteceu, peguei o carro e fiquei rodando durante quinze minutos, cada vez mais perturbado, antes de encontrá-la a quase um quilômetro, em Hampstead Lane, sentada num ponto de ônibus, sem casaco apesar de ser inverno. Quando ela me viu, não fez menção de se levantar. Lotte, eu disse, me inclinando para ela, ou talvez tenha dito, querida. Onde você estava pensando em ir? Visitar uma amiga, ela disse, cruzando e descruzando os tornozelos. Qual amiga?, perguntei.

Ficou impossível deixá-la sozinha. Ela nem sempre fugia, mas houve sustos suficientes para me fazer contratar uma enfermeira que a acompanhasse três tardes por semana para eu poder sair e fazer as coisas. A primeira enfermeira que encontrei acabou sendo um pesadelo. No começo, ela parecia muito profissional, chegou com uma longa lista de referências, mas logo se revelou descuidada e irresponsável, trabalhando apenas pelo dinheiro. Uma tarde, cheguei em casa e ela estava parada na porta, nervosa. Onde está Lotte?, perguntei. Ela ergueu as mãos. O que está acontecendo aqui?, perguntei, empurrando-a e entrando no hall em que eu e Lotte havíamos entrado pela primeira vez tantos anos antes, quando ainda pertencia à ceramista na cadeira de rodas, e no teto pairava o estrago de um rio desviado, um rio que, admito, de quando em quando eu acordava no meio da noite e pensava ouvir correndo em algum lugar dentro das paredes. Mas o hall estava vazio, assim como a sala e a cozinha. Onde está minha esposa?, perguntei, ou talvez tenha gritado, embora não seja do tipo que grita. Ela está bem, me garantiu essa enfermeira, Alexandra, ou Alexa, não me lembro. Uma mulher muito educada telefonou, uma juíza se não me engano. Ela vai trazer Lotte de volta agora mesmo. Não entendo, gritei, porque nessa altura eu tinha perdido a paciência e começara a gritar. Como ela saiu com você sentada bem ao lado dela? Na verdade, disse a enfermeira, eu não estava sentada ao lado dela. Ela estava assistindo à televisão, um programa de que eu não gosto muito, então resolvi esperar na outra sala até ela terminar. E depois desse programa ela assistiu a outro do mesmo tipo, então telefonei para uma amiga minha e conversamos um pouco, mas aí ela resolveu assistir a um terceiro programa, daqueles bem horríveis mesmo, com cobras devorando animais desamparados, cobras e jacarés, acho, se bem que o terceiro acho que era sobre piranhas, bom, depois disso fui ver se ela precisava de alguma coisa e ela tinha saído. Por sorte, telefonaram do tribunal uns minutos depois para dizer que estavam com a senhora Berg e que ela estava perfeitamente bem.

Nessa altura, eu estava com tanta raiva que nem conseguia falar. Tribunal?, gritei. TRIBUNAL?, e se um carro não tivesse parado na frente de casa naquele momento, eu teria pulado em cima dela. A motorista, uma mulher de quase sessenta anos, desceu e deu a volta para abrir a porta para Lotte. Ela a trouxe pacientemente pelo caminho há muito limpo de ervas daninhas, plantado de ambos os lados com íris roxos e jacintos vinho, sendo o roxo a cor preferida de Lotte. Aqui estamos, senhora Berg, em casa afinal, disse a mulher, conduzindo Lotte pelo braço como se fosse sua própria mãe. Em casa afinal, Lotte repetiu, e sorriu. Olá, Arthur, ela disse, ajeitando a calça ao passar por mim para entrar em casa.

Depois, a mulher, que era de fato uma juíza, me contou a seguinte história: por volta das três da tarde, ela havia saído ao corredor para falar com um colega e quando voltou, lá estava Lotte, sentada com a bolsa no colo, com o olhar fixo à frente, como se estivesse num carro e paisagens desconhecidas passassem diante dela, ou como se estivesse num filme agindo como se estivesse num carro, enquanto na verdade estava sentada perfeitamente imóvel. Posso fazer alguma coisa pela senhora?, a juíza perguntou, embora normalmente ligassem para ela quando tinha uma visita, e pelo que sabia, não tinha nenhuma reunião marcada. Mais tarde, o mistério para ela foi descobrir como Lotte havia passado pelo segurança e por sua secretária. Lentamente, Lotte virou-se para olhar para ela. Vim denunciar um crime, disse ela. Tudo bem, disse a juíza, sentando na frente de Lotte, porque a única outra opção que tinha era pedir que ela fosse embora, o que não teve coragem de fazer. Qual crime?, ela perguntou. Eu entreguei meu filho, Lotte anunciou. Seu filho?, ela perguntou, e naquele momento começou a sentir que Lotte, que tinha setenta e cinco anos na época, talvez estivesse desorientada ou não inteiramente lúcida. No dia 20 de julho de 1948, cinco semanas depois que ele nasceu, disse ela. Para quem entregou seu filho?, a juíza perguntou. Ele foi adotado por um casal de Liverpool, disse Lotte. Nesse caso, ninguém cometeu um crime, madame, disse a juíza.

Nessa altura, Lotte silenciou. Primeiro ficou em silêncio, depois confusa. Confusa e depois assustada. Levantou-se de repente e pediu para ser levada para casa. Levantou-se e não sabia para que lado seguir, como se tivesse esquecido onde ficava a porta, como se a saída tivesse ido embora com o resto. A juíza perguntou seu endereço, e Lotte deu o nome de uma rua alemã. Do corredor veio o som de um martelo de juiz e Lotte deu um pulo. Por fim, permitiu que a juíza olhasse em sua bolsa e encontrasse seu endereço e número de telefone. A juíza telefonou para casa, falou com a enfermeira e disse à secretária que voltaria logo. Quando estavam saindo do prédio, Lotte olhou como se visse a juíza pela primeira vez.

Um frio penetrou minha cabeça, como se um amortecimento de gelo tivesse subido por minha coluna e começado a fluir para meu cérebro, para proteger meus sentidos do golpe da notícia que eu acabara de receber. Consegui agradecer profusamente à juíza e assim que ela foi embora, entrei e despedi a enfermeira, que foi embora xingando. Encontrei Lotte na cozinha, comendo biscoitos de uma lata.

No começo, não fiz nada. Aos poucos, minha mente começou a descongelar. Ouvi os ruídos de Lotte se movimentando pela casa, respirando, estalando ossos, engolindo, umedecendo os lábios e permitindo que um pequeno gemido lhe escapasse dos lábios. Quando a ajudei a se despir e entrar no banho, como precisava fazer agora, olhei seu corpo esguio que eu pensava conhecer centímetro a centímetro, e me perguntei como era possível eu nunca ter me dado conta de que ela tivera um filho. Senti seus cheiros, os conhecidos e os cheiros novos de sua velhice, e pensei comigo mesmo, nossa casa é a casa de duas espécies diferentes. Aqui nesta casa moram duas espécies, uma em terra e uma na água, uma que se apega à superfície e outra que paira nas profundezas, e, no entanto, toda noite, numa brecha das leis da física, elas partilham a mesma cama. Olhei para Lotte a escovar o cabelo branco diante do espelho, e entendi que a cada dia, dali em diante, nós ficaríamos mais e mais estranhos um ao outro.

Quem seria o pai da criança? A quem Lotte havia entregado o filho? Teria visto o bebê de novo ou mantido contato com ele de alguma forma? Onde estaria ele agora?, revirei insistentemente essas perguntas na cabeça, perguntas que ainda achava difícil de acreditar que estava fazendo, como se estivesse perguntando a mim mesmo por que o céu era verde ou por que o rio corria pelas paredes de nossa casa. Lotte e eu nunca tínhamos falado sobre outros amantes que havíamos tido antes de nos encontrarmos; eu, por respeito a ela, e ela, porque era assim que lidava com o passado: em total silêncio. Claro que eu sabia que ela tivera amantes. Sabia, por exemplo, que a escrivaninha tinha sido presente de um desses homens. Talvez ele tivesse sido o único, embora eu duvidasse disso; ela já tinha vinte e oito anos quando a conheci. Mas então me dei conta de que ele devia ser o pai da criança. O que mais poderia explicar seu estranho apego à escrivaninha, sua concordância em conviver com aquela coisa monstruosa, e não apenas viver com ela, mas trabalhar no colo da fera dia após dia — por que mais senão por culpa e, quase com certeza, remorso? Não demorou muito para minha mente chegar, inevitavelmente, ao fantasma de Daniel Varsky. Se o que ela dissera ao magistrado fosse verdade, ele teria quase exatamente a mesma idade de seu filho. Nunca imaginei que ele fosse de fato filho dela — isso teria sido absolutamente impossível. Não sabia dizer exatamente como ela reagiria se seu filho adulto entrasse pela porta, mas sabia que não seria do jeito que ela reagiu assim que viu Daniel. E, no entanto, de repente entendi o que a havia atraído para ele e imediatamente a coisa toda se esclareceu, ou ao menos era um vislumbre do todo, antes que ele se dissolvesse em desconhecimentos e mais perguntas.

 Deve ter sido uns quatro anos depois que Daniel Varsky tocou nossa campainha que Lotte me pegou em Paddington uma noite, uma noite de inverno de 1974, e assim que entrei no carro me dei conta de que ela havia chorado. Alarmado, perguntei qual era o problema. Durante algum tempo, ela não falou. Rodamos em silêncio por Westway e atravessamos St. John's Wood, ao longo da borda escura do Regent's Park onde, de quando em quando, os faróis iluminavam o relâmpago fantasmagórico de um corredor. Lembra do rapaz chileno que nos visitava anos atrás? Daniel Varsky?, perguntei. Claro. Naquele momento, eu não fazia ideia do que ela estava para me dizer. Uma porção de coisas pode ter me passado pela cabeça, mas nenhuma delas chegava nem de perto do que ela me contou em seguida. Uns cinco meses antes, ele havia sido preso pela polícia secreta de Pinochet, ela disse. A família dele não tivera notícias desde então, e tinha todas as razões para acreditar que ele tinha sido morto. Torturado primeiro e depois morto, disse ela, e quando sua voz deslizou por essas últimas palavras de pesadelo ela parou na garganta, nem se contraiu para conter as lágrimas, mas se expandiu, como uma pupila se dilata no escuro, como se contivesse não um pesadelo, mas muitos.

    Perguntei a Lotte como sabia e ela me contou que se correspondia com Daniel de vez em quando, até o dia em que parou de ter notícias dele. No início, não ficara preocupada, uma vez que demorava para suas cartas chegarem a ele, sempre intermediadas por um amigo; Daniel mudava o tempo todo e por isso havia feito uma combinação com um amigo que morava em Santiago. Ela escreveu de novo e continuou sem saber de nada. Nessa altura, começara a ficar preocupada, ciente de que a situação no Chile era difícil. Então, escreveu diretamente para o amigo e perguntou se Daniel estava bem. Passou-se quase um mês até ela por fim receber uma carta do amigo, que lhe deu a notícia de que Daniel havia desaparecido.

    Nessa noite, tentei consolar Lotte. Mas por mais que tentasse, me dei conta de que não sabia como, de que aquilo que estávamos fazendo juntos era uma espécie de pantomima vazia, uma vez que eu não tinha como saber ou entender o que o rapaz significava para ela. Não era para eu saber e, no entanto, ela queria ou talvez até precisasse de minha consolação, e embora eu ache que um homem melhor teria sentido diferente, não consegui evitar sentir uma gota de ressentimento. Uma gota apenas, mais nada, mas ao abraçá-la no carro, diante de nossa casa, senti isso. Afinal, não era injusto ela erguer barreiras e depois me pedir para consolá-la pelo que acontecia por trás delas? Injusto e até egoísta? Claro que eu não disse nada. O que poderia ter dito? Um dia eu prometera que ia perdoar tudo a ela. A violenta tragédia do rapaz pairava sobre nós no escuro. Eu a abracei e consolei.

Uma semana ou dez dias depois que a juíza trouxe Lotte para casa, enquanto ela estava cochilando no sofá, subi ao seu estúdio. Fazia um ano e meio que ela não subia e em sua mesa os papéis estavam exatamente como ela os havia deixado no dia em que tentou lutar contra sua mente comprometida e perdeu para sempre. A visão de sua caligrafia naquelas páginas encrespadas me foi profundamente dolorosa. Sentei-me à sua mesa, a mesa simples de madeira que vinha usando desde que dera a outra para Varsky vinte e cinco anos antes, e espalmei as mãos na superfície. A maior parte da escrita na página de cima estava riscada, deixando apenas algumas linhas ou frases aqui e ali. O que consegui entender era em grande parte sem sentido e, no entanto, nos riscos maníacos e nas letras incertas era evidente a frustração de Lotte, a frustração de alguém tentando transcrever um eco que morria. Meu olho topou com uma linha no fim da página: *O homem* ~~atônito~~ *em pé debaixo do teto. Quem poderia ser? Quem neste mundo poderia ser?* Sem aviso, me veio um soluço de choro como uma onda violenta, uma onda que tinha viajado por um oceano plácido e plano com o propósito expresso de cair em cima da minha cabeça. E me dominou.

Depois disso, me levantei e fui ao armário em que Lotte

guardava seus papéis e pastas. Eu não sabia o que estava procurando, mas imaginei que mais cedo ou mais tarde encontraria fosse o que fosse. Havia velhas cartas de seu editor, cartões de aniversário meus, versões de contos que ela nunca publicara, cartões de pessoas que eu conhecia e de outras que não. Procurei durante uma hora, não encontrei nada que se referisse de alguma forma ao filho. Nem encontrei nenhuma carta de Daniel Varsky. Depois, desci, Lotte tinha acabado de acordar. Saímos juntos para um passeio, como fazíamos toda tarde desde que me aposentei. Fomos até Parliament Hill, onde observamos as pipas voando no vento e voltamos para jantar em casa.

Nessa noite, depois que Lotte adormeceu, saí da cama, preparei para mim uma xícara de chá de camomila, folheei o jornal com toda a calma e então, como se a ideia tivesse acabado de me ocorrer, subi ao sótão. Abri outras gavetas e outros arquivos e quando terminei com esses, mais gavetas e mais arquivos apareceram no lugar daqueles que eu já tinha olhado, alguns marcados e outros não. Páginas pareciam deslizar por vontade própria e migrar pelo chão, como um outono de papel encenado por uma criança entediada. Parecia não haver fim para a quantidade de papel que Lotte havia armazenado naquele armário enganosamente pequeno, e comecei a perder a esperança de jamais encontrar o que estava procurando. E o tempo todo, ao ler trechos de cartas, de anotações, de manuscritos, eu não conseguia evitar a sensação de que estava traindo Lotte de um jeito que ela acharia absolutamente imperdoável.

Passava muito das três da manhã quando por fim encontrei uma pasta plástica com dois documentos. O primeiro era um boletim do hospital e maternidade East End, datado de 15 de junho de 1948. Na linha Nome do Paciente, alguém, uma enfermeira ou secretária, havia datilografado Lotte Berg. O endereço fornecido não era o do quarto perto da Russell Square, mas outra rua de que nunca tinha ouvido falar, que depois procurei e encontrei em Stepney, não longe do hospital. Abaixo disso, dizia que Lotte tinha dado à luz um menino em 12 de junho, às 10h25 e que ele pesava três quilos e duzentos e cinquenta gramas. O segundo era um envelope selado. A cola estava velha e seca e saiu com facilidade quando tentei abrir com o dedo. Dentro havia um pequeno cacho de cabelo escuro e fino. Segurei aquilo na palma da mão. Por razões que não sei explicar, o que me veio à mente foi um tufo de cabelo preso num galho baixo que uma vez encontrei quando andava pela floresta em menino. Eu não sabia a qual animal pertencia, mas na minha cabeça vi uma fera tão grande como um alce, porém muito elegante, caminhando silenciosamente pela floresta, uma criatura mágica que nunca havia se revelado a humanos, mas que havia deixado um sinal para que só eu encontrasse. Tentei afastar essa imagem antiga, em que realmente não pensava havia mais de sessenta anos, e me concentrar no fato de que aquilo que eu tinha na mão era o cabelo do filho de minha mulher. Mas por mais que tentasse, só conseguia pensar naquele belo animal que passeava com passos silenciosos pela floresta, um animal que não falava, mas que sabia tudo e olhava com grande tristeza e pena as destruições da vida humana, contra sua própria espécie e outras. A certo ponto, cheguei a pensar se não era o cansaço que estava me fazendo alucinar, mas então pensei comigo, não, isso é o que acontece quando se fica velho, o tempo nos abandona e todas as memórias se tornam involuntárias.

Não havia mais nada no envelope. Depois de um momento, devolvi a mecha de cabelo e fechei o envelope com fita. Guardei-o de volta na pasta plástica e a pus de novo no fundo da gaveta onde a havia encontrado. Depois arrumei todos os papéis, coloquei-os em ordem o melhor possível, fechei as gavetas do armário e apaguei a luz do sótão. Já estava quase amanhecendo.

Desci silenciosamente a escada, entrei na cozinha e pus água para ferver. Na luz pálida, pensei ver alguma coisa se mexer debaixo da azaleia junto à porta do jardim. Um ouriço, pensei deliciado, embora não tivesse razão para pensar nisso. O que aconteceu com os ouriços da Inglaterra? Essas criaturas simpáticas que eu costumava encontrar por toda parte em criança, mesmo que estivessem mortos à beira da estrada. O que matou todos os ouriços?, pensei, enquanto o saquinho de chá tingia a água fervente e, em minha cabeça, anotei para mim mesmo, algo que eu podia lembrar ou não, de dizer a Lotte que houve tempo em que se encontrava por toda parte neste país aqueles adoráveis animais noturnos cujos grandes olhos desmentem sua visão terrivelmente fraca. A raposa sabe tanta coisa, mas o ouriço só sabe uma coisa, como disse Archilochus, mas o que era? O tempo passou e então ouvi Lotte chamando no quarto. Pronto, meu amor, respondi ainda olhando para o jardim. Já estou indo.

Mentiras contadas por crianças

Conheci Yoav Weisz e me apaixonei por ele no outono de 1998. Nos encontramos numa festa em Abingdon Road, no final dessa rua, onde eu nunca tinha estado. Me apaixonei, o que ainda é uma coisa nova para mim. Dez anos se passaram e, no entanto, esse momento se destaca em minha vida como poucos outros. Assim como eu, Yoav estava em Oxford, mas morava em Londres, numa casa em Belsize Park que repartia com a irmã, Leah. Ela estava estudando piano na Royal College of Music, e muitas vezes eu a ouvia tocando em algum lugar do outro lado das paredes. Às vezes, as notas paravam abruptamente e passava-se um longo silêncio, pontuado pelo raspar do banco do piano ou por passos no chão. Achava que ela podia aparecer para dizer alô, mas a música começava de novo de dentro do madeirame. Estive na casa três ou quatro vezes antes de finalmente conhecer Leah, e quando a conheci fiquei surpresa com o quanto era parecida com o irmão, só mais delicada e menos confiável de ainda estar ali se você desviasse os olhos.

A casa, uma construção de tijolos vitoriana, enorme e dilapidada, era grande demais para os dois, com uma bonita mobília escura que seu pai, um famoso antiquário, mantinha ali. De poucos em poucos meses, ele passava por Londres, e então era tudo rearrumado segundo seu gosto impecável. Certas mesas, cadeiras, abajures ou sofás eram encaixotados e outros chegavam para tomar seus lugares. Assim, as salas estavam sempre mudando, assumindo climas misteriosos deslocados das casas e apartamentos cujos donos tinham morrido, declarado falência ou simplesmente decidido dizer adeus a coisas com as quais tinham convivido durante anos, deixando que George Weisz os aliviasse de seus conteúdos. De vez em quando, poderosos compradores vinham pessoalmente à casa ver uma das peças, e então Yoav e Leah tinham de arrumar todas as meias sujas, livros abertos, revistas manchadas e copos vazios que tinham acumulado desde a última visita da faxineira. Mas a maior parte dos clientes de Weisz não precisava ver pessoalmente o que estava comprando, fosse por causa da fama mundial do antiquário, fosse por sua fortuna, ou porque as peças que estavam comprando possuíam um valor sentimental que não tinha nada a ver com sua aparência. Quando não estava viajando por Paris, Viena, Berlim ou Nova York, o pai deles morava na Ha'Oren Street, em Ein Kerem, Jerusalém, na casa de pedras sufocada por trepadeiras floridas, onde Yoav e Leah tinham vivido em criança, cujas janelas estavam sempre fechadas para proteger da luz agressiva.

A casa onde vivi com eles de novembro de 1998 a maio de 1999 ficava a doze minutos de caminhada do número 20 de Maresfield Gardens, residência do dr. Sigmund Freud de setembro de 1938, quando ele fugiu da Gestapo, até o final de setembro de 1939, quando ele morreu por três doses de morfina administradas a seu pedido. Muitas vezes, saindo para caminhar, eu me via lá. Quando Freud fugiu de Viena, quase todos os seus pertences foram encaixotados e despachados para a nova casa em Londres, onde a esposa e a filha amorosamente remontaram, em todos os detalhes possíveis, o estúdio que ele havia sido forçado a abandonar na Berggasse 19. Na época, eu não sabia nada sobre o estúdio de Weisz em Jerusalém, então a simetria poética da proximidade da casa com a de Freud me escapava. Talvez todos os exilados tentem recriar o lugar que perderam por medo de morrer em um lugar estranho. E, no entanto, durante o inverno de 1999, quando eu me detinha no tapete oriental bastante usado do estúdio do médico, reconfortada pelo aspecto acolhedor e pela visão das muitas figuras e estatuetas, frequentemente me ocorria a ironia de Freud, que mais do que ninguém lançou uma luz sobre o fardo da memória, ter sido incapaz de resistir a seu encantamento místico mais do que qualquer um de nós. Depois que ele morreu, Anna Freud conservou a sala exatamente como o pai a deixara, até os óculos que ele tirou do alto do nariz e pousou na mesa pela última vez. Do meio-dia às cinco, de quarta-feira a domingo, pode-se visitar a sala imobilizada para sempre no momento em que deixou de existir o homem que nos deu algumas das ideias mais duradouras sobre o que é ser uma pessoa. No folheto, entregue por um guia idoso que fica sentado numa cadeira junto à porta da frente, o visitante é estimulado a não considerar o passeio apenas como uma caminhada por uma casa de verdade, mas também, dadas as várias exposições e coleções dos diversos cômodos, como um passeio por uma casa metafórica, a mente.

Digo *a casa em que morei com eles*, e não *nossa casa*, porque embora eu tenha residido lá por sete meses, ela de forma alguma pertenceu a mim, nem poderia eu jamais me considerar mais do que uma hóspede privilegiada. Além de mim, o único visitante regular era uma faxineira romena chamada Bogna, que lutava com o caos generalizado que parecia ameaçar os irmãos como uma tempestade no horizonte. Depois do que aconteceu, ela foi embora, fosse porque não conseguia mais lutar com a confusão, ou porque ninguém a pagava. Ou talvez ela sentisse que as coisas estavam indo numa direção ruim e queria sair enquanto podia. Ela mancava, água no joelho, creio, uma xícara do Danúbio que chacoalhava quando ela caminhava de cômodo em cômodo com o esfregão e o espanador de penas, suspirando como se acabasse de lembrar de uma decepção. Ela mantinha o joelho fortemente enfaixado debaixo do avental e descoloria o cabelo com uma perigosa mistura de produtos químicos domésticos. Se você chegava muito perto, ela cheirava a cebola, amoníaco e feno. Era uma mulher industriosa, mas às vezes fazia uma pausa em seu trabalho para me contar sobre sua filha em Constança, uma perita em horticultura mal remunerada pelo Estado, cujo marido a tinha abandonado por outra mulher. Também sobre sua mãe, que possuía um pequeno pedaço de terra que se recusava a vender e que sofria de reumatismo. Bogna sustentava as duas, mandando dinheiro todo mês e roupas da Oxfam. Seu marido tinha morrido quinze anos antes, de uma rara doença do sangue; agora havia cura para isso. Ela me chamava de Isabella, em vez de meu nome verdadeiro, Isabel, ou de Izzy, como a maioria das pessoas me chamava, mas nunca me dei ao trabalho de corrigi-la. Não sei por que falava comigo. Talvez porque visse uma aliada em mim, ou no mínimo alguém que era de fora, não parte da família. Não que eu me visse assim, mas na época Bogna sabia mais do que eu.

Quando Bogna foi embora, a casa decaiu. Dobrou-se e voltou-se para dentro de si mesma como num protesto pelo abandono de sua única defensora. Pratos sujos se empilhavam em todas as salas, comida derramada ficava onde havia caído ou coagulado, a poeira aumentava, formando uma fina penugem cinzenta na selva debaixo dos móveis. Mofo negro colonizou a geladeira, janelas eram deixadas abertas na chuva, corroendo cortinas e fazendo os peitoris descascarem e apodrecerem. Quando um pardal entrou e ficou preso, batendo as asas contra o teto, fiz uma piada sobre o fantasma do espanador de pó de Bogna. A reação foi um silêncio amuado e entendi que Bogna, que havia cuidado de Yoav e Leah durante três anos, não devia ser mencionada de novo. Depois da viagem de Leah a Nova York e do começo do terrível silêncio entre os irmãos e o pai, eles pararam absolutamente de sair de casa. Então eu era a única com quem contavam para trazer o que precisavam de fora. Às vezes, ao raspar gema de ovo de uma panela para poder fazer o café da manhã, eu pensava em Bogna e esperava que um dia ela se aposentasse e fosse morar num chalé junto ao mar Negro, como tanto queria. Dois meses depois, no final de maio, minha mãe ficou doente e voltei a Nova York por quase um mês. Telefonei para Yoav todos os dias e depois, abruptamente, os irmãos pararam de atender o telefone. Algumas noites, eu deixava tocar trinta, quarenta vezes, enquanto meu estômago dava nós. Quando voltei a Londres no começo de julho, a casa estava escura e haviam trocado as fechaduras. De início, pensei que Yoav e Leah estavam brincando comigo. Mas os dias passaram e não soube nada deles. Por fim, não tive escolha senão voltar a Nova York, uma vez que nessa altura eu havia sido expulsa de Oxford. Magoada e furiosa como eu estava, ainda fiz tudo o que podia para encontrá-los. Mas não consegui nada. O único sinal de que eles ainda estavam vivos em algum lugar foi uma caixa com meus pertences que chegou ao apartamento de meus pais um ano depois, sem endereço de remetente.

Acabei aceitando a estranha lógica de seu desaparecimento, uma lógica em que eu havia sido escolada durante o breve tempo que passei com eles. Os dois eram prisioneiros do pai, trancados entre as paredes da própria família, e afinal era impossível para eles estabelecer laços com qualquer pessoa. Eu não esperava nada menos que seu contínuo silêncio todos esses anos, e nunca pensei que fosse vê-los de novo — o que eles fizeram, fizeram sem concessão, livres das complicações impostas sobre o resto de nós por indecisão, hesitação, remorso. Mas embora eu tenha seguido em frente e me apaixonado mais de uma vez, nunca deixei de pensar em Yoav, nem de me perguntar onde ele estava e em quem havia se tornado.

Então, um dia, no final do verão de 2005, seis anos depois de eles desaparecerem, recebi uma carta de Leah. Ela escrevia que em junho de 1999, uma semana após comemorar seu aniversário de setenta anos, o pai deles havia se suicidado na casa da Ha'Oren Street. A criada o encontrara no dia seguinte em seu estúdio. Na mesa a seu lado, uma carta fechada para seus filhos, um frasco vazio de comprimidos para dormir e uma garrafa de scotch, bebida que Leah nunca o tinha visto tocar em toda sua vida. Havia também um folheto da Sociedade Hemlock.* Nada havia sido deixado ao acaso. Do outro lado do quarto, sobre outra mesa, estava a pequena coleção de relógios que pertencera ao pai de Weisz, que ele mantivera funcionando desde a prisão de seu pai em Budapeste, em 1944. Enquanto esteve vivo, os relógios o acompanharam para onde quer que viajasse, de forma que pudesse sempre lhes dar corda no horário. *Quando a empregada chegou*, escreveu Leah, *todos os relógios tinham parado*.

A carta era escrita numa caligrafia pequena, caprichada, que contrastava com a forma solta e casual da composição. Praticamente não havia saudação, como se apenas meses tivessem se passado desde que nos vimos, e não seis anos. Depois da notícia do suicídio do pai, a carta se estendia um bocado sobre uma pintura pendurada na parede de seu estúdio, a sala onde ele havia

---

* Associação fundada em 1980, por Derek Humphry, nos Estados Unidos, que defende o direito ao suicídio. O nome, "Sociedade da Cicuta", refere-se ao veneno com que Sócrates foi obrigado a se suicidar em Atenas no século v a.C. [N. T.]

tirado a própria vida. Estava lá desde que ela se lembrava, Leah escreveu, no entanto, ela sabia que houve um tempo em que não esteve ali, quando seu pai ainda estava procurando a pintura, assim como ele havia procurado e reintegrado cada peça de mobília da sala, as mesmas peças que existiam no estúdio de seu próprio pai em Budapeste até a noite de 1944, quando a Gestapo prendeu seus pais. Outra pessoa consideraria os móveis perdidos para sempre. Mas era isso que caracterizava seu pai em seu campo e o distinguia dos outros. Ao contrário das pessoas, ele costumava dizer, as coisas inanimadas não desaparecem simplesmente. A Gestapo confiscou os itens mais valiosos do apartamento, que eram muitos, uma vez que o lado materno da família Weisz era rico. Essas coisas foram carregadas — junto com montanhas de joias, diamantes, dinheiro, relógios, pinturas, tapetes, prataria, louça, móveis, roupas de cama, porcelanas e até câmeras e coleções de selo — nos quarenta e dois vagões do "Trem do Ouro" que a SS usou para evacuar as posses dos judeus quando as tropas soviéticas avançaram sobre a Hungria. O que ficou para trás os vizinhos saquearam. Nos anos posteriores à guerra, quando Weisz voltou a Budapeste, a primeira coisa que fez foi bater na porta dos vizinhos e, quando eles empalideciam, entrava em seus apartamentos com uma pequena gangue de valentões contratados que pegavam a mobília roubada, carregando-a nas costas. Uma mulher que tinha crescido e mudado de endereço, levando a penteadeira da mãe dele, Weisz caçou nos arredores da cidade; ao entrar na casa dela no meio da noite, ele se serviu de vinho, deixou o copo usado na mesa e levou a penteadeira ele mesmo, enquanto a mulher dormia profundamente no quarto vizinho. Mais tarde, em seus negócios, Weisz contratava outros para fazer esse trabalho. Mas sua própria mobília ele sempre fez questão de reclamar pessoalmente. O Trem do Ouro foi capturado pelas tropas aliadas perto de Werfen, em maio de 1945. A maior parte da carga foi enviada para o depósito militar em Salzburg, e depois vendida através de armazéns do exército ou em leilões em Nova York. Essas peças, Weisz demorou mais para encontrar, muitas vezes anos ou mesmo décadas. Ele contatou desde os oficiais de alta patente americanos, que haviam supervisionado a dispersão dos bens, até os operários contratados pelo depósito para transportá-los. Quem sabe o que ofereceu a eles em troca da informação que queria.

Ele tomou como seu o compromisso de conhecer pessoalmente cada antiquário sério de móveis europeus dos séculos XIX e XX. Examinava os catálogos de cada leilão, fez amizade com todos os restauradores de móveis, sabia o que ocorria em Londres, Paris, Amsterdam. A estante Hoffmann de seu pai apareceu numa loja na Herrenstrasse, em Viena, no outono de 1975. Ele tomou um avião direto de Israel, identificou a estante por um longo arranhão do lado direito. (Outras estantes haviam aparecido sem a marca e sido recusadas por Weisz.) O suporte de dicionário de seu pai, ele localizou com uma família de banqueiros em Antuérpia, e dali para uma loja na Rue Jacob, em Paris, onde morou algum tempo numa vitrine sob a vigilância de um grande gato branco siamês. Leah lembrava da chegada de certas peças havia muito perdidas na casa da Ha'Oren Street, eventos tensos e sombrios que a aterrorizavam tanto que, quando pequena, ela às vezes se escondia na cozinha quando os engradados eram abertos, para o caso de o que saísse dali de dentro fossem os rostos enegrecidos de seus avós mortos.

Sobre a pintura, Leah escreveu o seguinte: *Era tão escura que a pessoa tinha de se pôr em certo ângulo para perceber que se tratava de um homem a cavalo. Durante anos tive a impressão de que era Alexander Zaid. Meu pai nunca gostou do quadro. Às vezes, acho que se ele se permitisse viver como queria escolheria um quarto vazio com apenas uma cama e uma cadeira. Qualquer pes-*

soa teria deixado a pintura seguir o rumo do resto que se perdeu, mas não meu pai. Ele vivia sobrecarregado com uma sensação de dever que determinava toda a sua vida e, depois, a nossa. Ele passou anos rastreando a pintura e pagou uma soma vultosa para convencer os proprietários a venderem o quadro de volta para ele. Na carta que deixou, escreveu que o quadro ficava no estúdio do pai dele. Eu quase engasguei ou gritei diante do absurdo. É possível até que eu tenha rido alto. Como se eu não soubesse que tudo em seu estúdio de Jerusalém era exatamente como havia sido um dia o estúdio de meu avô em Budapeste, até o último milímetro! Até o veludo das cortinas pesadas, os lápis na bandeja de marfim! Durante quarenta anos, meu pai trabalhou para remontar aquela sala perdida, exatamente com a aparência que tinha naquele dia fatídico de 1944. Como se ao juntar cada peça ele pudesse dobrar o tempo e apagar a tristeza. A única coisa que faltava no estúdio da Ha'Oren Street era a escrivaninha de meu avô — no lugar onde ela deveria estar, havia um buraco vazio. Sem ela, o estúdio continuava incompleto, uma réplica pobre. E só eu sabia o segredo de onde ela estava. O fato de eu me recusar a entregar isso a ele foi o que separou nossa família naquele ano que você passou conosco, poucos meses antes de ele se suicidar. E, no entanto, ele se recusava a admitir isso! Achei que eu é que o matei com o que fiz. Mas foi exatamente o contrário. Quando li sua carta, Leah escreveu, *entendi que meu pai havia vencido. Que tinha afinal encontrado um jeito de tornar impossível que escapássemos dele. Depois que ele morreu, voltamos para a casa de Jerusalém. E paramos de viver. Ou talvez você possa dizer que começamos uma vida de solitário confinamento, só que a dois em lugar de um.*

A carta continuava ainda falando sobre certos cômodos da casa. *O que quebrava, nós parávamos de usar. Pagávamos alguém para fazer as compras e nos trazer o que precisávamos. Uma mulher que precisava do dinheiro e tinha visto o suficiente na vida para não erguer as sobrancelhas. Antes, nos aventurávamos a sair às vezes, mas agora quase nunca. Uma espécie de inércia nos dominou. Temos o jardim, e Yoav sai um pouco, mas há meses não deixa a casa.*

E ela chegou ao ponto principal da carta: *Não pode continuar assim senão vamos realmente parar de viver. Um de nós dois vai fazer algo terrível. É como se meu pai nos atraísse para mais perto dele a cada dia. Fica mais difícil resistir. Durante um longo tempo, venho criando coragem para sair. Mas se eu sair, nunca poderei voltar e não poderei contar a Yoav onde estarei. Senão seremos sugados para dentro outra vez e acho que não conseguirei escapar de novo. Então ele não sabe nada a respeito. Se você ainda não entendeu, Izzy, estou escrevendo para pedir que venha para cá. Para ele. Não sei absolutamente nada de sua vida agora, mas sei o quanto você amou Yoav naquela época. O que vocês significavam um para o outro. Você ainda está viva dentro dele e não existe muito mais que esteja. Sempre tive ciúme do que você o fez sentir. Que ele tenha encontrado alguém que o fez sentir o que eu nunca pude sentir.*

Ao final da carta, ela escreveu que não poderia ir embora a menos que soubesse com certeza que eu iria a ele. Ela não queria nem pensar no que aconteceria com ele sozinho. Não disse nada sobre o lugar para onde pensava ir. Só que me telefonaria para saber minha resposta dentro de duas semanas.

A carta despertou uma onda de sentimento — tristeza, angústia, alegria, e também raiva por Leah pensar que eu deixaria tudo por Yoav depois de tantos anos, por ela achar que podia me colocar nessa posição. Me dava medo também. Eu sabia que encontrar e sentir Yoav outra vez seria terrivelmente doloroso, por causa do que havia acontecido com ele e por causa do que eu sabia que ele despertaria em mim, uma vitalidade que era um tormento porque, como uma chama, iluminava um vazio dentro de mim e expunha o que eu sempre soube em segredo a meu respeito: quanto tempo eu havia passado vivendo apenas parcialmente, e com que facilidade eu havia aceitado uma vida menor. Tinha um emprego como todo mundo, mesmo não gostando dele, tinha até um namorado, uma pessoa boa e gentil que me amava e evocava em mim uma espécie de terna ambivalência. E, no entanto, no momento em que terminei a carta, eu sabia que iria até Yoav. À luz dele, tudo — as sombras escuras, os pratos sujos, os telhados pintados de preto do lado de fora da janela — assumia uma aparência diferente, se tornava mais agudo, alterado por uma onda de sentimento. Ele despertava uma fome em mim — não só por ele, mas também pela magnitude da vida, pelos extremos de tudo o que nos foi dado sentir. Uma fome e também coragem. Mais tarde, olhando para trás e vendo com que facilidade fechei a porta para uma vida e deslizei para outra, me pareceu que todos aqueles anos eu havia apenas esperado aquela carta e que tudo que eu construíra em torno de mim tinha sido feito de papelão, de forma que quando ela finalmente chegasse eu pudesse dobrar e jogar fora.

À espera do telefonema de Leah, eu não conseguia pensar em mais nada. Mal dormia à noite, e não conseguia prestar atenção ao trabalho, esquecia coisas que tinha de fazer, perdia papéis, me complicava com o chefe que, de qualquer forma, sempre despejava sua raiva em cima de mim, quando não estava olhando minhas pernas ou meus seios. Quando chegou finalmente o dia em que Leah devia telefonar, eu disse que não ia trabalhar porque estava doente. Nem tomei banho, com medo de perder a ligação. A manhã se transformou em tarde que se transformou em entardecer que se transformou em noite e o telefone não tocou. Achei que ela havia mudado de ideia e desaparecido de novo. Ou que não havia conseguido encontrar meu número, embora estivesse na lista. Mas então, às quinze para as nove (nas primeiras horas da madrugada em Jerusalém), o telefone tocou. Izzy?, ela disse, e sua voz era exatamente a mesma de sempre, pálida, se se pode descrever assim uma voz, e um pouco trêmula, como se ela estivesse prendendo a respiração. Sou eu, eu disse. Ele está dormindo no andar de cima, disse Leah. Não dorme antes das duas ou três da manhã e tive de esperar para telefonar. Ficamos ambas em silêncio, durante o qual, sem dizer uma palavra, ela me tocou e arrancou de mim a resposta. Por fim, ela expirou. Quando você vier, não se dê ao trabalho de telefonar. Ele não atende. Vou deixar a chave para você, presa com fita na parte de dentro da campainha, no portão. Assenti com a cabeça, sufocada demais para falar. Izzy, desculpe se nós... que ele nunca tenha... Ela se interrompeu. Foi tão terrível, disse. Havia uma tremenda culpa. Durante anos nos punimos. E o jeito que Yoav achou de se punir foi desistir de você. Leah..., eu disse. Tenho de desligar, ela sussurrou. Cuide dele.

Eles haviam vivido por toda parte. A mãe morreu quando Yoav tinha oito anos e Leah sete, e depois disso, sem uma esposa para ancorá-lo, perseguido pela tristeza, o pai vagou com eles de cidade em cidade, às vezes passando meses, às vezes anos. Onde ia, ele trabalhava. Segundo Yoav, sua fama no campo de antiguidades tornou-se legendária nesses anos. Ele nunca precisou de uma loja; seus clientes sempre sabiam onde encontrá-lo. E os móveis que tanto ambicionavam, as escrivaninhas, birôs ou poltronas que desejavam, nos quais tinham se sentado muito tempo antes e nos quais achavam que nunca mais iam se sentar, tudo o que mobilizava as vidas que tinham perdido ou as vidas que tinham sonhado viver, chegavam à posse de George Weisz através de fontes, canais e coincidências que permaneciam como o segredo de sua profissão. Quando Yoav tinha doze anos, tinha um sonho recorrente em que seu pai, sua irmã e ele viviam juntos numa floresta à beira-mar e toda noite a maré trazia móveis à praia, camas de dossel e sofás ornados com algas. Eles arrastavam essas coisas para baixo das árvores e as arrumavam em salas demarcadas por linhas que seu pai desenhava no chão da floresta com a ponta do sapato, salas e salas que começaram a tomar conta da floresta, sem telhado nem paredes. Os sonhos eram tristes e misteriosos. Mas uma vez Yoav sonhou que Leah havia encontrado um abajur com a lâmpada ainda rosqueada nele. Eles correram com a peça para seu pai, colocaram-na sobre uma mesa lateral de mogno e ligaram o plugue na boca de Yoav. Agachado no chão, a boca cerrada, Yoav viu o dossel de folhas se iluminar. Sombras correram pelos galhos. Anos depois, viajando pela Noruega com uma mochila, Yoav topou com um trecho de litoral que reconheceu como a praia de seus sonhos. Tirou fotos dela e quando voltou a Oslo mandou revelar o filme. Depois, mandou as fotos para sua irmã sem nenhuma indicação, porque entre eles não havia necessidade de explicações.

O pai os levou a Paris, Zurique, Viena, Madri, Munique, Londres, Nova York, Amsterdam. Quando chegavam a um novo apartamento, ele já estava cheio de móveis. As peças seriam vendidas até o apartamento ficar quase vazio e então partiam para outra cidade. Ou o contrário: ao chegarem, o apartamento estaria vazio e cheirando a tinta fresca. Com o passar dos meses, ele aos poucos se enchia com uma escrivaninha com tampo de enrolar, um conjunto de mesas de encaixe, um sofá-cama que chegava pela janela ou pela porta, nas costas de homens que respiravam pesadamente pelo nariz, ou às vezes sozinhos, se materializando enquanto Yoav e Leah estavam na escola ou brincando no parque, sentindo-se à vontade em algum canto despercebido, como se estivessem ali durante toda sua vida inanimada. Yoav me contou que uma de suas primeiras lembranças desses anos transitórios foi ouvir a campainha tocar e, ao abrir a porta, encontrar uma cadeira Luís XVI no vão da escada. O damasco azul estava rasgado e o estofamento de crina explodindo para fora. Quando o apartamento ficou cheio demais, ou quando a lembrança da esposa alcançava George Weisz, ou por razões que Yoav e Leah entendiam, mas não conseguiam explicar, estavam a caminho de outra cidade. No novo lugar, acordavam no meio da noite para usar o banheiro, e achando que ainda estavam no apartamento velho, na cidade anterior, batiam nas paredes. Na parte de dentro do armário de remédios do terceiro andar da casa de Belsize Park, um ou ambos haviam entalhado uma lista de todos os endereços onde tinham vivido: *Ha'Oren 19, Singel 104, Florastrasse 43, 163 West 83rd Street, Boulevard Saint-Michel 66*... Havia catorze endereços, e uma tarde, quando eu estava sozinha na casa, copiei todos em meu caderno.

Paranoico pelo que pudesse acontecer a seus filhos, Weisz era estrito quanto ao que lhes era permitido fazer, onde podiam ir e com quem. Suas vidas eram monitoradas por uma série de babás sem graça e de pulso firme que os acompanhavam a toda parte, muito depois de terem idade suficiente para gozar alguma liberdade de locomoção. Depois das aulas de tênis, de piano, de clarineta, de balé ou de caratê, eles eram levados diretamente para casa pelas mulheres musculosas de meias grossas e tamancos ortopédicos. Qualquer mudança ou acréscimo em sua rotina diária tinha de passar primeiro por seu pai. Uma vez, quando Yoav observou timidamente que as outras crianças não tinham de viver pelas mesmas regras, Weisz replicou que talvez essas crianças não fossem amadas como ele e a irmã. Se havia algum protesto quanto à vida sob o domínio do pai, vinha, abafado, de Yoav. Weisz esmagava esses protestos com força desproporcional. Como para garantir que Yoav não chegasse a ter segurança suficiente para enfrentá-lo, ele constantemente encontrava maneiras de diminuí-lo. Quanto a Leah, ela sempre fez o que o pai mandava porque vivia com o fardo especial de saber que era a favorita do pai e que enfrentá-lo, ou, Deus nos livre, desobedecê-lo, seria uma traição do mais alto nível, próxima de um ataque corporal.

Quando Yoav fez dezesseis anos e Leah quinze, o pai resolveu mandá-los como internos na Escola Internacional de Genebra. Então, as babás foram substituídas por um motorista que os acompanhava como uma sombra para toda parte, exatamente como as mulheres tinham feito, só que do interior de uma Mercedes-Benz com bancos de couro. Mas Weisz não podia mais ignorar o quanto seus filhos tinham se tornado introvertidos. Falavam numa mistura de hebraico, francês e inglês que só eles entendiam e, apesar de sua vida cosmopolita, naturalmente aceitavam e até procuravam uma posição de isolamento entre outros de sua idade. Ele admitia que não podiam ser mantidos com rédeas tão curtas durante muito tempo mais. Não é impossível que tenha sentido, como até os mais cegos e desnorteados pais são capazes de sentir, que a maneira que havia escolhido criar os filhos poderia magoá-los ou mesmo aleijá-los no final, de jeitos que nem ele conseguia ainda imaginar.

Ele telefonou para o diretor, monsieur Boulier, e teve uma longa conversa sobre a escola, sobre os cuidados que esperava que recebessem e o que esperava que fossem encontrar lá. A experiência o ensinara que as pessoas se comportam a seu favor quando se sentem presas a você de alguma forma, mesmo que apenas por um aperto de mão ou uma conversa amigável. Melhor ainda se elas pensarem que você pode fazer algo por elas em troca, de forma que, ao final do telefonema, Weisz havia garantido a Boulier que conseguiria encontrar um par para seu vaso Ming, cujo companheiro havia caído e quebrado anos antes, durante um jantar oferecido por sua mulher. Weisz não acreditava que tivesse quebrado durante um jantar, mas bastava saber que tinha se quebrado em circunstâncias que ainda perturbavam Boulier, e só uma substituição perfeita do vaso permitiria que apagasse a lembrança do incidente.

Weisz não dirigia — sempre que possível, caminhava ou então pegava o metrô como qualquer outra pessoa —, mas insistiu em acompanhar Yoav e Leah no carro com motorista de Paris a Genebra. Pararam para almoçar em Dijon, e depois da refeição numa taverna escura em uma rua medieval estreita, batizada com o nome de um teólogo do século XVII, Weisz deixou Yoav e Leah pesquisarem uma livraria, observados pelo motorista, enquanto ele encontrava com alguém, a respeito de negócios. Não havia onde Weisz fosse que não tivesse negócios de algum tipo; quando não tinha nenhum, inventava algum. Havia um gesto que seu pai sempre fazia, esfregando os dedos sobre os olhos fechados como se tentasse enxugar alguma coisa das pálpebras, que era tão particular dele que para Yoav parecia uma espécie de marca identificadora. Quando Yoav era pequeno, costumava acreditar que nesses momentos seu pai estava ouvindo alguma coisa que ficava fora do alcance da audição humana, como um cachorro.

Quando chegaram a Genebra, Weisz levou os filhos diretamente para a casa do diretor, monsieur Boulier. Esperaram na sala com madame Boulier e seu buldogue francês asmático, servindo-se de um prato de biscoitos amanteigados, enquanto o pai conversava com o diretor atrás da porta fechada de seu estúdio. Quando os dois homens finalmente saíram do estúdio revestido de madeira, o diretor acompanhou-os até o dormitório dos rapazes, onde Yoav iria morar, e fez questão de abrir as cortinas para mostrar a vista do parque cheio de árvores. Depois de abraçar o filho, Weisz acompanhou Leah pela cidade até a casa de um professor de inglês aposentado, onde ela iria morar com duas garotas mais velhas. Uma delas era filha de um empresário americano e sua esposa tailandesa, a outra era filha de um homem que havia sido engenheiro real do xá. Quando Leah teve sua primeira menstruação, a garota iraniana lhe deu um par de seus pequenos botões de diamante. Leah os deixou expostos no peitoril da janela ao lado de outros suvenires que havia adquirido em suas viagens. Esse ano foi o primeiro, e, ao menos até onde eu os conhecia, o último que Yoav e Leah passaram separados.

Sem os filhos, Weisz ficou ainda mais inquieto. Mandou a Yoav e Leah postais de Buenos Aires, de São Petersburgo e da Cracóvia. As mensagens nas costas dos cartões, escritas numa caligrafia que morreria com sua geração (trêmula, mutilada pelos saltos forçados de uma língua para outra, digna em sua ilegibilidade), sempre terminava do mesmo jeito: *Cuidem um do outro, meus amores. Papa.* Durante as férias e às vezes mesmo em fins de semana, Yoav e Leah pegavam o trem para Paris, Chamonix, Basileia ou Milão para encontrar seu pai, fosse num apartamento ou num hotel. Nessas viagens, eles às vezes eram tomados erroneamente por gêmeos. Viajavam no vagão de fumantes, Leah com a cabeça contra a janela e Yoav com o queixo na mão enquanto a silhueta dos Alpes passava depressa, os cigarros, seguros em dedos longos e finos, brilhando mais forte de quando em quando no escuro que chegava.

Dois anos depois que seus filhos foram para a escola em Genebra, nove anos depois de ter deixado a casa da Ha'Oren Street, Weisz de repente resolveu voltar para lá. Não deu nenhuma explicação aos filhos. Havia muitas coisas sobre as quais ele simplesmente não falava: entre eles, o silêncio não era tanto uma forma de evasão como um jeito de gente solitária coexistir numa família. Embora ele ainda viajasse, as viagens sempre terminavam com Weisz carregando sua mala pequena pelo caminho cheio de mato da casa de pedra de que sua esposa um dia gostara tanto. Quanto a Yoav e Leah, eles gostaram da nova liberdade que tinham na escola, mas sob outros aspectos pouco mudou para eles. No máximo, estar compulsoriamente submersos na vida escolar e viver tão próximos de seus pares apenas reforçava a singularidade deles e os entrincheirava mais profundamente em seu isolamento. Almoçavam juntos só os dois, e passavam as horas livres na companhia um do outro, vagando pela cidade ou fazendo passeios de barco no lago, durante os quais perdiam completamente a noção do tempo. Às vezes, repartiam um sorvete em um dos cafés junto à água, cada um olhando numa direção, perdidos em seus próprios pensamentos. Não fizeram nenhum amigo. Durante o segundo ano, um dos rapazes que vivia no dormitório com Yoav, um marroquino arrogante, tentou convencer Leah a sair com ele, e quando foi friamente recusado, começou a espalhar o boato de que os irmãos tinham um romance incestuoso. Eles fizeram o possível para estimular os boatos, deitando um no colo do outro e acariciando os cabelos um do outro. O caso passou a ser um fato aceito entre o corpo estudantil. Mesmo os professores começaram a olhar para eles com uma mistura de fascinação, horror e inveja. Em certo momento, as coisas chegaram a tal ponto que monsieur Boulier sentiu que era seu dever informar ao pai o que estava acontecendo com seus filhos. Deixou um recado a Weisz, que prontamente respondeu o telefonema de Nova York. Boulier pigarreou, tentou abordar o assunto por um ângulo, recuou, aproximou-se por outro, teve um ataque de tosse, pediu a Weisz para esperar, foi resgatado por sua esposa, que veio correndo com um copo de água e um olhar severo, um olhar que restaurou seu senso de necessidade, de forma que ele voltou ao telefone e disse a Weisz o que todo mundo sabia sobre seus filhos. Quando terminou, Weisz manteve silêncio. Boulier ergueu as sobrancelhas e lançou um olhar ansioso a sua esposa. Sabe no que estou pensando?, disse Weisz, por fim. Posso imaginar, disse Boulier. Estou pensando como é raro eu me enganar com as pessoas, monsieur Boulier. Julgar o caráter é essencial para meu trabalho, e me orgulho da acuidade de meu juízo. No entanto, vejo agora que errei no seu caso, monsieur Boulier. Admito que nunca tomei o senhor por um homem inteligente. Mas também não pensava que fosse um tolo. Então o diretor começou a tossir de novo e também a suar. Agora, se tiver a bondade de me dar licença, tenho alguém à minha espera, disse Weisz. Boa tarde.

Em grande parte era Yoav quem me contava essas histórias, muitas vezes quando estávamos deitados nus na cama dele, fumando e conversando no escuro, o pênis dele repousando em minha coxa, minha mão traçando a saliência de sua clavícula, a mão dele atrás do meu joelho, minha cabeça na curva de seu ombro, sentindo a excitação especial, arrepiante, de ser de novo lançada na frágil posição de intimidade. Depois, quando conheci Leah, ela algumas vezes me contava coisas também. Mas as histórias eram sempre deixadas incompletas, alguma coisa em sua atmosfera fugidia e inexplicada. O pai deles era um figura apenas parcialmente esboçada, como se desenhá-lo completo fosse ameaçar borrar todo o resto, até eles mesmos.

Não é exatamente verdade que encontrei Yoav numa festa, pelo menos não a primeira vez. Eu o encontrei três semanas depois que cheguei a Oxford, na casa de um jovem doutor que tinha sido aluno de um dos meus professores de faculdade em Nova York. Mas não trocamos mais que algumas palavras nessa noite. Quando nos encontramos de novo, Yoav tentou me convencer de que eu o havia impressionado no jantar, a ponto de ele ter pensado em achar um jeito de me ver de novo. Mas, pelo que me lembro, ele parecia alternadamente entediado e preocupado o jantar inteiro, como se, enquanto uma parte dele bebia bordeaux e cortava a comida em bizarros bocados, a outra metade estivesse ocupada em pastorear um rebanho de cabras numa planície seca, cor de osso. Ele não falou muito. Tudo o que sabia dele era que era aluno de graduação do terceiro ano de inglês. Depois da sobremesa, ele foi o primeiro a sair, explicando que tinha de tomar o ônibus de volta a Londres, embora, ao se despedir de nosso anfitrião e sua esposa, ficou claro que, quando queria, ele podia ser encantador.

O programa de doutoramento devia levar três anos e tinha poucas exigências. À parte os encontros com meu supervisor a cada seis semanas, eu era deixada por minha conta. Os problemas para mim começaram logo depois que cheguei, quando a questão que eu planejava trabalhar — a influência da nova mídia do rádio sobre a literatura modernista — deu num beco sem saída. Esse havia sido o assunto do meu trabalho de conclusão de curso que escrevi na faculdade em Nova York, pelo qual fui elogiada por meu professor e até fui laureada com o prêmio Wertheimer, batizado em honra de um professor aposentado trazido em cadeira de rodas para a cerimônia do cemitério pastoral de Westchester. Mas o doutor que tinha sido escolhido para ser meu supervisor em Oxford, um modernista careca de Christ Church, chamado A. L. Plummer, logo estraçalhou o trabalho, dizendo que lhe faltava integridade teórica, e insistiu para que eu escolhesse um novo tema. Presa a uma cadeira oscilante entre as torres de livros de seu estúdio, tentei, fracamente, defender o valor de meu trabalho, mas a verdade era que eu própria tinha perdido o interesse na ideia, e qualquer coisa que eu pudesse falar a respeito já havia sido falada nas cento e poucas páginas de meu trabalho de graduação. Partículas de poeira flutuavam no raio de luz que entrava por uma janelinha alta (uma janela pela qual apenas um anão ou uma criança conseguiriam escapar), vindo pousar na cabeça de A. L. Plummer e, provavelmente, na minha. Não havia muita escolha, senão tentar atravessar os infinitos territórios da biblioteca Bodleian em busca de um novo tema.

Passei as semanas seguintes numa cadeira na Radcliffe Camera, uma daquelas cadeiras estofadas confortáveis, manchadas de secreções humanas que podem ser encontradas em quase toda biblioteca do mundo. Ficava ao lado de uma janela que dava para All Souls. Lá fora, a água suspensa no ar como um experimento científico — um experimento que era feito havia milhares de anos e constituía o clima da Inglaterra. De vez em quando, uma figura ou uma dupla de figuras vestindo roupas pretas compridas passava pelo quadrado interno de All Souls, dando a impressão de que eu estava assistindo ao ensaio de uma peça da qual todas as palavras e a maior parte das marcações haviam sido apagadas, deixando apenas as entradas e saídas. Essas idas e vindas vazias faziam com que eu me sentisse vaga e incerta. Li, entre outras coisas, os ensaios de Paul Virilio — a invenção dos trens continha também a invenção do descarrilamento, era de coisas desse tipo que Virilio gostava de escrever —, mas nunca terminei o livro. Não usava relógio e em geral saía da biblioteca quando não aguentava mais ficar presa. Em quatro ou cinco ocasiões, saí da biblioteca exatamente no momento em que um estudante passava empurrando um contrabaixo vertical pela rua de cascalho, como alguém que conduz uma criança grande demais. Às vezes, ele tinha acabado de passar um instante antes, outras vezes estava a ponto de passar. Mas uma vez saí pela porta da biblioteca no momento exato em que ele passava, e nossos olhos se encontraram como acontece às vezes entre estranhos, quando ambos admitem sem palavras que a realidade contém ralos de escoamento cuja profundidade ninguém jamais é capaz de avaliar.

Eu estava morando num quarto na Little Clarendon Street, onde passava a maior parte do tempo em que não estava na biblioteca. Sempre fui, mas na época era mais ainda, uma pessoa tímida e muito reservada, que conseguia se virar com um ou dois amigos próximos ou até um namorado com quem passava algum tempo quando não estava sozinha. Achava que ia acabar encontrando essa ou essas pessoas em Oxford. Nesse meio-tempo, me limitava ao meu quarto.

Não havia nele muita coisa além de um resto grande de tapete carregado para casa de ônibus desde o extremo norte da Banbury Road, uma chaleira elétrica e um conjunto vitoriano de xícaras e pires do mercado das pulgas. Sempre gostei da sensação de viajar com pouca bagagem; algo em mim quer sentir que posso ir embora de qualquer lugar em que esteja, a qualquer momento, sem esforço. A ideia de viver carregada de coisas me deixava inquieta, como se eu vivesse na superfície de um lago congelado e cada nova armadilha da vida doméstica — uma panela, uma cadeira, um abajur — ameaçasse ser a coisa que me faria cair pelo gelo. A única exceção eram os livros, que eu adquiria livremente, porque nunca senti que pertencessem a mim. Por causa disso, nunca me vi compelida a terminar aqueles de que não gostava, nem pressionada a gostar deles. Mas certa falta de responsabilidade também me deixava livre para ser receptiva. Quando finalmente encontrava o livro certo, a sensação era violenta: aquilo abria um buraco em mim que tornava a vida mais perigosa porque eu não conseguia controlar o que passava por ele.

Me formei em inglês porque gostava de ler, não porque tivesse a menor ideia do que fazer com minha vida. E no entanto, durante aquele outono em Oxford, minha relação com os livros começou a mudar. Aconteceu aos poucos, quase sem que eu percebesse. Com o passar das semanas, eu fazia cada vez menos ideia de sobre o que escreveria na dissertação durante os três anos seguintes e me vi oprimida pela imensidão da tarefa. A ansiedade, vaga e subjacente, começou a me dominar cada vez que me via na biblioteca. No começo, eu mal me dava conta do que se tratava, consciente apenas de certa inquietação na boca do estômago. Mas, dia após dia, aquilo foi ficando mais forte, se fechando em torno de minha garganta, assim como a minha sensação de inutilidade e falta de objetivo. Eu lia sem absorver o sentido das palavras. Voltava e lia de novo a partir do ponto que me lembrava ter lido antes, mas depois de algum tempo as frases voltavam a se dissolver e eu derrapava outra vez pelas páginas vazias, como aqueles insetos que se vê na superfície da água estagnada. Fui ficando cada vez mais enervada e comecei a detestar ir à biblioteca. Ficava ansiosa por ficar ansiosa. Ao chegar à biblioteca, entrava em pânico. O fato de o pânico estar ligado à leitura — a coisa que havia sido o centro de minha vida desde que eu me lembrava e que no passado constituíra o baluarte contra o desespero — tornava tudo especialmente difícil. Já havia me sentido triste antes, mas nunca sentira esse estado de sítio de dentro para fora, como se meu próprio ser tivesse desenvolvido uma alergia por si mesmo. À noite, não dormia, sentindo que mesmo deitada ali, em algum outro nível eu estava mais e mais perdida.

Incapaz de trabalhar, passava meus dias vagando pelas ruas de Oxford, assistindo a filmes no Phoenix Picturehouse, olhando a loja de gravuras antigas da High Street, ou perdendo tempo vagando em meio aos esqueletos, utensílios e pequenas tigelas rachadas de povos perdidos em exposição no museu Pitt Rivers. Mas eu mal notava as coisas diante de mim. Sentia um amortecimento da mente e um emudecimento em meu ser, como se em algum lugar uma caixa de sinalização se tivesse fechado. Com o passar das semanas, perdi todo sentido de mim mesma. Parecia que do dia para a noite alguém tinha esvaziado o conteúdo de minha casca física, que ainda caminhava como se nada tivesse acontecido. Mas o vazio não significava apatia: ansiedade, solidão e desespero pareciam à espreita em todas as esquinas, esperando para sabotar meu avanço físico pela rua. Enfrentando essa corrida de obstáculos, despida de objetivo, tudo o que eu desejava era estar em casa no meu quarto de infância, aconchegada debaixo das cobertas com seu cheiro familiar de sabão em pó, ouvindo o murmúrio de meus pais no corredor. Ao voltar para o quarto uma noite, depois de horas vagando sem propósito, parei na frente de uma loja de comidas finas em St. Giles. Ao ver as pessoas saírem com seus sacos de geleias, patês, chutneys e pães frescos, lembrei de meus pais sentados na cozinha, de chinelos, as costas curvas sobre o jantar, o noticiário da noite na pequena televisão num canto e, de repente, comecei a chorar.

Eu podia ter feito as malas e ido embora, se não temesse tanto decepcionar meus pais. Eles não teriam entendido. Meu pai é quem tinha me estimulado a me inscrever, que durante o jantar tinha falado sobre todas as portas que essa bolsa abriria. (O banheiro de meus pais era cheio de espelhos, e se você abrisse as duas portas do armário ao mesmo tempo e ficasse dentro do triângulo que elas formavam, uma nauseante infinidade de portas e pessoas se projetava em todas as direções: era nessa imagem que eu pensava sempre que meu pai dizia aquela frase.) Ele não se interessava muito pelo que a bolsa fosse me permitir estudar. Acho que imaginava que quando tivesse colecionado suficientes honras acadêmicas eu acabaria recebendo um grande salário como banqueira de investimentos no Goldman Sachs ou no Mackenzie. Mas quando consegui a bolsa e chegou a notícia de que eu ia para Oxford, minha mãe, que até então não tinha falado muito no assunto, entrou em meu quarto e com os olhos úmidos contou o quanto estava feliz por mim. Ela não disse que teria sido o seu sonho com a minha idade, se esse sonho fosse ao menos plausível. Na verdade, ela sabia que não receberia estímulo para seus interesses intelectuais da parte de seus pais imigrantes batalhadores e eu não podia deixar de acreditar que, ao casar com meu pai, minha mãe resolvera sufocar esses interesses de uma só vez, como se afoga uma indesejada ninhada de gatos. Era terrível pensar que ela acreditava não haver outro caminho para si — seus pais eram religiosos e meu pai, doze anos mais velho que ela, não o era, e acho que na época isso bastou para minha mãe escapar deles. Mas ela estava com apenas dezenove anos quando se casou, em 1967, e se tivesse esperado alguns anos, tudo o que estava mudando em torno dela teria lhe dado mais coragem. Se bem que, nesse caso, eu não teria nascido.

Não tenho a pretensão de saber o quanto minha mãe sufocou em si mesma. Com o passar dos anos, ela não conseguiu esconder seu cansaço, mas dava poucas mostras do clima e trânsito de sua vida interior. Tudo o que eu sabia era que uma parte obstinada da curiosidade e da fome de minha mãe nunca foi afogada, por mais que ela tivesse desejado isso. Havia sempre uma pequena pilha de livros ao lado de sua cama para os quais se voltava quando todo mundo ia dormir. Levei muitos anos para fazer uma ligação entre o meu amor pelos livros e o de minha mãe, uma vez que embora sempre houvesse livros em casa, nunca vi minha mãe lendo, a não ser quando estava mais velha e tinha mais tempo. A única exceção era o jornal, que ela explorava da primeira à última página como se estivesse procurando notícias de alguém perdido havia muito. Quando eu estava na faculdade, às vezes encontrava minha mãe lendo os programas dos cursos semestrais na mesa da cozinha, os lábios se mexendo sem som. Ela nunca me perguntou quais eu planejava fazer, nem de maneira alguma interferiu em minha independência; quando eu entrava na cozinha, ela fechava o livro e voltava ao que estava fazendo. Mas, na noite em que parti para a Inglaterra, minha mãe me deu a caneta-tinteiro Pelikan verde iridescente que tio Saul havia dado para ela em criança, quando venceu um concurso de ensaios na escola. Sinto vergonha de dizer que nunca escrevi nem uma palavra com ela, nem mesmo uma carta a minha mãe e que não faço ideia de onde a caneta foi parar.

Quando meus pais telefonavam nas tardes de domingo, eu me estendia sobre como tudo era maravilhoso. Para meu pai, eu inventava histórias sobre os debates a que assistia na Oxford Union e as anedotas sobre os outros bolsistas — futuros políticos, estudantes de direito que abriam caminho a cotoveladas, um ex-autor de discursos para Boutros Boutros-Ghali. Para minha mãe, eu descrevia a biblioteca Duke Humfrey na Bodleian onde se podia pedir os manuscritos originais de T.S. Eliot ou Yeats e o jantar a que fora convidada por A. L. Plummer (antes de ele rejeitar meu trabalho) na mesa principal da Christ Church. Mas as coisas iam de mal a pior para mim. No estado em que estava, era difícil sair e conhecer pessoas. Até abrir a boca para pedir um sanduíche na lanchonete exigia uma desesperada escavação por alguns gramas de firmeza. Sozinha em meu quarto, enrolada num cobertor, eu chorava e falava sozinha, relembrando a glória perdida de minha juventude quando eu me considerava e era considerada por outros como uma pessoa capaz e brilhante. Parecia que tudo havia se acabado agora. Eu me perguntava se estava experimentando algum tipo de surto psicótico, da espécie que pega de surpresa a pessoa que até então teve uma vida comum, augurando uma nova existência cheia de tormento e luta.

Durante a primeira semana de novembro, fui assistir a *O espelho*, de Tarkovsky, no Phoenix, que sempre foi um dos meus filmes favoritos. Continuei sentada lá quando as luzes se acenderam, chorando ou a ponto de chorar. Por fim, peguei minhas coisas e me levantei, e no saguão topei com um estudante de ciência política brilhante, desbocado, gay, chamado Patrick Clifton, que tinha a mesma bolsa que eu. Exibindo os dentinhos pontudos, ele me convidou para uma festa naquela noite. Não sei por que aceitei, uma vez que não estava a fim de ir. Por desespero, talvez, e um instinto de autopreservação. Mas assim que cheguei lamentei ter ido. A festa era em South Oxford, numa casa de dois andares cujos cômodos eram banhados por luzes de cores diferentes, um roxo, outro verde, dando ao local uma sensação melancólica, exagerada pela música que eu só podia descrever como neolítica fúnebre. As pessoas estavam se drogando na escada, e na sala onde a música era mais alta havia uma coleção variada de corpos em movimentos que me pareciam iguais uns aos outros. Nos fundos ficava uma longa cozinha de navio com azulejos sujos e rachados e baldes de gelo com cervejas. Vinte minutos depois que chegamos, me perdi de Patrick e, sem conhecer mais ninguém, fui em busca de um banheiro. O que encontrei no segundo andar estava ocupado, de forma que me encostei na parede para esperar. De lá de dentro vieram risadas, pertencentes a duas ou mesmo três pessoas. Parecia improvável que os ocupantes fossem sair logo, mas continuei ali parada. Depois de dez minutos, Yoav Weisz se materializou no corredor iluminado de azul. Eu o reconheci imediatamente, porque não se parecia com mais ninguém. Tinha fartos cabelos castanho-avermelhados em ondas altas na cabeça e caindo em franja na testa, rosto estreito e comprido, olhos escuros muitos separados, nariz reto que terminava em narinas arqueadas, e lábios cheios, que naturalmente se erguiam nos cantos, um rosto que podia parecer beatífico num momento e diabólico no seguinte, e parecia vir do Renascimento ou mesmo da Idade Média, sem revisão. Você, ele disse, com um sorriso de lado.

    A porta do banheiro se abriu, um casal saiu, ao mesmo tempo uma onda de náusea me dominou e eu sabia que ia vomitar. Voei para o banheiro, ergui a tampa da privada e me pus de joelhos. Quando terminei, levantei a cabeça e, para meu horror,

Yoav estava parado em cima de mim. Me ofereceu a água turva da pia. Enquanto eu bebia, ele ficou olhando para mim com preocupação e ternura. Eu disse alguma coisa sobre a comida da barraca de *kebab* onde havia comido antes. Ficamos sentados em silêncio, como se, agora que o banheiro era nosso, pudéssemos ficar ali tanto quanto o casal havia ficado. Vislumbrei meu reflexo no espelho, escura e um pouco deformada; queria olhar melhor para ver até que ponto as coisas estavam mal, mas fiquei com vergonha na frente de Yoav. Sou assim tão horrível?, ele perguntou afinal. O quê?, perguntei, e dei uma risada, embora tenha saído mais como um ronco. Se alguém é horrível..., comecei a dizer. Não, disse ele, afastando uma mecha de cabelo de meus olhos, você é linda. Ele disse isso assim, tão direto que me deixou sem fôlego. Estou com vergonha, eu disse, embora não estivesse.

Ele enfiou a mão no bolso e tirou um canivete suíço, abriu a lâmina. Por um breve segundo, achei que ia fazer alguma coisa violenta, não comigo, mas com ele mesmo. Em vez disso, ele pegou o sabonete que estava na pia, coberto com a sujeira de todas as mãos que haviam entrado e saído do banheiro e começou a cortar. Era uma coisa tão absurda que eu ri. Depois de algum tempo ele me entregou o sabonete. O que é?, perguntei. Não dá para ver? eu sacudi a cabeça. Um barco, ele disse. Não parecia um barco, mas por mim tudo bem. Há muito tempo que ninguém fazia nada em minha homenagem.

Foi então que, olhando para seu rosto estranho, entendi que uma porta havia se aberto, mas não o tipo de porta que meu pai tinha imaginado. Por essa eu podia entrar, e imediatamente ficou claro para mim que faria isso. Me veio outra onda de náusea, náusea misturada com felicidade e alívio também, porque senti que um capítulo de minha vida havia terminado e outro estava para começar.

Claro que havia momentos esquisitos, ou momentos que pareciam questionar as coisas. Na primeira vez que fomos para a cama aconteceu uma coisa estranha. Estávamos deitados no tapete do quarto de Yoav no terceiro andar da casa de Belsize Park. As janelas estavam abertas, o céu quase preto com uma tempestade que se aproximava, tudo estranhamente silencioso. Ele tirou minha camisa e tocou meus seios. Tinha mãos muito macias, inquisitivas. Depois, tirou minha calça. Não tirou meus sapatos primeiro, porém, apenas despiu minha calcinha por cima da calça e continuou puxando até chegarem aos meus pés, quando, é claro, pararam. Seguiu-se uma luta, como dizem nos romances russos, embora, felizmente, tenha sido uma luta curta. Os sapatos se soltaram e a calça saiu. Ele então tirou sua roupa. Estávamos, enfim, nus. Mas, em vez de continuar no caminho que estávamos indo, Yoav mudou de rumo e começou a rolar. Uma cambalhota mesmo, comigo presa nele. Quando completamos trezentos e sessenta graus, ele começou a rolar de novo. Eu já havia experimentado muita coisa estranha ou distorcida durante o sexo, mas aquilo era a coisa mais estranha, porque não havia nada nem remotamente sexual naquilo, nem para mim, e pelo que eu podia dizer, nem para ele. Éramos como duas pessoas treinando para o circo. Está machucando meu pescoço, gemi. Foi o que bastou. Yoav me soltou. Caí de costas no chão e fiquei imóvel durante um momento, recuperando o fôlego e tentando resolver se queria que as coisas começassem de novo onde ele havia parado, ou se queria vestir a roupa e ir embora.

Ainda não tinha resolvido quando ouvi o som de choro abafado. Me sentei. O que foi?, perguntei. Nada, ele disse. Mas você está chorando. Estava só pensando numa coisa, ele respondeu. No quê?, perguntei. Um dia eu te conto. Me conte agora, comecei a dizer, chegando mais perto dele, mas não pronunciei todas as palavras, porque então sua boca estava na minha e ele me puxou para um beijo macio e profundo, como se tivesse atingido lá dentro e realizado alguma rápida operação de emergência com o toque mais hábil e delicado, fazendo alguma coisa brotar e ganhar vida, me inundando com a vitalidade da qual eu estava privada. Nessa noite, fizemos sexo três ou talvez quatro vezes. Daí em diante, raramente nos separamos.

Quando eu estava com Yoav, tudo que estava sentado em mim se punha de pé. Ele tinha um jeito de me olhar com uma espécie de descaramento direto que me fazia estremecer. É uma coisa incrível sentir que pela primeira vez alguém está vendo você como você realmente é, não como a pessoa quer que você seja, ou como você mesmo quer ser. Tive namorados antes e conhecia os pequenos rituais de acasalamento que um usa para conhecer o outro, de lembrar histórias da infância, de acampamentos de verão, do colegial, das famosas humilhações e das coisas adoráveis que se disse em criança, dos dramas familiares — de desenhar um retrato de si mesmo, se fazendo sempre um pouco mais inteligente, um pouco mais profundo que no íntimo você sabe que é. E embora eu não tenha tido mais que três ou quatro relacionamentos, já sabia que cada vez que se conta a outro a própria história, ela se desgasta um pouco mais, cada vez você sc joga um pouco menos, e vai ficando mais desconfiado com uma intimidade que sempre, no final, deixa de se tornar um entendimento verdadeiro.

Mas com Yoav foi diferente. Ele se apoiava num cotovelo e olhava para mim enquanto eu falava, acariciando distraidamente meu braço ou minha perna, me interrompendo com perguntas — Quem é ela?, você nunca falou dela, o.k., continue, o que aconteceu depois? E lembrava de cada detalhe, queria ouvir não só os pontos altos, mas tudo, não me deixando pular nenhuma parte. Ele estalava a língua e seu rosto se turvava de raiva sempre que eu narrava uma parte sobre alguma crueldade ou traição e sorria orgulhoso sempre que eu descrevia um triunfo. Às vezes, as coisas que eu lhe contava evocavam um riso calado, quase terno. Ele me fazia sentir como se toda a história de minha vida tivesse sido vivida apenas para ele ouvir. E tratava meu corpo com a mesma atenção e deslumbramento. Costumava me tocar e me beijar com tamanha seriedade — estudando meu rosto para avaliar minha reação — que me fazia rir. Uma vez, de brincadeira, ele pegou um caderno e depois de cada carícia fazia uma pequena anotação, falando alto ao escrever: chupar o lóbulo da orelha... ponto e vírgula... faz... ela suspirar. Depois me beijava e acariciava de novo e pegava o caderno: lamber... o mamilo direito... enquanto a mão... desliza... pelas... lindas... ná... degas... ponto e vírgula... Um sorriso... distante... se espalha... por seu... rosto. Outra pausa. Depois: Pôr... seus dedos dos pés... na boca... ponto e vírgula... faz os pelinhos... dos braços... se arrepiarem... e as incríveis... coxas... se apertarem... Adendo... ponto e vírgula... Uma segunda vez... e ela... grita... ponto de exclamação. E a brincadeira não terminava aí. Um dia, fui à biblioteca e encontrei um caderno entre os meus livros, cada página coberta com a caligrafia minúscula de Yoav.

A atenção dele fazia eu me sentir tão clara, tão luminosa e exata, tão comovida, que aceitei, pelo menos no começo, que embora não houvesse nada que eu não contasse a ele, havia coisas sobre sua família que ele parecia incapaz de conversar comigo. Ele nunca disse isso diretamente; de alguma forma, sempre encontrava um jeito de evitar responder.

Tentei aprender como era ele. Estudei as pintas de seu corpo, a cicatriz brilhante acima do mamilo esquerdo, a unha deformada do polegar direito, um pequeno campo de pelos dourados onde a coluna encontrava o alto das nádegas. Os pulsos incrivelmente finos, o cheiro de seu pescoço. As obturações prateadas de sua boca, os finos capilares no alto das orelhas. Adorava o jeito de ele falar só com um lado da boca, enquanto o outro se recusava terminantemente a concordar com o que estava sendo dito. E sentia uma pequena inundação de amor pelo jeito de ele segurar a colher ao comer cereal e ler o jornal, quase rude, em contraste com o jeito refinado com que fazia todo o resto. Quando ele lia, enrolava uma mecha de cabelo no dedo. Tinha o metabolismo rápido. A fim de evitar dor de cabeça, tinha de comer com frequência. Por causa disso — e porque, depois da morte da mãe, só havia a comida que a faxineira fazia, que não era a mesma coisa — ele havia aprendido desde cedo a cozinhar.

    Quando dormia, ele emitia um calor que me alarmou até eu me acostumar e até ser atraída por ele. Uma vez, li sobre crianças que perdiam suas mães e passavam horas encolhidas perto do aquecedor, e uma noite, deslizando para o sono, me veio uma imagem dessas crianças encolhidas junto a Yoav. É possível que eu tenha sonhado que eu mesma era essa criança. Mas era Yoav que havia perdido a mãe, não eu. Desperto, ele estava sempre andando ou batendo o pé. Precisava se livrar de toda a energia que seu corpo produzia, mas havia alguma coisa inútil nessa atividade frenética porque assim que essa energia era usada, seu corpo manufaturava mais. Quando eu estava com ele, tinha a sensação de que as coisas estavam constantemente em movimento, indo para alguma coisa, uma sensação que depois da sufocação dos meses anteriores me excitava, mas também acalmava meus nervos. E mesmo sentindo a tristeza dele, eu não sabia ainda de onde vinha, nem a profundidade que tinha. Não me olhe assim, ele dizia sempre. Assim como?, eu perguntava. Como se eu estivesse na ala dos incuráveis. Mas eu sou uma enfermeira tão boa. Como você sabe?, ele perguntava. Assim, eu dizia. Silêncio. Não pare, ele gemia, só tenho mais um dia de vida. Você disse isso ontem. Não me diga, ele dizia, que além de tudo eu tenho amnésia também?

Não demorou muito para eu desistir de dormir em meu quarto em Little Clarendon Street e começar a passar a maior parte do tempo em Londres. Pode-se dizer que eu voava para lá, para Yoav e seu mundo, no centro do qual estava a casa de Belsize Park. Desde o começo, Yoav devia ter sentido em mim um desespero, uma vontade de me equiparar a sua intensidade, a deixar tudo de lado para me lançar inteiramente no único tipo de relacionamento que ele sabia ter, um relacionamento cabal no qual não havia espaço para ninguém mais, ou ninguém além de sua irmã, que ele considerava como parte de si mesmo.

De imediato, meu estado mental começou a melhorar. Melhorar, mas não a voltar inteiramente ao meu eu anterior: um medo residual permanecia, medo de mim mesma acima de tudo, e do que todo esse tempo havia escondido dentro de mim sem meu conhecimento. Era mais como estar anestesiada, não curada, de qualquer coisa que me incomodasse. Nada era como antes, e embora eu não me preocupasse mais que as coisas em Bellevue fossem terminar para mim, e até me sentisse envergonhada de relembrar meu patético comportamento durante o pior momento, eu sentia que alguma coisa em mim havia sido alterada, havia murchado, ou mesmo havia sido mutilada permanentemente. Alguma soberania sobre mim mesma havia se perdido, ou talvez fosse melhor dizer que a simples ideia de um eu sólido, nunca particularmente vigoroso em mim, havia caído aos pedaços como um brinquedo barato. Talvez isso é que me facilitasse imaginar — não de imediato, mas com o passar do tempo — que eu era, quase, um deles.

O começo foi diferente. Tudo na vida que ocorria em Belsize Park me parecia estranho e fugidio. Até as coisas mais banais — o armário de vestidos caros que Leah nunca usava, Bogna, manca, que vinha fazer a limpeza duas vezes por semana, o costume que Yoav e Leah tinham de jogar casacos e bolsas no chão ao entrar pela porta — me pareciam exóticos e fascinantes. Eu os estudava e tentava entender como as coisas funcionavam. Tinha consciência de um conjunto de regras e formalidades particulares que governava as coisas, mas não conseguia dizer quais eram. Entendi que não devia perguntar; eu não era nada além de uma convidada polida e grata. Minha mãe tinha me ensinado boas maneiras. No centro delas estava a eliminação de todos os próprios pendores sempre que outra pessoa mais importante estava em questão.

Assim como os filhos de um capitão do mar entendem instintivamente o mar, Yoav e Leah tinham um instinto natural para móveis, para suas origens, idades e valor, e uma sensibilidade para sua beleza peculiar. Não que fizessem muito uso desse dom, ou por isso se convencessem a tratar esses móveis com cuidado especial. Eles simplesmente notavam essas coisas, como alguém nota uma bela paisagem, e continuavam fazendo o que estavam fazendo, exatamente como queriam. Comecei a aprender com suas observações casuais. Querendo ser mais parecida com eles, passei a fazer questão de perguntar a Yoav sobre as várias peças de mobília que entravam e saíam da casa. Ele respondia de um jeito desinteressado, sem levantar os olhos do que estava fazendo. Uma vez perguntei a ele se algum dia sentira que havia algo triste na mobília deixada para trás depois que as vidas a que tinha servido se espalhavam ou desintegravam, todos aqueles objetos que não tinham poder de memória em si mesmos, só parados ali, acumulando poeira. Mas ele deu de ombros apenas e escolheu não responder. Por mais que eu tenha aprendido, jamais consegui dominar a elegância e a facilidade com que Yoav e Leah se deslocavam no meio de todas aquelas antiguidades, nem a sua estranha combinação de sensibilidade e indiferença.

Tendo crescido em Nova York, nunca me faltou nada, mas meus pais também não eram ricos. Em criança sempre tive a sensação de que não podíamos contar com aquilo que possuíamos, que tudo podia desmoronar debaixo de nós a qualquer momento, como se vivêssemos numa casa de adobe construída no clima errado. Algumas vezes ouvi meus pais discutindo se deviam ou não vender duas pinturas de Moses Soyer que ficavam penduradas no corredor. Eram pinturas tristonhas, cheias de presságios que me assustavam no escuro, mas a ideia de meus pais serem forçados a se livrar delas por dinheiro me preocupava. Se eu soubesse que existia gente como George Weisz, ele teria assombrado meu sono, assim como a ideia da mobília de família sendo levada embora, peça por peça. Na realidade, vivíamos num apartamento num prédio de tijolos brancos na York Avenue, que meus avós tinham ajudado meus pais a comprar, mas sempre comprávamos roupas nas lojas de descontos, e sempre ralhavam comigo por não apagar as luzes por causa do preço da eletricidade. Uma vez, ouvi meu pai gritando com minha mãe que toda vez que ela dava a descarga era um dólar que ia embora pelo ralo. Depois disso, adquiri o hábito de deixar os dejetos se acumularem na privada ao longo do dia até atingirem um volume crítico. Quando as ameaças de minha mãe impediram isso, eu me treinei para segurar o máximo possível. Se eu tinha um acidente, compensava minha humilhação e a raiva de minha mãe pensando no dinheiro que havia economizado para meus pais. Porém, nunca consegui entender direito a incongruência entre o largo e escuro rio East, que corria sem parar lá fora da janela, e a preciosidade da água na privada.

A mobília que tínhamos era, em geral, de alta qualidade, inclusive algumas antiguidades deixadas por meu avô. As superfícies dessas peças eram dotadas de um vidro que repousava em círculos de borracha transparente nos cantos. Mesmo assim, eu não podia deixar copos em cima delas, nem brincar muito perto. Essas coisas valiosas produziam em nós uma sensação de intimidação. Sabíamos que por mais que progredíssemos na vida, nunca seríamos feitos para essas finuras, que as poucas antiguidades caras que possuíamos nos tinham vindo de uma vida superior e agora condescendiam em viver entre nós. Sempre tivemos medo de danificá-las e então fui ensinada a me movimentar cuidadosamente em torno dos móveis, não tanto viver com eles, mas viver ao lado deles, a uma distância respeitosa. Quando comecei a passar mais tempo em Belsize Park, ficava aflita de ver o descuido com que Yoav e Leah tratavam os móveis que passavam por sua casa, que constituía o meio de vida de seu pai e deles. Apoiavam os pés e punham os cálices de vinho em cima de mesas de centro Biedermeier, deixavam marcas de dedos nas vitrines, cochilavam nos sofás, comiam em cima de cômodas art déco e de vez em quando andavam por cima de mesas de jantar quando esse era o meio mais conveniente de ir de um lugar para outro numa sala cheia de móveis. A primeira vez que Yoav me despiu e me pôs deitada, fiquei dura e estranha, não por causa da posição, de que gostava bastante, mas porque estava apoiada numa escrivaninha com incrustações de madrepérola. Mas por mais descuidados que fossem, aparentemente nunca deixavam nenhuma marca ou traço. De início, tomei isso pela elegância daqueles que foram criados para considerar essa mobília como seu habitat, mas quando conheci melhor Yoav e Leah comecei a pensar que seu talento, se é que se pode chamar assim, era algo emprestado de fantasmas.

A casa entregava seus segredos com mais facilidade, e passei a conhecê-los bem. Eram quatro andares ao todo. Leah vivia no alto. Dormia no quarto dos fundos, numa cama de dossel, e na sala da frente mantinha um Steinway vertical debaixo de uma claraboia de vitral; a certas horas da tarde as teclas de marfim ficavam riscadas de cores. Antes de conhecer Leah, eu me sentia intimidada pela ideia do lugar que ela ocupava na vida de Yoav. Ele sempre se referia a ela na conversa, às vezes como minha irmã e às vezes apenas como ela, e falava com frequência dos dois coletivamente. Quando ela parava de tocar, eu tinha certeza de que estava observando de algum lugar da casa, e sentia os pelos dos braços se arrepiarem. Mas quando Leah finalmente apareceu pela primeira vez, fiquei surpresa de ver como era discreta e despretensiosa, como se todo o seu ser estivesse reservado para a vida interior. Ela parecia contida por alguma forte pressão vinda de dentro. Ela possuía um segundo piano, de meia cauda, num estúdio no térreo. Havia partituras empilhadas por toda parte. Essas páginas migravam pela casa, aparecendo na cozinha e nos banheiros. Ela passava uma ou duas semanas memorizando uma peça, dividindo-a em partes cada vez menores, tocando essas partes mecanicamente com um ar ausente no rosto. Usava um velho quimono de algodão e poucas vezes se vestia. Uma espécie de desleixo a dominava, as teclas do piano ficavam sujas e até suas unhas acumulavam sujeira por baixo. Então chegava o dia em que ela havia engolido a música inteira, a consumido e transformado em parte dela mesma, e Leah corria por todo lado, arrumando tudo, lavava o cabelo e depois sentava para tocar a peça de cor. Tocava-a de cem maneiras diferentes, muito depressa, ou muito devagar, e com cada nota chegava um passo mais perto de uma espécie de incerta clareza. Tudo nela era delicado e compacto, cheio de elegância e, no entanto, quando ela punha as mãos nas teclas, algo enorme fervilhava dentro dela. Anos mais tarde, depois que recebi a carta de Leah e fui encontrar Yoav na casa da Ha'Oren Street, numa enorme sala abobadada, pendurado do teto, em lugar de uma luminária, encontrei seu piano de cauda erguido por meio de cordas e polias. Havia uma violência terrível naquilo. Ele parecia oscilar infinitesimalmente, embora não houvesse nenhuma brisa no dia abafado. Leah precisaria de uma escada para tocá-lo. Era um mistério como havia conseguido erguer o piano. Mais tarde, Yoav disse que não a ajudou; que um dia saiu de casa e quando voltou o piano estava lá. Perguntei por que ela havia feito uma coisa dessas; ele respondeu obscuramente que a pureza de uma nota tocada no ar ressoa por uma fração de segundo sem influência. Mas, pelo que eu sabia, Leah havia deixado de tocar depois que o pai se matou. Mesmo quando eu estava no outro extremo da casa, tinha consciência do piano pendurado misteriosamente, às vezes abandonado, às vezes ameaçador, e tinha a sensação de que quando ele finalmente caísse — era apenas questão de tempo até as cordas cederem — traria a casa inteira abaixo junto com ele.

O quarto de Yoav na casa de Belsize Park ficava imediatamente abaixo do de Leah. Em geral, a mobília mínima que havia em ambos os andares era permanente, seja porque era esforço demais as coisas serem constantemente levadas para cima e para baixo, ou porque era um alívio para eles morar em algum lugar que estava, pelo menos sob um aspecto, fora da influência do pai. Havia um grande colchão no chão do quarto de Yoav, uma parede de livros e pouca coisa mais.

A cozinha ficava embaixo, depois de um lance de escada no nível do jardim. Dela se podia ver o jardim dos fundos. Uma porta depois de um corredor curto levava a ele. Para abrir era preciso destruir um complicado trabalho das aranhas que viviam ali; assim que se fechava a porta, elas voltavam à ação. Bogna, que era da Igreja Ortodoxa, zelava demais pela santidade da vida para matá-las. O jardim era selvagem, descuidado, cheio de ervas daninhas. Quando o vi pela primeira vez era novembro e tudo estava morrendo. Em algum momento, o jardim deve ter sido plantado e cuidado, mas abandonado à própria sorte, a constante tenacidade e teimosia da vida vegetal descontrolada; apenas as plantas mais rústicas haviam sobrevivido, crescendo fortes e emaranhadas. A passagem havia desaparecido. Os rododendros e louros se erguiam numa grande parede escura contra o sol. Havia uma mesa de jogo no gramado. Cera de vela acumulada em alguns pontos da superfície e um cinzeiro do Excelsior de Roma cheio de água suja. Mais tarde, quando o tempo ficou mais quente, começamos a usá-la, sentando ali com uma garrafa de vinho. O estado do jardim convinha a Yoav e Leah. Eles tinham gosto e respeito pela vida privada das coisas; mantinham um olhar distanciado e considerado por essas coisas. Espalhados por toda a casa, havia objetos abandonados, derrubados ou deixados onde haviam sido postos. Às vezes, essas composições duravam semanas antes de Bogna finalmente as arrumar, devolvendo as coisas a seus devidos lugares, se tinham um, ou jogando-as fora. Ela parecia entender o gosto e os hábitos de Yoav e Leah mesmo quando contrariavam os seus. Fingia exasperação, exagerando nos suspiros profundos e acrescentando peso extra à perna ruim, mas era óbvio que tinha pena deles. Porém Bogna tinha seu trabalho a fazer. Era Weisz que a pagava e a quem ela teria de responder se o lugar não estivesse limpo ao menos quando ele aparecia.

Antes da chegada do pai deles, eu sempre tomava o ônibus de volta a Oxford. Embora seu trabalho exigisse certo charme e sociabilidade, ele era uma pessoa introvertida e reservada, cercado por uma espécie de fosso. O tipo de pessoa que cria a ilusão de intimidade mantendo você à distância, perguntando sobre você e lembrando os nomes de seus filhos, se você tem algum, ou o tipo de bebida de que gosta, mas que, você percebe depois, se é que percebe, consegue não revelar muito de si mesmo. Quando se tratava de família, ele não gostava da presença de estranhos. Não me lembro exatamente como isso me foi explicado — nunca foi dito diretamente —, mas eu sabia que era proibido ficar na casa quando o pai deles estava. Depois de suas visitas, Yoav muitas vezes parecia distante e indiferente, e Leah desaparecia para longas e punitivas horas de prática. Com o passar do tempo, como minha relação com Yoav ficou mais séria, e meu lugar na casa de Belsize Park mais sólido, comecei a me sentir ofendida e irritada por ter de me retirar como um hóspede inadequado ou indesejado sempre que seu pai chegava. A sensação ficava ainda pior pelo fato de Yoav se recusar a explicar a razão ou simplesmente falar a respeito. Ele apenas insinuava que havia certas regras não explícitas e expectativas que simplesmente não podiam ser desrespeitadas. Tudo o que era explicitado era que eu não podia estar presente quando seu pai estava. Isso piorava a insegurança que sempre espreitara por baixo de nosso relacionamento: a sensação de que alguma grande parte de Yoav sempre seria mantida afastada de mim, alguma vida que ele vivia nunca viveria ao meu lado.

Em janeiro, eu passava quase todo o dia na Biblioteca Britânica. Ainda estava escuro quando eu seguia a Haverstock Hill para o metrô, e escuro também à tarde quando eu saía da biblioteca para a Euston Road. Eu ainda não havia encontrado um novo tema para uma dissertação. Passava os dias lendo, sem rumo, sem absorver muita coisa, ainda com medo de uma volta do pânico. Telefonei para A. L. Plummer, para quem eu parecia despertar cada vez menos interesse, e relatei a direção que pensava tomar. Continue então, ele disse, e me veio uma imagem dele empoleirado em uma de suas pilhas de livros, a cabeça calva enfiada no robe como um abutre adormecido. Alguns dias, eu saía com a intenção de ir à biblioteca, mas ao chegar à estação de metrô alguma coisa em mim não conseguia ter a determinação de descer para as profundezas cavernosas da Northern Line, então eu seguia em frente, tomava o café da manhã em uma das pequenas lanchonetes da High Street e passava o tempo olhando as estantes da Waterstone ou pelos corredores estreitos dos sebos do Flask Walk até onze e quinze, quando começava a seguir para a Fitzjohns Avenue. O Museu Freud abria ao meio-dia. Muitas vezes, eu era a única visitante, e os guias e uma mulher que cuidava da lojinha do museu sempre pareciam contentes de me ver e se retiravam de qualquer aposento em que eu estivesse para que ficasse sozinha para passear em paz.

À tarde, em Belsize Park, Yoav e eu, e muitas vezes Leah, íamos ao cinema, às vezes assistíamos a dois filmes em seguida ou ao mesmo filme duas vezes. Ou íamos caminhar no Heath. De vez em quando, saíamos em alguma expedição — à National Gallery ou ao Richmond Park, ou para ver uma peça no Almeida. Mas passávamos a maior parte do tempo na casa, que nos atraía de volta com uma força que eu não conseguia explicar, a não ser dizendo que era o nosso mundo e éramos felizes lá. À noite, ou assistíamos a filmes alugados, ou líamos, enquanto Leah ensaiava, e muitas vezes, quando ficávamos acordados até tarde, abríamos uma garrafa de vinho e Yoav lia para mim Bialik, Amichai, Kaniuk, Alterman. Eu adorava ouvir Yoav ler em hebraico, ouvi-lo existir tão vivo em sua língua nativa. E talvez por causa desses momentos eu me sentisse aliviada do meu esforço de lutar para entendê-lo.

Eu, pelo menos, era feliz ali. Uma manhã, estava me vestindo no escuro, Yoav estendeu os braços de debaixo das cobertas e me puxou de volta. Você, ele disse. Deitei ao lado dele e acariciei seu rosto. Vamos fugir, ele disse. Para onde?, perguntei. Não sei. Istambul? Caracas? E o que nós vamos fazer? Yoav fechou os olhos e pensou. Vamos abrir uma barraca de sucos. O quê? Sucos, ele disse. Vamos vender sucos frescos. O que as pessoas quiserem. Mamão, manga, coco. Eu sabia que ele estava brincando, mas havia uma expressão súplice em seus olhos. Tem coco em Istambul?, perguntei. A gente importa, ele disse. Vai ser um grande sucesso. As pessoas vão fazer fila na rua. A cidade inteira vai ficar louca com nossa água de coco, eu disse. É, ele disse, e à tarde, depois que a gente vender toda a água de coco que a gente quiser, voltamos para nossa casa, lambuzados e felizes, e fazemos amor durante horas, depois nos vestimos bem, você de vestido branco, eu com um terno branco, e saímos, brilhando, para passear a noite inteira no Bósforo num barco com fundo de vidro. O que se vê no fundo do Bósforo?, perguntei. Suicidas, poetas, casas levadas por tempestades, ele disse. Não quero ver nenhum suicida, falei. Tudo bem, então venha comigo para Bruxelas. Por que Bruxelas? Ordens superiores, ele disse. O quê?, perguntei. El Jefe, disse ele. Seu pai? Esse mesmo. Sério?, perguntei. Já viu eu não falar a sério?, ele disse, puxando minha calcinha e desaparecendo debaixo da coberta.

De vez em quando, o pai pedia a Yoav e Leah para ajudá-lo em algum pequeno aspecto de seu trabalho — mostrar uma peça a um cliente, viajar a algum lugar para pegar uma coisa que ele havia adquirido, ou comparecer a um leilão em nome dele. Era a primeira vez que Yoav me convidava para acompanhá-lo, e tomei isso como um sinal de que alguma coisa importante havia mudado entre nós. Pela primeira vez, eu merecia a confiança de participar de algum aspecto particular dos negócios familiares. Pegamos o carro, um Citroën DS 1974. Ao girar a chave, era preciso esperar um momento enquanto a bomba hidráulica batia e erguia a parte de trás do carro acima das rodas. O banco da frente era de uma só peça, comprido, e sentei bem perto de Yoav enquanto ele dirigia. O carro deslizou para a estrada e falamos dos lugares onde queríamos ir (eu, ao Japão, ele, ver a aurora boreal), sobre húngaros *versus* finlandeses, gênio à meia-noite, o alívio do fracasso, Joseph Brodsky, cemitérios (meu favorito era o San Michele, o dele Weissensee), da casa de Yehuda Amichai em Yemin Moshe. Yoav me contou que quando era criança sua mãe costumava apontar Amichai no ônibus ou andando na rua com suas sacolas plásticas cheias de comida do *shuk*. Olhe para ele, ela dizia, um homem como outro qualquer, voltando para casa cheio de provisões. E, no entanto, em sua alma, todos os sonhos, tristezas e alegrias, amor e remorso, toda a amargurada perda das pessoas por quem ele passa na rua lutam por um espaço em suas palavras. E então estávamos lá, juntos, na Jerusalém de sua infância. Ele me contou da casa na Ha'Oren Street, que tinha cheiro de papel mofado, de cisternas úmidas e de temperos, e que sua mãe havia se apaixonado pela casa na primeira vez que visitara Ein Kerem anos antes, e que a primeira coisa que o pai dele fez quando começou a ganhar dinheiro foi fazer uma visita ao proprietário da casa para perguntar o preço. Um dia, perguntou à mulher se ela queria dar um passeio e, devagar, tomando uma rota tortuosa, chegaram à casa da Ha'Oren Street como por acaso, e ele tirou a chave do bolso, abriu o portão e ela, perplexa, estacou, do jeito que uma pessoa sempre estaca, um pouco assustada, quando um sonho de repente se transforma em realidade.

Olhando em retrospecto, acho que nunca fui mais feliz em minha estada na Inglaterra do que durante esse passeio, aninhada ao lado de Yoav, que falava ao dirigir. Embora logo chegamos a Folkestone, embarcamos com o carro no trem e deixamos a Inglaterra para trás. O rádio não funcionava no túnel e o carro não tinha nem toca-fitas nem cd, mas nos beijamos em silêncio debaixo do canal até sairmos de novo em Calais. Passamos por marcos dos campos de batalha de Ypres e Passendale, mas seguimos em direção ao leste, para Ghent. Nos arredores de Bruxelas, baixou uma neblina, e quando rodávamos ao longo de um canal, os corvos se espalharam e desapareceram completamente quando os subúrbios dilapidados da cidade apareceram. Nos perdemos num labirinto de ruas de mão única, rotatórias e avenidas sem placas ou com placas confusas e tivemos de parar para pedir orientação a um motorista de táxi africano. Ele riu de nós quando nos afastamos, como se soubesse alguma coisa que não sabíamos sobre o lugar para onde íamos. Rodamos ao sul, pelas ruas elegantes de Eccle, e logo estávamos em estradas ladeadas por árvores no campo outra vez, aquelas maravilhosas estradas arborizadas, feitas a régua e chicote, que só se encontra num lugar tão meticuloso com a beleza como a Europa. Ao rodarmos, falamos do futuro como quase nunca falávamos, embora não diretamente, uma vez que era impossível falar diretamente com Yoav sobre qualquer coisa que tivesse a ver com nossa relação, enquanto indiretamente podíamos falar das coisas mais cruas e íntimas, das coisas mais perigosas, das mais dolorosas e inconsoláveis, mas também das mais esperançosas. Quanto ao que, exatamente, se disse sobre o futuro, tudo o que posso afirmar é que, conversando tão indiretamente daquele jeito, passava entre nós apenas um sentimento, ou uma troca de sentimento, algo como a sensação do chão sólido debaixo dos pés depois de andar dias ou meses em pântanos esponjosos, uma troca difícil de pôr em palavras, tanto na época como agora, mas especialmente agora, tantos anos depois.

    Foi no fim da tarde que chegamos a um par de portões enferrujados, feitos de ferro forjado. Yoav baixou o vidro da janela e tocou a campainha. Passou-se um minuto ou mais antes que alguém respondesse, e quando ele estava a ponto de tocar de novo, os portões ganharam vida e começaram a se abrir devagar. Seguimos o caminho, o cascalho crepitando debaixo das rodas do

Citroën. Quem mora aqui?, perguntei, tentando não parecer impressionada pelo castelo de pedra com torretas de ardósia que apareceu atrás de imensos carvalhos antigos, porque a última coisa que eu queria era fazer Yoav se arrepender de ter me trazido. O senhor Leclercq, ele respondeu, o que só aumentou o absurdo da situação, uma vez que eu nunca tinha ouvido falar de nenhum Leclercq e não fazia ideia de quem podia ser.

Pensei que qualquer pessoa rica o bastante para morar num lugar daqueles seria servida vinte e quatro horas por mordomos e empregadas, por um quadro de funcionários uniformizados que ficassem como amortecedores entre ele e qualquer possibilidade de esforço físico, por mais leve que fosse. Mas quando tocamos a campainha e a enorme porta com tachas de latão se abriu, era o próprio Leclercq quem estava parado ali, de camisa xadrez e pulôver sem mangas. Um enorme lustre de cristal pendia de uma corrente de latão acima dele, oscilando ligeiramente ao vento. Fora isso, o interior era escuro e parado. Leclercq estendeu a mão para cada um de nós, embora por um segundo, ou uma fração de segundo, eu tenha ficado paralisada para responder, lutando para me lembrar quem exatamente nosso anfitrião me lembrava, e só quando minha mão foi apertada ligeiramente pela dele e um arrepio começou a percorrer minha nuca foi que me dei conta de que era Heinrich Himmler. Claro que seu rosto havia envelhecido, mas o pequeno queixo pontudo, os lábios finos, os óculos redondos de metal e, começando logo acima da armação, a enorme extensão plana de sua testa, que era bem maior que as proporções permitiriam, encimada por um montinho de cabelo comicamente pequeno, quase encolhido — era tudo inconfundível. Quando ele nos recebeu com seu anêmico sorriso, os dentes eram pequenos e amarelos.

Tentei ver os olhos de Yoav, mas pelo que eu podia perceber ele não registrava absolutamente a semelhança e acompanhava

Leclercq alegremente pela casa. Ele nos levou por um longo corredor de piso polido, seus pés, escamosos, inchados e riscados por veias salientes, apertados num par de chinelos de veludo vermelho. Passamos diante de um enorme espelho de vidro manchado numa moldura dourada e durante um momento nosso grupo dobrou de tamanho, tornando o silêncio mais impressionante. Talvez Leclercq tenha sentido isso também, porque ele virou para Yoav e começou a falar em francês — sobre nossa viagem, pelo que eu entendia, e os grandes e venerandos carvalhos da propriedade, plantados antes da Revolução Francesa. Calculei que mesmo que o suicídio de Himmler na prisão de Lüneburg tivesse sido uma fraude, a famosa fotografia do corpo estendido no chão, um golpe de teatro, ele teria então noventa e oito anos e o homem ágil que acompanhávamos não tinha mais que setenta. Mas quem podia dizer que aquele não fosse um parente, como aqueles parentes de Hitler prosperando nos arborizados subúrbios de Long Island, um sobrinho ou primo sobrevivente do supervisor dos campos de extermínio, os Einsatzgruppen, e da execução de milhões? Ele parou diante de uma porta fechada, tirou do bolso um chaveiro com chaves pesadas e, encontrando a chave certa, nos conduziu a um grande salão revestido de madeira com uma vista dos jardins se abrindo em todas as direções. Olhei para fora e quando virei de novo Leclercq estava olhando para mim com um interesse que me enervou, embora talvez fosse apenas apreciação por um pouco de companhia. Levou-nos a sentar e desapareceu para trazer chá. Aparentemente, estava sozinho naquele vasto lugar.

    Quando perguntei se havia notado que nosso anfitrião era um sósia perfeito de Himmler, Yoav riu, e quando viu que eu não podia estar falando mais sério disse que não tinha notado. Quando insisti, ele admitiu que, sim, talvez houvesse alguma pequena, muito pequena semelhança se se olhasse o velho de perto sob certa luz. Mas Leclercq, ele garantiu, descendia de uma das famílias nobres mais antigas da Bélgica e podia traçar suas origens até Carlos Magno; o pai de sua mãe tinha sido um visconde e durante um breve tempo servira Leopold II como gerente de uma plantação de borracha no Congo. A família perdera a maior parte da fortuna durante a guerra. O que restava era gasto nos imensos impostos sobre propriedade, até que, por fim, foram forçados a vender todas elas, mantendo apenas Cloudenberg, a morada querida da família. Leclercq era o último dos irmãos vivos e, pelo que Yoav sabia, nunca havia se casado.

Uma história provável, eu quase disse, mas nesse momento ouviu-se um tremendo ruído vindo de fora do salão, seguido das batidas ou do rolar de latas e panelas. Fomos atrás do barulho pelo corredor e acabamos encontrando uma ampla cozinha atrás da sala de jantar onde Leclercq estava de quatro entre tigelas de metal de diversos tamanhos que haviam caído do armário acima. Durante um momento, achei que ele estava chorando, mas acontece que ele havia perdido os óculos e não conseguia enxergar. Nos abaixamos para ajudá-lo, os três engatinhando juntos. Encontrei seus óculos debaixo de uma cadeira. Uma das lentes estava rachada e Leclercq tentou pateticamente endireitar a haste de metal. No balcão havia uma caixa de *waffers* de baunilha numa bandeja, e quando Leclercq recolocou os óculos rachados no rosto, tive de admitir que a semelhança com Himmler, tão forte antes, vacilou e diminuiu, e que a associação que eu havia feito nascera provavelmente de meu conhecimento limitado sobre a natureza dos negócios de Weisz.

Talvez fosse porque ele agora via o mundo de um jeito diferente, mas depois que os óculos de Leclercq quebraram, uma espécie de tristeza vazava dele, deixando uma trilha quando o acompanhamos por longos corredores e por caminhos do jardim, passando por arbustos podados, por um labirinto de buxo e subindo e descendo (sobretudo subindo) as escadas daquele grande castelo de pedra, desabrochando na atmosfera do mesmo jeito que a água em torno de um peixe arpoado se enche com uma nuvem de sangue. Ele parecia ter esquecido por que estávamos ali — nunca mencionou a mesa, ou talvez um gaveteiro, ou um relógio, uma cadeira, que fosse a razão de nossa viagem, e Yoav era educado demais para tocar no assunto. Em vez disso, Leclercq se perdeu nas longas alamedas, nas viradas e retornos de sua própria voz enquanto desvendava a longa história de Cloudenberg que começava lá no século XII. O castelo original queimou num incêndio que começou na cozinha e se espalhou pelo grande salão de banquetes, subiu a escada, consumindo tapeçarias, pinturas, troféus e o filho mais novo do proprietário, preso no terceiro andar com sua ama de leite, poupando apenas a capela gótica que ficava a alguma distância, sobre um morro. A voz de Leclercq às vezes era quase um sussurro e eu mal conseguia distinguir o que estava dizendo. Achei então que se nós nos esgueirássemos para ir embora, voltássemos sobre nossos passos e desaparecêssemos pelo longo caminho até o Citroën, Leclercq não teria notado, tão perdido estava nos longos, emaranhados casos, segredos, triunfos e decepções de Cloudenberg, e nesses momentos ele me pareceu, com seus loucos óculos rachados, os pés secos e inchados, a testa íngreme e traiçoeira, uma freira, se isso era possível, uma freira que havia desposado, de corpo e alma, não a Deus, mas às pedras austeras de Cloudenberg.

Quando a excursão (se é que se pode chamar assim) terminou, já era noite. Nós três nos sentamos em torno da mesa de madeira escalavrada da cozinha onde um dia cozinheiros cortaram pernis e lombos para os enormes banquetes oferecidos pelo visconde. Leclercq parecia pálido e exausto, quase ausente, como se o Leclercq dentro do Leclercq tivesse se levantado e saído para o fogoso crepúsculo dos séculos XII, XIII ou XIV. Desculpem, ele disse, vocês devem estar morrendo de fome agora, e foi dar uma olhada na geladeira, um aparelho quase deslocado em meio a tanta história. Ele parecia ter passado a mancar; ou isso, ou eu não tinha notado antes, o que é duvidoso, considerando que eu tinha andado atrás dele a tarde inteira. Talvez fosse uma daquelas coxeaduras que aumentam com a fadiga ou certos tipos de clima. Deixe-me ajudar, eu disse, e ele me lançou um olhar de gratidão. Isabel é ótima cozinheira, Yoav disse. É capaz de fazer um banquete com nada.

Leclercq saiu e voltou com uma garrafa de vinho. Preparei uma quiche e enquanto estava no forno arrumei a mesa. Depois, me dei conta de que havia colocado o garfo e a faca nos lugares errados, e quando finalmente chegou a hora de comer, Leclercq congelou, como se estivesse diante de um enigma que não era capaz de resolver, mas então, juntando toda a elegância de sua nobreza, delicadamente cruzou os pulsos sobre o prato e pegou os talheres com as mãos corretas. Assim que deu a primeira garfada, um suspiro audível escapou de seus lábios, o incômodo desapareceu e depois disso, ao consumir a comida e o vinho, pareceu voltar a si mesmo.

Depois do jantar, Leclercq nos levou ao nosso quarto. Se haviam conversado sobre a nossa permanência essa noite, a conversa me escapou. E, no entanto, passava das dez horas quando terminamos o jantar e a questão do móvel que motivara nossa viagem, fosse qual fosse, ainda precisava ser abordada. Tínhamos trazido malas para passar a noite, planejando parar em alguma pousada aconchegante no caminho de volta. Yoav foi buscá-las no carro, me deixando a sós com Leclercq, ocupado com os lençóis, resmungando alguma coisa sobre a governanta que estava em seu dia de folga.

Yoav e eu escovamos os dentes lado a lado no enorme banheiro anexo ao nosso quarto, com uma banheira grande o suficiente para um cavalo. Na cama, começamos a nos beijar. Iz, o que eu vou fazer com você?, ele sussurrou em meu cabelo. Encaixei meu corpo no dele. Mas, em vez de fazer amor como fazíamos quase toda noite, Yoav começou a falar num sussurro, o rosto colado ao meu ouvido. Me contou mais histórias de sua infância em Jerusalém, coisas que nunca tinha me contado antes, como se, longe da casa de Belsize Park, ele pudesse falar com mais liberdade. Me contou de sua mãe, que tinha sido atriz até ficar grávida dele. Depois que ele nasceu, ela voltara a trabalhar, mas às vezes, olhando uma fotografia dela daquela época, ele via em sua expressão sugestões das coisas que ela poderia ter dito a ele. Antes de morrer, ele explicou, sua mãe era uma espécie de amortecedor entre o pai e ele. Vindos através dela, os mandamentos dele eram abrandados e ela sempre encontrava um jeito de facilitar as coisas que ele exigia.

Horas depois, acordei banhada em suor. Me levantei para beber água na torneira e me dei conta de que estava plenamente alerta e, como sempre me acontece quando acordo durante a noite, que não conseguiria voltar a dormir. Como não queria incomodar Yoav acendendo a luz para ler, encontrei um livro — alguma coisa de Thomas Bernhard, não me lembro o quê — e saí do quarto. Segui pelo corredor sob o olhar parado de seis ou sete cabeças de gamo. No alto da escada, havia uma pequena pintura de Brueghel que Leclercq mostrara antes. Era uma daquelas cenas de inverno com gelo cinza, neve branca e árvores enegrecidas, tudo dominado pela explosão de vida humana, tão delicadamente pequena e, no entanto, nenhuma vida omitida, cada uma medida e considerada: minúsculas cenas de alegria e desespero, igualmente hediondas e cômicas quando vistas à distância através do olhar telescópico do mestre. Cheguei mais perto para estudar o quadro. Num canto, um homem urinava na parede de uma casa, enquanto na janela acima uma mulher grosseira, com rosto pusilânime se prepara para esvaziar um pote de água em sua cabeça. Um pouco adiante, um homem com chapéu caiu num buraco no gelo enquanto em torno dele patinadores indiferentes continuam a se divertir — só um menino pequeno notou o acidente e está tentando estender para o homem que se afoga a ponta de uma vara. Ali a cena está congelada: o menino inclinado, a vara estendida, mas não pega ainda, toda a cena de repente voltada para o buraco escuro que esperava para engolir.

Na cozinha, procurei as luzes. Quando finalmente as encontrei quase tive um ataque cardíaco porque ali, ajoelhado numa cadeira junto à mesa de madeira com as marcas de facão, estava um menino pequeno comendo uma coxa de frango. Quem é você?, perguntei, ou gritei, embora a pergunta fosse em grande parte retórica, uma vez que naquele instante de susto eu tinha certeza que ele não era outro senão o menino elfo que eu tinha acabado de observar no Brueghel, que havia descido ali para jantar. O menino, que não podia ter mais de oito ou nove anos, passou a mão engordurada no rosto com tranquilidade. Estava usando pijama de Homem Aranha e nos pés, chinelos velhos. Gigi, ele disse. Parecia um nome estranho para um menino. Aparentemente, nenhuma explicação mais seria oferecida, porque Gigi desceu da cadeira, jogou o osso no lixo e desapareceu na despensa. Quando saiu, um momento depois, tinha o braço enfiado até o cotovelo dentro de uma lata de biscoitos. Tirou um e me ofereceu. Sacudi a cabeça, Gigi deu de ombros e mordeu o biscoito, mastigando pensativo. O cabelo estava embaraçado, com nós atrás, como se não o penteassem havia semanas. *Tu as soif?*, ele perguntou. O quê?, eu disse. Ele fingiu beber de um copo imaginário. Ah, eu disse, não. E então, ridiculamente: O senhor Leclercq sabe que você está aqui? Ele franziu a testa. Hã?, disse. O senhor Leclercq? Ele sabe que você está aqui? *Tonton* Claude?, ele perguntou. Tentei entender. *Mon oncle?*, ele disse. Ele é seu *tio*? Parecia quase impossível. Gigi deu mais uma mordida no biscoito e afastou o cabelo claro dos olhos.

Gigi subiu a escada na frente, ainda mordendo o biscoito, uma criança tão ágil, tão leve, ou talvez só parecesse assim contra a arquitetura escura, opressiva de Cloudenberg. Quando chegamos ao patamar, olhei o Brueghel para ver se o menino tinha desaparecido, o homem de chapéu, se afogado. Mas as figuras eram pequenas demais para eu discernir de onde estava e Gigi já estava se distanciando, virando a esquina. Ao terminar a última mordida de biscoito, limpou os farelos na calça de pijama amassada, tirou do bolso um carrinho Matchbox e o fez correr pela parede. Depois guardou o carro de volta no bolso e pegou minha mão. Seguimos por um longo corredor depois de outro, passamos por portas e subimos escadas, e ao avançarmos, Gigi às vezes pulava, andava devagar e corria à frente, às vezes voltava e pegava minha mão outra vez. Senti que estava me perdendo, uma sensação que não era nada desagradável. O ambiente foi ficando cada vez mais despido de ornamentos, até que finalmente estávamos subindo uma escada estreita de madeira que ficava cada vez mais alta e me dei conta de que estávamos dentro de uma das torres do castelo. No alto, havia um quarto pequeno com quatro janelas estreitas, cada uma numa direção. O vidro de uma delas estava partido e o vento entrava. Gigi acendeu o abajur cuja cúpula estava coberta de adesivos de animais e arco-íris, alguns dos quais alguém havia, talvez num momento de tédio, tentado arrancar. No chão, havia cobertores, um travesseiro com uma fronha florida desbotada e uns bichinhos de pelúcia velhos empilhados para formar uma espécie de ninho desarrumado. Havia também metade de um pão amanhecido e um vidro de geleia destampado. Eu tinha a impressão de ter chegado em uma daquelas covas de animais que se encontram nos livros infantis, cheias de móveis domésticos, com todos os apetrechos da vida humana em miniatura, só que em vez de ir para baixo da terra, tínhamos subido ao céu, e em vez de calor e conforto, o esconderijo feral do menino exalava a isolamento e solidão. Gigi foi até uma das janelas, olhou para fora e estremeceu, e quando o fez, tive uma visão de nossa torre pelo lado de fora, uma cabine de vidro brilhante contendo dois experimentos em vida humana flutuando num mar escuro. Havia três ou quatro soldadinhos de metal com a tinta lascada, congelados numa batalha no peitoril. Eu queria abraçar o menino, dizer a ele que tudo ia acabar bem, não perfeito, talvez nem feliz, mas bem. Porém não me mexi para tocá-lo ou consolá-lo e não falei com medo de assustá-lo, porque não sabia as palavras corretas em francês. Pregada com fita na parede, havia a foto de uma mulher com cabelos esvoaçantes e um cachecol no pescoço. Gigi virou-se, me viu olhando para ela. Veio até mim, tirou a foto da parede e colocou debaixo do travesseiro. Depois deslizou para baixo da pilha de cobertores, enrolou-se e adormeceu.

Eu também dormi. Quando acordei pela segunda vez naquela longa noite, Gigi estava encolhido contra mim, como um gato, e o céu estava clareando. Não queria deixá-lo sozinho, então carreguei-o nos braços o mais delicadamente possível. Como nunca tive irmãos, ele era, pelo que me lembrava, a primeira criança que eu erguia e carregava, e fiquei surpresa ao ver como era leve. Anos depois, carregando meu próprio filho, meu e de Yoav, eu às vezes pensava em Gigi. Ele se mexeu, murmurou algo incompreensível, suspirou e voltou a dormir em meu ombro. Desci a escada com ele, o corpo mole, as pernas penduradas, voltei por portas e corredores, e por algum truque ou atalho acidental, saí por uma porta baixa que levava a um corredor curto, que dava em outro corredor, que finalmente me depositou no grande salão onde Leclercq havia nos recebido, debaixo do imenso lustre de cristal, balançando levemente acima da cabeça dele como a espada de Dâmocles, foi o que pensei na hora, nervosa que estava pelo castelo à noite, que só tive coragem de explorar porque Gigi continuava a exalar seu hálito quente e delicado em minha orelha. Refiz os passos que Yoav, Leclercq e eu tínhamos dado no dia anterior. Ao passar pelo grande espelho outra vez, de certa forma esperava descobrir o menino exposto como um fantasma, sem reflexo, mas não: ali, na pouca luz que havia, consegui distinguir nossos dois vultos. Quando cheguei à porta, ou o que pensava ser a porta que Leclercq havia destrancado para nos mostrar a vista do jardim, mudei o peso de Gigi para um braço e experimentei a maçaneta. Ela girou com facilidade. Leclercq devia ter esquecido de trancar quando passamos, pensei, e entrei na sala, pretendendo apenas dar uma olhada por um momento na vista do jardim à luz cinzenta do amanhecer, uma luz que sempre amei por causa da fragilidade desgastada que põe em todas as coisas. Mas a sala em que eu estava era escura e não havia vista, ou a vista estava escondida por cortinas pesadas, e embora fosse possível que Leclercq tivesse voltado para fechá-las antes de dormir, parecia pouco provável. Passados alguns segundos, comecei a sentir que a sala era muito maior do que aquela em que tínhamos estado antes, mais parecia um grande salão do que uma sala, e me dei conta de alguma presença muda nas sombras, sombras que, logo consegui divisar, estavam povoadas por formas de vários tamanhos reunidas em longas fileiras, uma grande e melancólica massa que parecia se estender em todas as direções antes de se dissolver no canto remoto do salão abobadado. Embora eu pudesse ver muito pouco, sentia o que eram os vultos. Me lembrei de repente de uma fotografia que havia encontrado anos antes enquanto pesquisava a obra de Emanuel Ringelblum para um de meus cursos de história na faculdade, a imagem de um grande grupo de judeus em Umschlagplatz, ao lado do gueto de

Varsóvia, todos acocorados ou sentados em sacos sem forma ou no chão, esperando a deportação para Treblinka. A foto havia me marcado na época não só por causa do mar de olhares todos voltados para a câmera, que sugeria que a cena era calada a ponto de o fotógrafo ter conseguido se fazer ouvir, como por causa da elaborada composição que o fotógrafo havia claramente trabalhado, observando a maneira como os rostos pálidos, encimados por chapéus escuros e lenços, eram espelhados pelo padrão aparentemente infinito de tijolos claros e escuros da parede contra a qual estavam retidos. Atrás dessa parede havia um edifício retangular com fileiras de janelas quadradas. O conjunto dava uma sensação de ordem geométrica tão poderosa que se tornava inevitável, onde cada material comum — judeus, tijolos, janelas — tinha seu lugar próprio e irrevogável. À medida que meus olhos se adaptavam e eu começava a ver, em vez de apenas sentir vagamente com algum sentido sem nome, as mesas, cadeiras, birôs, baús, abajures e escrivaninhas, todos em posição de sentido no salão, como se à espera de um chamado, me lembrei por que a fotografia dos judeus na Umschlagplatz tinha me voltado exatamente naquele momento. Me lembrei, em outras palavras, que foi durante esse mesmo período de pesquisa que encontrei também fotografias de várias sinagogas e armazéns judeus que tinham sido usados como depósito de mobília e objetos domésticos que a Gestapo saqueava das casas dos judeus deportados ou assassinados, fotografias que mostravam vastos exércitos de cadeiras de pernas para cima, como um salão de jantar fechado para a noite, torres de lençóis dobrados e prateleiras de colheres, facas e garfos variados.

 Não sei quanto tempo fiquei parada ali, à margem daquele campo de mobília sem uso. Mas Gigi ficou pesado em meus braços. Fechei a porta ao passar e consegui voltar para o nosso quarto. Yoav ainda estava dormindo. Deitei Gigi ao lado dele na cama e fiquei olhando os dois, ambos sem mãe, dormindo lado a lado. Alguma coisa rangeu e se retorceu nas profundezas de meu estômago. Me dei conta de que restara a mim cuidar deles e enquanto o céu clareava lentamente, cuidei. Lembrando agora, não posso deixar de sentir que a alma do filho que Yoav e eu teríamos juntos, a alma do pequeno David, naquele momento atravessou o quarto silencioso, sem ser notado. Meus olhos ficaram pesados, depois se fecharam. Quando acordei, a cama estava vazia, e o chuveiro ligado no banheiro. Yoav saiu numa nuvem de vapor, recém-barbeado. Não havia sinal de Gigi, e como Yoav não fez menção dele, também não fiz.

O café da manhã foi servido na sala de jantar menor, numa mesa ainda grande o bastante para umas dezesseis ou vinte pessoas. Em algum momento da noite ou da madrugada, Kathelijn, a empregada, tinha voltado. Leclercq sentou-se à cabeceira da mesa, usando o mesmo pulôver sem mangas do dia anterior, embora vestisse agora um paletó esporte cinzento por cima. Procurei em seu rosto algum sinal de crueldade, mas encontrei apenas os traços dilapidados de um velho. À luz do dia, tudo o que eu imaginara sobre o salão de móveis parecia absurdo. A conclusão óbvia é que tinham sido coletados das muitas propriedades que a família Leclercq possuía antes da bancarrota e de serem forçados a vendê-las, ou simplesmente tinham sido deslocados das partes não usadas do castelo para aquela sala.

Não havia sinal de Gigi. A empregada apareceu em vários estágios do café da manhã, mas sempre se retirava depressa para a cozinha. Achei que ela olhava para mim com um toque de desprazer, mas não podia ter certeza. No final da refeição nosso anfitrião virou-se para mim. Soube que você encontrou meu sobrinho-neto, ele disse. O rosto de Yoav turvou-se, confuso. Leclercq continuou: espero que ele não tenha incomodado você. Ele sempre sente fome à noite. Normalmente Kathelijn deixa um lanche ao lado da cama. Eu devo ter esquecido. De quem está falando?, Yoav perguntou, desviando o olhar de mim para Leclercq e de volta para mim. Do filho de minha sobrinha, disse Leclercq passando manteiga numa torrada. Está de visita?, Yoav perguntou. Ele mora aqui conosco desde o ano passado, disse Leclercq. Gosto muito dele. É uma novidade ter uma criança correndo pela casa. E a mãe dele?, interrompi. Houve uma pausa incômoda. Os músculos do rosto de Leclercq se retesaram enquanto mexia o café com uma colherinha de prata. Ela não existe para nós, ele disse.

Ficou claro que não se diria mais nada sobre o assunto, e depois de um silêncio estranho Leclercq se desculpou por ter de sair depressa, explicando que planejava ir à cidade logo para arrumar os óculos. Então se pôs de pé abruptamente e pediu que Yoav o acompanhasse para, enfim, discutirem fosse o que fosse que tínhamos vindo tratar. Fiquei sozinha. Me levantei e fui espiar na cozinha, esperando encontrar Gigi. Me entristecia pensar que não o veria de novo. Havia uma bandeja arrumada com xícara e tigela de criança, mas a cozinha estava vazia.

Pusemos nossa bagagem no porta-malas do Citroën. No banco traseiro havia uma grande caixa de papelão. Leclercq saiu para se despedir. Era um dia de inverno sem nuvens, tudo claro e nítido contra o céu. Olhei as torres do castelo, esperando ver um movimento, ou mesmo o rosto do menino, mas as janelas estavam brancas e cegas à luz do sol. Volte sempre, Leclercq disse, embora, claro, não fôssemos voltar nunca. Ele abriu a porta do passageiro para mim e quando a fechou foi com força desnecessária e as janelas do velho carro tremeram. Quando nos afastamos, eu me virei no banco para acenar para nosso anfitrião. Ele ficou imóvel, desvairado e triste por causa dos óculos, a grande massa de Cloudenberg se erguendo atrás dele, mais e mais alto por algum truque da perspectiva, como se um navio naufragado estivesse voltando das profundezas do mar, até o caminho fazer uma curva e eu perdê-lo de vista entre as árvores.

A caminho de casa, Yoav e eu estávamos ambos quietos, envoltos em nossos pensamentos. Só quando deixamos os deprimentes arredores de Bruxelas e nos vimos de novo na estrada aberta foi que perguntei por que seu pai o havia mandado ali. Ele deu uma olhada no espelho retrovisor e deixou um carro nos ultrapassar. Uma mesa de xadrez, ele disse. Devemos ter falado de outras coisas, mas sobre o quê, não me lembro mais.

Nos meses que se seguiram, Yoav, Leah, eu e até mesmo Bogna, que não tinha ido embora ainda, começamos a nos acomodar numa rotina familiar. Leah estava absorta em aprender obras de Bolcom e Debussy para seu primeiro recital na sala Purcell, eu cumpria meu tempo na biblioteca, Yoav começou a estudar a sério para seus exames, e Bogna ia e vinha, devolvendo tudo a seus devidos lugares. Nos fins de semana, alugávamos uma pilha de filmes. Comíamos quando sentíamos vontade e dormíamos quando tínhamos vontade. Eu era feliz lá. Às vezes, ao acordar mais cedo que os outros, eu vagava pelas salas, enrolada num cobertor, ou tomava meu chá na cozinha vazia, e tinha a mais rara das sensações, a de que o mundo, tão consistentemente opressivo e incompreensível, de fato tinha uma ordem, por mais oblíqua que parecesse, e eu, um lugar dentro dela.

Então, numa noite chuvosa no começo de março, o telefone tocou. Às vezes, parecia que Yoav e Leah sabiam quando era seu pai antes mesmo de levantar o receptor: um olhar, rápido e hábil, voava entre eles. Era Weisz chamando da estação de trem em Paris para dizer que ia chegar essa noite. Imediatamente um clima tenso varreu a casa, Yoav e Leah ficaram inquietos e agitados, indo e vindo, entrando e saindo dos quartos e subindo a escada. Se sairmos para Marble Arch agora, você pode estar de volta a Oxford às nove e meia, ele disse. Fiquei furiosa. Discutimos. Eu o acusei de ter vergonha de mim e querer me esconder de seu pai. Na minha cabeça, voltei a ser a filha daqueles que cobriam o sofá bom com plástico, só removido para os hóspedes. A filha daqueles que aspiravam a uma vida superior, mas acreditando que nunca mereceriam isso, se curvavam à ideia de tudo o que pairava acima deles, fora do alcance — não apenas materialmente, mas espiritualmente, aquela parte do espírito que tende para a satisfação, senão para a felicidade —, zelando diligentemente pela própria decepção. E se eu me tornava isso na minha cabeça, Yoav também se tornava algo que não era: uma pessoa nascida na classe alta, que por mais que me amasse, ali só podia ser meu anfitrião. Olhando para trás, vejo o quanto entendi tudo errado e me dói pensar como fui cega para a dor de Yoav.

Brigamos, embora o que dissemos, exatamente, eu não consiga repetir agora, uma vez que em nossas discussões, o que começava como uma coisa direta era sempre desviado por Yoav e se tornava indireto. Em geral, só me ocorria depois: ele tinha falado de alguma coisa, raciocinado comigo sobre alguma coisa, se defendido de alguma coisa sem jamais realmente se dirigir a ela ou sequer dar-lhe um nome. Mas dessa vez finquei o pé e continuei. Por fim, exausto, ou sem outras estratégias, ele agarrou meus pulsos, me forçou a deitar no sofá e começou a me beijar com força suficiente para que eu me calasse. Algum tempo depois, ouvimos a porta se abrir e depois os passos de Leah na escada. Levantei a calça jeans e abotoei a camisa. Yoav não disse nada, mas naquele mesmo momento o ar dolorido em seu rosto me deixou cheia de culpa.

Weisz estava parado na entrada de ladrilhos, com sapatos engraxados, segurando uma bengala com castão de prata, os ombros do sobretudo de lã brilhantes de chuva. Era um homem diminuto, menor e mais velho do que eu imaginava, reduzido em todas as dimensões, como se o simples ocupar espaço fosse uma concessão que ele aceitara, mas se recusava a adotar. Era difícil acreditar que aquele era o homem que exercia tamanha autoridade sobre Yoav e Leah. Mas quando ele virou o rosto em minha direção seus olhos eram vivos, frios e penetrantes. Ele disse o nome do filho, mas não tirou os olhos de mim. Yoav desceu alguns degraus à minha frente, como para interceptar qualquer conclusão que o pai pudesse tirar ou se antecipando a isso com uns poucos toques rápidos de uma linguagem particular. Weisz pegou o rosto de Yoav entre as mãos e beijou suas faces. A emoção daquilo me tocou; eu nunca tinha visto meu pai beijar um homem, nem mesmo seu próprio irmão. Weisz falou baixo com Yoav em hebraico, virando-se para olhar para mim — algo sobre ter interrompido alguma coisa, eu supus, porque Yoav se apressou em negar, sacudindo a cabeça. Como para compensar seu grave equívoco, ele ajudou o pai a tirar o sobretudo e o pegou gentilmente pelo braço para entrar em casa com ele. Durante tudo isso, Leah ficou parada de lado, como para deixar claro que o pequeno incidente infeliz, aquele erro parado sem jeito de camisa desabotoada e tênis nos degraus, não tinha nada a ver com ela.

Esta é Isabel, uma amiga de Oxford, Yoav disse quando chegaram à escada e por um momento pensei que ele fosse continuar caminhando, levando o pai pela sala, como se houvesse uma casa cheia de convidados para apresentar a ele, e eu, por acaso, tivesse sido a primeira. Mas Weisz soltou o braço de Yoav e parou na minha frente. Sem saber mais o que fazer, desci a escada como uma espécie de debutante desastrada.

Tão bom conhecer você afinal, eu disse. Yoav me falou muito de você. Weisz piscou e me examinou com os olhos. Meu estômago se contraiu em silêncio. Mas não falou nada de você, disse ele. Então sorriu, ou melhor, ergueu muito ligeiramente os cantos da boca numa expressão que podia ser tanto bondosa como irônica. Meus filhos falam tão pouco dos amigos, ele disse. Olhei para Yoav, mas o homem que apenas minutos antes estava me comendo com tanta força tinha se transformado em algo manso, contido, quase infantil. Com os ombros caídos ele estudava os botões do casaco do pai.

Eu já estava saindo para pegar o ônibus para Oxford, eu disse. A essa hora? Weisz ergueu as sobrancelhas. Está chovendo muito lá fora. Tenho certeza que meu filho faria a gentileza de arrumar uma cama para você, não, Yoav?, disse ele, sem tirar os olhos de mim. Obrigada, mas tenho mesmo de ir, eu disse, porque por agora tinha perdido todo interesse em ficar para defender uma posição. Na verdade, eu havia controlado o impulso de passar por Weisz e fugir pela porta, de volta ao mundo dos postes, carros e calçadas de Londres na chuva. Tenho uma reunião amanhã de manhã, menti. Você toma o primeiro ônibus, disse Weisz. Olhei para Yoav em busca de ajuda, ou pelo menos de alguma orientação de como escapar sem ofender. Mas ele evitou meus olhos. Leah também estava absorta em olhar alguma coisa no punho de sua camisa. Não é problema nenhum ir agora à noite, eu disse, mas fracamente, talvez porque agora estava preocupada em parecer rude se continuasse a protestar e porque eu tinha começado a sentir como era difícil recusar algo a seu pai.

Sentamos na sala — Yoav e eu, cada um numa poltrona de espaldar alto, e Weisz no sofá claro de seda. A bengala com castão de prata, a cabeça de um carneiro com chifres revirados, apoiada na almofada ao seu lado. Yoav mantinha o olhar fixo no pai, como se estar na presença dele exigisse todo o seu foco e concentração. Weisz deu de presente a Leah uma caixa amarrada com uma fita. Quando ela a abriu, um vestido de seda prateada caiu de dentro. Experimente, Weisz insistiu. Ela o levou dobrado no braço. Quando voltou, transformada em algo flexível que brilhava e refletia a luz, trazia uma bandeja com suco de laranja e uma tigela de sopa para o pai. Gosta?, Weisz perguntou. Hein, Yoav? Ela não está bonita? Leah deu um pequeno sorriso e beijou o rosto do pai, mas eu sabia que ela nunca usaria o vestido, que seria relegado aos fundos do guarda-roupa com todos os outros vestidos que o pai havia comprado. Achei estranho que, com tudo o que Weisz parecia saber sobre a vida da filha, ele ainda não tivesse entendido que ela não se interessava pelas roupas extravagantes que sempre comprava para ela, roupas para uma vida que ela não levava.

Enquanto comia, Weisz fez aos filhos perguntas que eles responderam prontamente. Ele sabia do recital de Leah e que ela estava trabalhando numa transcrição de Liszt para uma cantata de Bach. Também que um de seus professores de música, um russo que havia dado aulas para Evgeny Kissin, tinha pedido licença e sido substituído por outro. Perguntou sobre o novo professor, de onde ele era, se era bom, se ela gostava dele e ouviu as respostas com uma gravidade que me tocou — ouviu, me pareceu, com a sugestão de que se as respostas da filha sugerissem qualquer coisa menos que completa satisfação, os responsáveis teriam de responder a ele, como se, com um simples telefonema, uma mera ameaça, ele fosse capaz de providenciar para que o novo professor fosse mandado embora, e o russo, que fora embora para o sul da França para se recuperar de um esgotamento, fosse obrigado a voltar ao trabalho. Leah se desdobrou em garantir ao pai que o novo professor era excelente. Quando ele perguntou se Leah tinha planos para o fim de semana, ela disse que ia a uma festa de aniversário de sua amiga Amalia. Mas eu nunca tinha ouvido falar de Amalia e em todo o tempo na casa, jamais vira Leah sair para festas.

Havia pouco de seus filhos em seus traços alongados, pendentes. Ou se um dia houvera, tinham sido distorcidos e ficado irreconhecíveis com tudo o que acontecera em sua vida. Tinha os lábios finos, os olhos brilhantes velados, as veias das têmporas salientes e azuis. Só o nariz era o mesmo, longo, com narinas altas, curvas que estavam permanentemente em movimento. Era impossível dizer se o cabelo castanho-avermelhado de Yoav e Leah vinha dele: o que restava de seu cabelo era fino e sem cor, penteado para trás de uma testa alta e lisa. Não, o fardo da herança não era fácil de detectar no rosto dos filhos.

Satisfeito com as respostas de Leah, Weisz virou-se para Yoav e perguntou sobre a preparação para seus exames. As respostas de Yoav foram fluentes e polidas, como se estivesse recitando alguma coisa que havia composto antecipadamente para uma entrevista. Assim como Leah, ele fez todos os esforços para garantir ao pai que as coisas iam da melhor maneira possível, que não havia motivo para alarme ou preocupação. Ouvindo-o, fiquei perplexa. Eu sabia perfeitamente bem que Yoav achava seu tutor uma fraude arrogante e que o tutor, por sua vez, estava ameaçando deixar Yoav em dependência se ele não apresentasse alguma prova tangível do trabalho que dizia estar fazendo. Ele mentia com elegância, sem o menor sinal de culpa, e me perguntei se, surgindo a necessidade, ele mentiria assim para mim. Mas pior que isso, enquanto olhava Weisz tomar a sopa com fome segurando o talher entre os dedos longos e tortos, fiquei cheia de culpa pelas mentiras que vinha contando aos meus pais. Não só que as coisas estavam indo maravilhosamente bem em Oxford, mas que eu estava lá. Explorando a incapacidade inata de meu pai deixar passar uma chance de poupar dinheiro, inventei a história de um método barato de ligar para os Estados Unidos usando um cartão telefônico especial. Dessa forma, orquestrei as coisas de forma que em vez de eles me telefonarem todo domingo, eu telefonava para eles. Eram criaturas de hábitos, e eu sabia que eles não romperiam o ritual, a menos que houvesse alguma coisa errada. Para ter certeza, eu telefonava para minha secretária eletrônica na Little Clarendon Street todas as noites. Sentada na frente de Weisz, pensando neles, em como deviam esperar ansiosamente ao lado do telefone todo domingo de manhã, minha mãe em seu posto na cozinha e meu pai no quarto, senti um agudo remorso e tristeza.

Por fim, Weisz limpou a boca e olhou para mim. Um fio de suor escorreu entre meus seios. E você, Isabel? O que você estuda? Literatura, respondi. Um sorriso estranho se abriu em seus lábios exangues. Literatura, Weisz repetiu, como se estivesse tentando juntar um rosto a um nome que conhecia de muito antes.

Durante os quinze minutos seguintes, Weisz me interrogou sobre meus estudos, de onde eu era, quem eram meus pais e o que faziam, e por que eu tinha ido à Inglaterra. Pelo menos foi assim que as perguntas foram formuladas, mas na verdade (ou, pelo menos, acredito) as palavras que saíam da boca de Weisz eram apenas um código para alguma outra coisa que ele queria descobrir. Senti como se eu estivesse tentando passar num teste, cujos requisitos me eram escondidos, e lutava pelas respostas certas, sentindo que a cada arranjo caprichoso da verdade mais eu pisoteava o amor e a dedicação de meus pais. Eu tinha mentido a meus pais e agora mentia a respeito deles. Weisz assumiu a forma de representante deles, de um conselho voltado aos pobres e destituídos que não são capazes de se defender. Enquanto falávamos, toda a mobília triste e nobre da sala veio abaixo, o relógio de pêndulo e a mesa de mármore, até mesmo Yoav e Leah, e tudo o que restou no espaço frio e cavernoso foi Weisz e eu, e, em algum lugar, pairando num plano superior, meus pais injustiçados e ofendidos. Ele fabrica sapatos?, Weisz perguntou. Que tipo de sapatos? Pela descrição que dei do trabalho de meu pai, alguém seria perdoado se pensasse que Manolo Blahnik ia de joelhos até meu pai quando precisava de alguém para manufaturar seus modelos mais extravagantes e complicados. A verdade é que ele produzia sapatos-padrão para freiras e garotas católicas do Harlem. Enquanto eu exagerava o trabalho de meu pai, imbuindo-o de glamour e prestígio, me veio a lembrança de uma tarde passada na velha fábrica de meu avô, que meu pai continuou supervisionando até ser posta abaixo, e sua única opção foi se tornar um intermediário entre o Harlem e as irruptivas fábricas da China. Eu me lembrei que meu pai tinha me levantado para sentar à sua gigantesca escrivaninha Herman Miller, enquanto do outro lado da parede as máquinas matraqueavam nervosamente sob seu comando.

Nessa noite, eu dormi num catre estreito num quartinho embaixo do corredor do quarto de Leah. Fiquei acordada, e quando me vi sozinha, primeiro fui tomada por humilhação, depois por fúria. Quem era Weisz para me interrogar, para me fazer sentir que eu tinha de provar meu valor? O que tinha ele a ver com minha família ou com o que meu pai fazia para ganhar a vida? Já era bem ruim ele intimidar os filhos àquela posição patética, tornando-os incapazes de assumir suas próprias vidas. Bem ruim ele ter conseguido coagi-los a uma forma de confinamento decidido por ele, um estado ao qual eles não resistiam porque isso não estava no âmbito do que podiam recusar ao pai. Ele dominava não com punho de ferro, ou com zanga, mas com a ameaça não expressa, muito mais aterradora, das consequências até da menor discordância. Eu havia aparecido para desafiar a ordem de Weisz, para desequilibrar o delicado triângulo da família Weisz. Ele não perdera tempo em deixar claro que eu estava errada se pensava que Yoav e eu poderíamos prosseguir nosso relacionamento sem o conhecimento ou a permissão dele.

Que direito ele tinha?, pensei, raivosa, revirando-me na cama estreita. Ele podia controlar seus filhos, mas eu não permitia que abusasse de mim. Ele que tentasse: eu não ia me amedrontar com tanta facilidade.

Como se fosse combinado, de repente a porta se abriu e Yoav estava em cima de mim, me atacando por todos os lados como uma matilha de lobos. Quando terminamos com todos os outros orifícios, ele me virou de bruços e entrou em mim com força. Era a primeira vez que fazíamos assim. Tive de morder o travesseiro para não gritar com seu primeiro movimento. Quando terminou, adormeci contra o calor de seu corpo, um sono profundo do qual acordei sozinha. Se sonhei alguma coisa, havia desaparecido, e tudo o que conseguia lembrar era de encontrar Weisz pendurado de cabeça para baixo na dispensa, como um morcego.

Eram quase sete da manhã. Eu me vesti, lavei o rosto na pia vitoriana de tamanho infantil, decorada com flores cor-de-rosa, do banheiro de Leah. Segui na ponta dos pés pelo corredor, parei na frente do quarto dela. A porta estava entreaberta e através dela eu podia ver a enorme cama de dossel branca e virginal, uma cama tão grande e majestosa como um navio, e pensando assim a imaginei sentada a bordo em água de enchente. Parada ali, entendi de repente que aquilo também devia ter sido presente do pai, presente que continha a mesma mensagem sutil sobre o tipo de vida que ele esperava que ela vivesse. Ela nunca trouxera amigos para casa, embora com certeza devesse ter alguns na faculdade. Nem eu havia ouvido Leah fazer referência a um namorado, passado ou presente. As exigências que seu pai e seu irmão faziam a sua lealdade e amor tornavam qualquer relação externa com outro homem quase impossível. Pensei na festa de aniversário que Leah havia inventado na noite anterior. Eu não tinha entendido a função de uma mentira tão gratuita, mas agora me perguntava se não seria a única maneira de resistir a seu pai.

Yoav ainda estava dormindo em seu quarto no andar embaixo. Minha fúria da noite anterior havia diminuído e com ela a minha segurança. Me perguntei de novo quanto a nossa relação poderia durar. Talvez fosse apenas questão de tempo para Weisz vencer. Eu havia forçado Yoav à minha batalha com seu pai a meu respeito e imediatamente quando ele entrou, Yoav desistiu, ficou dócil como um menininho, e depois avançou em mim com unhas e dentes. A imagem de Weisz pendurado me voltou. Alguém consegue um dia se livrar de tal pai?

Escrevi um bilhete para Yoav e deixei em sua mesa, ansiosa para sair da casa antes de encontrar Weisz. Ainda estava chuviscando lá fora, o fog baixo e pesado, e quando cheguei à estação, a umidade havia se infiltrado no casaco que minha mãe comprara para mim. Peguei o metrô para Marble Arch e, dali, o ônibus de volta a Oxford. Assim que abri a porta de meu quarto, uma tristeza esmagadora baixou sobre mim. Longe de Yoav, minha vida em Belsize Park assumia a qualidade incerta de uma peça cujo cenário foi desmontado, os atores dispersados, e só a heroína sobrou em suas roupas comuns no teatro escuro. Me enfiei embaixo das cobertas e dormi durante horas. Yoav não telefonou nesse dia, nem no dia seguinte. Sem saber o que mais fazer, me arrastei até o Phoenix onde assisti a *Asas do desejo* duas vezes. Estava escuro quando voltei a pé pela Walton Street. Dormi esperando o telefone tocar. Não comi nada o dia inteiro e às três da manhã o roncar de meu estômago me acordou. Tudo o que eu tinha era uma barra de chocolate, que só me deu mais fome.

Durante três dias o telefone não tocou. Eu dormia ou ficava imóvel em meu quarto, ou me arrastava até o Phoenix onde sentava durante horas diante da tela. Tentava não pensar e vivi numa dieta de pipoca e doces que comprava do indiferente punk anarquista que cuidava da banca do cinema, por quem eu sentia gratidão por possuir princípios que aprovavam que alguém passasse dias sozinho num cinema. Muitas vezes, ele me dava balas grátis ou um refrigerante grande quando eu havia pago apenas o pequeno. Se eu realmente acreditasse que as coisas entre Yoav e eu tivessem terminado, eu estaria em condições bem piores. Não, o que eu sentia era o tormento da espera, presa entre o fim de uma frase e o começo da próxima, que podia ou não trazer uma tempestade de granizo, um desastre de avião, justiça poética ou uma inversão miraculosa.

A certo ponto, o telefone finalmente tocou. Uma frase termina e a outra sempre começa, embora nem sempre no lugar em que a última frase parou, nem sempre contínua com a velha condição. Volte, Yoav disse com algo próximo de um sussurro. Por favor, volte para mim. Quando destranquei a porta em Belsize Park, a casa estava escura. Vi o perfil dele iluminado pela claridade azul da televisão. Ele estava assistindo a um filme de Kieslowski que tínhamos visto ao menos vinte vezes. Era uma cena em que Irène Jacob vai à casa de Jean-Louis Trintignant pela primeira vez para devolver o cachorro que ela atropelou com o carro e descobre o velho escutando os telefonemas dos vizinhos. *O que o senhor era*, ela pergunta, enojada, *policial? Pior*, ele diz, *juiz*. Deslizei ao lado de Yoav no sofá e ele me puxou para perto sem uma palavra. Estava sozinho na casa. Depois descobri que o pai dele tinha mandado Leah a Nova York para recuperar uma escrivaninha que ele passara quarenta anos procurando. Na semana em que ela não estava, Yoav e eu trepamos pela casa inteira, em cada móvel imaginável. Ele não falou mais nada sobre o pai, mas havia uma violência na maneira como me desejava, e eu sabia que alguma coisa dolorosa tinha acontecido entre eles. Uma noite, com meu sono sempre leve, acordei de repente com a sensação de uma sombra passando sobre nós em silêncio e quando desci a escada e acendi a luz do hall, Leah estava ali parada com uma expressão muito estranha no rosto, uma expressão que eu nunca tinha visto, como se ela tivesse cortado os frágeis laços do que quer que nos ligasse. Nós a tínhamos subestimado, mas ninguém mais do que seu pai.

II

Bondade verdadeira

Onde está você, Dov? Já passa do amanhecer. Deus sabe o que está fazendo lá entre os matos e urtigas. A qualquer momento agora, vai aparecer no portão coberto de carrapichos. Durante dez dias vivemos juntos debaixo do mesmo teto como não fazíamos havia vinte e cinco anos e você praticamente não falou nada. Não, não é verdade. Houve o longo monólogo sobre a construção mais adiante na rua, alguma coisa sobre esgotos e ralos de pia. Comecei a desconfiar que isso era um código para alguma outra coisa que estava tentando me dizer. Sobre sua saúde, talvez? Ou nossa saúde coletiva, de pai e filho? Tentei acompanhar você, mas você me escapou. Caí do cavalo, meu filho. Deixado para trás, na poeira. Cometi o erro de contar isso a você e uma expressão dolorida dominou seu rosto antes que retornasse ao silêncio. Depois, comecei a desconfiar que tinha sido um teste que você havia preparado para mim, um teste cujo único resultado possível era meu fracasso, deixando-o livre para se curvar sobre si mesmo como um caracol, continuar me culpando e me desprezando.

Dez dias juntos nesta casa e o máximo que fizemos foi demarcar nossos territórios e inaugurar uma série de rituais. Para nos dar um apoio. Para nos dar uma direção, como faixas iluminadas nos corredores de aviões em emergência. Toda noite eu me retiro antes de você, e toda manhã, por mais cedo que me levante, você acordou antes de mim. Vejo sua longa silhueta cinzenta curvada sobre o jornal. Tusso antes de entrar na cozinha, para não surpreender você. Você ferve a água, prepara duas xícaras. Lemos, grunhimos, arrotamos. Pergunto se você quer torrada. Você recusa. Você agora está acima até da comida. Ou é das crostas enegrecidas que não gosta? Fazer torradas sempre foi tarefa de sua mãe. Com a boca cheia, falo sobre as notícias. Em silêncio, você limpa as migalhas dos perdigotos e continua a ler. Minhas palavras, para você, são no máximo atmosféricas: lhe chegam vagamente, como o trinar de passarinhos e o ranger de velhas árvores, e, pelo que posso dizer, assim como essas coisas, não exigem resposta de você. Depois do café da manhã, você se retira para seu quarto e dorme, exausto pelo movimento da noite. Perto do meio-dia, aparece no jardim com seu livro para ocupar a única cadeira de jardim cujo assento não quebrou. Eu tomo conta da poltrona em frente da TV. Ontem, assisti ao noticiário sobre uma mulher obesa que morreu em Sfat. Ela não saiu do sofá durante dez anos, e quando a encontraram morta descobriram que sua pele havia se enxertado no sofá. Como foi possível as coisas chegarem tão longe — sobre isso eles não falaram. A reportagem se limitava ao fato de que tiveram de recortar o sofá para soltá-la e baixaram-na pela janela com um guindaste. O repórter narrou a lenta descida do corpo enorme envolto em plástico preto porque, como humilhação final, não havia mortalha em toda Israel que servisse para ela. Às duas em ponto, você entra de novo em casa para sua monástica refeição solitária: uma banana, uma xícara de iogurte e uma salada tímida. Amanhã, você talvez apareça com uma camisa de cilício. Às duas e quinze, eu durmo em minha poltrona. Às quatro, acordo ao som de algum trabalho que você escolheu fazer nesse dia: esvaziar o barracão, rastelar, consertar a calha do telhado — como para pagar a hospedagem. Para manter as coisas quites, de forma que não me deva nada. Às cinco, resumo as últimas notícias para você durante o chá. Espero uma abertura, uma fenda no verniz duro de seu silêncio. Você me espera terminar, lava as xícaras, enxuga e guarda no armário. Dobra o pano de prato. Você me lembra alguém que anda para trás, apagando as pegadas. Vai para seu quarto e fecha a porta. Ontem me pus a escutar. O que achei que ia escutar? O raspar de uma caneta? Mas não havia nada. Às sete, você emerge para assistir ao noticiário. Às oito, janto. Às nove e meia, vou dormir. Muito mais tarde, talvez perto de duas ou três da manhã, você sai de casa para caminhar. No escuro, nos morros, na floresta. Não acordo mais com uma fome que me tira da cama para me empanturrar na frente da geladeira. Esse apetite, que sua mãe chamava de bíblico, me abandonou há muito tempo. Agora acordo por outras razões. Bexiga fraca. Dores misteriosas. Possíveis ataques cardíacos. Coágulos. E sempre encontro sua cama vazia e quase arrumada. Volto para a cama e quando me levanto de manhã, por mais cedo que seja, encontro seus sapatos na porta e sua longa silhueta cinzenta curvada sobre a mesa. E tusso para podermos começar de novo.

Escute, Dov. Porque só vou falar uma vez: o tempo está acabando para nós, você e eu. Por mais miserável que sua vida possa ser, ainda há tempo para você. Pode fazer o que quiser com ela. Pode desperdiçá-la vagando pela floresta, seguindo uma trilha de cocô deixado por um animal entocado. Mas eu não. Estou chegando rapidamente ao meu fim. Não vou voltar na forma de pássaro migratório ou poeira de pólen, ou de alguma criatura feia, corrompida consoante aos meus pecados. Tudo o que sou, tudo o que fui, vai se endurecer numa antiga geologia. E você vai ser deixado sozinho com ela. Sozinho com o que eu era, com o que nós éramos e sozinho com sua dor que não terá mais nenhuma chance de ser aliviada. Então pense com cuidado. Pense muito e forte. Porque se você veio aqui para confirmar o que sempre acreditou a meu respeito, deverá ter sucesso. Até ajudo você, meu filho. Vou ser o babaca por quem você sempre me tomou. É verdade que isso é fácil para mim. Quem sabe, talvez isso até o exima do remorso. Mas não se engane: quando eu estiver enterrado em um buraco, despido de todo sentimento, você continuará vivendo numa outra vida de dor.

Mas você já sabe de tudo isso, não sabe? Sinto que é por isso que veio. Antes que eu morra, há coisas que você quer me dizer. Fale de uma vez. Não se contenha. O que o detém? Vejo nos seus olhos: quando subo em minha cadeira mecânica posso ver seu choque com meu rebaixamento. O monstro de sua infância vencido por algo tão simplório como um lance de escada. E, no entanto, basta eu abrir a boca para fazer sua misericórdia se esconder de volta debaixo da pedra de onde saiu. Basta algumas palavras bem escolhidas para lembrar você que, apesar das aparências, ainda sou o mesmo babaca arrogante e obtuso que sempre fui.

Escute. Tenho uma proposta para você. Me escute e depois pode aceitar ou rejeitar, como quiser. O que diria de uma trégua temporária, pelo tempo necessário para você dizer o que tem a dizer e eu dizer o que tenho a dizer? Para nós nos ouvirmos como nunca nos ouvimos, para ouvirmos um ao outro sem ficarmos na defensiva nem revidarmos, para pôr, durante um momento, uma moratória na amargura e na bile? Para ver como é ocupar a posição do outro? Talvez você vá dizer que é tarde demais para nós, que o momento de compaixão passou há muito. E pode ter razão, mas não temos mais nada a perder. A morte está à minha espera, virando a esquina. Se deixarmos as coisas assim, não sou eu que vou pagar o preço. Eu não serei nada. Não ouvirei, nem verei, nem pensarei, nem sentirei. Você talvez ache que estou repisando o óbvio, mas sou capaz de apostar que o estado de não ser não é uma coisa em que você pense muito. Um dia pensou, talvez, mas há muito tempo, e se há uma ideia que a mente não consegue sustentar é a de sua própria nulificação. Talvez os budistas consigam, os monges tântricos, mas não os judeus. Os judeus, que tanto fizeram da vida, nunca souberam o que fazer da morte. Pergunte a um católico o que acontece quando ele morre e ele vai descrever os círculos do inferno, purgatório, limbo, os portões do paraíso. O cristão povoou a morte tão completamente que se isentou da necessidade de debruçar sua mente sobre o fim da existência. Mas pergunte a um judeu o que acontece quando ele morre e vai ver o estado miserável de um homem solitário em sua luta. Um homem perdido e confuso. Vagando cegamente. Porque embora o judeu possa ter falado sobre tudo, investigado, exposto, ventilado suas opiniões, discutido, prosseguido até quase o amortecimento, sugado cada pedacinho de carne do osso de cada questão, ele permanece em grande parte silencioso sobre o que acontece quando morre. Ele concordou, simplesmente, em não discutir isso. Ele, que não tolera indefinição, concordou em deixar a questão mais importante atolada numa névoa cinzenta e sem contornos. Vê a ironia disso? O absurdo? Que função tem uma religião que vira as costas para a questão do que acontece quando a vida termina? Sendo-lhe negada uma resposta — sendo negada uma resposta *enquanto, ao mesmo tempo*, é um povo amaldiçoado, que por milhares de anos despertou nos outros um ódio criminoso —, o judeu não tem escolha senão conviver com a morte diariamente. Conviver com ela, construir sua casa à sua sombra e nunca questionar seus termos.

Onde eu estava? Estou animado, perdi o fio da meada, está vendo como minha boca espuma? Espere, isso. Uma proposta. O que você me diz, Dov? Ou não diga nada. Tomo seu silêncio por um sim.

Pronto. Deixe eu começar. Sabe, meu filho, aos pouquinhos, todos os dias, me vejo contemplando minha morte. Investigando minha morte. Molhando a ponta do pé, por assim dizer. Não praticando muito, mas interrogando suas condições enquanto ainda possuo a capacidade de interrogação e ainda posso avaliar o esquecimento. Em uma dessas pequenas excursões ao desconhecido descobri uma coisa sobre você que havia quase esquecido. Durante os primeiros três anos de sua vida, você não soube nada da morte. Achava que tudo continuaria sem fim. Na primeira noite em que saiu do berço para dormir numa cama, entrei para lhe dar boa-noite. Agora vou dormir numa cama de menino grande para sempre?, você perguntou. Vai, eu disse, e sentamos juntos, eu imaginando você num voo pelos salões da eternidade agarrado a seu cobertorzinho, você imaginando o que uma criança imagina quando tenta conceber o para sempre. Uns dias depois, você estava sentado à mesa brincando com a comida que se recusava a comer. Então não coma, eu disse. Mas, se não comer, não pode sair da mesa. Só isso. Seu lábio começou a tremer. Pode continuar e dormir aí, não me importa, eu disse. Não é assim que a mamãe faz, você choramingou. Não me interessa como ela faz, eu disse, eu faço assim, e você não sai daí até comer! Você chorou, protestou, fez escândalo. Ignorei você. Depois de algum tempo, a sala se encheu de silêncio, pontuado apenas por seus gemidinhos. Então, do nada, você anunciou: Quando Yoella morrer, vamos arrumar um cachorro. Fiquei surpreso. Pela franqueza da frase e porque eu não fazia ideia de que você soubesse alguma coisa da morte. Não vai ficar triste quando ela morrer?, perguntei, esquecendo por um momento a guerra da comida. E você, muito prático, respondeu: vou, porque vamos ficar sem gato para brincar. Passou um momento. Como é quando as pessoas morrem?, você perguntou. É como quando a gente dorme, eu disse, só que a gente não respira. Você pensou a respeito. Criança morre?, você perguntou. Senti uma dor se abrir em meu peito. Às vezes, respondi. Talvez eu devesse ter escolhido outras palavras. *Nunca*, ou simplesmente *Não*. Mas não menti para você. Pelo menos isso você pode dizer de mim. Depois, virando o rostinho para mim, sem pestanejar, você perguntou: eu vou morrer? E quando você disse essas palavras, me senti cheio de horror como nunca antes, lágrimas queimaram meus olhos, e em vez de dizer o que eu devia ter dito: *não por muito, muito tempo ainda* ou *Não, meu filho, só você vai viver para sempre,* eu disse apenas: vai. E como, por mais que sofresse no fundo, você ainda era um animal como qualquer outro que quer viver, sentir o sol e ser livre, você disse: mas eu não quero morrer. A terrível injustiça daquilo tomou conta de você. E você olhou para mim como se eu fosse o responsável.

 Você ficaria surpreso de saber quantas vezes em meus pequenos passeios peripatéticos pelo vale da morte encontrei a criança que você foi um dia. No começo, você me surpreendeu também, mas logo passei a esperar esses encontros. Tentei pensar por que você aparecia assim quando a questão tinha tão pouco a ver com você. Vim a entender que tinha a ver com certos sentimentos que me ocorreram pela primeira vez quando você era criança. Não sei por que Uri não despertou os mesmos sentimentos antes de você. Talvez eu estivesse preso a outras coisas quando ele era pequeno, ou talvez eu ainda fosse muito jovem. Havia apenas três anos de diferença entre vocês, mas nesses anos eu cresci, minha juventude chegou oficialmente a um fim e entrei num novo estágio de vida como pai e como homem. Quando você nasceu entendi, de um jeito que não podia ter entendido com Uri, exatamente o que o nascimento de um filho significava. Como ele cresce, como sua inocência é aos poucos arruinada, como seus traços mudam para sempre na primeira vez que ele sente vergonha, como ele vem a aprender o sentido da decepção, da aversão. Como o mundo inteiro estava contido dentro dele e estava em mim perdê-lo. Eu me sentia impotente contra essas coisas. E claro que você era um tipo de criança diferente de Uri. Desde o começo você parecia saber coisas e usá-las contra mim. Como se de alguma forma entendesse que embutidos na criação de um filho estão inevitáveis atos de violência contra ele. Olhando no berço o seu rostinho contorcido por gritos de dor — não há como chamar de outra coisa, nunca vi nenhum bebê chorar como você —, me senti culpado antes mesmo de começar. Sei como isso soa; afinal de contas você era apenas um bebê. Mas alguma coisa em você atacava a parte mais fraca de mim, e eu recuei.

Sim, você como era então, com o cabelo claro antes de ficar grosso e escuro. Ouvi outras pessoas dizerem que quando seus filhos nasceram sentiram o gosto da própria mortalidade pela primeira vez. Mas não foi assim para mim. Essa não é a razão de eu encontrar você escondido ali nos rasos de minha morte. Eu estava envolvido demais em mim mesmo, nas batalhas pela minha vida, para notar que o pequeno mensageiro alado chegara para pegar a tocha da minha mão e passá-la silenciosamente a Uri e a você. Para notar que a partir daquele momento eu não seria mais o centro de todas as coisas, o cadinho onde a vida, para se manter viva, queima com mais vivacidade. O fogo começou a esfriar em mim, mas eu não notei. Continuei vivendo como se a vida precisasse de mim, e não vice-versa.

E, no entanto, você me ensinou algo da morte. Quase sem ter consciência disso, você contrabandeou esse conhecimento para mim. Não muito depois de ter me perguntado se ia morrer, ouvi você falando alto na outra sala: quando a gente morre, você disse, fica com fome. Uma frase simples e então você continuou cantarolando desafinado e empurrando seus carrinhos pelo chão. Mas aquilo ficou comigo. Me pareceu que ninguém havia resumido a morte assim tão bem: um estado sem fim de desejo sem nenhuma esperança de receber. Fiquei quase com medo da tranquilidade com que você encarava algo tão abissal. Como você olhava para aquilo, como havia revirado em sua mente da melhor maneira possível e encontrara uma forma de clareza que permitiu que aceitasse aquilo. Talvez eu esteja atribuindo sentido demais às palavras de um menino de três anos. Mas, por mais acidentais que fossem, havia beleza nelas: na vida nos sentamos à mesa e nos recusamos a comer e na morte estaremos permanentemente com fome.

Como posso explicar isso? A maneira como você me assustava um pouco. Como você parecia um pouquinho mais próximo que o resto de nós da essência das coisas. Eu entrava numa sala e encontrava você olhando alguma coisa num canto. O que é tão fascinante?, eu queria saber. Mas sua concentração se rompia e você virava para mim, uma ruga na testa, um vago ar de surpresa por ser perturbado. Quando você saía da sala eu ia ver por mim mesmo. Uma teia de aranha? Uma formiga? Uma nojenta bola de pelos vomitada por Yoella? Mas nunca havia nada lá. Qual é o problema dele?, perguntei a sua mãe. Ele não tem amigos? Nessa época, Uri já tinha feito amizade com o bairro inteiro. Havia uma corrente infindável de meninos entrando e saindo de casa atrás dele. A única vez que Uri ficava no canto era quando estava com os braços em torno de si mesmo, se retorcendo como se estivesse dando um beijo de língua. Ele subia e descia as mãos pelas costas, apertava a própria bunda e dava um gritinho, virando a cabeça de um lado para outro numa imitação que fazia todo mundo rolar de rir. Mas em meio às risadas não se encontrava você. Mais tarde, podando os tomateiros, topei com um pedaço do jardim onde você havia misteriosamente arranjado pequenos montes de terra em fileiras, alternados com quadrados ou círculos desenhados no chão com uma vara. Que diabo é isso?, perguntei a sua mãe. Ela inclinou a cabeça para estudar aquilo. É uma cidade, anunciou sem uma sombra de dúvida na voz. Aqui está o portão, ela apontou, e as fortificações, e ali está a cisterna. Depois ela se afastou e me deixou derrotado outra vez. Onde eu via patéticos montinhos de terra, ela via uma cidade inteira. Desde o começo você entregou para ela as chaves de si mesmo. Mas não para mim. Nunca para mim, meu filho. Peguei você acocorado perto da mangueira. Venha cá, gritei. Você se arrastou até onde eu estava com suas pernas curtas, o rosto loucamente manchado por picolé. O que significa isto?, perguntei, apontando com a tesoura de poda. Você olhou o chão e fungou. Então se abaixou e executou rápidas reformas — depressa varrendo, batendo, remodelando um montinho. Se pôs de pé para examinar aquilo de novo de cima, inclinando a cabeça no mesmo ângulo em que sua mãe havia inclinado. Então aquele era o segredo, pensei. Tem de inclinar a cabeça num ângulo especial para ver o sentido disso! Assim que absorvi essa pista, você levantou o pé e com alguns movimentos rápidos, nivelou a coisa toda e retirou-se para casa.

    O que veio primeiro? Fui eu que recuei ou você? Uma criança estranha com um conhecimento secreto de que passei a me ressentir, que cresceu e virou um rapaz cujo mundo me era vedado. Quer saber a verdade, Dov? Quando você veio me contar sobre o livro que planejava escrever, eu caí de costas. Não conseguia entender o que fez você vir justamente a mim — a mim, com quem você repartia tão pouco de si mesmo, com quem só falava como último recurso, quando era absolutamente necessário. Fui lento demais para reagir como gostaria. Não consegui mudar tão depressa. Assumi a velha posição. Certo tom de voz, uma aspereza que tinha sempre sido minha defesa contra tudo o que eu podia captar de você. Rejeitar você antes que você me rejeitasse. Depois, eu lamentei isso. No momento em que você saiu da sala, eu me dei conta de que tinha perdido minha chance. Entendi que você tinha me oferecido uma moratória, e eu a tinha desperdiçado. E sabia que não haveria outra.

Um tubarão que é repositório para tristeza humana. Que assume tudo o que os sonhadores não conseguem suportar, que assume a violência de seu sentimento acumulado. Quantas vezes pensei naquela fera e na chance que perdi com você. Às vezes, eu sentia que estava a ponto de entender tudo o que o grande peixe significava. Um dia, entrei em seu quarto para pegar uma chave de fenda que você tinha emprestado e em cima de sua mesa encontrei as páginas iniciais. Minha primeira sensação foi de alívio de não ter, afinal, dissuadido você. Não havia ninguém mais em casa, mas mesmo assim fechei a porta e me sentei para ler sobre o terrível animal de dentes à mostra, suspenso num tanque que rebrilhava numa sala escura. Eletrodos e fios elétricos ligados a seu corpo esverdeado. Máquinas que zumbiam a todas as horas do dia e da noite. Em algum lugar também o som de uma bomba que mantinha o tubarão vivo. A fera se retorcia e rolava, e expressões — é possível um tubarão ter expressões? — passavam por sua cara em velocidade rápida, enquanto nos quartos pequenos, sem janelas, os pacientes continuavam a dormir e sonhar.

Não preciso dizer a você que nunca fui um grande leitor. Era sua mãe quem adorava os livros. Eu levo muito tempo, tenho de seguir meu caminho devagar. Às vezes, as palavras são um enigma para mim e tenho de lê-las duas ou três vezes até conseguir pegar seu sentido. Na escola de direito, sempre levava mais tempo que os outros para estudar. Minha mente era aguda, minha língua mais afiada, eu era capaz de debater com os melhores deles, mas tinha de trabalhar com mais afinco em meus livros. Quando você aprendeu a ler com tanta facilidade, quase sozinho, fiquei perplexo. Parecia impossível que uma criança como você pudesse ter nascido de mim. Era mais um entendimento sem esforço que você e sua mãe tinham em comum e do qual eu ficava de fora, não era admitido. E, no entanto, sem seu conhecimento ou consentimento, li o seu livro. Li como nunca tinha lido um livro antes, e como nunca mais li. Pela primeira vez, tive acesso a você. E fiquei assombrado, Dovik. Assustado e dominado pelo que encontrei ali. Quando você se alistou e partiu para o treinamento básico, fiquei chateado ao pensar que minha leitura secreta ia se encerrar, que as portas para o seu mundo seriam fechadas para mim outra vez. E então, ora, veja só, você começou a mandar os pacotes a cada duas semanas, embrulhados em papel pardo e decorados com as palavras PARTICULAR!!! NÃO ABRA! com instruções expressas para que sua mãe os guardasse na gaveta da escrivaninha. Fiquei feliz. Eu me convenci de que você sabia, sempre soubera, e que sua extravagante farsa de sigilo era simplesmente um jeito de me poupar — de poupar a nós dois — da vergonha.

No começo, eu lia as páginas em seu quarto. Sempre quando sua mãe tinha ido às compras, ao serviço voluntário na WIZO ou estava visitando Irit. Com o tempo, fiquei mais ousado, sentava na cozinha ou me acomodava numa cadeira de jardim debaixo da acácia. Uma vez, ela voltou mais cedo que o esperado e me pegou desprevenido. Não quis levantar suas suspeitas, então continuei lendo, fingi que era o relatório de algum dos meus casos. Um proprietário que queria despejar um inquilino, murmurei, olhando para ela por cima dos óculos. Mas ela só assentiu com a cabeça e me deu o semissorriso que sempre me dava quando ocupada com outros pensamentos — com Irit, talvez, e suas necessidades patológicas e ruidosas emergências às quais sua mãe sempre atendia como uma ambulância. Fácil assim, pensei, mas sem querer abusar da sorte me esgueirei de novo para seu quarto e guardei as páginas em sua escrivaninha.

Nem sempre entendia o que você escrevia. Admito que no começo fiquei frustrado por sua recusa em afirmar as coisas simplesmente. O que ele come, esse tubarão? Que lugar é esse, essa instituição, esse hospital, por falta de palavra melhor, com o tanque enorme? Por que as pessoas dormem tanto? Não precisam comer também? Ninguém come nesse livro? Era tudo o que me restava fazer para me impedir de fazer uma anotação à margem. Muitas vezes você me deixou perdido. No momento em que eu estava me localizando em torno do quarto do Beringer, o zelador, com aquela única janelinha lá no alto (e por que estava sempre chovendo lá fora?), os sapatos dele alinhados debaixo da cama como soldados, quando eu estava começando a ter a sensação do lugar, a sentir o odor que um homem exala quando dorme sozinho num quarto pequeno, de repente você me jogou para fora e começou a me arrastar pela floresta onde Hannah costumava ir se esconder de todos quando era menina. Mas eu fiz o possível para calar meus protestos. Desisti de minhas perguntas e pus de lado minhas sugestões editoriais. Me pus em suas mãos. E com o virar das páginas minhas objeções vinham cada vez menos. Me entreguei à sua história e ela me pegou e me levou com ela, com o pobre Beringer pondo o dedo na rachadura do tanque, enquanto nos quartinhos ligados por fios ao grande salão onde ficava o tanque, os sonhadores continuavam sonhando, o menino Benny, e Rebecca, que sonhava com seu pai (diga-me, Dovik, fui eu que servi de modelo para ele? Você realmente me vê daquele jeito? Tão desalmado, arrogante e cruel? Ou estou sendo egoísta a ponto de pensar que tive algum lugar em seu trabalho?). Desenvolvi um fraco pelo pobre Benny febril e sua crença ainda imorredoura na mágica, e senti um interesse especial pelos sonhos de Noa, o jovem escritor que, de todos eles, mais me lembrava você. Até senti, Deus sabe como, uma estranha compaixão pelo grande e sofredor tubarão. Quando a pilha de folhas chegava ao fim eu sempre ficava um pouco triste. O que ia acontecer em seguida? E o terrível vazamento que Beringer observa, impotente, e o som da água, ping, ping, ping, que se infiltra em todos os sonhos deles à noite, invadindo-os, transformando-se numa centena de diferentes ecos das coisas mais tristes? Às vezes, eu tinha de esperar semanas quando você estava especialmente ocupado no exército, até meses, pelo próximo trecho. Eu ficava no escuro, sem saber o que ia acontecer em seguida. Só que o tubarão estava ficando dia a dia mais doente. Sabendo o que Beringer sabia, mas que ele escondia dos sonhadores nos quartos sem janelas: que o tubarão não ia viver para sempre. E depois, Dovik? Para onde iriam essas pessoas? Como iam viver? Ou já estavam mortas?

Nunca descobri. O último trecho que você enviou para casa foi três semanas antes de ser mandado para o Sinai. Depois, mais nada.

Naquele sábado de outubro, sua mãe e eu estávamos em casa quando ouvimos as sirenes de ataque aéreo. Ligamos o rádio, mas como era Yom Kippur, só havia estática. Ele ficou chiando no canto da sala durante meia hora até finalmente uma voz aparecer dizendo que as sirenes não tinham sido alarme falso; se as ouvíssemos de novo devíamos descer para o abrigo. Depois tocaram a *Sonata ao luar* de Beethoven — para quê? para nos acalmar? — e em algum momento o locutor voltou para dizer que tínhamos sido atacados. O choque foi terrível: nós tínhamos nos convencido de que não entraríamos mais em guerras. Depois mais Beethoven, interrompido por mensagens de mobilização codificadas para a reserva. Uri telefonou de Tel-Aviv, falando alto como se fosse com quase surdos; mesmo do outro lado da sala eu escutava o que ele estava dizendo a sua mãe. Ele brincou com ela; podia estar indo fazer um show de mágica para os egípcios. Esse era Uri. Depois o exército telefonou procurando você. Achamos que você estava com sua unidade no monte Hermon, mas nos disseram que você tinha saído de licença no fim de semana. Eu anotei o local onde você tinha de se apresentar em questão de horas.

Telefonamos para todo mundo, mas ninguém sabia onde você estava, nem mesmo sua namorada na universidade. Sua mãe ficou arrasada. Não se precipite em tirar conclusões, eu disse a ela. Eu, que sabia de seus passeios à meia-noite havia anos, que conhecia bem seu jeito de escapar de nós, de achar uma forma de viver um pouco no mundo enquanto ele não estava poluído de gente. Me deu prazer saber uma coisa que sua mãe não sabia.

E então ouvimos a chave na porta e você irrompeu na casa, agitado, excitado. Não perguntamos onde tinha estado, e você não nos disse. Fazia algum tempo que não nos víamos, e fiquei surpreso ao ver como você havia encorpado, estava quase impositivo fisicamente. O sol havia bronzeado você e lhe dado uma nova solidez, ou talvez alguma outra coisa, uma espécie de dinamismo que eu não havia notado antes. Olhando para você, senti uma pontada por minha juventude perdida. Sua mãe, cheia de nervos, correu para a cozinha para preparar comida. Coma, ela insistiu, não sabe quando vai fazer a próxima refeição. Mas você não quis comer. Ficava indo à janela olhar o céu em busca de aviões.

Levei você de carro até o ponto de encontro. Lembra-se desse trajeto de carro, Dov? Depois, houve coisas de que não se lembrava, então não sei se se lembra disso. Sua mãe não foi. Ela não conseguiu ir. Ou talvez não tenha querido contaminar você com a ansiedade dela. Sua arma estava atravessada sobre os joelhos ao lado de um saco de comida que ela preparou. Nós dois sabíamos que você ia jogar aquilo fora ou dar para alguém, até ela sabia. Assim que pegamos a estrada, você virou para olhar pela janela, deixando claro que não estava a fim de conversa. Então, tudo bem, não vamos conversar, pensei comigo, qual a novidade? E no entanto fiquei decepcionado. De alguma forma, pensei que as circunstâncias, a emergência que grassava em torno de nós, o fato de que eu estava entregando você para uma guerra — pensei que a pressão daquilo tudo ia forçar a rolha e que alguma coisa ia escorrer de dentro de você. Mas não era para ser. Você deixou claro, virando secamente para olhar pela janela. E embora decepcionado, fiquei também, devo admitir, um pouco aliviado. Porque eu, que sempre tinha alguma coisa a dizer, que saltava logo para dizer a primeira palavra e pressionava para ter a última — eu estava perdido. Vi como seu corpo havia crescido em torno da arma. Como você a segurava tranquilamente, como se sentia à vontade com ela nas mãos. Como se tivesse absorvido seu mecanismo — tudo o que ela exigia de você, seu poder e suas contradições — diretamente em sua carne. O rapaz cujos braços e pernas lhe eram alheios cessara de existir e em seu lugar, sentado a meu lado, de óculos escuros, as mangas arregaçadas mostrando os antebraços bronzeados, estava um homem. Um soldado, Dova'leh. Meu menino tinha virado um soldado e eu o entregava para a guerra.

Sim, havia coisas que eu queria dizer, mas não consegui naquele momento, então rodamos em silêncio. Um grande comboio de caminhões já estava lá, os soldados ansiosos, inquietos. Nos despedimos — simples assim, uma espécie de batida apressada um nas costas do outro —, e vi você desaparecer num mar de fardas. Naquele momento, você não era mais meu filho. Meu filho tinha ido a algum lugar se esconder por um tempo. Onde quer que tenha estado antes de voltar para casa — caminhando por alguma trilha, sozinho nas montanhas —, era como se você soubesse o que estava para acontecer e tivesse se enterrado em um buraco. Escondido lá, debaixo da terra fresca, pelo tempo necessário para o perigo passar. E o que restava quando você subtraía a si mesmo da equação era um soldado que crescera comendo frutas israelenses, com a terra de seus ancestrais debaixo das unhas, que estava partindo agora para defender seu país.

Naquelas semanas, sua mãe praticamente não dormiu. Não falava ao telefone, para não ocupar a linha. Mas era a campainha que nós mais temíamos. Do outro lado da rua, chegaram à casa dos Biletski para dizer que Itzhak, o pequeno Itzy com quem você e Uri brincavam em crianças, tinha sido morto em Golan. Tinha morrido queimado dentro de um tanque. Depois disso, os Biletski desapareceram dentro de sua casa. O mato cresceu à volta dela, as cortinas estavam sempre fechadas, às vezes, tarde da noite, uma luz se acendia lá dentro e ouvia-se alguém tocando duas notas no piano, sem parar, sem parar, *pling plong pling plong pling plong*. Um dia, quando fui levar uma correspondência entregue em nossa casa por engano, vi uma mancha mais clara na moldura da porta, onde antes ficava o *mezuzah*. Podia ter sido conosco. Não havia razão para aquilo ter acontecido com o filho deles e não com o nosso, para ser Biletski tocando duas notas, não eu. Todos os dias, filhos estavam sendo sacrificados. Um outro rapaz do bairro explodiu com uma bomba. Uma noite, fomos para a cama e apagamos as luzes. Se eu perder um deles, sua mãe me disse com voz lenta e trêmula, não consigo mais viver. Eu podia responder *vai continuar vivendo* ou podia ter dito *não vamos perder os meninos*. Não vamos perder os meninos, eu disse, segurando firme seus pulsos. Ela não disse *eu não vou perdoar você*, mas não precisava dizer. Uri estava acampado numa montanha que dava para o vale do Jordão. Ele conseguiu nos telefonar uma vez, então sabíamos que estava lá. Muito depois, anos depois, ele me contou que ouvia no aparelho de rádio a luta desesperada dos tanques em Golan. Um depois do outro desaparecendo da rede de rádio, extintos, silenciados, e ele não conseguia parar de ouvir, sabendo que estava ouvindo as últimas palavras daqueles soldados. Soubemos por ele que sua brigada seria mandada para o Sinai. Todos os dias esperávamos que a campainha da porta tocasse, mas ela não tocou, e cada amanhecer que raiava sem que ela tocasse era mais uma noite que você havia sobrevivido. Havia muitas coisas que sua mãe e eu não nos dissemos durante esses dias. Nossos medos nos conduziam mais e mais fundo num *bunker* de silêncio. Eu sabia que se alguma coisa acontecesse com você ou com Uri, ela não iria me permitir o direito de sofrer como ela sofreria, e eu a acusava por isso.

    Naquela noite, duas semanas depois do começo da guerra, o telefone tocou perto das onze horas. Pronto, pensei, e abriu-se o fundo do mais fundo de mim. Sua mãe tinha adormecido no sofá na outra sala. Com olhos congestionados, cabelo arrepiado, ela estava parada na porta. Como se estivesse me movimentando através de cimento, me levantei de meu lugar e atendi. Senti os olhos e os pulmões queimando. Houve uma pausa, longa o bastante para eu imaginar o pior. Então, sua voz chegou. Sou eu, você disse. Só isso. *Sou eu*. Mas nessas duas palavras dava para ouvir que sua voz estava ligeiramente diferente, como se uma peça minúscula, mas vital, tivesse se quebrado dentro dela como o filamento de uma lâmpada. E, no entanto, naquele momento, não importava. Estou bem, você disse. Eu não conseguia falar. Acho que você não me ouviu chorar. Sua mãe começou a gritar. É ele, eu disse. É Dov, eu disse, engasgado. Ela correu para mim e juntos colamos o ouvido ao telefone. Nossas cabeças encostadas, ouvimos a sua voz. Eu queria ficar ouvindo você falar para sempre. Falar de qualquer coisa, não importa. Do jeito que eu ouvia você resmungar no berço de manhã antes de nos chamar. Mas você não queria falar muito. Nos disse que estava num hospital perto de Rehovot. Que seu tanque havia sido atingido, e que tinha sido ferido por estilhaços no peito. Nada sério, você disse. Você perguntou por Uri. Não posso falar muito, disse. Vamos aí ver você, sua mãe disse. Não, você disse. Claro que vamos, ela disse. Eu disse que não, você retorquiu, quase com raiva. E depois, mais macio outra vez: vão me levar para casa amanhã ou depois.

Nessa noite, sua mãe e eu nos abraçamos na cama. Numa moratória, nos abraçamos e perdoamos tudo um ao outro.

Quando você finalmente voltou para casa, não era nem o soldado que eu tinha visto desaparecer na multidão, nem o rapaz que eu conhecia. Era uma espécie de concha, vazia de ambas aquelas pessoas. Ficava sentado mudo num canto da sala, uma xícara de chá intocada na mesa ao lado e se encolhia quando eu o tocava. Por causa do ferimento, mas também, eu sentia, porque não suportava o contato. Dê um tempo a ele, sua mãe sussurrou na cozinha, preparando comprimidos, chás, curativos. Eu sentava na sala com você. Assistíamos ao noticiário e conversávamos um pouco. Quando não havia notícias, assistíamos a desenhos animados, perseguições de gato e rato, quantos galos você quer? e a marreta na cabeça. Com o tempo, você contou — não a mim, claro, apenas a ela — que dois outros tinham morrido no tanque. O atirador, que tinha só vinte anos, e o comandante, apenas alguns anos mais velho. O atirador morrera instantaneamente, mas o comandante perdera uma perna e se atirara para fora do tanque. Você se atirou atrás dele. O sistema de comunicação estava mudo, havia fumaça e confusão, e o motorista, que com tudo isso talvez não tivesse entendido que os outros haviam evacuado, ligou o motor de novo, deu ré e sumiu pela areia. Talvez tenha entrado em pânico, quem sabe; você nunca mais o viu.

Você e o comandante ferido foram deixados sozinhos nas dunas. Quantas vezes tentei imaginar isso como se fosse comigo. Nada além das dunas sem fim e dos fios no chão deixados pelos mísseis egípcios. O som de explosões. Você tentou carregar o ferido nas costas, mas era impossível avançar pela areia. O comandante, em choque, pedindo que você não o deixasse. Se ficassem lá, os dois morreriam. Se partisse para buscar ajuda, ele podia morrer. Você tinha aprendido a nunca deixar um soldado ferido em campo. Era uma norma cardial do exército imbuída em você. Como você deve ter lutado consigo mesmo. Só que não havia um eu com quem lutar. A expressão de pasmo em seu rosto quando ele entendeu que você ia embora. Como ele, com dificuldade, tirou o relógio do pulso e o estendeu para você: isto é do meu pai. Você não se surpreende que eu tenha imaginado isso, que tenha tentado, e realmente tentei, me colocar em seu lugar? Não havia mais ninguém dentro de você e então como um morto-vivo você abandonou o comandante. Colocou-o delicadamente na areia, tornou-se a última coisa que ele viu a não ser pela infinita repetição da areia, e foi-se embora. Você andou e andou. No deserto, no calor, com as explosões ao longe e os mísseis no céu. Mais e mais tonto, perdendo os sentidos, esperando seguir na direção certa. Até que, por fim, como uma miragem, apareceu uma equipe de resgate e você foi erguido de entre os mortos e os quase mortos. O caminhão estava cheio de feridos e moribundos, de forma que não puderam ir buscá-lo, disseram, voltariam mais tarde. Ou voltaram e não o encontraram, ou não voltaram. Não se soube mais dele, e foi para a lista dos desaparecidos. Mesmo depois da guerra, nunca encontraram o corpo dele.

O relógio ficou dias em sua escrivaninha. Quando você finalmente arranjou o endereço da família em Haifa, pegou o carro emprestado e foi dirigindo você mesmo. Não sei o que aconteceu lá. Quando voltou nessa noite, você foi para seu quarto e fechou a porta sem dizer palavra. Sua mãe mordeu o lábio enquanto lavava os pratos, contendo as lágrimas. Tudo o que sei é que o comandante era filho único e que você devolveu o relógio dele aos pais. Pensamos que a coisa terminaria aí. Nas semanas que se seguiram, você melhorou um pouco. Uri veio nos visitar por alguns dias e vocês dois caminharam juntos. Mas umas três semanas depois chegou em casa uma carta do pai do soldado morto. Eu a encontrei na pilha de correspondência e separei para você. Mal olhei para o endereço de remetente, ignorava inteiramente o que continha, mas fui eu que a entreguei a você e eu, no fim, que me vi envolvido nas acusações da carta. Um pai escrevendo a um filho, só que ele não era seu pai e você não era seu filho, e mesmo assim, através de associações contra as quais eu era impotente, fui levado para dentro da história.

Não era uma carta eloquente, mas a crueza piorava tudo. Ele culpava você pela morte do filho. *Você pegou o relógio dele*, escreveu em caligrafia espigada, *e deixou meu filho morrer. Como convive consigo mesmo?* Ele havia sobrevivido a Birkenau e evocou isso. Resumiu a coragem dos internos judeus nas mãos da ss e chamou você de covarde. Na última linha da carta, escrito com tanta força que a caneta havia rasgado o papel, estava. *Devia ter sido você.*

A carta o destruiu. A frágil integridade que você conseguira preservar ficou abalada quando leu a carta. Ficou de cama, virado para a parede, e não se levantava nem comia nada. Se recusava a ver qualquer um, entorpecendo-se com o opiáceo do silêncio. Ou talvez estivesse tentando matar de fome a pequena porção sobrevivente de si mesmo. Nesse momento, sua mãe temia por sua vida de outro jeito. (Quantas maneiras existem de se temer a morte de um filho? Pense um pouco.) No começo, sua namorada costumava vir, mas você a recusou e ela foi embora aos prantos. Tinha cabelo escuro comprido, dentes tortos, usava camisa masculina e tudo isso de alguma forma só enfatizava sua vitalidade e beleza. Você vai achar que me detenho muito na beleza de suas namoradas jovens, mas o que quero dizer com isso é que apesar de todo o seu sofrimento, até então você não tinha fechado os olhos à beleza, pode-se até dizer que encontrava certo abrigo na beleza. Mas não mais; naquele momento, você dispensava aquela linda moça que se preocupava com você. Você não falava nem com sua mãe. Para ser sincero, devo admitir que uma pequena parte de mim estava contente de vê-la receber o mesmo tratamento que eu. Que ela sentisse o que a vida inteira eu senti vindo de você . Que ela vivesse um pouquinho do meu lado da cerca, e visse como era atirar-se contra uma barreira impenetrável. E como se ela percebesse minha satisfação, qualquer gentileza que nos viera depois que descobrimos que você estava vivo, qualquer benefício da dúvida que silenciosamente concordáramos em atribuir um ao outro secou. Nossas discussões a seu respeito — em voz baixa na cozinha ou à noite na cama — ficaram tensas. Sua mãe queria telefonar para o pai em Haifa, gritar com ele, defender você. Mas eu não deixei. Agarrei-a pela mão e soltei o telefone. Agora basta, Eve, eu disse. O filho dele morreu. Os pais foram assassinados e ele agora perdeu o único filho. E você espera que ele seja justo? Seja *razoável*? Os olhos dela endureceram. Você tem mais pena dele do que tem de seu próprio filho, cuspiu e afastou-se.

Falhamos um com o outro nesse momento, ela e eu. Deixamos de nos apoiar como deveríamos. Em vez disso, cada um de nós repassou sozinho a própria angústia, o inferno particular, único, de assistir a seu filho sofrer e se sentir incapaz de fazer qualquer coisa por ele. Talvez ela tivesse razão de certa forma. Não sobre minha falta de pena — você era meu filho, pelo amor de Deus, ainda é meu filho agora. Mas certa, talvez, sobre a falta de generosidade no modo como eu via sua reação à tragédia que havia atingido você. Você parou de viver. Sua mãe acreditava que alguma coisa havia sido confiscada de você. Mas para mim parecia que você perdera isso. Como se durante toda a sua vida você tivesse esperado que a vida o traísse, para provar que você havia sempre suspeitado disso — tão pouco lhe cabia além de decepção e dor. E então você estava inexoravelmente certo em não olhar para aquilo, em romper com aquilo afinal, assim como havia rompido com Shlomo, com tantos amigos e amigas, e, há muito tempo, comigo.

Coisas terríveis atingem as pessoas, mas nem todas são destruídas. Como pode ser que a mesma coisa que destrói um não destrói outro? Há a questão da vontade — algum direito inalienável, o direito de interpretação, permanece. Outra pessoa poderia ter dito: eu não sou o inimigo. Seu filho morreu na mão deles, não na minha. Sou um soldado que lutou por meu país, nem mais nem menos. Outro pode ter fechado a porta para as agonias das dúvidas consigo mesmo. Mas você a deixou aberta. E eu admito que não consegui entender isso. Quando você não melhorou, depois de dois, três meses, a dor de ver você sofrendo se transformou em frustração. Como ajudar alguém que não ajuda a si mesmo? Depois de certo ponto, é impossível não ver isso como autopiedade. Você desistiu de toda ambição. Às vezes, passando na frente da porta fechada de seu quarto, eu parava no corredor. E o tubarão, meu filho? E Beringer com seu esfregão, e o gotejar constante da rachadura do tanque? E o médico, e Noa, e o pequeno Benny? O que será deles sem você? Mas em vez disso, quando encontrei você curvado sobre um prato de comida que se recusava a comer, perguntei: quem você está castigando? Acha mesmo que a vida vai ficar magoada se você a negar?

Onde quer que fosse, a mágoa chocalhava dentro de você, as velhas ofensas misturadas às novas. Me vi profundamente implicado em tudo isso. Sob todos os ângulos você só me voltava as costas. Meu ressentimento cresceu, tanto por você como por sua mãe, que haviam formado juntos um campo exclusivo do qual eu, o bruto, era excluído — para me castigar por minha vasta incompreensão e por muitas outras coisas de que eu era culpado. Ele se sente ferido por você, ela me disse quando, no curso de uma discussão gratuita, ataquei a cumplicidade dela com seu silêncio, o vidro especial de silêncio que você reservava só para mim. E você acha que ele está certo em ter esses sentimentos?, perguntei. Você acha que ele está certo em... o quê? Eu não tratei bem dele? Não o amei como devia? Aaron, ela disse, dura, aspirando pela boca em frustração. Eu o amei como sabia amar!, gritei, consciente no momento em que gritava que só estava fortalecendo a solidez de sua prova, dela e sua. Talvez eu até tenha jogado uma tigela — foi uma tigela de morangos — na sala e o vidro quebrou. É possível que eu tenha feito isso. Se a memória não falha. É verdade que às vezes meu temperamento me dominava. O vidro quebrou e na trilha do ruído o silêncio justificado dela se infiltrou na sala. Eu queria ter atirado mais.

Bastava eu abrir a boca para você ficar zangado e magoado. Ele agora é vítima em tudo, eu disse a sua mãe. Ele batalha para cultivar seu direito ao sofrimento. Mas como sempre ela ficou do seu lado, contra mim. Uma noite, farto, eu gritei para ela: então agora eu é que sou responsável pela morte do comandante? Era injusto, sim, e lamentei aquilo imediatamente. Um momento depois, ouvi a porta da frente bater e sabia que você tinha me ouvido. Fui atrás de você e tentei trazê-lo de volta. Na rua, você estava chorando e tentou loucamente me afastar. Eu o agarrei, apertei sua cabeça em meu peito até você parar de resistir. Abracei você enquanto soluçava e se conseguisse falar, eu teria dito: *eu não sou o inimigo. Não fui eu que escrevi aquela carta. Preferia que milhares morressem em vez de você.*

Os meses passaram e nada mudou. Então, um dia, você veio me ver no escritório. Voltei de uma reunião com um cliente e você estava lá sentado à minha mesa, tristonhamente rabiscando um desenho no meu bloco de notas. Fiquei surpreso. Durante tanto tempo você mal havia saído de casa e agora estava sentado à minha frente como um morto-vivo. Não conseguia me lembrar da última vez que tinha ido me ver no trabalho. Sem saber o que dizer, falei: não sabia que você vinha. Vim dizer que tomei uma decisão, você disse, gravemente. Bom, eu disse, ainda de pé, maravilhoso, embora eu não fizesse ideia de qual era a decisão. A simples ideia de você ter começado a ser capaz de imaginar um futuro para si mesmo já bastava. Você ficou sentado em silêncio. Então?, eu disse. Vou embora de Israel, você disse. Para onde?, perguntei, tentando controlar uma onda de raiva. Londres. Fazer o quê? Eu não tinha encontrado seu olhar até então, mas você levantou a cabeça e olhou diretamente para mim. Vou estudar direito, você disse.

Fiquei sem fala. Não só porque você nunca havia expressado interesse em direito antes, mas porque desde criança tinha feito questão de não me tomar por modelo. Não, era mais que isso: era uma questão de se definir em oposição a mim. Se eu falava alto, você era o que sempre falava baixo, se eu gostava de tomates, você detestava. Fiquei espantado com essa súbita inversão, e lutei para entender o que ela podia significar. Se você não fosse uma pessoa tão séria, eu poderia pensar que estava caçoando de mim. Admito que não conseguia ver você como advogado, porém ver você como qualquer coisa naqueles dias não era nem um pouco fácil.

Esperei que dissesse mais, mas você não disse. Abruptamente, se levantou e disse que tinha de encontrar um amigo. Você, que tinha se recusado a ver qualquer um durante meses. Depois que foi embora, telefonei para sua mãe. O que significa isso?, perguntei. Isso o quê?, ela perguntou. Um dia ele está catatônico no quarto, falei, no dia seguinte está se matriculando para estudar direito em Londres? Ele vem falando disso faz algum tempo, ela disse. Pensei que sabia. Eu, saber? *Saber?* Como eu podia saber? Em minha própria casa não tem ninguém que fale comigo. Pare com isso, Aaron, ela disse. Está sendo ridículo. Então agora eu não era só um bruto, era ridículo também. Um idiota com quem ninguém mais pensava falar, do jeito que se põe para fora um gato mal-humorado e incômodo e se esquece de alimentá-lo na esperança de que vá embora e encontre alguma outra família para cuidar dele.

Você foi. Não consegui fazer o esforço de levar você de carro ao aeroporto. Levei você para a guerra, mas não consegui entregar você a um avião que o levaria para longe de seu país. Eu tinha um julgamento. Talvez pudesse cancelá-lo, mas não o fiz. Na noite anterior, sua mãe ficou acordada terminando um suéter que tinha tricotado para você. Você usou aquilo algum dia? Até eu era capaz de ver que era deselegante, cheio do medo dela de que você morresse congelado. Deixamos para nos despedir de manhã. Mas quando chegou a hora de eu ir para o trabalho, você ainda estava dormindo.

Desde o começo suas notas foram tremendas. Com facilidade você ficou à frente da classe. O sofrimento não desapareceu, mas pareceu ter entrado em remissão. Você o mantinha enterrado debaixo de um trabalho infindável, obsessivo. Quando se formou, pensamos que você voltaria para casa, mas você não veio. Tornou-se causídico e foi aceito numa prestigiosa firma de advocacia. Trabalhava em horários impossíveis, não deixava espaço para mais nada, e logo fez um nome no campo criminal. Você acusou e defendeu, equilibrou a balança da justiça, os anos passaram, você casou, divorciou, foi nomeado juiz. E só mais tarde eu vim a entender o que talvez tenha tentado me dizer naquele dia, tanto tempo atrás: você não voltaria para nós.

* * *

Tudo isso foi há muito tempo. E, no entanto, contra a minha vontade, me vejo voltando a isso. Como se para tocar, ritualmente uma última vez, cada persistente bolsão de dor. Não, as poderosas emoções da juventude não se abrandam com o tempo. A pessoa ganha domínio sobre elas, estala um chicote e as força a baixar. Constroem-se defesas. Insiste-se na ordem. A força do sentimento não diminui, ela é simplesmente contida. Mas agora as paredes começam a se dobrar. Me vejo pensando em meus pais, Dovi. Em certas imagens de minha mãe na luz sombreada do entardecer, na cozinha, e vejo que sua expressão significa uma coisa diferente do que eu entendia significar quando criança. Ela se trancava no banheiro e era reduzida a mero som. Abafado, através da porta, meu ouvido colado nela. Para mim, minha mãe era antes de mais nada um cheiro. Indescritível. Esqueça. Depois uma sensação, as mãos dela em minhas costas, a lã macia de seu casaco contra meu rosto. Depois o som dela, e ao final de tudo isso, num distante quarto lugar, a visão dela. Como eu a via, só em partes, nunca no todo. Tão grande e eu tão pequeno que a cada vez só conseguia distinguir uma curva, ou a carne saliente acima de um cinto, ou a encosta de sardas em seu seio, ou as pernas vestidas em meias de seda. Qualquer coisa mais era impossível. Demasiado. Depois que ela morreu, meu pai viveu quase dez anos mais. Firmando uma mão trêmula com a outra. Eu costumava encontrá-lo de cueca, barba por fazer, as persianas abaixadas. Um homem meticuloso, até vaidoso, com uma camiseta manchada. Levou um ano inteiro para voltar a se vestir. Outras coisas nunca foram endireitadas ou consertadas. Alguma coisa caída por dentro. Sua conversa dava lugar a buracos vazios. Uma vez, encontrei-o de quatro, inspecionando uma rachadura no piso de madeira. Resmungando e aplicando a ele algum conhecimento talmúdico que havia adquirido em menino e que, sem uso, fora esquecido até agora. Eu não fazia ideia, nenhuma ideia, do que ele pensava sobre a outra vida. Não falávamos de coisas pessoais. Nos cumprimentávamos com uma grande distância, de pico de montanha a pico de montanha. O toque da colher na xícara de chá, ou uma garganta que pigarreava. Uma discussão sobre o melhor tipo de lã, de onde vinha, de que tipo de animal, como era manufaturada, isso quando havia uma discussão. Ele morreu pacificamente em sua cama, sem um prato sujo na pia. Depois de encher um copo de água, ele enxugava a pia de forma que o aço ficasse, fiel ao nome, inoxidado. Durante alguns anos, acendi a vela *yahrzeit* para os dois, mas depois perdi o costume. Conto nos dedos de uma mão as vezes que fui visitar seus túmulos. Os mortos estão mortos, se quiser visitá-los tenho minhas lembranças, é assim que penso, se é que penso nisso. Mas mesmo as lembranças eu mantinha à distância. Não há sempre uma pequena, mas inconfundível reprovação na morte dos mais próximos? É assim que você vai encarar a minha morte, Dov? Uma prestação final na longa reprovação que você tomou por minha vida?

Eu estava chegando ao fim e você voltou para casa. Ficou parado segurando a mala no hall e pensei — parecia — um começo. Estou atrasado? Onde você está? Devia estar em casa horas atrás. O que o deteve? Alguma coisa não está certa, posso sentir. Sua mãe não está mais aqui para se preocupar. Agora cabe a mim. Durante dez dias acordei e encontrei você aqui, sentado a essa mesa. Tão pouco tempo e, no entanto, já passei a depender disso. Mas esta manhã, a manhã em que desci preparado para romper o silêncio e oferecer uma trégua afinal, a mesa estava vazia.

Havia uma pressão crescendo em meu peito. Não posso passar por cima disso. Durante dez dias vivemos sob o mesmo teto e você praticamente não falou, Dov. Nós giramos no dia como dois ponteiros de relógio: às vezes nos sobrepomos por um momento, depois nos separamos de novo, continuando sozinhos. Todo dia exatamente a mesma coisa: o chá, a torrada queimada, as migalhas, o silêncio. Você em sua cadeira, eu na minha. Exceto hoje, quando acordei e pela primeira vez tossi no corredor, entrei na cozinha e não havia ninguém lá. Sua cadeira estava vazia. O jornal ainda embrulhado no saco fora da porta.

Prometi a mim mesmo que ia esperar até você estar pronto, que não ia pressionar. Ontem encontrei você parado no jardim, uma estranha rigidez em sua postura como se carregasse um jugo de madeira como o velho holandês, só que em vez de água eram grandes reservas de sentimento que você não queria derramar. Tentei não incomodá-lo. Temendo dizer a coisa errada, eu não disse absolutamente nada. Mas todo dia há um pouco menos de mim. Um pouquinho menos, algo incomensurável, e no entanto sinto a vida indo embora. Você não precisa me contar o que não quer me contar sobre sua vida. Não vou perguntar o que aconteceu, por que você se demitiu, por que de repente desistiu da única coisa que o manteve ligado à vida todos esses anos. Posso viver sem saber disso. Mas o que eu preciso saber é por que você voltou para mim. Preciso perguntar. Vai me visitar quando eu for embora? Vai vir de quando em quando e se sentar comigo? É absurdo, eu não serei nada, apenas um punhado de material inerte, e, no entanto, sinto que me ajudaria a ir embora mais facilmente se soubesse que você viria às vezes. Para varrer em torno da lápide e pegar uma pedra para colocar ali com as outras. Se houver outras. Pensar que você viria, mesmo uma só vez ao ano. Eu sei como isso soa diante do esquecimento que nunca duvidei estar à minha espera. Quando comecei meus primeiros vagares pelo vale da morte e descobri dentro de mim esse desejo, eu também fiquei surpreso. Me lembro exatamente como aconteceu. Uri veio me buscar para ir ao oculista uma manhã. Do dia para a noite, uma manchinha de escuro havia se alojado na visão de meu olho direito. Era só uma mancha, mas esse pequeno vazio me deixava louco, tudo parecia estar desfigurado por isso. Comecei a entrar em pânico. E se outra mancha aparecesse, e depois outra? Como ser enterrado vivo, uma pá de terra a cada vez, até haver apenas um fio de luz sobrando e depois nada. Tendo ficado muito nervoso, telefonei para Uri. Uma hora depois ele telefonou de volta dizendo que tinha marcado uma consulta e vinha me buscar. Fomos ao médico, nada disto é importante, depois pegamos o carro para voltar para casa. Estávamos rodando quando do nada uma pedra atingiu o para-brisa. O baque foi tremendo. Nós dois quase pusemos o coração pela boca, e Uri pisou no freio. Ficamos sentados em silêncio, quase sem respirar. A rua estava vazia, não havia ninguém em torno. Por algum milagre levamos um momento para entender plenamente que o vidro não tinha quebrado. A única marca era um torrão do tamanho de uma impressão digital exatamente entre os meus olhos. Um momento depois, vi a pedra se aninhando na reentrância dos limpadores de para-brisa. Se tivesse atravessado o vidro, teria me matado. Desci do carro, as pernas tremendo, e peguei a pedra. Ela encheu a palma de minha mão e quando fechei os dedos em torno dela, cabia perfeitamente em meu punho. Esta é a primeira, pensei. A primeira pedra para marcar meu túmulo. A primeira pedra colocada como um ponto no fim de minha vida. Logo os enlutados virão trazendo pedra após pedra para ancorar a longa frase que foi minha vida até sua sílaba final, estrangulada...

E então, meu filho, pensei em você. Me dei conta de que não me importava que os outros viessem. Que a única pedra que eu queria era a sua, Dov. A pedra que pode significar tantas coisas para um judeu, mas na sua mão só podia significar uma.

Meu filho. Meu amor e meu remorso, como você era quando o vi pela primeira vez, um pequeno velhinho que não tivera tempo de espantar sua velha expressão, nu e disforme nos braços da enfermeira. O dr. Bartov, meu velho amigo, que quebrou as regras para eu poder estar presente, virou para mim e perguntou se eu queria cortar o cordão, saliente, azul-esbranquiçado e retorcido, tão mais grosso do eu imaginava, mais como uma corda de prender um barco, e sem pensar eu concordei. Assim, disse ele, tinha feito aquilo milhares de vezes antes. Então cortei e de repente ele começou a dançar como uma cobra em minhas mãos, o sangue espirrou pela sala, marcando as paredes como a cena de um crime hediondo, e você abriu os olhos, juro que você abriu seus olhinhos úmidos, meu filho, e olhou para mim, como se quisesse fixar em sua mente para sempre aquele que separara você dela. Naquele momento, eu estava pleno de alguma coisa. Era como se uma pressão soprasse dentro de mim, expandindo tudo, pressionando as paredes por dentro, como se eu estivesse sendo sitiado por dentro, se isso é possível, e pensei que ia explodir daquilo tudo, amor e remorso, Dov, amor e remorso como nunca pensei ser possível. Naquele instante, entendi com surpresa que tinha me tornado seu pai. A surpresa durou menos de um minuto porque sua mãe começou a ter uma hemorragia, e uma enfermeira pegou você e saiu depressa, enquanto outra me empurrava para fora e me depositava na sala de espera, onde os homens que ainda não tinham visto seus filhos olharam meus sapatos ensanguentados, meus lábios trêmulos, e começaram a tossir e tremer.

Quero que saiba que nunca desisti de ser seu pai, Dovik. Às vezes, dirigindo para o trabalho, eu me via conversando em voz alta com você. Pedindo, raciocinando com você. Ou consultando você sobre um caso especialmente difícil. Ou apenas contando a você sobre os pulgões que atacam tomates, ou o simples omelete que fiz para mim naquela manhã, antes de sua mãe acordar, e comi sozinho no luminoso silêncio da cozinha. E quando ela ficou doente, era com você que eu falava quando me sentava em duras cadeiras de plástico à espera de que ela saísse de algum exame, algum tratamento, algum teste. Construí um pequeno espantalho de você na minha cabeça e conversava como se você pudesse me ouvir. Na segunda vez que bombardearam o ônibus 18, eu estava a dois quarteirões. Sangue, tanto sangue, Dovi. Os restos por toda parte. Observei um ortodoxo peculiar chegar para recolher os mortos espalhados, raspar os pedaços da calçada com pinça, subir numa escada para remover um retalho de orelha de um galho alto, recuperar o polegar de uma criança num balcão. Depois eu não podia contar a ninguém sobre isso, nem a sua mãe, mas falei com você. Bondade Verdadeira, é assim que eles se chamam, aqueles que chegam com seus quipás e os coletes amarelos fluorescentes, sempre os primeiros a sustentar os moribundos quando se vão, em chocado silêncio, a recolher as crianças sem membros. Bondade verdadeira, porque os mortos não podem pagar o favor. Sim, era com você que eu falava quando acordava de pesadelos. A você que me dirigia quando me via no espelho ao me barbear. Encontrava você em toda parte, escondido nos lugares mais improváveis, e embora de início eu me perguntasse por que, logo me dei conta de que era porque eu acreditava que podia aprender alguma coisa com você, com seu exemplo. Você que fora sempre tão dotado em desistir, em abandonar, em se tornar mais e mais leve, menos e menos, um amigo de cada vez, um pai a menos, uma esposa a menos, e agora você tinha desistido até de ser juiz, não há mais quase nada para prender você ao mundo, você é como um pompom de dente-de-leão, no qual restam apenas um ou dois cabelos; como seria fácil para você, com uma pequena tossida, um pequeno suspiro, soprar o último embora...

De repente, estou com medo, Dov. Sinto um arrepio, um frio se infiltrando em minhas veias. Afinal, penso entender. O que eu entendo? É possível que você tenha vindo se despedir outra vez? Que você tencione pôr um fim — afinal?

Espere, Dovik. Não vá. Lembra-se como eu costumava pôr você para dormir à noite, você querendo sempre mais uma pergunta? Para onde o sol vai de noite? O que os lobos comem? Por que só tem um de mim?

Mais uma pergunta, Dovik. Mais uma canção. Cinco minutos mais.

O que ela faria?

Onde você está? Sua vida inteira venho perguntando.

Vou calçar meus sapatos. Vou me pôr de joelhos. Nunca mais mencionarei isso de novo.

Farei o que sua mãe teria feito. Vou telefonar para todos os hospitais.

Todos em pé

Meritíssimo, na friagem escura e pétrea de meu quarto, dormi como alguém resgatado de um tufão. Uma inquietação agitada, uma consciência de algum infortúnio, adejava à margem de meus sonhos, mas eu estava exausta demais para investigar. Aquilo se juntou e aglutinou durante longas horas de sono, até que, no momento em que abri os olhos, explodiu na consciência de um horror quase fanático. Um pouco além de meu alcance havia uma insistente pergunta que precisava de uma resposta, mas qual era a pergunta? Senti uma sede terrível e tateei no escuro em busca das garrafinhas de água gelada. Não tinha noção do tempo, embora pela fresta debaixo da veneziana pudesse ver que ainda estava claro lá fora, ou já havia clareado de novo. A pergunta se impôs, mais insistente, mas quanto tentei captá-la, me escapou. Tateando pela chave para abrir a porta da varanda, derrubei uma garrafa de água que se espatifou no chão. A tranca emperrou, depois cedeu e deu lugar à violenta luz de Jerusalém. Olhei as paredes da Cidade Velha lá fora, profundamente emocionada pela vista, e, no entanto, a pergunta ainda estava lá, e minha mente a tocava como a língua toca o ponto sensível de um dente arrancado: doía, mas eu queria saber. Quando o sol baixou e a escuridão desceu como um capuz sobre as montanhas, tudo em minha cabeça ficou amplificado como num teatro de acústica perfeita, aquela maldita viscosidade infiltrou-se outra vez, e a pergunta urgente ergueu-se de novo, mas qual era, qual, até que com um choque de náusea ela aflorou afinal:

E se eu estivesse errada?

Meritíssimo, desde que me lembro, sempre me mantive à parte. Ou melhor, acreditava que tinha sido apartada dos outros, eliminada. Não vou gastar seu tempo com injúrias à minha infância, com minha solidão, ou meu medo e minha tristeza pelos anos que passei dentro da cápsula amarga do casamento de meus pais, sob o reinado da raiva de meu pai; afinal, quem não é sobrevivente dos desastres da infância? Não tenho vontade de descrever a minha; só quero dizer que a fim de sobreviver àquela escura e sempre aterrorizante passagem de minha vida, vim a acreditar em certas coisas a meu respeito. Não me atribuí poderes mágicos, nem acreditei que estava sob o olhar de uma força benéfica — não era nada assim tão tangível — nem jamais perdi de vista a realidade imutável de minha situação. Eu simplesmente passei a acreditar que: primeiro, as circunstâncias factuais de minha vida eram quase acidentais e não brotavam de minha alma; e, segundo, que eu possuía algo único, uma força especial e uma profundidade de sentimento que me permitiam suportar a mágoa e a injustiça sem ser quebrada por elas. Nos piores momentos, eu só precisava me enfiar abaixo da superfície, mergulhar fundo e tocar o lugar interno onde esse dom misterioso vivia em mim, e contanto que o encontrasse, eu sabia que um dia escaparia do mundo deles e construiria minha vida em outro. Havia uma escotilha em nosso prédio que levava à cobertura, e eu costumava subir correndo quatro lances e escalar uma parede até o lugar de onde podia ver o brilho duro da passagem de nível onde corriam os trens, e lá, onde eu sabia que ninguém me encontraria, um tremor secreto de alegria deslizava fresco por minhas veias e os cabelos da nuca se arrepiavam, porque eu sentia, na crua quietude do momento, que o mundo estava revelando algo de si mesmo apenas para mim. Quando não conseguia subir à cobertura, podia me esconder debaixo da cama de meus pais, e embora não houvesse nada para ver eu sentia a mesma emoção, a mesma sensação de acesso privilegiado ao fundamento das coisas, às correntes de sentimento sobre as quais repousa delicadamente toda a existência humana, à quase insuportável beleza da vida, não minha nem de ninguém, mas a coisa em si, independente de quem nascia ou morria para ela. Observei minhas irmãs tropeçarem e caírem, uma que aprendeu a mentir, a roubar, a enganar, e a outra que se destruiu por autoaversão, que se dilacerou até não conseguir mais se lembrar como encaixar os pedaços de volta, mas eu mantive o rumo, Meritíssimo, sim, acreditei ser de alguma forma escolhida, não tão protegida a ponto de ser uma exceção, imbuída de um dom que me mantinha inteira, mas que não era nada mais que um potencial até o dia em que eu fizesse dele alguma coisa, e com o passar do tempo, no fundo de mim, essa convicção se transformou em lei, e a lei passou a governar minha vida. Em outras palavras, Meritíssimo, essa é a história de como me tornei escritora.

Entenda bem: não é que eu me isentasse de dúvidas comigo mesma. Toda minha vida me assombrou um agudo senso de dúvida e a aversão que o acompanha, uma aversão especial que eu guardava apenas para mim mesma. Às vezes, isso vivia em uma difícil oposição com minha sensação de ser escolhida, indo e vindo, me incomodando até que, afinal, minha convicção no que eu era vencia. Me lembro de todos aqueles anos atrás quando quase fiquei paralisada ao ver os carregadores trazerem a escrivaninha de Daniel Varsky pela porta. Era tão maior do que eu me lembrava, como se tivesse crescido ou se multiplicado (havia mesmo tantas gavetas?) desde que eu a vira duas semanas antes em seu apartamento. Achei que não ia caber e depois não queria que os carregadores fossem embora porque tive medo, Meritíssimo, de ficar sozinha com a sombra que ela projetava na sala. Era como se meu apartamento tivesse de repente mergulhado em silêncio, ou como se a qualidade do silêncio tivesse mudado, como o silêncio de um palco vazio contra o silêncio de um palco no qual alguém colocou um único instrumento brilhante. Me senti oprimida, senti vontade de chorar. Como eu podia escrever numa escrivaninha daquelas? A escrivaninha de uma grande mente, como disse S a primeira vez que o trouxe à minha casa anos depois, talvez a escrivaninha de Lorca, pelo amor de Deus? Se caísse, podia matar esmagada uma pessoa. Se meu apartamento antes dava a sensação de pequeno, agora parecia minúsculo. Mas acovardada ali abaixo dela eu me lembrei, por alguma razão, de um filme que vi uma vez sobre os alemães depois da guerra, como eles passaram fome e foram forçados a abater todas as florestas para ter lenha e não morrer de frio, e quando não havia mais árvores, voltaram os machados para a mobília: camas, mesas e armários, heranças de família, nada se salvou — sim, de repente eles se ergueram diante de mim envoltos em casacos como bandagens sujas, arrancando pernas de mesas e braços de cadeiras, uma fogueirinha já estralejando a seus pés, e eu senti um fio de riso em minha barriga: imagine o que eles fariam com uma escrivaninha dessas. Teriam se lançado sobre ela como abutres sobre a carcaça de um leão — que fogueira ela daria, lenha suficiente para dias — e então ri mesmo, alto, roendo as unhas e praticamente caçoando daquela pobre escrivaninha grande demais que tinha escapado por tão pouco de se transformar em cinza, tinha se erguido às alturas de Lorca, ou no mínimo de Daniel Varsky, e agora havia sido abandonada para alguém como eu. Passei os dedos pela superfície entalhada e estendi a mão para acariciar os puxadores das muitas gavetas enquanto ela se curvava debaixo do teto, porque agora eu começava a vê-la sob outra luz, a sombra que projetava era quase convidativa: venha, parecia dizer, como um gigante desajeitado que estende a mão e um ratinho salta para ela e lá se vão os dois juntos, por montanhas e planícies, por florestas e vales. Arrastei minha cadeira pelo chão (ainda me lembro do som que ela fez, um longo raspar que cinzelou o silêncio) e fiquei surpresa ao descobrir como ela parecia pequena diante da escrivaninha, como a cadeira de uma criança ou de um bebê urso na história de Cachinhos Dourados, certamente iria quebrar se eu tentasse sentar nela, mas não, era a cadeira certa. Pus as mãos na escrivaninha, primeiro uma, depois a outra, enquanto o silêncio parecia pesar sobre as janelas e portas. Ergui os olhos e senti, Meritíssimo, aquele tremor secreto de alegria, e naquele momento, ou logo depois, o fato imutável de que aquela escrivaninha, a primeira coisa que eu via toda manhã ao abrir os olhos, renovava a minha sensação de que um potencial em mim havia sido reconhecido, uma qualidade especial que me punha à margem e da qual eu era devedora.

    Às vezes, a dúvida recuava por meses ou mesmo anos, e voltava e me dominava a ponto de me paralisar. Uma noite, um ano e meio depois de a escrivaninha chegar à minha porta, Paul Alpers no telefone: o que está fazendo?, ele perguntou. Lendo Pessoa, respondi, embora na verdade eu estivesse dormindo no sofá, e ao pronunciar essa mentira meus olhos pousaram na mancha escura de baba. Estou indo até aí, ele disse, e quinze minutos depois estava parado na porta, parecendo pálido e abraçando um saco pardo amassado. Devia fazer algum tempo que eu não o via, porque me surpreendeu como seu cabelo estava mais ralo. Varsky desapareceu, ele disse. O quê?, perguntei, embora tivesse ouvido perfeitamente bem, e então nós dois nos viramos ao mesmo tempo para olhar a escrivaninha portentosa, como se a qualquer momento nosso amigo alto e magro com o nariz grande fosse saltar, rindo, de dentro de uma das muitas gavetas. Mas não aconteceu nada além de um fio de tristeza começar a escorrer pelo quarto. Foram à casa dele de madrugada, Paul sussurrou. Posso entrar? e sem esperar resposta passou por mim, abriu o armário e voltou com dois copos que encheu com a garrafa de uísque que estava dentro do saco de papel. Erguemos os copos por Daniel Varsky, Paul tornou a encher os copos e brindamos de novo, dessa vez a todos os poetas sequestrados do Chile. Quando a garrafa estava vazia e Paul encolhido com seu casaco na poltrona à minha frente, um ar duro mas vazio nos olhos, eu fui tomada por dois sentimentos: um, o lamento de nada jamais continuar igual, e agora, a sensação de que a carga que eu levava ficara incomensuravelmente mais pesada.

    Fiquei assombrada por Daniel Varsky e tive dificuldade para me concentrar. Minha mente vagava para a noite em que o conheci, quando fiquei olhando nas paredes os mapas de todas as cidades em que ele vivera, e me contou de lugares de que eu nunca tinha ouvido falar — um rio nos arredores de Barcelona, cor de água-marinha, no qual se podia mergulhar por um buraco debaixo da água e emergir em um túnel, metade ar, metade água, e caminhar quilômetros ouvindo o eco da própria voz, ou os túneis das colinas judaicas não mais largos do que a cintura de um homem, onde os seguidores de Bar Kokhba haviam enlouquecido esperando os romanos, pelos quais Daniel deslizara com nada além de fósforos para iluminar seu caminho — enquanto eu que sempre sofri de uma branda claustrofobia assentia mansamente e logo depois o ouvi recitar seu poema, o que fez sem piscar nem desviar os olhos. *Esqueça tudo o que eu já disse.* Realmente era um poema bem bom, Meritíssimo, a verdade é que era um poema assombroso, e nunca o esqueci. Havia nele uma naturalidade que agora me parece que eu nunca possuiria. Era doloroso admitir, mas eu sempre desconfiei disso a meu respeito, essa pequena mentira por baixo da superfície de minhas linhas, eu empilhava palavras como decoração enquanto para ele era como despir tudo, mais e mais, até ele estar absolutamente exposto, se retorcendo como uma pequena larva branca (havia algo quase indecente naquilo, que tornava tudo ainda mais empolgante). Relembrando ali sentada na frente de Paul, que estava quase caindo no sono, senti uma dor no estômago, logo abaixo do coração, como uma punhalada funda de um pequeno canivete, e me encolhi no sofá dele, o sofá no qual eu havia adormecido tantas vezes sem pensar em nada, ou em pequenas coisas, em que dia da semana cairia meu aniversário, que eu precisava comprar um sabonete, enquanto em algum lugar no deserto, nas planícies ou nos porões do Chile, Daniel Varsky estava sendo torturado até a morte. Depois disso, ver a escrivaninha a cada manhã me dava vontade de chorar, não só porque ela encarnava o destino violento de meu amigo, mas também porque passara a só servir para me lembrar que nunca pertencera a mim, nem pertenceria jamais, e que eu era apenas uma zeladora acidental que imaginara tolamente que possuía alguma coisa, uma qualidade quase mágica que, de fato, nunca havia tido, e que o verdadeiro poeta que devia estar sentado a ela estava, muito provavelmente, morto. Uma noite, tive um sonho em que Daniel Varsky e eu estávamos sentados numa ponte estreita sobre o rio East. Por alguma razão, ele estava usando um tapa-olho como Moshe Dayan. Mas você não sente, lá no fundo, que possui alguma coisa especial?, ele me perguntou, balançando as pernas, despreocupado, enquanto lá embaixo de nós, nadadores, ou talvez cachorros, tentavam seguir contra a corrente. Não, sussurrei contendo as lágrimas, não, não sinto, enquanto Daniel Varsky olhava para mim com uma mistura de perplexidade e pena.

Durante um mês não escrevi quase nada. Naquela época, um dos muitos bicos que eu fazia era dobrar pássaros de origami para uma fornecedora de alimentos chinesa do tio de uma amiga minha, e eu me superava dobrando aves, grous de todas as cores, até ficar com as mãos amortecidas, depois tão duras que não conseguia fechar os dedos em torno de um copo, e tinha de beber direto da torneira. Mas eu não me importava, porque havia algo quase confortador na maneira como eu começava a ver cada objeto no mundo como uma variação das onze dobras necessárias para fazer um grou, o bando de mil grous que eu empacotava em caixas que ocupavam cada pequeno espaço não ocupado pela escrivaninha. Para chegar ao colchão onde eu dormia, tinha de me espremer entre as caixas e a escrivaninha, de forma que, por um momento, todo meu corpo ficava apertado contra ela, e eu inalava o cheiro da madeira, ao mesmo tempo impossível de localizar e dolorosamente familiar, e sentia uma pontada de desgraça tão aguda que desistia do colchão e dormia no sofá até o dia em que o homem veio buscar as caixas de grous (ele deu um assobio de surpresa, depois começou a contar o dinheiro) e meu apartamento ficou vazio de novo. Ou melhor, vazio a não ser pela escrivaninha, sofá, arca e poltronas de Daniel Varsky. Depois disso, fiz o possível para ignorar a escrivaninha, mas quanto menos atenção prestava a ela, mais ela parecia crescer, e logo comecei a me sentir claustrofóbica e passei a dormir com as janelas abertas, apesar do frio, o que emprestava aos meus sonhos uma estranha austeridade. Depois, ao passar pela escrivaninha uma noite, vi uma frase numa página que eu tinha escrito meses antes. A frase ficou em minha cabeça quando segui para o banheiro, alguma coisa nela estava errada, e, sentada na privada, a constelação correta de palavras de repente surgiu em minha cabeça. Voltei para a escrivaninha, risquei o que havia escrito e escrevi uma nova frase. Depois me sentei e comecei a retrabalhar outra frase, e outra depois dessa, os pensamentos estalando dentro de meu crânio, as palavras se atraíam como ímãs e logo, sem cerimônia, esqueci de mim mesma no trabalho. E me lembrei de mim outra vez.

E assim acontecia todas as vezes, a convicção não expressa sempre voltava e vencia a ansiosa incerteza. E embora com o passar dos anos um livro após outro se mostrasse inadequado, cada um, uma nova forma de fracasso, eu me mantive ligada à convicção não expressa de que viria o dia em que eu por fim cumpriria minha promessa, até que simplesmente, com total lucidez, como se um golpe na cabeça mudasse minha perspectiva e tudo se encaixasse no lugar, uma pergunta tomou conta de mim: *e se eu estiver errada?* Errada há anos, Meritíssimo. Desde o começo. Como pareceu óbvio de repente. E insuportável. Insistentemente, a pergunta me dilacerou. Agarrada ao colchão como uma jangada, perdida no redemoinho da noite, eu me virava e debatia na cama, consumida por um pânico febril, esperando desesperadamente o primeiro sinal de luz no céu sobre Jerusalém. Quando amanhecia, exausta, meio sonhando, eu vagava pelas ruas da Cidade Velha e por um momento me sentia à beira de uma fina compreensão, como se pudesse virar uma esquina e descobrir, afinal, o centro de tudo, a coisa que vinha me esforçando para dizer toda a minha vida, e que a partir de então não haveria mais necessidade de escrever, nenhuma necessidade nem de falar, e como a freira caminhando à minha frente que desaparecia numa porta na parede, envolta no mistério de Deus, eu viveria o resto de meus dias na plenitude do silêncio. Mas um momento depois a ilusão se estilhaçava e nunca eu estivera tão distante, nunca a extensão do meu fracasso fora mais sufocante. Eu me punha à parte, acreditando estar em contato com as coisas mais essenciais, não o mistério de Deus, que é uma conclusão trancada e determinada, mas — de que outra forma chamar isso, Meritíssimo? — o mistério da existência, e, no entanto, com o sol castigando, eu cambaleava por mais uma viela estreita, tropeçando no calçamento irregular e desdobrava-se um horror crescente de que eu pudesse estar errada. E se estivesse, as repercussões desse erro seriam tão vastas que não deixariam nada intocado, as colunas desmoronariam, o teto viria abaixo, o vazio se abriria e engoliria tudo. Entende? Dediquei minha vida a essa crença, Meritíssimo. Desisti de tudo e de todos por ela, e agora é a única coisa que resta.

Nem sempre foi assim. Houve tempo em que imaginei que minha vida podia transcorrer de outro jeito. É verdade que logo me acostumei às longas horas que passava sozinha. Descobri que não precisava de pessoas como outros precisavam. Depois de escrever o dia inteiro era necessário um esforço para conversar, era como nadar no cimento, e eu sempre escolhia não fazê-lo, comia num restaurante com um livro ou saía para longos passeios sozinha, espairecendo a solidão do dia pela cidade. Mas solidão, solidão de verdade, é impossível se acostumar com ela, e enquanto eu ainda era jovem, pensava em minha situação como algo temporário, e não deixava de esperar e imaginar que iria encontrar alguém e me apaixonar, e que ele e eu íamos compartilhar nossas vidas, cada um livre e independente, mas mesmo assim unidos pelo amor. Sim, houve um tempo antes que eu me fechasse para os outros. Todos aqueles anos atrás, quando R me deixou, eu não tinha entendido. O que eu sabia da verdadeira solidão? Eu havia sido jovem e plena, explodindo de sentimento, transbordando de desejo; vivia próximo da superfície de mim mesma. Uma noite, voltei para casa e o encontrei enrolado como uma bola no colchão. Quando o toquei, seu corpo se encolheu, a bola se fechou. Me deixe em paz, ele sussurrou, ou sufocou, a voz parecia sair do fundo de um poço. Eu te amo, eu disse, acariciando seu cabelo, e a bola ficou ainda mais fechada como o corpo de um porco-espinho amedrontado ou doente. Como eu entendia pouco dele então, que quanto mais a pessoa se esconde, mais é necessário se retirar, que bem depressa se torna impossível viver entre os outros. Tentei discutir com ele, em minha arrogância pensava que meu amor podia salvá-lo, podia comprovar a ele seu próprio valor, sua beleza e bondade, venha, venha, de onde estiver, eu cantei em seu ouvido, até o dia em que ele se levantou e saiu, levando toda a mobília com ele. Foi então que começou para mim? A verdadeira solidão? Que eu também comecei não a me esconder, mas a me retirar, tão gradualmente que mal notei no começo, durante aquelas noites tormentosas em que eu ficava sentada, suspensa com uma pequena chave de parafusos na mão, saltando para ajeitar as trancas das janelas, me isolando para evitar o vento que zunia? Sim, é possível que esse tenha sido o começo, ou quase, não sei realmente dizer, mas levou anos para a jornada para dentro se completar, para eu vedar todas as rotas de escape; primeiro houve outros amores e outros rompimentos, e depois a década de meu casamento com S. Quando eu o conheci, já havia publicado dois livros, minha vida como escritora estava bem estabelecida, assim como o pacto que eu tinha feito com meu trabalho. A primeira noite que o trouxe para casa, fizemos amor no tapete áspero, com a escrivaninha encolhida a alguns metros no escuro. Ela é uma fera ciumenta, brinquei, e pensei ouvir um grunhido vindo dela, mas não, era apenas S, que naquele momento talvez tenha previsto alguma coisa, ou reconhecido um grãozinho de verdade escondido dentro da piada, como meu trabalho ia sempre levar a melhor sobre ele, me puxando de volta, abrindo sua grande boca negra e me fazendo entrar, deslizando cada vez mais fundo na barriga da fera, como era silencioso lá dentro, como era tranquilo. E, no entanto, durante longo tempo continuei acreditando ser possível me dedicar ao meu trabalho e compartilhar minha vida, não achava que uma coisa tinha de anular a outra, embora talvez eu já soubesse em meu coração que se fosse necessário eu não me poria contra meu trabalho, assim como não podia me colocar contra mim mesma. Não, se me visse pressionada contra a parede e tivesse de escolher, eu não teria escolhido a ele, não teria escolhido a *nós*, e se S pressentiu isso desde o começo, logo passou a ter certeza, e, pior ainda, porque nunca me vi contra a parede, Meritíssimo, foi menos dramático e mais cruel, como pouco a pouco fiquei com preguiça do esforço exigido para nos segurar e manter, o esforço de compartilhar uma vida. Porque dificilmente termina com apaixonar-se. Muito ao contrário. Não preciso dizer ao senhor, Meritíssimo, sinto que o senhor entende a verdadeira solidão. Como a pessoa se apaixona e é aí que o trabalho começa: dia após dia, ano após ano, você tem de se desenterrar, de exumar o conteúdo de sua mente e de sua alma para o outro poder examinar e você ser conhecida por ele, e você também tem de passar dias e anos se deslocando em meio a tudo o que ele desenterra apenas para você, a arqueologia do ser dele, como se tornou exaustivo, o escavar e o deslocar-se, enquanto meu trabalho, meu verdadeiro trabalho, estava à minha espera. Sim, eu sempre achei que haveria mais tempo livre para mim, mais tempo livre para nós, e para o filho que podíamos ter um dia, mas nunca senti que meu trabalho poderia ser posto de lado como eles poderiam, meu marido e a ideia de nosso filho, um menino ou uma menina que às vezes eu até tentava imaginar, mas sempre tão vagamente que ele ou ela permanecia como um fantasmagórico emissário de nosso futuro, apenas as costas dela enquanto brincava com seus blocos no chão, ou apenas os pés dele saindo para fora do cobertor em nossa cama, um par de pés pequeninos. E daí?, haveria tempo para eles, para a vida que eles representavam, a vida que eu não estava preparada para viver porque ainda não tinha feito o que tinha de fazer nesta vida.

Um dia, três ou quatro anos depois de casados, S e eu fomos convidados para a Páscoa na residência de um casal que conhecíamos. Não me lembro nem o nome deles: o tipo de gente que entra com facilidade em sua vida, depois sai com igual facilidade. O *sêder* começou tarde, depois que o casal pôs os filhos na cama, e nós — todos os convidados — ficamos falando e brincando, talvez umas quinze pessoas, em torno da mesa comprida, do jeito passivamente embaraçado e tão abertamente brincalhão de judeus que estão celebrando uma tradição da qual estão afastados a ponto de sentir uma dolorosa timidez, mas não o suficiente para desistir dela. De repente, na sala cheia de adultos risonhos, entra uma criança. Estávamos todos tão ocupados uns com os outros que não a notamos de início; não podia ter mais de três anos, usando um daqueles pijamas com pés, o traseiro ainda volumoso com a fralda e segurando um pedaço de pano ou um trapo, os restos de um cobertor, acho, junto ao rosto. Nós a tínhamos acordado. E, de repente, confusa com aquele mar de rostos estranhos e o clamor das vozes, ela soltou um grito. Um vagido de puro terror que cortou o ar e silenciou a sala. Por um momento, tudo congelou enquanto o grito pairava sobre nós como uma pergunta para acabar com todas as perguntas que aquela noite específica, entre todas as noites, está destinada a colocar. A pergunta que, por ser sem palavras, não tem resposta, e então tem de ser feita para sempre. Talvez tenha durado apenas um segundo, mas na minha cabeça aquele grito continuou, e ainda continua em algum lugar agora, mas lá, naquela noite, terminou quando a mãe se levantou, derrubando a cadeira, e num único movimento fluido correu para a criança, agarrou-a e carregou-a.

Em um instante a criança se calou. Por um momento, inclinou a cabeça para trás e olhou para a mãe, e sua expressão se iluminou com a maravilha e o alívio de encontrar de novo o único conforto, o conforto infinito, que tinha no mundo. Enterrou o rosto no pescoço da mãe, no cheiro do cabelo longo e brilhante da mãe, e seus gritos aos poucos ficaram mais e mais baixos à medida que a conversa na mesa recomeçava, até por fim ela se calar, enrolada na mãe como um ponto de interrogação — tudo o que restava da pergunta que, por ora, não precisava mais ser feita — e adormeceu. A refeição continuou e em algum momento a mãe se levantou e levou o corpo mole da criança adormecida de volta da sala para o quarto. Mas eu mal notei a conversa que crescia à minha volta, tão absorta fiquei na expressão que vislumbrei no momento antes de a menina enterrar o rosto no cabelo da mãe, expressão que me encheu de assombro e também de dor, e entendi então, Meritíssimo, que eu nunca seria aquilo para ninguém, alguém que num único movimento era capaz de resgatar e tranquilizar.

S também ficou comovido com o que aconteceu, e nessa noite, depois que voltamos para casa, ele começou de novo a falar em ter um filho. A conversa levou, como sempre, aos velhos obstáculos, o nome e a forma dos quais não me lembro mais exatamente, senão que eram bem conhecidos de nós dois, e, como os tínhamos identificado, exigiam soluções antes de podermos prosseguir e trazer ao mundo nosso filho, o filho que imaginávamos juntos e separados. Mas, sob o encantamento daquela mãe e sua filhinha, nessa noite S discutiu com mais força. O momento certo podia não chegar nunca, ele disse, mas apesar da dor que a expressão da criança havia despertado em mim, ou talvez por causa disso, porque eu estava com medo, me pus contra com igual força. Como seria fácil cometer um grande erro com aquilo, eu disse, esmagar nosso filho como nós tínhamos sido esmagados por nossos pais. Se íamos fazer aquilo, tínhamos de estar prontos, insisti, e não estávamos prontos, longe disso, e como para provar o ponto — já amanhecia, dormir estava fora de questão — eu me afastei, fechei a porta de meu estúdio e sentei-me à escrivaninha.

    Quantas discussões e conversas difíceis e mesmo momentos de grande paixão ao longo dos anos terminaram da mesma forma? Tenho de trabalhar, eu dizia, me desembaraçando dos lençóis, me separando dos membros dele, deixando a mesa, e ao me afastar podia sentir os olhos tristes dele me acompanhando, e quando fechava a porta e voltava à escrivaninha, me encolhia sobre mim mesma, puxava os joelhos para o peito e me debruçava sobre o trabalho, me despejando naquelas gavetas, dezenove gavetas, umas grandes, outras pequenas, como era fácil me despejar dentro delas como eu nunca conseguia ou tentava fazer com S, como era simples me armazenar; às vezes, eu esquecia partes inteiras de mim que tinha separado para o livro que ia escrever um dia, o livro que seria preenchido com tudo. As horas passavam, o dia inteiro, até de repente escurecer lá fora e ocorrer uma batida hesitante na porta, um ligeiro roçar dos chinelos dele, as mãos em meus ombros, que, eu não conseguia evitar, ficavam tensos com seu toque, seu rosto junto ao meu ouvido, Nada, ele sussurrava, era assim que me chamava, Nada, venha, venha, de onde estiver, até que um dia ele se levantou e foi embora, levando consigo todos os seus livros, seus sorrisos tristes, o cheiro de seu sono, as latinhas de filme cheias de moedas estrangeiras e nosso filho imaginário. E eu deixei que fossem, Meritíssimo, como os vinha deixando ir havia anos, e disse a mim mesma que eu tinha sido escolhida para outra coisa, e me consolei com todo o trabalho ainda por fazer, e me perdi num labirinto de minha própria criação sem perceber que as paredes estavam se fechando, o ar ficando escasso.

No mar à noite, me perdendo na cidade durante o dia, quase uma semana passada perdida dentro de uma pergunta que não tinha resposta, assim como a pergunta sem palavras daquela menina colocada dentro de seu grito apavorado, embora para mim não houvesse consolo, não houvesse força amorosa, benéfica, para me levantar e aliviar a necessidade de perguntar. Aqueles dias depois de minha chegada a Jerusalém se juntam em minha mente numa única longa noite e um único longo dia, e me lembro apenas que uma tarde me vi sentada no restaurante da hospedaria Mishkenot Sha'ananim, que dava para a mesma vista da varanda dos fundos de meu quarto: as muralhas, o monte Sion, o vale de Hinnom onde os seguidores de Moloque sacrificavam seus filhos no fogo. Na verdade, eu tinha comido ali todos os dias, em algumas ocasiões duas vezes por dia, já que era mais fácil que tentar comer fora (quanto mais fome eu sentia, mais impossível parecia entrar num restaurante) — com tamanha frequência que o garçom atarracado que trabalhava lá se interessara por mim. Enquanto ele recolhia as migalhas das mesas vazias, olhava para mim com o rabo dos olhos e logo desistiu de tentar esconder sua curiosidade e debruçou-se no balcão para olhar para mim. Quando veio recolher meus pratos, o fez muito devagar e perguntou se tinha sido tudo a meu gosto, uma pergunta que não parecia ser tanto sobre a comida, que geralmente eu deixava intocada, mas sobre outras coisas, mais intangíveis. Naquela tarde, quando a sala de jantar se esvaziou, ele se aproximou trazendo uma caixa com uma variedade de saquinhos de chá. Tome, ele disse. Eu não tinha pedido chá, mas senti que não havia escolha. Escolhi um, praticamente sem olhar qual. Tinha perdido o gosto por tudo, e quanto mais depressa eu escolhesse um, mais depressa achava que ele me deixaria sozinha outra vez. Mas ele não me deixou. Trouxe o bule de água quente, desembrulhou ele mesmo o saquinho de chá e o colocou dentro. Sentou-se na cadeira à minha frente. Americana?, perguntou. Fiz que sim, apertando os lábios, esperando que ele sentisse meu desejo de ficar sozinha. Me disseram que é escritora, é? Assenti novamente, embora dessa vez um guincho involuntário tenha me escapado dos lábios. Ele serviu o chá em minha xícara. Tome, disse, faz bem. Ofereci-lhe um sorriso duro, mais parecido com uma careta. Lá, onde estava olhando, ele disse, apontando a vista com um dedo torto. Aquele vale debaixo das muralhas era terra de ninguém. Eu sei, falei, amassando o guardanapo com impaciência. Ele piscou e continuou. Quando cheguei aqui, em 1950, costumava ir até a fronteira e olhar para fora. Do outro lado, uns quinhentos metros adiante, dava para ver ônibus e carros, soldados jordanianos. Eu estava na cidade, na rua principal de Jerusalém, e olhava uma outra cidade, uma Jerusalém que achava que nunca ia conseguir tocar. Estava curioso, queria saber como era lá? Mas havia alguma coisa boa em achar que eu nunca ia chegar daquele lado. Depois veio a guerra de 67. Tudo mudou. No começo, não achei ruim, era excitante finalmente andar por aquelas ruas. Mas depois senti outra coisa. Senti falta do tempo em que olhava e não sabia. Ele fez uma pausa e olhou minha xícara intocada. Tome, insistiu outra vez. Escritora, é? Minha filha adora ler. Um sorriso tímido aflorou em seus lábios grossos. Ela está com dezessete anos. Estuda inglês. Dá para comprar um livro seu aqui? A senhora escreve alguma coisa para ela, talvez, ela pode ler. É esperta. Mais esperta que eu, ele disse, com um sorriso irreprimível que revelava uma grande falha entre os dentes da frente e gengivas recuadas. As pálpebras eram pesadas, como de um sapo. Quando ela era pequena, eu dizia para ela, Yallah, saia lá fora, vá brincar com seus amigos, os livros podem esperar, mas a sua infância um dia vai terminar para sempre. Mas ela não dava ouvidos, o dia inteiro sentada com o nariz enfiado num livro. Não é normal, minha mulher diz, quem vai querer casar com ela, meninos não gostam de meninas assim, e dá um tapa na cabeça de Dina e diz para ela que se continuar assim vai precisar de óculos e depois? Nunca falei para ela que, talvez, se fosse moço de novo, eu ia gostar de uma moça assim, uma moça mais esperta que eu, que sabe das coisas do mundo, que fica com um brilho no olho quando pensa em todas aquelas histórias que tem na cabeça. Quem sabe a senhora podia escrever num livro seu para ela, Para Dina, boa sorte em tudo. Ou quem sabe, continue lendo, o que a senhora quiser, a senhora é a escritora, vai encontrar as palavras certas.

Ficou claro que ele havia chegado ao fim da longa cadeia de palavras enrolada dentro dele e agora estava esperando que eu falasse. Mas fazia dias que eu não falava com ninguém e era como se houvesse um peso amarrado em minha língua. Fiz que sim e resmunguei alguma coisa incompreensível até para mim. O garçom olhou a toalha da mesa e enxugou o suor do lábio superior com o antebraço peludo. Lamentei ver que ficara embaraçado, mas eu não conseguia arrancar nenhum de nós dois do silêncio incômodo que se instalara entre nós como cimento. Não gosta do chá?, ele perguntou afinal. Está bom, respondi, forçando um novo gole. Não é dos bons, ele disse. Quando a senhora escolheu, eu ia dizer. Ninguém gosta desse. No fim do dia em todos os compartimentos sobram só um ou dois saquinhos, mas o compartimento desse fica sempre cheio. Não sei por que a gente ainda oferece esse. Da próxima vez, escolha o amarelo, ele disse. Todo mundo gosta do amarelo. Depois ele se levantou, tossiu, pegou minha xícara e retirou-se para a cozinha.

E isso podia ser o fim da história, Meritíssimo, e eu não estaria aqui falando na semiescuridão, e o senhor não estaria deitado num leito de hospital, se naquela noite, sem poder esquecer o ar tristonho da cara do garçom, como uma prova de minha crônica indiferença a tudo senão o meu trabalho, eu não tivesse voltado ao restaurante com um exemplar de um de meus livros, comprado uma hora antes e autografado para Dina. Devia ser por volta das sete e meia, tarde o bastante para o sol já ter se posto, mas a cidade ainda estava iluminada como brasa, e quando cheguei ao restaurante não vi o garçom e temi que seu turno daquele dia tivesse terminado, até que um dos garçons apontou o terraço externo. Debaixo de uma fileira de mesas externas havia uma rua, uma extensão da entrada da hospedaria à qual só se podia chegar passando pelo bloqueio de segurança. Ali, parado na calçada ao lado de uma motocicleta com o motor ligado, estava o garçom atarracado, discutindo com animação ou talvez discordando do motociclista.

 O garçom estava de costas para mim e eu não podia ver o rosto do motociclista por trás do visor escuro do capacete, apenas seu corpo magro vestido com jaqueta de couro. Mas ele me viu porque imediatamente a discussão em voz alta se interrompeu, o motociclista habilmente soltou a correia do queixo, tirou o capacete, sacudiu o cabelo preto e apontou com o queixo em minha direção para alertar o garçom de minha presença. A visão daquele rosto jovem, com o nariz grande, os lábios grossos e o cabelo comprido que eu sabia que tinha cheiro de rio sujo, produziu em mim um choque não maior do que se o rapaz que eu conhecera por uma noite tanto tempo antes emergisse afinal, perfeitamente preservado, de um quarto de século escondido nos túneis subterrâneos de Bar Kokhba. Senti uma pontada de dor que me tirou o fôlego. O garçom virou-se para olhar. Quando me viu, deu as costas ao motociclista, pronunciou breves palavras de alerta, depois se aproximou de mim. Olá, senhora, quer pedir alguma coisa? Por favor, sente aqui, eu trago o menu. Não, eu disse sem poder tirar os olhos do rapaz montado na motocicleta, cujos lábios se curvaram num tênue sorriso malicioso. Só vim trazer isto para você, eu disse, estendendo o livro. O garçom deu um passo para trás, levou a mão à boca numa demonstração de surpresa exagerada, avançou como se fosse pegar o livro de minha mão, mas baixou a mão e deu outro passo para trás, esfregando a barba do queixo. Está brincando comigo, ele disse, a senhora comprou mesmo? Não acredito. Aqui está, eu disse, empurrando o livro para ele, para Dina. Então as narinas do rapaz se dilataram como se tivesse sentido o cheiro de alguma coisa. Conhece Dina? O garçom virou-se para ele e pronunciou mais algumas palavras tensas. Ignore esse moço, ele já está indo. Venha sentar, como posso agradecer. Tome um chá. Mas o rapaz não fez menção de ir embora. O que é isso?, ele perguntou. O que é isso, ele quer saber, veja só, esse ignorante, é um livro, você não deve nunca ter lido um, e então vociferou mais algumas palavras com outra voz ao motociclista que estava se equilibrando com um pé no pedal e outro na rua. Você que escreveu?, o rapaz perguntou, inabalável. O ar da noite estava perfumado, como se alguma flor noturna tivesse desabrochado. Fui eu, respondi, conseguindo falar no último momento possível. Desculpe, senhora, o garçom interferiu, ele está incomodando a senhora, venha para dentro, é mais tranquilo lá, mas então o motociclista baixou o apoio com o calcanhar e em três passos rápidos estava ao nosso lado. De perto, ele continuava a imagem de Daniel Varsky, a tal ponto que quase fiquei surpresa de que não me reconhecesse, apesar dos muitos anos que haviam se passado. Posso ver?, ele perguntou. Vá embora daqui, o garçom grunhiu, afastando dele o livro, mas o rapaz era rápido e por cima do garçom atarracado e baixo, com um simples movimento ágil, pegou o livro. Abriu cuidadosamente a capa, olhou de mim para o garçom e de volta para o livro. Para Dina, leu em voz alta. Desejo boa sorte, Sua, Nadia. Muito bom, disse ele. Eu entrego para ela.

O garçom então abriu uma comporta de palavras ásperas, as veias pulsando no pescoço como se fossem estourar, e o rapaz recuou um passo, um tremor de tristeza passou por seu rosto, um minúsculo estremecimento, mas eu percebi. Com dedos delicados, com toda calma, folheou as páginas. Por fim, ignorando a mão estendida do garçom, entregou o livro para mim. Parece que não sou bem-vindo aqui, disse. Quem sabe alguma hora poderia me contar sobre o que é o livro — seus lábios se abriram num sorriso — Nadia. Seria um prazer, sussurrei, e abriu-se uma porta na sala de minha vida. Sem olhar para o garçom, ele recolocou o capacete, montou na motocicleta, acelerou o motor e sumiu no escuro.

Um momento depois, eu estava sentada a uma mesa, e o garçom circulando apressado à minha volta, arrumando os talheres. Aceite minhas desculpas, ele disse, esse rapaz é uma praga. É um primo do lado da minha mulher, um desordeiro, não faz nada que preste. Mas os pais dele morreram, ele não tem ninguém mais, veio para nós. Fica sempre por perto, e não podemos mandar embora. Como é o nome dele?, perguntei. O garçom olhou meu copo, ergueu-o contra a luz, notou uma marca e trocou por um copo de outra mesa. Que presente, continuou, se a senhora pudesse estar lá para ver a cara da minha Dina quando eu der o livro. Gostaria de saber o nome dele, repeti. O nome dele? Adam, quanto mais cedo me livrar dele, melhor. Por que ele veio para cá?, perguntei. Para me deixar maluco, para isso. Esqueça dele, que tal um omelete, a senhora gosta de omelete, ou quem sabe uma massa à primavera? Olhe o menu, qualquer coisa, oferta da casa. Meu nome é Rafi. Vou trazer seu chá, tome o amarelo dessa vez, a senhora vai ver, todo mundo gosta do amarelo.

Mas não me esqueci dele, Meritíssimo. Não esqueci do rapaz alto, magro, de jaqueta de couro, cujo nome era Adam, mas que eu sabia que era também meu amigo, o poeta desaparecido Daniel Varsky. Vinte e cinco anos atrás ele estava naquele apartamento de Nova York que parecia ter sido varrido por uma tempestade, discutindo poesia e oscilando nos calcanhares como se a qualquer minuto pudesse saltar como um piloto ejetado do assento e então, num instante, ele desapareceu, escorregou por um buraco, caiu no abismo e ressurgiu aqui, em Jerusalém. Por quê? A resposta me parecia perfeitamente clara: para recuperar sua escrivaninha. A escrivaninha que tinha deixado para trás como caução, que havia confiado a mim, especialmente a mim, para guardar, que pesara esses anos todos em minha consciência, na qual eu havia representado minha consciência e cuja passagem para outras mãos ele não havia desejado assim como eu não havia desejado deixar de trabalhar nela. Pelo menos era assim que em minha mente confusa eu me permitia imaginar, mesmo que em outro nível soubesse que essa história não passava de uma alucinação.

Nessa noite, em meu quarto, inventei várias justificativas para dar ao garçom, Rafi, para minha necessidade de ver Adam outra vez: eu queria fazer uma excursão de motocicleta até o vale do mar Morto e precisava de um piloto e guia, sim, precisa absolutamente ser de motocicleta, e posso pagar uma tarifa generosa pelo serviço. Ou: preciso de alguém para entregar um pacote urgente a minha prima Ruthie, que morava em Herzliya, que eu não encontrava havia quinze anos e de quem nunca gostei, um pacote que não podia confiar a qualquer um e se ele podia, por favor, mandar Adam, apenas um pequeno favor em troca do livro para Dina, embora, claro, eu ficaria feliz de oferecer uma generosa et cetera, et cetera pelo serviço. Não descartei nem a possibilidade de oferecer "ajuda" a Rafi, concedendo ao primo errante de sua mulher, a ovelha negra da família, alguma orientação da parte de uma estrangeira benevolente, escritora dos Estados Unidos, me oferecendo para tomá-lo sob minha proteção durante algum tempo, para lhe dar algum juízo, colocá-lo no caminho certo. A noite toda e o dia seguinte inteiro, planejei como conseguir outro encontro com Adam, e no fim foi desnecessário: na noite seguinte, voltando para casa pela Keren Hayesod, perdida em pensamentos, esperando o farol abrir, uma motocicleta parou junto à calçada. Foi o ruído do motor que primeiro penetrou minha divagação, mas eu não liguei isso ao rapaz que tinha entrado e saído de meus pensamentos o dia inteiro até que, ainda montado na motocicleta, ele ergueu o visor escuro e olhou para mim, os olhos brilhando com um humor que eu não sabia se era dele apenas ou nosso, não sabia dizer ainda, enquanto o tráfego se agitou, soaram buzinas, e carros desviaram dele. Ele disse alguma coisa que não consegui entender por causa do ruído do motor. Senti minha respiração acelerar e cheguei mais perto, vi seus lábios se moverem: Quer uma carona? A hospedaria ficava a apenas dez minutos a pé, mas não hesitei, pelo menos não em minha cabeça, embora ao aceitar a oferta não fosse imediatamente claro para mim como montar na motocicleta. Fiquei parada, perdida, olhando o restante do banco não ocupado por Adam, incapaz de entender como me colocar sobre ele. Ele estendeu a mão e dei minha mão esquerda, mas ele a deixou cair e segurou com firmeza minha mão direita, num movimento elegante e prático me levantou e me orientou sem esforço para o banco. Tirou o capacete, revelando o mesmo sorriso inescrutável que eu tinha visto na noite anterior, e delicadamente o pôs em minha cabeça, afastando com cuidado meu cabelo para apertar a correia. Depois pegou minha mão e a colocou com firmeza em sua cintura, e o formigamento que havia começado em minha virilha subiu, se espalhou e se acendeu, despertando meu corpo para a vida. Ele riu, abrindo muito a boca, não havia por que ele rir assim, e a motocicleta voou debaixo de nós e penetrou na rua. Ele rodou na direção da hospedaria, mas quando nos aproximamos do desvio, gritou alguma coisa para mim, O quê?, gritei de dentro das profundezas abafadas do capacete, ele gritou outra vez, e ouvi apenas o suficiente para saber que era uma pergunta, e como não respondi, ele passou a entrada da hospedaria e seguiu em frente. Durante um momento, me perguntei sombriamente se não teria sido ingênua de me pôr nas mãos de um desordeiro que assombrava os arredores da família de Rafi, mas então ele virou para trás e sorriu para mim, e era Daniel Varsky virando para trás, e eu tinha vinte e quatro anos outra vez, a noite toda à nossa frente e tudo o que havia mudado era a cidade.

Agarrei sua cintura, o vento em seu cabelo, rodamos pelas ruas, cruzando com os residentes sobrenaturais da cidade que eu passara a conhecer bem, os *haredim* com seus casacos pretos e chapéus empoeirados, as mães levando seu bando de filhos cujas roupas arrastavam centenas de fios soltos, como se as próprias crianças tivessem sido tiradas do tear antes de estar prontas, o bando de meninos da yeshiva que passava diante de um refletor fechando os olhos como se tivessem acabado de sair de uma caverna, o velho curvado sobre o andador com a garota filipina agarrada ao cotovelo frouxo de seu suéter, puxando um fio solto que enrolava na mão, desembaraçando-o, até suas últimas palavras serem arrancadas dele como um nó, ele e ela e o árabe varrendo a sarjeta, todos inconscientes de que nós, que passávamos por eles, éramos apenas uma aparição, fantasmas mais fora do tempo do que eles. Eu gostaria de ter continuado rodando, para a imensidão do deserto, mas logo saímos da rua principal e paramos num estacionamento que tinha uma ampla vista do norte da cidade. Adam desligou o motor e, relutante, larguei sua cintura e tentei tirar o capacete. Olhando minha calça amassada e sandálias empoeiradas, meu pequeno devaneio evaporou e fiquei embaraçada. Mas Adam pareceu não notar e fez sinal para que fosse com ele pelo passeio onde bandos de turistas e transeuntes haviam se reunido para ver o pôr do sol projetar seu drama extravagante sobre a Judeia.

Nos encostamos no parapeito. As nuvens ficaram douradas, depois roxas. Lindo, não?, ele disse, primeiras palavras dele que eu entendia nessa tarde. Olhei os telhados aglomerados da Cidade Velha, o monte Sion, o monte Scopus ao norte, o monte do Mau Conselho a oeste, o monte das Oliveiras a leste e, talvez por causa da luz ardente, ou do vento puro, ou do alívio de uma vista desobstruída, talvez por causa do cheiro de pinheiros, ou da pedra emitindo calor antes de absorver a noite, ou de minha proximidade com Daniel Varsky, fui arrebatada, Meritíssimo, e naquele momento juntei-me a todos, se não havia me juntado ainda, àqueles que durante três mil anos rumaram para aquela cidade e, ao chegar, perderam o controle, saíram de si, tornaram-se o sonho de um sonhador que está tentando tirar luz das trevas e colhê-la num vaso quebrado. Gosto daqui, ele disse. Às vezes, venho com meus amigos, às vezes sozinho. Ficamos em silêncio, olhando. Você escreveu aquele livro?, ele perguntou. O livro para Dina? Escrevi. É isso que você faz? É sua profissão? Eu fiz que sim. Ele pensou a respeito, arrancou uma unha quebrada com o dente e cuspiu-a fora, e eu me arrepiei, pensando nas unhas que haviam arrancado dos dedos longos de Daniel Varsky. Como você virou isso? Aprendeu na escola? Não, respondi. Comecei quando era moça. Por que pergunta? Você escreve? Ele enfiou as mãos nos bolsos e enrijeceu o maxilar. Não sei nada dessas coisas, disse. Seguiu-se um silêncio incômodo e então vi que ele é que estava embaraçado, talvez pela ousadia de ter me levado ali. Gostei de você ter me trazido aqui, eu disse, é bonito. O rosto dele se abrandou num sorriso. Gostou, é? Achei que ia gostar. Outro silêncio. Tentando conversar, eu disse, bobamente, seu primo Rafi também gosta de uma vista. O rosto dele escureceu. Aquele babaca? Mas não disse mais nada. Dina gosta de seus livros?, ele perguntou. Duvido que tenha lido algum, eu falei. O pai dela me pediu para eu autografar um livro pra ela. Ah, ele disse, decepcionado. Meus olhos pousaram sobre a pequena cicatriz que ele tinha no lábio, e aquela pequena linha, com pouco mais de dois centímetros, despertou em mim uma torrente de sentimentos agridoces. Você é famosa?, ele perguntou com um sorriso. Rafi disse que você é famosa. Fiquei surpresa, mas não me dei ao trabalho de corrigi-lo. Me convinha deixar que pensasse que eu era algo diferente daquilo que era. Então, sobre o que você escreve? Histórias de detetive? Histórias de amor? Às vezes. Mas não só. Você escreve sobre gente que conhece? Às vezes. Ele abriu um sorriso, revelou as gengivas. Talvez escreva sobre mim. Talvez, eu disse. Ele procurou algo no bolso da jaqueta, pegou um cigarro de um maço amassado e com a mão protegeu a chama para acendê-lo. Pode me dar um? Você fuma?

A fumaça queimou minha garganta e meu peito, o vento ficou mais frio. Comecei a tremer e ele me emprestou a jaqueta que tinha cheiro de madeira velha e suor. Ele me fez mais perguntas sobre meu trabalho, e embora vindas de outras pessoas me teriam feito gemer (você nunca escreve histórias de crime? Não? Então escreve o quê? Escreve coisas que acontecem com você? Na sua vida? Talvez alguém diga para você o que escrever? Contratam você? Como chama mesmo, o editor?), vindas dele, no escuro que baixava, eu não me importei. Quando ele também começou a tremer e o silêncio entre nós se adensou, era hora de ir embora, e me vi procurando outra desculpa para vê-lo de novo. Ele me entregou o capacete, embora dessa vez não tenha se oferecido para ajudar. Escute, eu disse, remexendo na bolsa, tenho de ir a um lugar amanhã. Tirei a anotação amassada que havia migrado de minha mala para a mesa de cabeceira, de entre as páginas de meus livros para o fundo da bolsa, mas ainda não havia se perdido. O endereço é este aqui, eu disse. Pode me dar uma carona? Posso precisar de um intérprete, não sei se falam inglês. Ele pareceu surpreso, mas satisfeito e pegou o pedaço de papel. Ha'Oren Street? Em Ein Kerem? Nossos olhos se encontraram. Eu disse a ele que havia uma escrivaninha que eu queria ver. Precisa de uma escrivaninha para escrever?, ele perguntou, de repente interessado, excitado até. Algo assim, eu disse. Você precisa ou não precisa?, ele perguntou. Preciso, sim, preciso de uma escrivaninha, eu disse. E eles têm uma lá, ele espetou o dedo na anotação, na Ha'Oren Street. Fez uma pausa para pensar, passando a mão pelo cabelo outra vez enquanto eu esperava. Dobrou o papel e pôs no bolso de trás. Pego você às cinco, ele disse. Tudo bem?

Nessa noite, sonhei com ele. Ou melhor, às vezes era ele e às vezes era Daniel Varsky, e algumas vezes, pela generosidade dos sonhos, eram os dois ao mesmo tempo, e caminhávamos juntos por Jerusalém, eu sabia que não era Jerusalém coisa nenhuma, mas de alguma forma acreditava que era Jerusalém, uma Jerusalém que se abria para campos cinzentos fumegantes que tínhamos de atravessar para voltar à cidade, do jeito que se tenta voltar a uma melodia tocada há muito tempo. Por alguma razão, Adam ou Daniel levava um estojo na mão, um estojo pequeno que continha algum tipo de instrumento que ele planejava tocar para mim se e quando encontrássemos o lugar que ele estava procurando, uma espécie de trompa, talvez, embora pudesse ser também uma arma. Por fim, o sonho encontrou seu rumo para uma sala. Mas então o estojo havia desaparecido e, enquanto eu observava, Adam ou Daniel tirou a roupa lentamente, dobrou sobre a cama com o obsessivo capricho de um homem que viveu muitos anos sob severa autoridade, na prisão, talvez, onde foi escolado no modo preciso de dobrar roupas. A visão de sua nudez era um tormento, triste e doce, e acordei cheia de ternura e desejo.

Às quinze para as cinco da tarde seguinte, eu estava esperando no saguão, depois de ter me olhado no espelho inúmeras vezes, escolhido um fio de contas vermelhas e brincos de prata pendurados. Ele atrasou vinte minutos e fiquei andando de um lado para o outro, doente com a ideia do que me esperava em meu quarto se ele mudasse de ideia e não viesse, a noite interminável que eu tinha pela frente, me despedaçando. Mas, finalmente, ouvi a motocicleta ao longe, ele apareceu na esquina, e a sensação ruim se afogou num lago liso de prazer brilhante, nada podia apagá-lo, nem mesmo o capacete de reserva que ele me estendeu dessa vez, um capacete vermelho brilhante que ninguém precisava me dizer que normalmente era usado pelas cabeças das moças da idade dele que ouviam as mesmas bandas e falavam sua língua, moças que podiam se despir à luz do dia, com pés macios como de bebê.

Seguimos pelas ruas, descendo o morro, e eu estava feliz, Meritíssimo, feliz como não me sentia havia meses ou mesmo anos. Quando ele se inclinava numa curva, eu sentia sua cintura mexer em minhas mãos e isso bastava, mais que bastava para alguém a quem restava tão pouco, e não pensei muito sobre o que diria quando chegasse à casa de Leah Weisz, a moça que tinha ido à minha casa cinco semanas antes para levar a escrivaninha. Quando chegamos ao sonolento subúrbio de Ein Kerem, Adam parou para pedir informações. Sentamos num café e ele fez o pedido em hebraico, direto, rápido, brincando com a jovem garçonete, estalando os dedos, jogando o telefone em cima da mesa. Um cachorro sarnento atravessou a rua mancando, mas nem mesmo ele podia sombrear meu estado de espírito ou comprometer a beleza do lugar. Adam pôs açúcar em seu café e cantou a música pop que soava nos alto-falantes do café. A luz tocou seu rosto e vi o quanto era jovem. Por trás do canto arrogante e desafinado, percebi a sombra nervosa da insegurança e entendi que ele não sabia o que me dizer. Me fale de você, eu disse. Ele se endireitou, acendeu um cigarro, sorriu, umedeceu os lábios. Então vai escrever sobre mim, afinal? Depende, eu disse. De quê? Do que eu descobrir a seu respeito. Ele inclinou a cabeça para trás e exalou uma coluna de fumaça. Vá em frente, ele disse. Pode me usar no seu livro. Sou grátis. O que você quer saber?

O que eu queria saber? Que aparência tinha o lugar para onde ele voltava à noite. O que havia pendurado nas paredes e se ele tinha um fogão que precisava ser aceso com fósforo, se o piso era de ladrilho ou de linóleo e se ele usava sapatos quando entrava em casa, e a expressão que tinha ao olhar no espelho para se barbear. Para onde dava a sua janela e como era sua cama, sim, Meritíssimo, eu já estava imaginando a cama dele, com as cobertas amassadas e os travesseiros baratos, a cama em que, nas noites que passava sozinho, ele às vezes dormia na diagonal. Mas não perguntei nada disso. Eu podia esperar, podia dar tempo ao tempo. Porque ele estava cantando, sabe?, e a noite logo chegaria, e então vi que alguma coisa estava diferente, sim, ele tinha lavado o cabelo.

Disse que havia terminado o exército dois anos antes. Primeiro arranjou um emprego em uma agência de segurança, mas o chefe o acusou de certas coisas (ele não contou o quê), então se demitiu, depois arranjou um emprego pintando casas com um amigo que tinha iniciado o negócio, mas o cheiro da tinta lhe fez mal e teve de parar. Agora estava trabalhando numa loja de colchões, mas o que queria realmente era se tornar aprendiz de carpinteiro porque sempre tinha sido bom com as mãos e gostava de construir coisas. E sua família?, perguntei. Ele apagou o cigarro, olhou em torno distraído, conferiu o celular. Não tinha família nenhuma, ele disse. Seus pais morreram quando tinha dezesseis anos. Ele não disse onde nem como. Tinha um irmão mais velho com quem não falava havia muitos anos. Às vezes, pensava em procurá-lo, mas nunca o fazia. E Rafi?, perguntei. Já disse, ele falou, é um babaca. A única razão para me aproximar dele é Dina. Se você conhecesse Dina, não ia entender como alguém tão bonito pode ter saído daquele babuíno. Me conte dela, pedi, mas ele não disse nada e virou-se para esconder a contorção que tomou conta de seu rosto, um segundo apenas em que todos os seus traços entraram em colapso e um outro rosto apareceu, um rosto que ele logo apagou com a manga. Levantou-se e pôs algumas moedas em cima da mesa, despediu-se da garçonete que sorriu para ele. Por favor, eu disse, pegando a carteira, me permita. Mas ele estalou a língua, pegou o capacete e pôs na cabeça e naquele momento, por alguma razão, pensei em sua falecida mãe, como ela devia lhe dar banho em criança, como o erguia do berço no fim da noite e sentia seus lábios úmidos no rosto, desembaraçava os dedinhos do cabelo comprido, cantava para ele, imaginava seu futuro e então a agulha de minha mente deslizava e era a mãe de Daniel Varsky que eu estava imaginando, e como numa imagem espelhada era o filho que estava morto e a mãe que continuava viva. Pela primeira vez nos vinte e sete anos em que havia escrito em sua escrivaninha, compreendi a magnitude da perda da mãe dele, uma janela se abriu e eu vi lá fora o pesadelo inexprimível da dor dela. Ele parou ao lado da motocicleta. O vento tinha cessado. Havia cheiro de jasmim. Como será, pensei, continuar vivendo quando o filho morre? Subi na moto e segurei delicadamente a cintura dele, e minhas mãos eram as mãos daquelas mães, uma que não podia tocar seu filho porque estava morta, outra que não podia tocar seu filho porque estava viva, e então chegamos à Ha'Oren Street.

Não encontramos a casa imediatamente porque o número estava escondido embaixo de um emaranhado de trepadeiras que cresciam no muro que a cercava. Havia um portão de ferro trancado com corrente, mas através dele, meio escondida pelas árvores, via-se uma grande casa de pedra com venezianas verdes, quase todas fechadas. Imaginar a moça, Leah, morando ali era atribuir a ela uma dimensão inteiramente nova, uma profundidade que eu não havia sentido. Espiando para dentro do portão empoeirado, me senti tomada por uma tristeza que vinha da estranha sensação de estar em um lugar que havia sido tocado, mesmo que indiretamente, por Daniel Varsky: dentro daquela casa fechada vivera uma mulher, pelo menos eu achava, que um dia o conhecera e muito provavelmente o amara. O que a mãe de Leah achava da busca de sua filha, e o que ela sentira quando a escrivaninha do homem, pai de sua filha, que havia sido tão brutalmente arrancado do mundo, chegou a sua casa como um gigantesco cadáver de madeira? Como se isso não bastasse, agora eu estava ali para entregar o fantasma dele. Pensei em arranjar uma desculpa, dizer a Adam que tinha me enganado, que não era aquele lugar, mas antes que pudesse fazer isso ele encontrou a campainha e tocou. Um pequeno chiado elétrico soou. Em algum lugar um cachorro latiu. Como ninguém atendeu, ele apertou de novo. Você tem um número de telefone, talvez?, ele perguntou, mas eu não tinha, então ele apertou pela terceira vez, e a ausência do menor movimento, a paralisia das pedras e das venezianas e mesmo das folhas voltou como absoluta teimosia. Eles sabem que você vinha? Sabem, menti, e Adam sacudiu as barras do portão para ver se a corrente cedia. Acho que vou ter de voltar outro dia, comecei a dizer, mas naquele momento apareceu um velho, ou melhor, alongou-se como uma sombra atrás do muro, segurando uma bengala elegante. *Ken? Ma atem rotsim?*, Adam respondeu a ele, indicando a mim. Perguntei se ele falava inglês. Falo, ele disse, agarrado ao castão da bengala que vi ter a forma de uma cabeça de carneiro. Leah Weisz mora aqui? Weisz?, ele disse, é, respondi, Leah Weisz, ela foi me ver no mês passado em Nova York para pegar uma escrivaninha. Uma escrivaninha?, o velho repetiu, sem compreender, e Adam se agitou, impaciente, disse mais algumas palavras para o homem em hebraico. *Lo,* disse o velho, sacudindo a cabeça, *Lo, ani lo yodea klum al shum shulchan,* ele não sabe nada de escrivaninha nenhuma, disse Adam, e o velho equilibrado na bengala não fez nenhum movimento para abrir o portão. Talvez tenham lhe dado o endereço errado, Adam disse. Ele pegou o papel amassado do bolso do jeans e estendeu entre as barras. Sem pressa, o velho tirou do bolso do peito uns óculos, desdobrou e colocou no rosto. Pareceu levar um longo tempo para entender o que estava escrito ali. Quando terminou de ler, virou o papel para ler o outro lado. Vendo que estava em branco, tornou a virá-lo. *Ze ze o lo?*, Adam perguntou. O velho dobrou cuidadosamente o papel e passou pelas barras. Aqui é Ha'Oren Street, número 19, mas não há ninguém com esse nome, ele disse, e eu fiquei surpresa com sua pronúncia que era fluente e refinada.

Então me ocorreu que havia algo dissimulado em Leah Weisz que havia me escapado. Que ela podia ter deliberadamente me dado o endereço errado no caso de eu mudar de ideia e tentar conseguir de volta a escrivaninha. Mas então por que me dar um endereço? Eu não tinha pedido, e o fato de ela ter me dado o endereço me pareceu, entendi naquele momento, uma espécie de convite. O homem estava ali parado em mangas de camisa meticulosamente passadas enquanto atrás dele a casa prendia a respiração debaixo das folhas. Como será lá dentro, pensei. Como seria a chaleira, seria velha e desbeiçada a xícara de chá, haveria livros, o que havia pendurado na sala escura, alguma coisa bíblica, uma pequena gravura do sacrifício de Isaac talvez? O velho me estudou com olhos azuis agudos, olhos de uma águia domada, e senti que ele também estava curioso a meu respeito, como se quisesse fazer uma pergunta. Até mesmo Adam pareceu notar isso, e olhou do velho para mim, depois de volta para o velho, e ficamos os três ali suspensos no equilíbrio do silêncio que cercava a casa, até que afinal Adam deu de ombros, arrancou mais uma lasca de unha com os dentes, cuspiu fora e voltou para sua moto. Boa sorte, disse o velho, a mão apertada em torno dos chifres curvos do carneiro, espero que encontre o que está procurando. Não sei o que me deu, Meritíssimo, mas de repente deixei escapar que não queria de volta a escrivaninha, só queria... mas parei porque não conseguia dizer o que eu queria e uma expressão de dor passou pelo rosto do velho. Adam ligou o motor atrás de mim. Vamos, ele disse. Eu não queria ir ainda, mas parecia não haver escolha. Montei na motocicleta. O velho ergueu a bengala em despedida e fomos embora.

Adam estava com fome. Não me importava aonde ele ia, contanto que não me levasse de volta para a hospedaria. Tentei entender o que havia acontecido. Quem era Leah Weisz? Por que eu havia aceitado tão alegremente tudo o que ela me contara sem a menor prova? Tão disposta me mostrei para desistir da escrivaninha em torno da qual desdobrara minha vida que até se podia pensar que eu estava ansiosa, contente de por fim me livrar dela. É verdade que sempre me considerara guardiã dela, mas que mais cedo ou mais tarde, eu me dizia, alguém viria buscá-la, mas a verdade era que aquilo não passava de uma história conveniente que eu contava a mim mesma, uma história como tantas outras que me escusava da responsabilidade por minhas decisões, que emprestava a elas um ar de inevitabilidade, e por baixo de tudo eu me convencera de que morreria naquela escrivaninha, minha herança e meu leito nupcial, então, por que não, também meu esquife?

Adam me levou a um restaurante no shopping Salomon onde era amigo dos garçons. Deram-lhe tapas nas costas e me avaliaram apreciativamente. Ele sorriu e o que disse fez com que dessem altas risadas. Nos sentamos perto da janela. Lá fora, num balcão sobre a rua estreita, havia um homem sentado num colchão velho abraçado ao filho pequeno, conversando com ele. Perguntei a Adam o que tinha dito a seus amigos. Com os lábios meio curvados num sorriso ele olhou os outros clientes em torno para avaliar sua reação, como se tivesse entrado com uma celebridade, por mais absurdo que parecesse. Senti uma pontada ao me dar conta de que o estava enganando, mas era tarde demais. O que eu podia dizer: ninguém lê meus livros, talvez logo parem de me publicar? Contei para eles que você ia escrever a meu respeito, ele disse e deu outro sorriso. Depois estalou os dedos, os amigos riram e nos trouxeram pratos cheios de comida, e depois mais pratos. Eles me olharam e vi em seus olhos como se divertiam, como se sentissem meu desespero e soubessem de algo a respeito do amigo que eu não sabia. Dos fundos do restaurante nos observavam, apreciando a sorte do amigo por ter fisgado aquela mulher mais velha, uma americana rica e famosa, ou pelo menos era o que acreditavam, até Adam estalar os dedos de novo e eles voltarem com uma garrafa de vinho. Ele comeu vorazmente, como se não comesse havia vários dias e era um prazer observá-lo, Meritíssimo, recostar-me com meu copo de vinho e apreciar sua beleza e sua fome. Quando a refeição terminou (ele devorou quase tudo), os amigos puseram a conta na minha frente e vi que tinham escolhido para nós a garrafa de vinho mais cara. Enquanto eu procurava o dinheiro, tentando contar as notas certas, Adam se levantou e foi até eles, brincando e mascando um palito. Quando me levantei senti que o vinho tinha me subido à cabeça. Saí do restaurante atrás dele e sabia que Adam sentia meus olhos sobre ele, sabia que ele sabia que eu o desejava, embora eu queira dizer em minha defesa, Meritíssimo, que não era apenas lascívia que eu sentia por ele, mas também uma espécie de ternura, como se eu pudesse diminuir a dor que tinha visto no rosto que ele limpara com a manga. Ele piscou para mim quando me jogou o capacete, mas foi o rapaz desajeitado e inseguro por trás da pose que fez com que eu o convidasse para voltar para casa comigo. Chegamos à entrada da hospedaria e eu procurei as palavras certas, mas antes que pudesse dizê-las, ele anunciou que um amigo de um dos garçons tinha uma escrivaninha e se eu quisesse podia me levar para vê-la amanhã. Então me beijou castamente no rosto e foi embora sem dizer que horas viria me buscar.

Nessa noite, encontrei o número de Paul Alpers em minha agenda de endereços. Não falava com ele havia muitos anos e quando ele atendeu depois de dois breves toques quase desliguei. Aqui é a Nadia, eu disse, e como isso não me parecesse bastar, acrescentei, estou ligando de Jerusalém. Durante um momento ele ficou em silêncio, como se tentasse voltar ao lugar onde aquele nome — o meu ou o da cidade — significavam alguma coisa para ele. De repente, riu. Contei que havia me divorciado. Ele contou que tinha morado alguns anos com uma mulher em Copenhagen, mas que haviam terminado. Não falamos muito tempo, apressados pela ligação interurbana. Depois de esclarecer as particularidades de nossas vidas, perguntei se ele às vezes pensava em Daniel Varsky. Penso, ele disse. Eu ia telefonar para você alguns anos atrás. Descobriram que ele foi mantido num barco durante algum tempo. Um barco?, repeti. No porão, disse Paul, junto com outros prisioneiros. Um deles sobreviveu e alguns anos depois encontrou alguém que conhecia os pais de Daniel. Ele contou que o conservaram vivo por alguns meses, mas quase à morte. Paul, falei afinal. Sim, ele disse, e ouvi um isqueiro riscar, depois a tragada no cigarro. Ele teve filhos? Filhos?, Paul perguntou. Uma filha, eu disse, com uma mulher israelita com quem estava pouco antes de desaparecer? Nunca ouvi falar de filha, Paul disse. Duvido, na verdade. Ele tinha uma namorada em Santiago, e por isso estava sempre voltando quando não devia. O nome dela era Inés, acho. Era chilena, isso eu sei. Estranho, disse Paul, nunca conheci essa moça, mas de repente me lembrei que algum tempo atrás tive um sonho com ela.

Enquanto Paul falava, me ocorreu, com uma espécie de surpresa, que se não fosse pela lógica peculiar dos sonhos de Paul eu nunca teria encontrado Daniel Varsky e todos esses anos uma outra pessoa teria escrito na escrivaninha. Depois que desliguei, não consegui dormir, ou talvez não quisesse dormir, temendo apagar a luz e encontrar o que o escuro pudesse trazer. Para me impedir de pensar em Daniel Varsky, ou, pior ainda, em minha vida e na questão que me atormentava no momento em que eu deixava soltos meus pensamentos, me concentrei em Adam. Com detalhes extravagantes imaginei seu corpo e as coisas que faria com ele, as coisas que ele faria com o meu, embora nessas fantasias eu me permitisse ter outro corpo, o corpo que eu tinha antes que o meu começasse a ficar borrado e perder a forma, indo em direções diferentes de mim, o corpo que existia dentro do meu. Ao amanhecer, tomei uma ducha e às sete em ponto estava na porta quando o restaurante da hospedaria abriu. O rosto de Rafi ficou turvo quando me viu, ele se retirou para o bar e ocupou-se enxugando os copos, deixando que outro garçom me atendesse. Demorei tomando o café, descobri que meu apetite havia voltado e fui duas vezes ao bufê. Mas ele continuou evitando meus olhos. Só quando saí foi que ele correu atrás de mim no corredor. Senhora!, chamou. Eu me virei. Ele retorceu as mãos e olhou por cima do ombro para ter certeza de que estávamos sozinhos. Por favor, gemeu, estou pedindo. Não se envolva com ele. Não sei o que ele diz para a senhora, mas é um mentiroso. Mentiroso e ladrão. Está usando a senhora para me fazer de bobo. Senti um relâmpago de raiva e ele deve ter visto isso em meu rosto porque se apressou em explicar. Ele quer virar minha própria filha contra mim. Eu proibi a menina de encontrar com ele e ele quer... começou a dizer, mas nesse momento o gerente da hospedaria apareceu no outro extremo do corredor e o garçom cumprimentou-o com a cabeça e foi embora depressa.

Desse momento em diante, me dediquei a seduzir Adam. Ele era, aquele garçom, não mais que uma mosca zumbindo em torno de um desejo sobre o qual eu não tinha mais nenhum controle, que eu não queria controlar, Meritíssimo, porque era a única coisa viva que restava em mim e porque, enquanto fosse consumida por ele, não teria de encarar a visão de minha vida que havia entrado tão repugnantemente em foco. Senti até certo prazer divertido no fato de eu ter escolhido um homem com menos da metade de minha idade, com quem eu não tinha nada em comum, para despertar em mim tal paixão. Voltei ao meu quarto e esperei; podia esperar o dia inteiro e a noite inteira, não importava. Perto do entardecer, o telefone tocou e atendi no primeiro toque. Ele viria dentro de uma hora. Talvez soubesse que eu estava esperando, mas não me importava nem um pouco. Uma hora e meia depois ele chegou e me levou a uma casa numa alameda em algum lugar perto de Bezalel. Numa figueira havia um colar de luzes coloridas e pessoas estavam comendo em torno de uma mesa debaixo dela. Foram feitas as apresentações, trouxeram de dentro cadeiras dobráveis, abriram espaço na mesa já muito cheia. Uma garota com um vestido fino vermelho e botas altas virou-se para mim. Está escrevendo sobre ele?, perguntou, incrédula. Olhei para Adam, que bebia uma garrafa de cerveja do outro lado da mesa, e senti um desejo e também um calor especial por saber que tinha vindo com ele e que era comigo que ele iria embora. Sorri para a garota e me servi de azeitonas e queijo salgado. Aqueles jovens pareciam bons, gente que não toleraria um mentiroso e ladrão entre eles; Rafi tinha sido injusto com ele. Trouxeram a sobremesa, depois chá e, afinal, Adam gesticulou para mim que era hora de ir embora. Nos despedimos dos outros e saímos com um rapaz que tinha longos *dreadlocks* loiros e óculos delicados. Ele entrou num velho Mazda prateado, baixou as janelas e sinalizou para irmos atrás dele. Mas, quando chegamos ao seu apartamento, a escrivaninha em questão também não estava lá e esperei enquanto Adam e o rapaz de *dreadlocks* passavam um baseado para lá e para cá na minúscula cozinha manchada, debaixo do calendário do ano anterior com vistas do monte Fuji. Os dois discutiram alguma coisa em hebraico rápido, depois o rapaz saiu e voltou sacudindo um chaveiro com uma estrela de davi, que atirou para Adam. Saiu conosco, soltando uma nuvem de haxixe no hall e rodamos a um terceiro lugar, um grupo de altos prédios de apartamento que dava para o parque Sacher, construído com a mesma pedra amarelada do resto da cidade. Subimos ao décimo quinto andar, apertados em um minúsculo elevador espelhado. O corredor estava escuro e enquanto ele procurava o interruptor senti uma pulsação de desejo e quase o puxei para mim. Mas as luzes fluorescentes zuniram, piscaram e acordaram no momento exato, e com as chaves tilintando no pequeno chaveiro com a estrela de davi, Adam destrancou a porta do 15B.

Lá dentro também estava escuro, mas eu tinha perdido a coragem, então esperei com os braços cruzados até a luz se acender outra vez e nos vermos em um apartamento lotado de mobília escura, pesada, incongruente com a luz ofuscante do deserto: vitrines de mogno com gabinetes de cristal, cadeiras góticas de espaldar alto com entalhes, os assentos estofados com tapeçaria. As venezianas de metal das janelas estavam fechadas, como se quem morasse ali tivesse ido embora por um período de tempo indefinido. Não havia nem um metro de espaço livre nas paredes, tão cheias eram de quadros de tintas grossas, de frutas, flores, cenas pastorais, tão escuras que pareciam ter sobrevivido à fumaça de um incêndio, e gravuras de mendigos corcundas ou crianças. Numa mistura improvável havia molduras de plástico baratas com ampliações de vistas panorâmicas de Jerusalém, como se os moradores não tivessem consciência de que a verdadeira Jerusalém estava ali do outro lado das venezianas, ou como se tivessem feito um pacto de recusar a realidade externa às janelas e escolhido, em vez disso, sentir saudade de Eretz Yisrael como sentiam quando moravam seja lá em que parte da Sibéria judia de onde vinham, porque haviam chegado tarde demais na vida e não sabiam mais se adaptar a essa nova latitude da existência. Enquanto eu estava estudando as fotografias desbotadas de crianças que colonizavam o aparador — meninos sorridentes, de bochechas rosadas e tolos *bar mitzvahs* que agora já deviam ter seus próprios filhos — Adam desapareceu por um corredor acarpetado. Depois de alguns minutos, ele me chamou. Segui sua voz até uma salinha onde havia estantes cheias de livros em brochura cujas superfícies estavam cobertas por uma grossa camada de poeira, visível mesmo à luz da lâmpada.

É esta, Adam disse com um gesto. Era uma escrivaninha de madeira clara cuja tampa de enrolar estava aberta, revelando um intrincado padrão de marchetaria cujo brilho, protegido todo o tempo do democrático lençol de poeira, era enervante, como se a pessoa que estivera sentada junto a ela tivesse levantado e saído minutos antes. Então, ele disse, gostou? Passei os dedos pelo desenho da madeira, liso como se fosse uma peça só, não as muitas centenas de variedades de árvores diferentes que devem ter usado para produzir a revelatória geometria de cubos e esferas, de espirais para dentro e para fora, de espaço se dobrando sobre si mesmo antes de se expandir de repente para revelar um relance de infinito, que escondia algum sentido que o fabricante havia encoberto com uma camada de pássaros, leões e cobras. Vá em frente, ele disse, sente. Fiquei embaraçada e quis protestar que não conseguiria trabalhar em tal escrivaninha assim como não conseguiria escrever a lista do mercado com uma caneta que tivesse pertencido a Kafka, mas não quis decepcioná-lo e afundei na cadeira que ele puxou. De quem é?, perguntei. De ninguém, ele disse. Mas decerto as pessoas que vivem aqui... Não vivem mais aqui. Quem eram? Morreram. Mas então por que as coisas ainda estão todas aqui? Isto é Yerushalayim, Adam disse com um sorriso, talvez eles voltem. Eu fui tomada por uma sensação de claustrofobia e queria sair dali, mas quando me levantei e me afastei da escrivaninha, o rosto de Adam murchou. O quê? não gostou? Gostei, respondi, gostei muito. E então?, ele disse. Deve custar uma fortuna, eu disse. Para você ele faz um preço bom, ele replicou com um sorriso e algo corroído, mas com um firme brilho em seus olhos. Quem? Gad. Quem é Gad? Esse que você acabou de conhecer. Mas o que ele tem com os donos? É neto, ele disse. Por que ele haveria de querer vender só a escrivaninha? Adam deu de ombros e habilmente fechou a tampa de enrolar. Como eu vou saber?, deu de ombros. Ele provavelmente não teve tempo para o resto.

Adam fez um giro completo pelo lugar, abrindo gavetas de aparadores e girando a chave delicada do gabinete de vidro para inspecionar a pequena coleção de coisas judaicas. Foi ao banheiro e aliviou-se numa prolongada torrente que escutei pela porta que deixou entreaberta. Depois saímos do apartamento, devolvendo-o ao escuro. Mas descendo no elevador continuamos a falar da escrivaninha e, como a conversa prosseguiu em tom baixo, indo para outros assuntos, mas sempre voltando à escrivaninha, comecei a sentir a emoção da coisa não expressa que acreditava que estávamos negociando de fato, e para a qual a escrivaninha, com seus significados secretos, era apenas uma representação.

Dos dias e noites que se seguiram, quero poupá-lo, Meritíssimo, sem poupar a mim mesma:

Cá estamos em um caro restaurante italiano e Adam, com

a mesma camisa e jeans que está usando há quatro dias, brinda meu copo de vinho com sua cerveja e pergunta com um sorriso conspiratório se já criei a história da qual ele será o herói. Quando, com duas colheres, repartimos o tiramisu, do qual deixo que coma quase tudo, ele volta, como um tocador de realejo com um repertório limitado, à questão da escrivaninha. Tendo sondado a situação, ele acha que consegue fazer Gad baixar um pouco o preço, embora não se deva esquecer que é uma antiguidade única, obra de um mestre que no mercado alcançaria preço muitas vezes maior. Eu aceito o jogo, fingindo ser levada por seu talento de vendedor enquanto procuro seu pé debaixo da mesa. Estou quase me permitindo acreditar que vou dizer que tudo bem, até que de repente me lembro com um aperto de náusea que não sei se voltarei a escrever alguma coisa.

Cá estamos almoçando no café da Casa Ticho, que Adam ouviu um de seus amigos dizer que é o tipo de lugar onde escritores gostam de ir. Estou usando um vestido florido ondulante e uma bolsa de amarrar de camurça roxa com brocado dourado que comprei no dia anterior ao vê-la na vitrine de uma butique. Faz muito tempo que não compro nada novo para mim e é excitante e estranho usar essas coisas, como se mudar minha vida pudesse começar de um jeito tão simples. As alças ficam caindo de meu ombro e eu deixo. Adam brinca com seu telefone, levanta-se para fazer uma ligação, volta e serve o resto da água com gás em meu copo. Alguém, em algum lugar, ensinou-lhe os rudimentos do cavalheirismo, e ele os adotou e adaptou ao seu código errático. Quando andamos na rua ele segue à minha frente. Mas quando chegamos a uma porta ele a abre e espera o quanto for preciso para eu chegar e passar. Muitas vezes caminhamos sem falar. Não é a conversa que me interessa.

Cá estamos num bar em Heleni Ha'Malka. Chegam alguns amigos de Adam, os mesmo que encontramos em torno da mesa debaixo da figueira, a garota com o vestido fino vermelho (agora é amarelo) e sua amiga de franja escura. Me cumprimentam com beijos no rosto, como se eu fosse um deles. A banda se exibe no palco, a bateria começa a tocar, e às primeiras notas da guitarra a plateia esparsa aplaude, alguém assobia atrás do balcão, e como sei que não sou uma deles, que sou sob todos os aspectos uma estranha em seu meio, encho-me de gratidão por simplesmente ser aceita. Sinto um impulso de pegar a menina de vestido amarelo pela mão e sussurrar para ela, mas não consigo pensar nas palavras certas. A música fica mais alta e mais dissonante, o cantor canta com voz rouca e embora eu não queira me destacar dos outros, não consigo evitar de pensar que ele está indo um pouco longe demais, exagerando um pouco as coisas, então vou até o balcão para comprar um drinque. Quando volto, a garota de franja escura está ao meu lado. Ela grita algo para mim, mas a música encobre sua voz miúda. O quê?, grito de volta, tentando ler seus lábios, e ela repete, explode numa risada, algo sobre Adam, mas continuo não entendendo, então na terceira vez ela se inclina para meu ouvido e grita: ele está apaixonado pela prima dele, e se recosta, cobrindo o sorriso, para ver se eu escutei. Passo os olhos pela plateia e quando meus olhos encontram Adam se exibindo com o isqueiro erguido enquanto o cantor murmura, me viro e devolvo o sorriso da garota, e com um olhar digo a ela que se pensa que sabe da história toda está enganada. Me afasto. Tomo aquele drinque e depois outro. O cantor volta a berrar em excesso, mas agora a música fica mais redonda, mais brilhante e, de repente, Adam agarra minha mão por trás e me puxa para fora, e entendo que não vou precisar esperar muito mais agora. Montamos na moto — já não é mais difícil para mim subir atrás e me encaixar nele — e não preciso perguntar onde vamos porque irei a qualquer lugar.

    Cá estamos de volta à entrada de concreto mal iluminada do apartamento de Gad. Estamos subindo a escada e Adam está cantando fora de tom, subindo os degraus de dois em dois. Estou sem fôlego. Dentro está tudo igual, só que Gad não está em casa. Adam procura alguma coisa nas gavetas e estantes enquanto eu ligo o som e aperto o play, tão certa estou do que ele está procurando e do que está para acontecer. O CD ganha vida, a música flutua dos alto-falantes; é possível que eu tenha começado a ondular ou a dançar. Desligue isso, ele diz, vindo atrás de mim e antes de sentir sua proximidade sinto seu cheiro como um animal. Por quê?, pergunto, virando para ele um sorriso de flerte. Porque sim, ele diz, e eu penso: melhor em silêncio. Estendo a mão e toco seu rosto. Com um gemido aperto meu corpo no dele, procurando com a virilha alguma coisa dura, separo os lábios e os aproximo dos dele, minha língua penetra e sinto o calor de sua boca; eu estava faminta, Meritíssimo, queria tudo de uma vez.

Dura apenas um momento. E ele me empurra para longe. Não encoste em mim, ele grunhe. Sem entender, vou para ele outra vez. Com a palma da mão ele empurra meu rosto e me joga com tanta força que caio de costas no sofá. Ele enxuga a boca com as costas da mão, a mão que, agora vejo, segura as chaves do apartamento cheio dos móveis dos que morreram. De longe, me vem a compreensão de que eles não estão mortos afinal. Está maluca?, ele chia, os olhos brilhando com hostilidade e também algo conhecido que não consigo localizar de imediato. Você podia ser minha mãe, ele cospe, e então me dou conta de que é repulsa.

Fico caída no sofá, atônita, humilhada. Ele se vira para sair, mas para na porta. A bolsa de camurça roxa está na entrada, onde a deixei quando chegamos. Ele a pega. Nas mãos dele, se transforma no que devia ter sido sempre nas minhas: absurda e patética. Com os olhos pregados em mim, ele enfia o braço na bolsa até o cotovelo e remexe lá dentro. Não encontra o que está procurando e a vira, espalhando o conteúdo. Se inclina depressa e pega minha carteira. Depois joga a bolsa no chão, chuta-a para longe com a bota e com um último olhar de repugnância em minha direção, sai, batendo a porta ao passar. Meu batom continua rolando no chão até parar contra a parede.

    O resto não tem importância, Meritíssimo. Só quero dizer que a devastação acabou comigo, derrubando o teto, por fim. O que era ele, afinal? Nada mais que uma ilusão, embora eu soubesse disso o tempo todo. Quando finalmente me levantei e com mãos trêmulas enchi um copo na torneira da cozinha, meus olhos pousaram num pratinho com algumas moedas e as chaves do carro de Gad. Não hesitei. Peguei aquilo, passei pelo conteúdo de minha bolsa espalhado e saí do apartamento. O carro estava estacionado do outro lado da rua. Destranquei a porta e sentei no banco do motorista. No espelho retrovisor, vi que meu rosto estava inchado de chorar, o cabelo emaranhado, as raízes grisalhas aparecendo. Sou uma velha agora, pensei comigo. Hoje eu me tornei uma velha, e quase ri, uma risada fria para combinar com a frieza dentro de mim.

    Levei o carro para a rua, batendo na sarjeta. Segui uma rua, depois outra. Quando cheguei a um cruzamento conhecido, virei na direção de Ein Kerem. Pensei no velho que morava na Ha'Oren Street. Não pensei em ir até ele, mas rodei na direção dele. Logo me perdi. Os faróis iluminavam os troncos das árvores, a estrada levava à floresta de Jerusalém e despencava de um lado, descendo por um precipício. Bastava girar a direção para o carro cair no escuro lá de baixo. Apertando os dedos na direção, imaginei os faróis rolando no escuro, as rodas para cima girando em silêncio. Mas eu não tenho em mim o que é preciso para uma pessoa ser capaz de extinguir a si mesma. Continuei dirigindo. Pensei, por alguma razão, em minha avó que eu costumava visitar na West End Avenue antes de ela morrer. Pensei em minha infância, em minha mãe e meu pai que estão ambos mortos, mas cuja filha não posso deixar de ser, assim como não posso escapar das dimensões enjoativamente familiares de minha mente. Tenho cinquenta anos, Meritíssimo. Sei que nada vai mudar para mim. Que logo, talvez não amanhã ou na semana que vem, mas logo as paredes em torno de mim e o teto acima de minha cabeça subirão de novo, exatamente como eram antes, e a resposta à pergunta que os fez despencar estará numa gaveta, trancada. Que eu continuarei de novo como sempre continuei, com ou sem a escrivaninha. Entende, Meritíssimo? Está vendo que é tarde demais para mim? O que mais posso me tornar? Quem eu seria?

Há um momento o senhor abriu os olhos. Olhos cinzentos escuros, completamente alertas, que me captaram e prenderam por um instante. Depois o senhor os fechou de novo e distanciou-se. Talvez tenha sentido que estou chegando ao fim, que a história que vem correndo em sua direção desde o começo está para virar a esquina na rua e colidir com o senhor afinal. Sim, eu queria chorar e ranger os dentes, Meritíssimo, implorar seu perdão, mas o que saiu foi uma história. Queria ser julgada por aquilo que fiz com minha vida, mas agora serei julgada pela maneira como a descrevi. E talvez esteja certo, afinal. Se o senhor pudesse falar, talvez dissesse que nem sempre é assim. Só diante de Deus nos vemos sem histórias. Mas eu não sou crente, Meritíssimo.

A enfermeira logo virá para administrar mais uma dose de morfina, tocando seu rosto com a delicada facilidade de alguém que passou a vida cuidando dos outros. Ela disse que vão acordar o senhor amanhã, e amanhã já quase chegou. Ela lavou o sangue de minhas mãos. Pegou uma escova de sua bolsa e passou por meu cabelo, como minha mãe costumava fazer. Estendi a mão e impedi o gesto dela. Fui eu que... — comecei a dizer, mas parei aí.

O senhor ficou parado diante dos faróis, tão imóvel que pensei, na fração de segundo que me restou para pensar, que estava esperando por mim. Então o guinchar de freios, o golpe no corpo. O carro derrapou e parou. Minha cabeça bateu na direção. O que eu fiz? A estrada estava vazia. Quanto tempo passou até eu ouvir o abissal gemido de dor e entender que o senhor estava vivo? Até encontrar o senhor na relva e pegar sua cabeça em minhas mãos? Até o gemido da sirene, a mancha vermelha de luz, o amanhecer cinzento pela janela em que eu via, pela primeira vez, o seu rosto? O que eu fiz, o que eu fiz?

Juntaram-se em torno do senhor. Penduraram-no de volta na vida, como um casaco que caiu do cabide.

Fale com ele, ela disse, fixando o eletrodo que havia se soltado de seu peito. É bom para ele ouvir a senhora. Bom? Ela disse: É bom para a senhora falar. Sobre o quê? Apenas fale. Por quanto tempo?, perguntei, embora soubesse que ia ficar sentada ao seu lado pelo tempo que permitissem, até chegar sua esposa verdadeira ou sua amante. O pai dele está a caminho, ela disse, e fechou as cortinas em torno de nós. Por mil e uma noites, pensei. Mais.

Buracos para nadar

Lotte lembrou-se de mim até o final. Era eu que muitas vezes não conseguia mais lembrar a pessoa que ela havia sido. Suas frases começavam com bastante facilidade, mas logo falhavam e submergiam no esquecimento. Ela também não me entendia. Às vezes, dava a impressão de entender, mas mesmo que alguma combinação de palavras que eu fazia despertasse uma fagulha de sentido em sua mente, no momento seguinte ela a perdia. Ela morreu depressa, sem dor. No dia 25 de novembro comemoramos seu aniversário. Eu trouxe um bolo da padaria de que ela gostava em Golders Green e nós dois sopramos as velinhas juntos. Na noite seguinte ela manifestou uma febre muito alta e problemas para respirar. Sua saúde não estava boa e ela já estava muito frágil; nos últimos anos de vida havia envelhecido muito. Chamei nosso médico, que veio vê-la em casa. Seu estado piorou e algumas horas depois a levamos para o hospital. A pneumonia veio depressa e tomou conta dela. Em suas últimas horas ela implorou que a deixassem morrer. Os médicos fizeram todo o possível para salvá-la, mas quando não havia mais nada a fazer, a deixaram em paz. Eu me deitei com ela na cama estreita e acariciei seu cabelo. Agradeci a ela pela vida que havia partilhado comigo. Eu disse a ela que ninguém podia ter sido mais feliz do que nós fomos. Contei-lhe de novo a história da primeira vez que a vi. Logo depois ela perdeu a consciência e foi embora.

Cerca de quarenta pessoas foram ao cemitério Highgate na tarde em que a enterrei. Muito antes, tínhamos resolvido que íamos ser enterrados juntos lá, onde tínhamos passeado tantas vezes pelas alamedas cobertas de vegetação, lendo os nomes nas lápides caídas. Nessa manhã, eu estava agitado e nervoso. Só quando o rabino começou a recitar o *kadish* foi que me dei conta de que alguma parte de mim acreditava que o filho dela poderia comparecer. Por que mais eu havia publicado o pequeno anúncio no jornal? Lotte com certeza não teria aprovado. Para ela, a vida privada era exatamente isso. Com os olhos borrados por lágrimas, procurei pelas árvores um vulto na paisagem. Sem chapéu. Sem casaco, talvez. Desenhado depressa, como os mestres às vezes desenhavam um retrato de si mesmos escondido num canto escuro da tela ou escondido numa multidão.

Três ou quatro meses depois da morte de Lotte, comecei a viajar de novo, como tinha sido incapaz de fazer desde que ela ficara mal. Sobretudo pela Inglaterra ou Gales, e sempre de trem. Eu gostava de ir onde podia caminhar de aldeia para aldeia, ficando cada noite num lugar diferente. Levando minha vida assim, com apenas uma mochila pequena, eu tinha uma sensação de liberdade que não sentia havia muitos anos. Liberdade e paz. A primeira viagem que fiz foi ao distrito dos Lagos. Um mês depois, fui a Devon. Da aldeia de Tavistock, atravessei Dartmoor, me perdendo pelo caminho até ver finalmente as chaminés da prisão se erguerem ao longe. Cerca de dois meses depois disso, peguei um trem para Salisbury para visitar Stonehenge. Fiquei junto com os outros turistas debaixo do monstruoso céu cinzento, imaginando os homens e mulheres neolíticos cujas vidas tão frequentemente terminavam com um golpe de força bruta no crânio. Havia um pouco de lixo no chão, embalagens de papel metalizado brilhantes, coisas assim. Fui catando tudo e quando me ergui de novo, as pedras estavam ainda maiores e mais assustadoras que antes. Também comecei a pintar, um hobby que eu tinha quando jovem, mas que havia abandonado ao me dar conta de que não tinha talento. Mas talento, venerado por tudo o que promete quando a pessoa é jovem, parecia afinal absolutamente irrelevante: não havia o que me prometer agora, e eu não queria promessas. Comprei um pequeno cavalete desmontável e o levava comigo nas viagens, desdobrando-o sempre que a paisagem me tocava. Às vezes, alguém parava para olhar, eu achava um jeito de puxar conversa, e me ocorreu que não havia necessidade de contar a essa gente a verdade sobre mim. Eu dizia que era um médico do interior, dos arredores de Hull, ou um piloto que tinha voado num Spitfire na batalha da Grã-Bretanha, e quando dizia isso era capaz de ver de fato o desenho dos campos lá embaixo, se abrindo em todas as direções, como um código. Não havia nada de sinistro nisso, nada que eu quisesse esconder, apenas certo prazer em sair de mim mesmo e me tornar outra pessoa momentaneamente, e depois outro tipo de prazer, ao observar as costas do estranho sumindo ao longe e mergulhar de novo em mim mesmo. Sentia uma coisa semelhante nas noites em que acordava em alguma hospedaria e esquecia por um instante onde estava. Até meus olhos se acostumarem para distinguir as linhas da mobília, ou até que algum detalhe do dia anterior me voltasse, eu ficava suspenso no desconhecido, um desconhecido que, ainda ligado soltamente à consciência, desliza com tanta facilidade para o incognoscível. Uma fração de segundo apenas, uma fração de pura, monstruosa existência livre de pontos de referência, do mais excitante terror, eliminado quase imediatamente por uma percepção da realidade que vim a considerar nesses momentos como ofuscante, um chapéu puxado sobre os olhos, uma vez que, embora eu soubesse que sem isso a vida seria quase inabitável, eu me ressentia mesmo assim por tudo o que isso me privava.

Em uma dessas noites, acordei antes de conseguir lembrar onde estava e um alarme soou. Ou melhor, foi o alarme que me acordou, embora deva ter havido um lapso entre o romper do sono e uma consciência do barulho ensurdecedor. Saltei da cama e meu braço derrubou o abajur ao chão. Ouvi a lâmpada quebrar e me lembrei que estava no parque nacional Brecon Beacons em Gales. Senti um cheiro de fumaça acre enquanto tateava pelo interruptor e enfiava as roupas. O cheiro de queimado no corredor era sufocante e ouvi gritos vindos das entranhas do edifício. De alguma forma, achei a escada. Ao descer, encontrei outras pessoas em vários estágios de vestuário. Havia uma mulher carregando uma criança descalça, uma criança que estava absolutamente imóvel e quieta, como o olho de um furacão. Lá fora, havia um pequeno grupo reunido no gramado em frente ao prédio, alguns extasiados com o rosto voltado para cima, iluminados pelo fogo, outros dobrados, tossindo. Só quando me integrei ao círculo deles foi que me voltei para olhar. Chamas já estavam consumindo o teto e saindo pelas janelas do último andar. O prédio devia ter mais de cem anos, uma imitação de estilo Tudor com grandes vigas de madeiras no teto, feitas com os mastros de velhos navios mercantes, segundo o folheto do hotel. Queimou tudo como lenha seca. A criança impassível observava calada, a cabeça apoiada no ombro da mãe. O zelador da noite apareceu com uma lista de hóspedes e começou uma chamada. A mãe da criança respondeu pelo nome de Auerbach. Me perguntei se seria alemã, talvez até mesmo judia. Ela estava sozinha, não havia marido ou pai e por um momento, enquanto o fogo rugia, os bombeiros estacionavam seus carros, e meus pertences, meu cavalete, tintas e as roupas que havia trazido viravam fumaça, imaginei pôr a mão no ombro da mulher e levá-la com a criança para longe do prédio em chamas. Visualizei o olhar agradecido em seu rosto quando se voltasse para mim e a expressão plácida de aceitação da criança, ambas conscientes de que meus bolsos estavam cheios de migalhas e que dali em diante, de floresta em floresta, eu as guiaria e protegeria, cuidaria delas como se fossem minhas. Mas a fantasia heroica foi interrompida pelo murmúrio de excitação que perpassou o grupo: estava faltando um hóspede. O zelador repassou a lista, chamando cada nome em voz alta, e dessa vez todo mundo se calou, tocado pela seriedade da tarefa em andamento e pela sorte do salvamento. Quando o zelador chegou ao nome Rush, ninguém respondeu. Senhorita Emma Rush, ele repetiu, e a resposta foi o silêncio.

Passou-se mais uma hora antes de apagarem o fogo completamente e o corpo dela ser encontrado, trazido para a estrada e coberto com um encerado preto. Ela havia pulado do último andar e quebrara o pescoço. Só um hóspede se lembrava dela e a descreveu como uma mulher de meia-idade, sempre com um par de binóculos que usava, provavelmente, para observar os pássaros nos vales, gargantas e florestas de Brecon Beacons. Uma ambulância partiu para o necrotério e a outra, levando as pessoas que haviam inalado fumaça, para o hospital. O resto de nós foi dividido em várias hospedarias nas cidades próximas nos limites do parque. A mulher de nome Auerbach e sua filha foram para Brecon, e eu para Abergavenny na direção oposta. A última coisa que vi delas foi o cabelo emaranhado da menina desaparecendo dentro do veículo. No dia seguinte, havia uma notícia sobre o incêndio no jornal local, no qual se dizia que a causa havia sido elétrica e a falecida, uma professora primária de Slough.

Poucas semanas depois da morte de Lotte, meu velho amigo Richard Gottlieb apareceu para saber como eu estava indo. Era um advogado, e anos antes persuadira Lotte e eu a fazermos nossos testamentos — nenhum de nós dois jamais foi prático quanto a esse assunto. Ele havia perdido a mulher alguns anos antes e desde então encontrara outra pessoa, uma viúva oito anos mais moça que ele que cuidava da própria aparência e não se deixava abater. Uma força de vida, ele dizia dela, mexendo o leite no chá, e com isso eu sabia que ele queria dizer que é terrível morrer sozinho, envelhecer e se atrapalhar com os comprimidos, escorregar no banho e quebrar a cabeça, que eu devia pensar no meu futuro, ao que eu replicava que pensava viajar um pouco quando o tempo esquentasse. De um jeito ou de outro, ele deixou morrer o assunto, levantado tão brevemente. Antes de sair, ele pôs a mão em meu ombro. Vai querer revisar seu testamento agora, Arthur?, perguntou. Certo, eu disse, claro, mas na época não tinha a menor intenção de fazer isso. Vinte anos antes, quando fizemos os testamentos, Lotte e eu tínhamos deixado tudo um para o outro. No caso de ambos morrerem de uma vez, dividimos as coisas entre várias instituições de caridade, sobrinhas e sobrinhos (meus, claro; Lotte não tinha família). Os direitos dos livros de Lotte, que rendiam uma ninharia, deixamos para nosso querido amigo Joseph Kern, um antigo aluno meu que prometera atuar como executor.

Mas no trem de volta de Gales, com a roupa ainda fedendo a fumaça e cinza, a foto da professora de Slough morta olhando para mim do jornal dobrado em meu colo, foi como se a porta de ferro da morte se abrisse e através dela, por um instante, eu vislumbrasse Lotte. *No mais fundo de si mesma*, como diz o poema, *tomada por sua vasta morte, que era tão nova, ela não conseguia entender o que tinha acontecido.* E ao vê-la assim, alguma coisa se partiu dentro de mim, uma pequena válvula que não conseguia mais aguentar tanta pressão, e comecei a chorar. Pensei sobre o que Gottlieb havia dito. Talvez estivesse na hora de revisar, afinal.

Nessa noite, de novo em casa, fiz ovos fritos para o jantar e comi assistindo ao noticiário. Mais cedo, naquele dia, o general Pinochet havia sido preso no hospital London Bridge, onde estava convalescendo de uma cirurgia nas costas. Muitos exilados chilenos, vítimas de sua tortura, foram entrevistados; podia-se ouvir comemorações ao fundo. O rapaz, Daniel Varsky, me voltou brevemente, vividamente, como tinha aparecido aquela noite em nossa porta. Liguei a televisão para acompanhar a história, e também, acho, para ver se havia alguma reportagem sobre o incêndio, ou a mulher de Slough, mas é claro que não havia. As imagens de Pinochet em farda militar, saudando o exército, acenando do balcão do La Moneda, se intercalavam com um filme borrado de um velho vestido com camisa amarelo-canário, semirreclinado no banco de trás de um carro da Scotland Yard.

Havia um velho gato macho e feroz que às vezes espreitava nosso jardim e vinha me pedir comida. À noite, ele gritava como um recém-nascido. Deixei uma tigela de leite para ele saber que eu estava de volta. Mas ele não apareceu essa noite e de manhã havia uma mosca morta boiando de barriga para cima no leite. Assim que deu nove horas, peguei nosso velho caderno de endereços com a caligrafia de Lotte e encontrei o número de Gottlieb. Ele atendeu, cheio de animação. Contei a ele sobre minha viagem a Brecon Beacons, mas não sobre o incêndio; não queria perturbar o silêncio em torno do fato, suponho, ou traí-lo transformando-o numa história. Perguntei se eu podia ir falar com ele em pessoa, ele expressou seu entusiasmo, telefonou para a mulher e depois de uma pausa abafada me convidou para tomar o chá da tarde.

Passei a manhã lendo Ovídio. Eu lia diferente agora, com mais dificuldade, sabendo que provavelmente estava revisitando os livros de que gostava pela última vez. Um pouco depois das três, atravessei o Heath na direção de Well Walk, onde Gottlieb morava. As janelas estavam decoradas com os recortes de papel de seus netos. Quando ele abriu a porta, estava com as faces rosadas e a casa exalava um aroma de pimenta-da-jamaica, como aqueles sachês que as mulheres colocam na gaveta de lingerie. Bondade sua vir, Arthur, ele disse, me dando tapinhas nas costas, e me levou para uma sala ensolarada que dava para a cozinha, onde a mesa já estava arrumada para o chá. Lucie veio me cumprimentar e conversamos sobre uma peça que ela havia assistido no Barbican na noite anterior. Depois ela pediu licença, dizendo que tinha de visitar uma amiga, e nos deixou sozinhos. Quando a porta se fechou atrás dela, Gottlieb tirou os óculos de um estojinho de couro e colocou-os, óculos que aumentavam seus olhos muitas vezes, como os olhos de um lêmure. Para me enxergar melhor, não pude deixar de pensar; ou enxergar através de mim.

O que vou dizer poderá ser uma surpresa para você, comecei. Eu mesmo me surpreendi quando descobri isso, alguns meses antes de Lotte morrer. Desde então, não pude mais me acostumar à ideia de que a mulher com quem vivi durante quase cinquenta anos foi capaz de esconder de mim algo dessa escala, um segredo que, não tenho dúvidas, foi sempre uma parte viva e insistente de sua vida interior todos esses anos. É verdade, eu disse a Gottlieb, que Lotte raramente falava sobre seus pais assassinados nos campos, ou sobre a infância da qual foi exilada em Nuremberg. O fato de ela demonstrar uma capacidade, um talento mesmo, para o silêncio talvez devesse ter me alertado para a possibilidade de haver outros capítulos de sua vida que ela podia ter escolhido esconder de mim, afundar em si mesma como um navio naufragado. Mas, sabe, a questão do destino dos pais e da perda de seu mundo anterior era do meu conhecimento. Ela havia conseguido me comunicar o pesadelo dessas partes de seu passado em algum momento do começo de nosso relacionamento sob a forma de um teatro de sombras, sem nunca se demorar nele ou revelá-lo completamente, e conseguira ao mesmo tempo deixar claro para mim que eu não devia esperar que ela fosse tocar nesses assuntos, nem deveria eu tocar neles. Que sua sanidade, sua habilidade de continuar com a vida, tanto a dela como a que construímos juntos, dependia de sua habilidade e de minha solene concordância em isolar essas lembranças de pesadelo, deixar que elas dormissem como lobos num covil, e nada fazer para ameaçar seu sono. Eu sabia muito bem que ela visitava esses lobos em seus sonhos, que se deitava com eles e até escrevia sobre eles, muitas vezes metamorfoseados. Eu era um cúmplice, senão um sócio igualitário de seus silêncios. E como tal, eles não eram o que se poderia chamar de secretos. Devo dizer também que apesar de minha aceitação desses termos e de meu desejo de protegê-la, apesar da terna compreensão e compaixão que aspirava sempre demonstrar a ela, e de minha culpa por ter vivido uma vida protegida desses tormentos e sofrimentos, nem sempre eu estava acima de suspeita. Admito que havia momentos, de que não me orgulho, em que eu afundava na ideia de que ela mantinha alguma coisa escondida de mim a fim de me trair voluntariamente. Mas minha suspeita era pequena e mesquinha, a suspeita de um homem que teme que suas forças (creio que posso falar com franqueza sobre essas coisas com você, eu disse a Gottlieb, que você não ignora o que estou tentando dizer), sua força sexual, a qual se espera que permaneça década após década, não mereça mais a mesma estima de sua mulher, que ela, que ele ainda considera bonita, que ainda evoca nele uma sensação de lascívia, não se excita mais com seu estado flácido e dilapidado revelado debaixo das cobertas, um homem que, para complicar ainda mais as coisas, tomou como exemplo seu próprio desejo por estranhas, algumas de suas alunas, ou as esposas de seus amigos, como prova incontroversa de que sua mulher deve sentir desejo por outros homens além dele. Sabe, quando duvidei dela, foi de sua lealdade que duvidei, embora eu deva dizer em minha defesa que não foi com frequência, e também que respeitar o direito ao silêncio de uma esposa como eu tentei fazer, abafar sua própria necessidade de garantias, sufocar as perguntas antes que elas surjam e escapem da boca, nem sempre é fácil. Um homem teria de ser mais que humano para não se perguntar, às vezes, se ela não teria contrabandeado para aquelas formas maiores de silêncio, aquelas tacitamente combinadas havia muito tempo, outras formas, mais baratas — chamemos de omissões ou mesmo mentiras — para mascarar o que resultaria em traição.

Nesse ponto, Gottlieb piscou e no silêncio daquela tarde ensolarada ouvi seus cílios, aumentados muitas vezes, roçarem contra as lentes dos óculos. Fora isso, a sala, a casa, o próprio dia pareciam esvaziados de todo som que não a minha voz.

Suponho que houvesse mais alguma coisa a erguer o alicerce de minha inquietação, continuei, algo da vida de Lotte antes que eu a conhecesse. Como era parte de seu passado, eu sentia que não tinha o direito de interrogá-la a respeito, embora às vezes ficasse frustrado com suas reticências e ressentido por sua exigência não expressa de privacidade no assunto, uma vez que, até onde eu sabia, nada tinha a ver com sua perda. Claro que eu sabia que tivera outros amantes antes de mim. Afinal, estava com vinte e oito anos quando a conheci e durante muitos anos vivera sozinha, sem nenhuma família no mundo. Ela era uma mulher estranha sob muitos aspectos, uma mulher diferente do tipo que muitos homens de sua idade teriam encontrado, mas se posso usar meu próprio sentimento como exemplo, adivinho que isso atraiu ainda mais esses homens para ela. Não sei quantos amantes teve, mas suponho que bastantes. Acho que guardou silêncio a respeito deles não só pelo desejo de reter o passado, mas também para não despertar meu ciúme.

E, no entanto, senti ciúmes mesmo assim. Vagamente ciumento de todos eles — de como e onde a tocaram, e do que ela podia ter contado a eles de si mesma, de seu riso por algo que tinham dito — e torturantemente ciumento de um em particular. Eu não sabia nada dele a não ser que devia ter sido o mais sério de todos, o mais sério para ela, porque só ele tivera permissão de deixar para trás um traço. Você tem de entender que na vida de Lotte, uma vida reduzida para caber no menor espaço possível, não havia quase nenhum traço de seu passado. Nem fotografias, nem lembranças, nem heranças. Nem mesmo cartas, ou nenhuma que eu tenha visto. As poucas coisas entre as quais ela vivia eram inteiramente práticas, e não tinham valor sentimental para ela. Isso ela garantia; era uma regra pela qual vivia naqueles dias. A única exceção era sua escrivaninha.

Chamar aquilo de escrivaninha era pouco. A palavra evoca algum artigo caseiro, discreto, de trabalho ou domesticidade, um objeto prático e sem personalidade que está sempre pronto para oferecer seu dorso ao uso do dono e que, quando não em uso, ocupa com humildade o espaço que lhe foi designado. Bem, eu disse a Gottlieb, pode apagar imediatamente essa imagem. Aquela escrivaninha era outra coisa inteiramente diferente: uma coisa enorme, cheia de augúrios, que dominava os ocupantes da sala que habitava, fingindo ser íntima mas, como uma dioneia, pronta para saltar sobre eles e digeri-los através de uma de suas muitas gavetinhas terríveis. Talvez você pense que estou fazendo uma caricatura. Não o censuro. Teria de ver a escrivaninha com seus próprios olhos para entender que o que estou dizendo é perfeitamente exato. Ela ocupava quase metade de seu quarto alugado. A primeira vez que ela permitiu que eu passasse a noite com ela naquela cama pateticamente minúscula, acovardada à sombra da escrivaninha, acordei coberto de suor frio. Ela pairava sobre nós, uma coisa escura e sem forma. Uma vez, sonhei que abria uma das gavetas e descobria que ela continha uma múmia supurada.

 Tudo o que ela dizia era que tinha sido um presente; não havia necessidade, ou talvez seja melhor dizer que ela não via necessidade, ou resistia à necessidade, de dizer de quem. Eu não fazia ideia do que acontecera com ele. Se ele havia machucado seu coração, ou ela o dele, se ele tinha ido embora para sempre, ou se ainda podia voltar, se estava vivo ou morto. Eu estava convencido de que ela o amava mais do que poderia me amar jamais e que algum obstáculo impossível havia surgido entre eles. Isso me dilacerava. Eu costumava fantasiar que o encontrava na rua. Às vezes, atribuía a ele uma perna manca, ou um colarinho sujo, só para que ele me deixasse em paz e me permitisse dormir um pouco. Presenteá-la com aquela escrivaninha me parecia um ato de gênio cruel — uma maneira de estabelecer sua posse, de se insinuar no mundo inalcançável da imaginação dela, de forma que pudesse possuí-la, de forma que toda vez que ela se sentasse para escrever, estivesse diante de seu presente. Às vezes, eu rolava no escuro para olhar Lotte adormecida: ou ele vai embora, ou vou eu, eu me imaginava dizendo. Durante aquelas noites longas e frias em seu quarto, não havia em minha cabeça distinção entre ele e a escrivaninha. Mas eu nunca tive coragem de dizer isso. Em vez disso, eu deslizava uma mão por baixo de sua camisola e começava a acariciar suas coxas quentes.

 No fim, deu tudo em nada, eu disse a Gottlieb, ou quase nada. A cada mês que passava, eu ficava mais seguro dos sentimentos de Lotte por mim. Pedi que casasse comigo e ela aceitou. Ele, fosse quem fosse, era parte de seu passado e, assim como o resto, havia mergulhado nas profundezas escuras, irrecuperáveis de Lotte. Aprendemos a confiar um no outro. E na maior parte dos cinquenta anos, as suspeitas que eu às vezes alimentava, a ideia ridícula de que ela podia me trair com outro homem, mostraram-se infundadas. Não acredito que Lotte fosse capaz de fazer qualquer coisa que ameaçasse de alguma forma o lar que nós dois havíamos construído tão cuidadosamente. Acho que ela sabia que não sobreviveria a outra vida, de especificações desconhecidas. Não penso que tivesse ânimo para me machucar. No fim, minhas dúvidas sempre desapareciam sozinhas, sem necessidade de confronto, e em minha cabeça as coisas voltavam outra vez a ser como sempre tinham sido.

Foi só nos meses finais da vida de Lotte, eu disse a Gottlieb, que descobri que havia uma coisa enorme que ela havia escondido de mim todos aqueles anos. Aconteceu quase por acaso, e muitas vezes, desde então, me surpreende como ela chegou perto de manter seu segredo até o fim. Mas não fez isso, e embora sua cabeça estivesse falhando, não posso deixar de acreditar que no fim ela escolheu não calar. Escolheu uma forma de confissão que combinava com ela, que fazia, em seu obscuro estado mental, uma espécie de sentido. Quanto mais penso nisso, menos me parece um ato desesperado e mais a culminação de uma lógica oblíqua. Sozinha, ela conseguiu chegar à juíza. Sabe Deus como. Havia momentos em que ela mal conseguia chegar ao banheiro. E, no entanto, ainda havia momentos de lucidez em que sua mente de repente se reorganizava e então eu era como um marinheiro no mar que de repente vê as luzes de sua cidade natal iluminarem o horizonte e começa a ir loucamente para a costa, para, um momento depois, se ver de novo sozinho no escuro infinito. Deve ter sido nesse momento, eu disse a Gottlieb, sentado imóvel em sua cadeira, que Lotte se levantou do sofá onde assistia à televisão e, enquanto a enfermeira estava ocupada ao telefone na outra sala, saiu de casa silenciosamente. Algum reflexo antigo deve tê-la feito lembrar de pegar a bolsa no cabide da entrada. Quase certamente ela tomou o ônibus. Teria de fazer uma baldeação, algo complexo para ela conseguir resolver sozinha, então tenho de achar que ela se pôs nas mãos do motorista, deve ter pedido que lhe mostrasse o caminho, como fazíamos em crianças. Ainda me lembro de minha mãe me pondo no ônibus em Finchley aos quatro anos e pedindo ao motorista que me fizesse descer em Tottenham Court Road, onde minha tia estaria esperando por mim. Me lembro da sensação de deslumbramento quando rodávamos pelas ruas molhadas, da visão que eu tinha da nuca musculosa do motorista, do arrepio de alegria que senti pelo privilégio de viajar sozinho, misturado a um arrepio de medo produzido pela desconfiança de que ao final de todas aquelas curvas, feitas aparentemente ao acaso pela imensa direção preta do motorista, minha tia, com suas faces rosadas e chapéu engraçado debruado de vermelho, efetivamente se materializaria. Talvez Lotte tenha sentido a mesma coisa. Ou talvez, decidida como devia estar, não sentiu medo algum e, quando o motorista mostrou o ponto certo e qual ônibus tomar em seguida, tenha dado a ele um daqueles sorrisos abertos que reservava aos estranhos, como se fosse capaz de passar, aos olhos deles, por uma mulher comum.

Ao contar a Gottlieb o que aconteceu entre Lotte e a juíza e depois descrever a certidão do hospital e o cacho de cabelo que encontrei entre seus papéis, senti um alívio, uma tremenda liberação da carga, sabendo que eu não seria mais o único responsável por seu segredo. Disse a ele que queria encontrar o filho dela. Gottlieb se endireitou na cadeira e deu um longo suspiro. Então fui eu que esperei ouvir o que vinha em seguida, sabendo que tinha me colocado em suas mãos e só procederia como ele determinasse. Ele tirou os óculos e seus olhos encolheram, reduziram-se de novo aos olhos firmes de um advogado. Ele se levantou da mesa, saiu da sala e voltou um momento depois com um bloco de papel, depois tirou a caneta-tinteiro que mantinha permanentemente no bolso. Pediu para eu repetir a informação da certidão do hospital. Perguntou também exatamente quando Lotte havia chegado a Londres com o *Kindertransport* e os endereços dos lugares onde havia morado antes de me conhecer. Contei o que eu sabia e ele anotou tudo.

Quando terminou de escrever, fechou o bloco. E a escrivaninha?, perguntou. O que aconteceu com a escrivaninha? Uma noite, no inverno de 1970, eu disse, um rapaz, um poeta do Chile, tocou nossa campainha. Era admirador dos livros de Lotte e queria conhecê-la. Durante algumas semanas passou a fazer parte da vida dela. Na época, eu não entendi o que havia nele que a levara — ela que era sempre uma pessoa tão reservada e introvertida — a se entregar tanto. Senti ciúmes. Um dia, voltei de uma viagem e descobri que ela havia dado a escrivaninha para ele. Na época, fiquei perplexo. A escrivaninha a que ela se apegara, da qual recusava se livrar, que arrastava consigo desde que eu a conhecera. Só muito mais tarde vim a entender que o rapaz, Daniel Varsky, tinha a mesma idade do filho que ela havia dado para adoção. Como ele devia lembrá-la de seu próprio filho e como teria sido com ele. Como esses dias com Daniel devem ter sido comoventes para ela, de um modo que ele próprio jamais entenderia. Ele também deve ter se perguntado o que ela viu nele e por que se entregou tanto a ele. Todos aqueles anos que ela se submeteu àquele móvel monstruoso que seu amante lhe havia dado, com o qual ele a prendeu a si — a si e depois ao sombrio segredo do filho a que ela renunciou. Todos aqueles anos que ela a carregou como carregou sua culpa. Como deve ter lhe parecido certo, nas misteriosas associações poéticas da mente, dar por fim a escrivaninha àquele rapaz que lembrava seu próprio filho.

Virei para olhar a janela, cansado depois de tanto falar.

Gottlieb se mexeu na cadeira. Elas são feitas de material diferente do nosso, ele disse baixo, e tomei a frase como menção a mulheres, ou a nossas esposas, e assenti com a cabeça, embora o que eu quisesse dizer era que Lotte era feita de outro material completamente diferente. Me dê algumas semanas, ele disse. Vou ver o que consigo descobrir.

Naquele outono, esfriou tarde. Uma semana depois de plantar os bulbos de primavera, fiz minha mala, tranquei a casa e tomei um trem para Liverpool. Gottlieb levara menos de um mês para localizar o nome do casal que adotara o filho de Lotte e descobrir um endereço. Uma noite, ele apareceu em casa para me entregar um papel com a informação. Não perguntei como a tinha conseguido. Ele tinha seus meios — seu trabalho o levava a conhecer pessoas em todas as camadas sociais, e como ele era uma pessoa que desviava de seu caminho pelos outros, muitos lhe deviam favores que ele não evitava cobrar um dia. Talvez eu também seja uma dessas pessoas. Tem certeza de que quer fazer isso, Arthur?, ele perguntou, afastando uma mecha de cabelo grisalho da testa. Estávamos parados no hall, a coleção de chapéus de palha nunca usados pendurada na parede como os figurinos de outra vida, mais teatral. O motor de seu carro ainda estava ligado lá fora. Tenho, respondi.

Mas durante algumas semanas não fiz nada. Uma parte de mim estava convencida de que todos os traços do filho haviam desaparecido, então eu não havia me preparado adequadamente para receber os nomes dos pais dele, aqueles com quem ele havia passado a vida. Elsie e John Fiske. John que talvez fosse chamado de Jack, pensei enquanto separava as touceiras de hostas em meu colo, alguns dias depois, e imaginei um homem rude, inclinado sobre o balcão de um pub, com tosse crônica, apagando seu cigarro. Separando as raízes emaranhas com os dedos, imaginei Elsie também, raspando a comida de um prato para a lata de lixo, vestindo um roupão, o cabelo ainda com bobe, iluminada pela luz tristonha do amanhecer de Liverpool. Só o filho é que eu não conseguia imaginar, um rapaz com os olhos de Lotte ou sua expressão. Filho dela!, pensei, colocando a bolsa na prateleira acima de meu banco, mas assim que o trem partiu da estação Euston, imaginei nas janelas de um trem que passava, o tremular dos rostos daqueles de quem Lotte havia se despedido em sua vida — a mãe e o pai, irmãos e irmãs, amigos de escola, oitenta e seis crianças sem lar indo para o desconhecido. Pode-se realmente censurá-la por encontrar dentro de si uma recusa — a recusa de ensinar uma criança a andar para vê-la ir embora? Sua perda de memória, a perda de sua mente no final, fazia um sentido grotesco em que eu nunca havia pensado: foi um jeito de me deixar sem esforço, deslizando um trecho incomensurável a cada hora de cada dia, tudo para evitar a despedida final, esmagadora.

Aquilo era um começo para mim, o começo de uma longa e complexa jornada que não sabia que estava fazendo. Embora, talvez, alguma parte de mim pressentisse isso afinal, porque quando tranquei a porta de casa, fui tomado por uma sensação de melancolia que eu só sentira antes ao partir para uma longa viagem, uma sensação oca de incerteza e remorso, e quando olhei por cima do ombro e vi a janela escura de nossa casa, pensei que não era impossível que, dada a minha idade e todas as coisas que podem acontecer a uma pessoa, eu nunca mais a visse novamente. Imaginei o jardim crescido, selvagem, de novo como tinha sido quando o vi pela primeira vez. Era uma ideia melodramática e a rejeitei como tal, mas muitas vezes ao longo do caminho me lembrei de havê-la tido. Em minha bolsa, entre as roupas e livros usuais, eu levava um cacho de cabelo, a certidão do hospital e um exemplar de *Janelas quebradas* para dar ao filho de Lotte. Na quarta capa do livro, havia uma fotografia dela e por causa daquela foto eu havia escolhido aquele livro e não outro. Na foto, ela estava maternal como nunca, tão jovem, o rosto tão macio e cheio, o couro cabeludo ainda não aparecia como aparece aos quarenta anos, e pensei que era aquela a Lotte que seu filho poderia gostar de ver, se é que queria vê-la. Mas toda vez que mexia na bolsa, encontrava seus olhos feridos olhando para mim, e às vezes parecia que ela me advertia, às vezes fazia uma pergunta, às vezes tentava me dar uma notícia da morte, até que por fim não consegui mais suportar e tentei perdê-la no fundo da bolsa. Não consegui (ela sempre voltava para cima), então empurrei o livro para o fundo e enterrei-o debaixo do peso de outras coisas.

O trem parou em Liverpool perto das três da tarde. Eu estava olhando um bando de gansos voar pelo céu cinza chumbo e então mergulhamos num túnel e saímos debaixo da cúpula de vidro da estação da Lime Street. O endereço dos Fiske que Gottlieb tinha me dado era em Anfield. Eu planejava passar na frente da casa antes de encontrar uma pensão para pernoitar, depois telefonar na manhã seguinte. Mas ao caminhar pela plataforma, senti uma dor pesada nas pernas, como se tivesse chegado de Londres a pé em vez de sentado sem fazer nada durante duas horas e meia no trem. Parei para trocar a bolsa de ombro e, sem olhar para cima, senti o céu cinzento pesando no teto de vidro, e quando as letras do painel acima da plataforma começaram a oscilar e estalar, os horários e destinos se desintegrando, deixando a nós, os recém-chegados, num limbo, uma onda nauseante de claustrofobia tomou conta de mim e tive de fazer um esforço para resistir ao impulso de ir diretamente para a bilheteria, comprar uma passagem no próximo trem de volta para Londres. As letras começaram a bater de novo e por um momento fui tomado pela ideia de que as letras rolantes estavam soletrando nomes de pessoas. Embora não soubesse dizer quais pessoas. Devo ter ficado ali parado algum tempo, porque um homem da companhia ferroviária, com farda de botões dourados, se aproximou e perguntou se eu estava bem. Há momentos em que a gentileza de estranhos só piora as coisas, porque a pessoa se dá conta do quanto está necessitada de gentileza e a única fonte para isso é um estranho. Mas consegui resistir à autopiedade, agradeci a ele e continuei andando, animado pela sorte de não ser forçado a usar um chapéu como o dele, uma caixa empinada com um visor brilhante que tornaria incomensuravelmente mais difícil a batalha diária por dignidade diante do espelho. Minha satisfação, porém, durou apenas até chegar ao balcão de informações, onde entrei na fila de viajantes que infernizavam a paciência da moça, que parecia ter fechado os olhos num lugar e aberto para se descobrir ali, naquele balcão circular, dando informações sobre Liverpool que ela nem sabia que tinha.

Estava quase escuro quando cheguei ao hotel. As paredes do minúsculo foyer superaquecido eram empapeladas com um padrão floral, havia buquês de flores de seda nas mesinhas aglomeradas no fundo, e, pendurada na parede, embora ainda faltassem algumas semanas para o Natal, uma grande guirlanda de plástico, a coisa toda dando a sensação de se ter entrado num museu dedicado à memória da vida floral há muito extinta. A onda de claustrofobia que eu havia sentido na estação voltou e quando o recepcionista me pediu para preencher um formulário de registro, fiquei tentado a inventar alguma coisa, como se usar um nome e ocupação falsos pudesse trazer o alívio de outra dimensão desusada. Meu quarto dava para uma parede de tijolos e esta também continuava e elaborava o tema floral, de forma que nos primeiros minutos que fiquei parado na porta, achei que não seria possível ficar ali. Se não fosse a forte dor nas pernas e nos pés, que eu sentia como um par de bigornas, eu certamente teria dado meia-volta e ido embora; só a exaustão me fez entrar e me jogar na poltrona com sua densa estampa de rosas exuberantes, embora por mais de uma hora eu não tenha sido capaz de fechar a porta por medo de ficar trancado sozinho com tanta vida artificial e sufocada. Enquanto as paredes pareciam se fechar sobre mim, não consegui deixar de me perguntar, não com palavras, mas com a estenografia fragmentada dos pensamentos que se tem sozinho: que direito tenho eu de revirar uma pedra que ela queria deixar quieta em seu lugar? Foi então que brotou em mim uma sensação como de bile, uma sensação que tentei, mas não consegui controlar, de que o que eu estava fazendo realmente era tentar expor a culpa dela. Expô-la contra a sua vontade, para puni-la. Por que, pode-se perguntar, punir a pobre mulher, por quê? E a resposta que me vem, que é apenas parte da resposta, é que eu queria puni-la por seu intolerável estoicismo, que fazia com que ela jamais precisasse realmente de mim, no sentido mais profundo que uma pessoa pode precisar da outra, uma necessidade que atende sempre pelo nome de amor. Claro que ela precisava de mim — para manter a ordem, para lembrar das compras, para pagar as contas, para fazer companhia, para lhe dar prazer e, no final, para dar banho, limpar, vestir, levar ao hospital e finalmente enterrá-la. Mas se ela precisava que eu cumprisse esses deveres e não qualquer outro homem, igualmente apaixonado por ela, igualmente disponível, é coisa que nunca ficou clara para mim. Creio que se pode dizer que nunca exigi que ela defendesse seu amor, mas por outro lado nunca senti que tinha esse direito. Ou talvez temesse que, honesta como ela era, incapaz de tolerar a menor insinceridade, ela não conseguisse se defender, que ela gaguejaria e se calaria, e então que escolha eu teria senão levantar e ir embora para sempre, ou continuar com as coisas como sempre tinham sido, só que agora com pleno conhecimento de que eu era simplesmente um exemplo onde poderia haver muitos? Não que eu achasse que ela podia me amar menos do que outro homem (embora às vezes eu temesse por isso). Não, o que estou falando, ou tentando falar, é outra coisa, a sensação de que sua autossuficiência — a prova que ela trazia dentro de si de que era capaz de suportar uma tragédia inimaginável sozinha, que de fato a extrema solidão que ela havia construído em torno de si, reduzindo-a, dobrando-a sobre si mesma, transformando um grito silencioso no peso de seu trabalho particular, era precisamente o que possibilitava que ela a suportasse — tornava impossível que ela alguma vez precisasse de mim como eu precisava dela. Por mais áridos ou trágicos que fossem seus contos, seu esforço, sua criação só podia ser sempre uma forma de esperança, uma negação da morte ou um uivo de vida diante dela. E eu não tinha lugar nisso. Se eu existia no andar de baixo ou não, ela continuaria a fazer o que sempre fizera em sua escrivaninha, e era esse trabalho que permitia que sobrevivesse, não meu cuidado ou companhia. Durante toda a nossa vida, insisti que era ela que dependia de mim. Ela que precisava ser protegida, que era delicada e exigia cuidados constantes. Mas na verdade era eu que precisava me sentir necessário.

Com grande dificuldade, consegui me arrastar até o bar do hotel para tomar um gim-tônica e me acalmar. Os únicos outros clientes eram duas velhas, irmãs, creio, talvez até gêmeas, perigosamente frágeis, as mãos deformadas em torno dos copos. Dez minutos depois que eu cheguei, uma delas se levantou e saiu, tão devagar que parecia estar representando uma pantomima, deixando a outra sozinha, até que finalmente a segunda deixou seu lugar com igual lentidão, como uma versão maluca dos Von Trapp saindo de cena com a canção "So long, farewell" e ao passar por mim girou a cabeça e me deu um sorriso aterrorizante. Sorri de volta, a importância das boas maneiras, minha mãe sempre dizia, é inversamente proporcional à vontade de usá-las, ou, em outras palavras, às vezes a polidez é tudo o que resta entre a pessoa e a loucura.

Quando voltei ao quarto 29, uma hora depois, o próprio ar parecia ter assumido um enjoativo odor floral. Tirei da bolsa o número que Gottlieb havia me dado. Disquei e uma mulher atendeu. Posso falar com a senhora Elsie Fiske?, perguntei. É ela. É mesmo?, eu quase disse, porque uma parte de mim ainda abrigava a possibilidade de que o trabalho de detetive de Gottlieb levasse a um beco sem saída e que eu voltaria a Londres, a meu jardim, aos meus livros, à companhia ranzinza do gato, depois de tentar e não conseguir encontrar o filho de Lotte. Alô?, ela disse. Desculpe, falei, talvez pareça estranho. Não quero pegar a senhora desprevenida, mas eu gostaria de discutir uma questão bastante pessoal. Quem está falando? Meu nome é Arthur Bender. Minha esposa — isto é realmente muito estranho, me perdoe, mas garanto que não quero incomodar a senhora de forma alguma, mas algum tempo atrás minha esposa morreu e fiquei sabendo que teve um filho, do qual eu não tinha conhecimento. Um menino que ela entregou para adoção em junho de 1948. Houve um pesado silêncio do outro lado da linha. Pigarreei. O nome dela era Lotte Berg — comecei a dizer, mas ela me interrompeu. O que o senhor deseja exatamente, senhor Bender? Não sei o que me levou a falar com tanta franqueza, talvez alguma coisa no tom da voz dela, a clareza ou inteligência que pensei ouvir nela, mas o que eu disse foi: para responder essa pergunta com franqueza, senhora Fiske, eu teria de ficar no telefone a noite inteira. Sendo o mais direto possível, vim a Liverpool e me perguntei se não seria muito inoportuno pedir para conhecer a senhora, e, talvez, se achar que tudo bem, conhecer o seu filho. Houve outra pausa, uma pausa que pareceu se prolongar por um longo tempo, enquanto a vegetação se desdobrava e avançava pelas paredes. Ele morreu, ela disse, simplesmente. Morreu há vinte e sete anos.

A noite foi longa. O calor do quarto era intolerável e de quando em quando eu me levantava para abrir a janela, e então me lembrava de que estava bloqueada. Joguei todas as cobertas no chão e fiquei deitado de braços e pernas abertos no colchão, inalando o calor que subia do aquecedor, um calor que contaminava meus sonhos como uma febre tropical. Eram sonhos além da linguagem, imagens grotescas de carne crua, molhada, inchada, pendurada em redes negras, e sacos brancos que secretavam um gotejar lento e sem cor que ecoava no chão, imagens dos pesadelos de minha infância que enfim me voltavam, ainda mais aterrorizantes agora do que quando compreendi, naquele estado semialucinatório, que só podiam pertencer à minha morte. Temos de estabelecer certas distinções, eu repetia sem cessar em minha cabeça, ou não eu, mas uma voz sem corpo que eu tomava por minha. Porém, havia um sonho que se destaca dessa monstruosa parada, um sonho simples de Lotte numa praia, desenhando linhas longas na areia com o dedo magro do pé, enquanto eu observava, deitado, apoiado nos cotovelos, dentro do corpo de um homem muito mais jovem, que eu sentia, como uma nuvem à margem de um dia claro, que não pertencia a mim. Quando acordei, o golpe da ausência dela me deixou mudo. Bebi água diretamente da torneira e quando tentei urinar, houve apenas um gotejamento e uma sensação de ardor, como se eu estivesse tentando excretar areia e, de repente, do nada, do jeito que as notícias sobre si mesmo chegam tantas vezes, me dei conta do ridículo que era ter dedicado toda a vida a ser um acadêmico sobre os poetas chamados românticos. Dei a descarga. Tomei uma ducha, me vesti e fui embora do hotel. Quando o recepcionista me perguntou se tudo tinha sido satisfatório, sorri e disse que sim.

 Uma longa caminhada nas horas seguintes ao amanhecer, da qual me lembro pouco. Só que cheguei à casa antes das nove, embora Elsie Fiske tivesse marcado às dez. Minha vida inteira cheguei cedo e me vi parado timidamente numa esquina, diante de uma porta, numa sala vazia, mas quanto mais perto da morte me vejo, mais cedo chego, mais tempo me disponho a esperar, talvez para me dar a falsa sensação de que há tempo demais, quando não há nem o suficiente. Era uma casa de dois andares com terraço, em nada diferente das outras da rua, a não ser pelo número junto à porta — a mesma cortina de renda sem graça, a mesma cerca de ferro. Estava garoando e fiquei andando de um lado para o outro na calçada oposta para me manter aquecido. Alguma coisa nas cortinas de renda me encheu de uma culpa enjoativa. O rapaz estava morto, a história que eu tinha pedido à sra. Fiske para contar terminaria mal. Esses anos todos Lotte havia me escondido a história de seu filho. Por mais que ele a tivesse assombrado, não tinha conseguido interferir em nossas vidas. Em nossa felicidade eu devia dizer, uma vez que a felicidade sempre foi nossa. Como um fisiculturista que ergue um peso enorme, ela havia suportado sozinha seu silêncio. Era uma obra de arte o seu silêncio. E agora eu ia destruí-lo.

Às dez em ponto, toquei a campainha. Os mortos levam consigo seus segredos, pelo menos é o que dizem. Mas não é exatamente verdade, não é? Os segredos dos mortos têm uma qualidade viral e acham um jeito de se manter vivos em outro hospedeiro. Não, minha culpa não ia além de promover o inevitável.

Achei que vi as cortinas se mexerem, mas levou algum tempo até alguém vir à porta. Por fim, ouvi passos e a chave girou. A mulher ali parada tinha cabelos grisalhos muito compridos, cabelos que deviam cobrir suas costas todas quando soltos, mas estavam trançados e enrolados no alto da cabeça, ao estilo de alguém que tivesse saído de um palco depois de representar Tchekhov. Tinha uma postura muito ereta e pequenos olhos cinzentos.

Levou-me até a sala. Entendi imediatamente que seu marido havia morrido e que ela morava ali sozinha. Talvez uma pessoa que more sozinha tenha um sentido especial para matizes, tonalidades e repercussões peculiares dessa vida. Ela indicou um sofá com borlas, decorado com uma abundância de almofadas de crochê, todas, pelo que eu podia ver, mostrando diversas espécies de cães e gatos. Sentei entre elas; uma ou duas escorregaram para meu colo e se aninharam ali. Passei a acariciar a cabeça de um cachorrinho preto estofado. Na mesa, a sra. Fiske havia arrumado um bule de chá e um prato de biscoitos integrais, embora por longo tempo não fizesse um gesto para servi-los e, quando serviu, o chá estava forte demais. Não me lembro como começamos a conversar. Só me lembro que fiquei conhecendo aquele cachorrinho preto, um *spaniel* de algum tipo, e então a sra. Fiske e eu estávamos mergulhados na conversa, uma conversa pela qual nós dois esperávamos havia muito tempo, embora nenhum dos dois soubesse disso. Havia muito pouco (ou pelo menos parecia, sentado naquela sala que, logo me dei conta, estava cheia de reproduções caninas e felinas de todo tipo, não apenas as almofadas, mas também os bibelôs que enchiam as estantes e as pinturas nas paredes) que não poderíamos dizer um ao outro, mesmo que escolhêssemos não dizer tudo e, no entanto, não era intimidade o que existia entre nós, decerto não cordialidade, mas algo mais desesperado. Em nenhum momento nos tratamos de outra forma senão sr. Bender e sra. Fiske.

Falamos de maridos e esposas, da morte do marido dela onze anos antes, que tinha sofrido um enfarte enquanto cantava "You'll never walk alone" no estádio de futebol, dos chapéus, cachecóis e sapatos dos mortos que estão sempre aparecendo, da diminuição do poder de concentração, de cartas devolvidas pelo correio, de viagens por trem, de ficar ao lado de túmulos, de todas as maneiras como a vida pode ser espremida para fora do corpo humano, pelo menos tenho agora a impressão de que falamos dessas coisas, mas admito ser possível que tenhamos falado da dificuldade de cultivar lavanda num clima úmido e que aquelas outras coisas eram apenas o subtexto, tão claramente entendido entre a sra. Fiske e eu. Mas não creio, não creio que tenhamos falado de lavanda ou de jardins. O chá amargo ficou frio, apesar da cobertura do bule. Fios do cabelo da sra. Fiske se soltaram do penteado feito antes.

Tem de entender, ela disse, afinal. Eu tinha trinta anos quando conheci John, e algumas semanas antes, eu havia visto meu reflexo na vitrine de uma loja antes que tivesse a chance de compor meu rosto e depois, no ônibus de volta para casa, passei a aceitar certas coisas. Não foi uma revelação, ela disse, foi mais uma questão de as coisas terem chegado a certo ponto e a imagem que vi refletida foi a última gota. Não muito depois disso, eu estava na casa de minha irmã e o marido dela trouxe um amigo do escritório. John e eu nos vimos tentando passar juntos pelo estreito corredor que levava à cozinha, passar sem nos tocarmos, e ele perguntou, bem desajeitado, se poderia me encontrar outra vez. Na primeira noite que saí com ele fiquei perplexa ao descobrir que, quando ele ria, dava para ver suas obturações e o escuro do fundo da garganta. Ele tinha um jeito de jogar a cabeça para trás e abrir a boca para rir que levei algum tempo para me acostumar. Eu era o que se pode chamar de um tipo solene, disse a sra. Fiske, olhando para a janela atrás de mim, solene e tímida, e apesar da música da risada dele, tive medo do que pensei ver no fundo de sua garganta. Mas achamos um jeito de nos aproximar e nos casamos cinco meses depois, diante de um pequeno grupo de familiares e amigos, muitos dos quais se surpreenderam de se encontrar lá, convencidos que estavam de que eu ia ser uma solteirona, se já não fosse aos olhos deles. Deixei claro para John que não queria perder tempo para tentar ter um filho. Tentamos, mas não foi fácil. Quando finalmente engravidei — é estranho dizer — a sensação que eu tive foi de uma onda entrando e saindo de mim, e quando a onda entrou a criança estava segura dentro de mim e quando recuou a criança foi arrancada de mim, como se tivesse visto alguma coisa bonita e brilhante em algum lugar e por mais que eu tentasse retê-la, não consegui. A atração daquela outra coisa, aquela outra vida, brilhante, era difícil demais de resistir. E então, uma noite, dormindo na cama, senti a onda sair de dentro de mim definitivamente e quando acordei estava sangrando. Tentamos de novo depois disso, mas lá no fundo eu sabia que não seria capaz de gerar um filho. Foram tempos dolorosos para mim e se normalmente eu ria pouco, passei a não rir nunca, mas me lembro de pensar que a risada de John permanecia constante. Não que ele não tivesse ficado triste, mas ele tinha uma disposição alegre, era capaz de virar a esquina e ver as coisas por outro ângulo, ou ouvir uma piada no rádio e bastava para ele. E quando ria, jogando a cabeça para trás, o escuro do fundo de sua garganta me parecia ainda mais cheio de presságios que antes e um pequeno arrepio me percorria. Não quero dar uma impressão errada. Ele era muito atencioso e fazia o possível para me alegrar. De certa forma, não sei explicar, disse a sra. Fiske, o escuro que eu via não tinha nada, ou muito pouco, a ver com o próprio John e tudo a ver comigo; o fundo de sua garganta era simplesmente o lugar onde aquilo morava. Comecei a desviar o rosto quando ele ria para não ver o escuro, e então um dia ouvi o seu riso se apagar como uma luz e quando virei, sua boca estava fechada com força e havia um ar de vergonha em seu rosto. Me senti péssima, cruel na verdade, absurda e egocêntrica, e logo depois cuidei para que as coisas mudassem entre nós. Aos poucos, admitimos uma espécie de ternura que não existia antes. Aprendi algo sobre controlar determinados sentimentos, sobre não ceder à primeira emoção que se apresenta, e me lembro de pensar na época que essa disciplina era a chave para a sanidade. Cerca de seis meses depois, resolvemos adotar uma criança.

A sra. Fiske inclinou-se e mexeu o que sobrava de seu chá como se fosse bebê-lo, ou como se as palavras do resto de sua história estivessem repousando entre as folhinhas de chá do fundo da xícara. Mas então pareceu pensar melhor, devolveu a xícara ao pires e tornou a se encostar em sua cadeira.

Não aconteceu logo, ela disse. Tivemos de preencher infindáveis formulários, existe todo um processo. Um dia, uma mulher de conjunto amarelo veio até nossa casa. Me lembro de ficar olhando sua roupa e pensar que era como um pedacinho de sol, e ela, a enviada de outro clima onde crianças vicejavam e eram felizes, e que tinha chegado a nossa casa para brilhar e ver como era, como tanta luz e felicidade se refletiriam em nossas paredes sem cor. Passei os dias anteriores a sua chegada de joelhos esfregando o piso. Até fiz um bolo na manhã de sua vinda, para haver o cheiro de alguma coisa doce no ar. Usei um vestido de seda azul e fiz John usar um paletó *pied-de-poule*, que ele nunca teria escolhido, porque eu achava que tinha um ar otimista. Mas esperando inquietamente por ela, sentados na cozinha, vi que as mangas eram muito curtas e que o paletó, a maneira como John estava sentado, curvado, com aquele paletó ridículo, revelava mesmo era o nosso desespero. Mas era tarde demais para mudar, a campainha tocou e lá estava ela com sua bolsa de couro legítimo debaixo do braço, contendo nosso arquivo, aquela brilhante guardiã amarela da terra dos unhas pequenas e dos dentes de leite. Ela sentou-se à mesa e pus uma fatia de bolo na sua frente, que ela não tocou. Tirou alguns papéis para assinarmos e passou a realizar a entrevista. John, que se intimidava facilmente com a autoridade, começou a gaguejar. Embaraçada e insegura, temerosa do poder que ela exercia sobre nós, me perdi nas respostas que tentei dar, fiquei aflita e fiz papel de boba. Olhando em torno, vi um sorrisinho artificial repuxar seus lábios, vi que estremeceu e me dei conta de que a casa estava fria. Entendi então que ela não nos daria uma criança.

Depois disso, entrei no que acho que se chama de depressão, embora eu não soubesse disso na época. Quando saí, uns meses depois, tinha me acostumado à ideia de uma vida sem filhos. Então um dia, visitando minha irmã, que havia se mudado para Londres, li o jornal e meus olhos pousaram em um pequeno anúncio no pé da página. Eu podia facilmente ter deixado passar, eram apenas algumas palavras em letras pequenas. Mas eu vi: *Menino de três semanas disponível para adoção imediata.* Abaixo, havia um endereço. Sem hesitar, peguei uma folha de papel e escrevi uma carta. Alguma coisa tomou conta de mim. Minha caneta corria pela página, tentando acompanhar as palavras que brotavam de mim. Escrevi tudo o que não fui capaz de exprimir para a senhora de amarelo que tinha vindo da agência de adoção, e à medida que as letras voavam da ponta de minha caneta eu sabia que aquele anúncio era destinado apenas a mim. O menino, para mim apenas. Enviei a carta e não contei nada a John. Não queria fazê-lo passar por mais coisas do que já fizera; depois de me ver passar pelo pior da depressão, me ver de novo presa de uma cega esperança seria mais do que ele poderia suportar. Mas eu sabia que não era uma esperança cega. E realmente, logo que voltei para Liverpool, alguns dias depois, havia uma carta à minha espera. Estava assinada apenas com as iniciais: L. B. Até o senhor me telefonar ontem à noite, eu nunca soube o nome dela. Ela me pediu para encontrá-la cinco dias depois, às quatro horas da tarde do dia 18 de julho, na frente da bilheteria da estação West Finchley. Esperei até John sair para trabalhar às oito e depressa me pus a caminho. Ia conhecer o meu filho, senhor Bender. O filho que havia esperado tanto. Pode imaginar como eu me sentia ao embarcar no trem? Não conseguia parar quieta. Sabia que ia chamá-lo de Edward, em honra do avô que eu adorava. Claro que ele já devia ter um nome, mas não pensei em perguntar e ela não me disse. Falamos tão pouco. Eu mal podia falar e ela também. Ou talvez ela conseguisse, mas tivesse escolhido não falar. É, acho que foi isso. Havia nela uma calma estranha — minhas mãos é que tremiam. Só mais tarde, durante aqueles primeiros dias, com a casa cheia dos aromas de um bebê novo, foi que pensei naquele outro nome escondido como uma sombra por trás do nome que eu havia lhe dado. Mas com o tempo esqueci disso ou, se não esqueci, me lembrei raramente, apenas nos momentos em que ouvia um nome na rua, numa loja ou num ônibus, e parava, me perguntando se seria aquele.

Quando cheguei a Londres, peguei o metrô para West Finchley. Era um dia quente, ensolarado, e ela era a única que estava na parte interna do saguão das bilheterias. Ela me olhou fixamente, mas não avançou. Senti que estava me olhando por dentro, por baixo de minha pele. Uma calma estranha, foi o que me surpreendeu. Durante um momento, pensei que talvez não fosse a mãe, mas uma substituta enviada em seu lugar para desempenhar a amarga tarefa. Mas quando ela afastou a coberta, eu avancei e vi o rosto do bebê, entendi que só poderia ser ela. Quando por fim falou, o sotaque era pesado. Eu não sabia de onde, Alemanha ou Áustria, talvez, mas entendi que era uma refugiada. O bebê estava dormindo, os punhozinhos fechados de ambos os lados do rosto. Ficamos ali no saguão vazio. Ele não gosta quando o capuz fica muito baixo na testa, ela disse. Foram suas primeiras palavras para mim. Momentos depois, momentos muito longos, ela disse: ponha ele no ombro depois de alimentar, ele chora menos. E então: ele fica com as mãos frias com facilidade. Como se estivesse me dando instruções de como lidar com um carro complicado, e não me entregando seu próprio filho. E, no entanto, depois, quando já estava com ele havia algumas semanas, comecei a ver diferente. Entendi que aquelas poucas coisas eram as descobertas preciosas de alguém que estudou e tentou entender os mistérios do próprio filho.

Sentamos lado a lado no banco duro, disse a sra. Fiske. Ela deu tapinhas no bebê embrulhado em seus braços antes de me entregar. Senti o calor do corpo dele através da coberta. Ele se retorceu um pouco, mas continuou dormindo. Achei que ela ia falar mais alguma coisa, mas não falou. Havia uma sacola no chão, que ela empurrou com o pé em minha direção. Então olhou pela janela e algo que viu na plataforma pareceu mexer com ela, porque se levantou abruptamente. Continuei sentada, porque minhas pernas estavam fracas e tive medo de derrubar o bebê. E assim, do nada, ela começou a se afastar. Só quando chegou à porta foi que parou e olhou para trás. Colei o bebê ao peito e apertei bem. Senti que ele começou a bufar e então o ninei um pouco e ele relaxou, e até resmungou um pouco. Está vendo!, quis gritar para ela. Mas quando olhei de novo, tinha ido embora.

Fiquei sentada imóvel. Ninei o bebê e cantei baixinho para ele. Inclinei minha cabeça sobre a dele para tapar a luz de seus olhos e quando toquei os lábios em sua testa, uma onda de calor pareceu subir dele, e senti o cheiro doce de sua pele e também um odor fétido atrás das orelhas. Subitamente, ele virou o rosto para mim e abriu a boca. Os olhos se arregalaram de choque e os braços se ergueram, como se estivesse tentando se segurar numa queda. Começou a chorar. Senti um súbito calor no rosto e comecei a suar. Sacudi-o, mas ele começou a chorar mais forte. Levantei a cabeça e lá, espiando pela janela, havia um rapaz com um casaco estranho, quase maltrapilho, com gola de pele manchada. Tinha olhos muito pretos e brilhantes. Senti um arrepio na espinha enquanto ele olhava para nós, eu e o bebê. Ele nos olhava com a fome de um lobo e eu sabia que só podia ser o pai da criança. O momento pareceu se alongar, se dissipar, enquanto algum faminto desejo ou horrível remorso se agitava dentro dele. Então um trem chegou à estação e ele embarcou sozinho, foi a última vez que o vi. Quando o senhor telefonou ontem à noite, senhor Bender, tive certeza de que era ele. Só quando o senhor tocou a campainha foi que me dei conta de que não podia ser.

Nesse ponto eu me levantei e perguntei à sra. Fiske onde ficava o banheiro. O *spaniel* preto caiu no chão e ficou balançando de um jeito desagradável. Senti tontura e fraqueza. Fechei a porta e sentei na privada. Havia uma grade de madeira na parede da banheira onde dois ou três pares de meia-calça estavam secando, os pés marrons enrugados ainda pingando, e acima da banheira, uma janela embaçada pela umidade. Pensei em escapar por ela e sair correndo pela rua. Pus a cabeça entre os joelhos para passar a tontura. Durante quarenta e oito anos eu havia repartido minha vida com uma mulher capaz de friamente entregar seu filho a uma estranha. Uma mulher que anunciara o próprio filho no jornal — *seu próprio filho* — como alguém que anuncia um móvel para vender. Esperei que essa ideia lançasse a sua luz plena, esperava entender, quando a porta se abrisse, esperava penetrar uma vida inteira de verdade oculta. Mas não houve nenhuma revelação.

O senhor está bem?, a sra. Fiske perguntou, a voz vindo de muito longe. Não sei o que respondi, só sei que minutos depois ela me fez subir a escada até um quartinho com uma cama de casal onde me deitei sem protestar. Ela me trouxe um copo de água e quando se inclinou para colocá-lo na mesa de cabeceira, a visão de seu pescoço me lembrou de minha mãe. Posso fazer uma pergunta?, falei. Ela não disse nada. Como ele morreu? Ela suspirou e retorceu as mãos. Foi um acidente terrível, ela disse. Depois me deixou sozinho, fechando a porta devagar, e só quando ouvi seus passos se afastando pela escada, mais e mais, e o quarto começou a girar devagar, quase agradavelmente, foi que me ocorreu que eu estava deitado no quarto que pertencera a ele, ao filho de Lotte.

Fechei os olhos. Assim que isto passar, pensei, vou agradecer à sra. Fiske, me despedir e voltar a Londres no primeiro trem. Mas no momento mesmo em que dizia isso, não acreditei. Mais uma vez, tive a sensação de que levaria muito tempo para eu ver de novo a casa de Highgate, se é que a veria. Estava esfriando, o gato teria de encontrar comida em outro lugar. Os buracos para nadar congelariam. O que havia lá naquele fundo macio e lodoso que tanto atraía Lotte dia após dia? Toda manhã ela ia, como Perséfone havia descido, tocar de novo aquela coisa escura, desaparecendo na profundeza negra. Diante dos meus olhos! E eu nunca pude ir com ela. Pode entender como era? Como se uma fenda se abrisse no dia e ela sozinha escorregasse por ela. Um movimento da água e depois a imobilidade que parecia durar para sempre. Uma espécie de pânico tomava conta de mim. E no momento em que eu me convencia de que ela havia batido a cabeça numa pedra ou quebrado o pescoço, a superfície se rompia e ela aparecia de novo, piscando para tirar a água dos olhos, os lábios azuis. Alguma coisa se renovara. A caminho de casa falávamos pouco. Havia apenas o som das folhas e ramos crepitando debaixo de nossos pés como vidro quebrado. Não voltei lá desde que ela morreu.

Devo ter acordado algumas horas depois. Estava anoitecendo lá fora. Fiquei olhando o retângulo mudo de céu. Virei para a parede. Ao fazê-lo, me veio uma imagem de Lotte no jardim. Não faço ideia da proveniência da lembrança e de fato não sei dizer ao certo se aconteceu ou não. Nela, Lotte está parada perto da parede dos fundos, sem saber que a estou observando da janela do segundo andar. A seus pés, queima uma fogueirinha que ela ajeita com um graveto ou talvez um espeto de lareira, curvada sobre o trabalho, pesadamente concentrada, os ombros cobertos com um xale amarelo. De quando em quando, acrescenta mais papéis às chamas, ou talvez sacuda um livro cujas páginas voam para o fogo. A fogueira cresce numa labareda violeta retorcida. O que ela estava queimando e por que eu observava em silêncio da janela não sei dizer, e quanto mais tentava lembrar, menos vívida a imagem se tornava e mais agitado eu ficava.

Meus sapatos estavam arrumados debaixo de uma cadeira, embora eu não me lembrasse de tê-los tirados. Calcei-os de novo, ajeitei a coberta rendada da cama e desci. Quando entrei na cozinha, a sra. Fiske estava ao fogão, de costas para mim. Era aquela hora antes do anoitecer em que ainda não se pensou em acender as luzes. Subia fumaça da panela que ela estava mexendo. Puxei uma cadeira da mesa da cozinha e ela se virou, o rosto afogueado pelo calor. Senhor Bender, disse. Por favor, falei, me chame de Arthur, mas me arrependi imediatamente porque sabia que era o fato de ser um estranho que permitira a ela falar com tanta franqueza. Ela não disse nada, apenas pegou uma tigela da prateleira, com a concha serviu a sopa dentro dela e enxugou as mãos no avental. Pôs a tigela na minha frente e sentou-se do lado oposto, exatamente como minha mãe costumava fazer. Eu não estava com fome, mas não havia escolha senão comer.

Depois de um longo silêncio, a sra. Fiske começou a falar de novo. Sempre achei que ela ia entrar em contato comigo. Claro que ela sabia onde morávamos. No começo, eu vivia com medo de receber um telefonema ou uma carta, ou de que ela simplesmente aparecesse na porta dizendo que tinha cometido um erro, que queria Teddy de volta. Embalando-o à noite, ou parada no escuro para o assoalho não ranger e acordá-lo, eu costumava argumentar em minha defesa. Ela me entregou o menino! E eu o aceitei. Amava-o como se fosse meu! Mas um sentimento de culpa me pesava. Ele chorava muito, o rosto contraído, a boca aberta. Estava inconsolável, sabe. O médico disse que era cólica, mas não acreditei. Achava que ele estava chorando por ela. Às vezes, em minha frustração, eu o sacudia, gritava para que parasse. Durante um momento, ele não olhava para mim, surpreso ou talvez calado de susto. Em seus olhos escuros eu via um brilho duro de determinação. E ele começava a chorar mais alto do que antes. Outras vezes, eu batia a porta e o deixava chorando. Sentava aqui, onde estou sentada agora, com as mãos nos ouvidos, até ficar preocupada porque os vizinhos podiam ouvir e desconfiar de negligência.

Mas não veio nem o telefonema, nem a carta, disse a sra. Fiske. E depois de três ou quatro meses, Teddy começou a chorar menos. Juntos, ele e eu descobrimos coisas, pequenos rituais e músicas que o acalmavam. Uma espécie de entendimento, mesmo hesitante, começou a existir entre nós. Ele aprendeu a sorrir para mim, um sorriso torto, de boca aberta, mas que me enchia de alegria. Comecei a ficar mais segura. Pela primeira vez desde que o trouxe para casa, comecei a levá-lo para passear de carrinho. Passeávamos pelo parque e ele dormia na sombra enquanto eu ficava sentada num banco, quase igual a qualquer outra mãe. Quase, mas não completamente, porque numa pequena célula escondida a cada dia — em geral ao entardecer, ou depois que eu punha o bebê para dormir e preparava um banho para mim, mas às vezes sem aviso, no momento exato em que eu tocava os lábios no rosto dele — uma sensação de fraude tomava conta de mim. Deslizava em torno de meu pescoço como um par de mãozinhas frias e num instante obliterava todo o resto. No começo, isso me encheu de desespero, disse a sra. Fiske. Eu me odiava por agir como se realmente fosse mãe dele, algo que, naquele momento lúcido, gelado, eu sentia que nunca seria. Enquanto o alimentava, dava banho ou lia para ele, havia sempre uma parte de mim que estava em outro lugar, dentro de um bonde numa cidade estranha debaixo da chuva, caminhando por um passeio enevoado à beira de um lago alpino tão grande que um grito enfraquecia e se perdia antes de chegar à outra margem. Minha irmã não tinha filhos e eu não conhecia muitas mães jovens. Às que conhecia, eu jamais ousaria perguntar se sentiam a mesma coisa. Tomava aquilo como uma falha pessoal, uma falha que tinha algo a ver com o fato de não ter, eu mesma, concebido Teddy, mas que acabou se tornando uma inadequação no fundo de mim. E, no entanto, o que mais eu podia fazer senão continuar apesar de tudo? Ninguém procurou por ele. Ele só tinha a mim. Eu fazia um enorme esforço, me desdobrando em atenções para ele a fim de compensar isso. Teddy cresceu como uma criança satisfeita, embora houvesse momentos em que eu via em seus olhos, ou pensava ver, uma expressão passageira de algum desespero acumulado havia muito, embora depois eu nunca tivesse certeza de que não fosse apenas consideração, o que, por algum motivo, sempre dá uma ligeira impressão de tristeza quando aparece no rosto de uma criança.

Nessa época, eu não me preocupava mais com a possibilidade de ela voltar para reclamá-lo, disse a sra. Fiske. Pensava nele como meu, apesar de minhas falhas, apesar da falta de atenção pela qual ele passaria a me repreender com crescente determinação, de minha impaciência com determinados joguinhos que ele queria repetir incessantemente, apesar da sensação de tédio paralisante que às vezes se impunha depois que eu o vestia e o dia se estendia diante de nós como um estacionamento sem fim. Eu sabia que ele me amava apesar de tudo isso e quando subia no meu colo e encontrava o lugar onde se encaixava com mais naturalidade, eu sentia que não existiam duas pessoas que se entendessem melhor do que ele e eu, e que devia ser isso, afinal, que queria dizer ser mãe e filho. A sra. Fiske se levantou para retirar minha tigela, pôs na pia e olhou pela janela o pequeno jardim nos fundos da casa. Ela parecia estar em algo próximo de um transe e eu não falei nada, temendo romper o clima. Ela encheu a chaleira, pôs no fogão e voltou à mesa. Vi então como parecia cansada. Fixou os olhos nos meus. O que o senhor veio procurar aqui, senhor Bender?

Pasmo, não falei de imediato.

Porque se veio para descobrir alguma coisa sobre sua mulher, não posso ajudá-lo, ela disse.

Passou-se um longo silêncio. Então a sra. Fiske disse: Eu nunca mais soube dela. Ela nunca escreveu. Às vezes, eu pensava nela. Olhava o bebê dormindo e me perguntava como ela podia ter feito o que fez. Só mais tarde vim a entender que ser mãe é ser uma ilusão. Por mais vigilante, no fim a mãe não pode proteger seu filho — não da dor, do horror, do pesadelo da violência, de trens blindados correndo depressa na direção errada, da depravação de estranhos, armadilhas, abismos, incêndios, carros na chuva, do acaso.

Com o tempo, fui pensando nela cada vez menos. Mas quando ele morreu, ela me voltou. Ele tinha vinte e três anos quando aconteceu. Achei que no mundo inteiro, só ela era capaz de avaliar a profundidade de minha dor. Mas então me dei conta de que estava errada, disse a sra. Fiske. Ela não saberia. Ela não saberia absolutamente nada sobre meu filho.

De alguma forma, consegui voltar para a estação ferroviária. Era difícil pensar com clareza. Tomei o trem de volta para Londres. Em cada estação que passávamos, eu via Lotte na plataforma. O que ela havia feito, a frieza daquilo, me enchia de horror, um horror ampliado pelo fato de que eu tinha vivido com ela tanto tempo sem fazer a menor ideia do que ela era capaz. Tudo que ela sempre me dissera, eu agora tinha de considerar sob essa nova luz.

Nessa noite, voltei a Highgate e descobri que as janelas da

frente de casa tinham sido quebradas. A partir de um grande buraco, espalhava-se uma rede delicada, magnífica, de rachaduras. Era uma coisa de se admirar, e uma sensação de assombro tomou conta de mim. No chão, do lado de dentro, entre os cacos de vidros, encontrei uma pedra do tamanho de um punho. O ar frio enchia a sala. Foi a imobilidade peculiar da cena que me chocou, aquela coisa que vem apenas depois da violência. Por fim, vi uma aranha subindo muito devagar pela parede e o encanto se quebrou. Fui pegar a vassoura. Quando terminei de limpar, preguei uma folha de plástico em cima do buraco. A pedra, eu recolhi e pus em cima da mesa da sala. No dia seguinte, quando o vidraceiro chegou, sacudiu a cabeça e disse alguma coisa sobre meninos desordeiros, malandros, era a terceira janela que quebravam numa semana, senti uma súbita pontada e me dei conta de que queria que a pedra fosse dirigida a mim, obra de alguém que queria jogar uma pedra na *minha* janela, só na minha, não em qualquer janela. E quando o pequeno sentimento de dor passou, comecei a me incomodar com o vidraceiro, com sua voz alta e alegre. Só depois que ele foi embora, entendi o quanto eu estava solitário. Os cômodos da casa me sugaram e pareciam ralhar comigo por tê-los deixado. Está vendo?, eles pareciam dizer. Está vendo o que acontece? Mas eu não via nada. Tinha a impressão de entender cada vez menos. Estava ficando difícil lembrar — ou não lembrar, mas *acreditar* no que eu lembrava que Lotte e eu fazíamos naquelas salas, como passávamos nosso tempo, onde e como costumávamos sentar. Sentei-me em minha velha poltrona e tentei invocar Lotte onde costumava sentar, na minha frente. Mas tudo ficou tocado pelo absurdo. O plástico rasgou em cima do buraco aberto e o espetacular vidro rachado ficou pendurado, suspenso. Um passo pesado ou uma rajada de vento e parecia que a coisa toda cairia em mil pedaços. No dia seguinte quando o vidraceiro voltou, eu me desculpei e saí para o jardim. Quando voltei, a janela estava inteira de novo, o vidraceiro sorrindo para seu trabalho.

Entendi então o que no fundo de mim eu tinha sempre entendido: que eu não poderia nunca puni-la o quanto ela já havia punido a si mesma. Que era eu, afinal, que nunca admitira para mim mesmo o quanto eu sabia. O ato de amor é sempre uma confissão, escreveu Camus. Mas também o é o fechar silencioso de uma porta. Um grito na noite. Uma queda na escada. Uma tosse no corredor. Minha vida inteira eu tinha tentado me imaginar na pele dela. Me imaginar na perda dela. Tentado e falhado. Só que talvez — como posso dizer isso — talvez eu *quisesse* falhar. Talvez me alimentasse. Meu amor por ela era um fracasso da imaginação.

Uma noite, a campainha da porta tocou. Eu não estava esperando ninguém. Não há mais nada nem ninguém a esperar. Deixei meu livro, marcando cuidadosamente a página com o marcador. Lotte sempre apoiava os livros abertos e quando a conheci eu lhe dizia que dava para escutar o pequeno grito agudo da lombada se quebrando. Era uma piada, mas quando ela saía da sala ou ia dormir eu pegava o livro dela e fechava com um marcador, até que um dia ela pegou o livro, rasgou o marcador e jogou no chão. Nunca mais faça isso, ela disse. E eu entendi que havia mais um lugar que pertencia a ela, o qual estava agora e para sempre proibido para mim. A partir de então, não perguntei mais sobre sua leitura. Esperava que ela comentasse alguma coisa voluntariamente — uma frase que a comovera, uma passagem brilhante, um personagem bem desenhado. Às vezes vinha e às vezes não. Mas eu não devia perguntar.

Dei alguns passos pelo hall até a porta. Desordeiros, pensei, lembrando a palavra do vidraceiro. Mas pelo olho mágico vi que era um homem mais ou menos da minha idade, de terno. Perguntei quem era. Ele pigarreou do outro lado da porta. Senhor Bender?, perguntou.

Era um homem pequeno, vestido com elegância simples. O único floreio era uma bengala com castão de prata. Parecia improvável que estivesse ali para me ameaçar ou roubar. Sim?, respondi, parado na porta aberta. Meu nome é Weisz, ele disse. Desculpe não ter telefonado antes. Mas não deu nenhuma desculpa. Gostaria de discutir uma coisa com o senhor, senhor Bender. Se não for uma intromissão — ele olhou a casa atrás de mim — posso entrar? Perguntei de que se tratava. De uma escrivaninha, ele disse.

Senti uma fraqueza nos joelhos. Estava paralisado, certo de que só podia ser ele; o homem que ela amara, a cuja sombra eu havia construído uma vida com ela.

Como num sonho, levei-o até a sala. Ele entrou sem hesitar, como se soubesse o caminho. Senti um frio atravessar meu corpo. Por que nunca me ocorrera que ele podia ter estado na casa antes? Ele foi diretamente até a poltrona de Lotte e ficou esperando. Indiquei que se sentasse quando minhas pernas cederam debaixo de mim. Nos sentamos frente a frente. Eu em minha poltrona, ele na dela. Como sempre havia sido, pensei então.

Estou interrompendo, ele disse, desculpe. E, no entanto, falava com uma compostura que desmentia suas palavras, com uma segurança que era quase intimidante. O sotaque era israelita, embora temperado, pensei, pelas vogais e tônicas de algum outro lugar. Ele parecia ter sessenta e muitos anos, talvez setenta, o que faria dele alguns anos mais novo que Lotte. Então entendi. Como não adivinhei antes? Um dos meninos a seu cargo no *Kindertransport*! Um rapaz de catorze, talvez quinze anos. Dezesseis no máximo. No começo, esses poucos anos podiam ter parecido muito. Mas com o passar do tempo, menos e menos. Quando ele tinha dezoito anos, ela teria vinte e um ou vinte e dois. Eles deviam ter em comum um elo indestrutível, uma linguagem particular, uma palavra perdida condensada em sílabas ásperas que bastava um pronunciar para o outro entender perfeitamente. Ou sem linguagem nenhuma — um silêncio que substituía tudo que pudesse ser dito em voz alta.

A aparência dele era impecável: nem um fio de cabelo fora do lugar, nem um fiapo no terno escuro. Até as solas dos sapatos pareciam lisas, como se ele mal pisasse no chão. Apenas uns minutos do seu tempo, ele disse. Depois prometo que deixo o senhor em paz.

Em paz!, eu quase gritei. Você, que me atormentou todos esses anos! Meu inimigo, aquele que ocupava uma parte da mulher que eu amava, uma parte que era como um buraco negro, que através de alguma bruxaria que nunca entendi, continha os volumes mais profundos dela.

Acho difícil descrever para outros o meu trabalho, ele começou. Não estou acostumado a falar de mim mesmo. Meu negócio sempre foi ouvir. As pessoas me procuram. Primeiro, não falam muito, mas aos poucos as coisas vão saindo. Elas olham pela janela, para os pés, para algum ponto da sala atrás de mim. Não encontram meus olhos. Porque se lembrarem que estou presente, podem não ser capazes de dizer as palavras. Elas começam a falar e volto com elas à sua infância, antes da guerra. Entre suas palavras, vejo como a luz batia no piso de madeira. Como ele alinhava seus soldadinhos debaixo da barra da cortina. Como ela arrumava as xícaras de chá de brinquedo. Estou lá com ele debaixo da mesa, Weisz continuou. Vejo as pernas da mãe trabalhando na cozinha, e os farelos que a vassoura da faxineira deixou escapar. A infância dessas pessoas, senhor Bender, porque só os que foram crianças me procuram agora. Os outros morreram. Quando comecei meu negócio, disse ele, eram sobretudo amantes. Ou maridos que tinham perdido as esposas, esposas que tinham perdido os maridos. Até pais. Embora muito poucos — a maioria achava meus serviços intoleráveis. Os que vinham quase não falavam, apenas o suficiente para descrever a cama da criancinha, ou a cômoda onde guardava os brinquedos. Como um médico, eu ouvia sem dizer uma palavra. Mas havia uma diferença: quando tudo foi dito, eu produzo uma solução. É verdade, não posso trazer os mortos de volta à vida. Mas posso trazer de volta a poltrona onde sentavam, a cama onde dormiam.

Estudei os traços dele. Não, pensei naquele momento. Eu estava errado. Não podia ser ele. Não sei como eu sabia, mas olhando o rosto dele, eu sabia. E para minha surpresa senti o gosto amargo da decepção. Havia tanta coisa que poderíamos dizer um ao outro.

Para cada um vem um deslumbramento, continuou Weisz, quando finalmente encontro o objeto com que sonharam durante metade da vida, no qual investiram o peso de sua saudade. É como um choque para eles. Desdobraram suas memórias em torno de um vazio, e de repente a coisa que faltava apareceu. Mal podem acreditar, como se eu revelasse o ouro e a prata que os romanos saquearam quando destruíram o Templo dois mil anos atrás. Os objetos sagrados saqueados por Tito que misteriosamente desapareceram, de forma que a perda cataclísmica fosse total, para que não restasse nenhuma prova que permitisse aos judeus transformar um lugar numa saudade que carregariam consigo por onde andassem, para sempre.

Ficamos sentados em silêncio. Essa janela, ele disse afinal, olhando para trás de mim. Como ela quebrou? Fiquei surpreso. Como sabe disso?, perguntei. Por um momento, cheguei a pensar se não havia algo sinistro nele que eu deixara passar. O vidro é novo, ele disse, e a massa, fresca. Alguém jogou uma pedra, concluí. Seus traços duros se abrandaram com uma expressão pensativa, como se minhas palavras tivessem despertado nele uma lembrança. O momento passou e ele começou a falar de novo.

Mas a escrivaninha, o senhor sabe — não é como outros móveis. Admito que houve momentos em que foi impossível encontrar a mesa, a arca ou a cadeira exata que meus clientes procuravam. As pistas davam num beco sem saída. Ou nem começavam. As coisas não duram para sempre. A cama que um homem lembra como o lugar onde sua alma foi arrebatada é, para outro homem, apenas uma cama. E quando se quebra, ou fica fora de moda, ou não lhe serve mais, ele joga fora. Mas, antes de morrer, o homem cuja alma foi arrebatada precisa deitar naquela cama mais uma vez. Ele vem a mim. Tem uma expressão nos olhos e eu o entendo. Então mesmo que a cama não exista mais, eu a encontro. Entende o que estou dizendo? produzo a cama. Do nada, se for preciso. E se a madeira não é exatamente como ele se lembra, ou as pernas são grossas demais ou finas demais, ele só notará por um momento, um momento de choque e incredulidade, e então sua memória será invadida pela realidade da cama diante dele. Porque ele precisa, mais do que saber a verdade, que seja a cama onde ela deitava com ele. O senhor entende? E se me perguntar, senhor Bender, se me sinto culpado, se sinto que o estou enganando, a resposta é não. Porque no momento em que o homem estende a mão e alisa a guarda da cama, para ele não existem outras camas no mundo.

Weisz se levantou, esfregou a mão na testa e massageou as têmporas. Vi o quanto parecia cansado, apesar do brilho firme dos olhos.

Mas a pessoa que procura essa escrivaninha não é como os outros, ele disse. Não tem a capacidade de esquecer nem um pouco. A memória dele não pode ser invadida. Quanto mais passa o tempo, mais nítida é sua memória. É capaz de estudar os fios de lã do tapete em que se sentava quando criança. É capaz de abrir uma gaveta de um móvel que não vê desde 1944 e saber tudo o que contém, coisa por coisa. Sua memória é mais real para ele, mais precisa, do que a vida que vive, que se torna mais e mais vaga.

Não pode imaginar como ele me persegue, senhor Bender. Telefona e telefona. Como me atormenta. Por ele, viajei de cidade em cidade, tomei informações, telefonei, bati em portas, esquadrinhei todas as fontes possíveis. Mas não encontrei nada. A escrivaninha — enorme, sem igual — simplesmente desapareceu como tantas coisas. Ele nunca mais ouviu falar dela. De poucos em poucos meses, ele me telefonava. Depois, uma vez por ano, sempre no mesmo dia. E sempre a mesma pergunta: *Nu?* Alguma coisa? E eu tinha de dar sempre a mesma resposta: nada. Então, veio um ano em que ele não telefonou. E pensei, não sem alívio, que ele podia ter morrido. Mas chegou uma carta pelo correio, escrita na data em que ele teria ligado. Uma espécie de aniversário. E então entendi que ele não podia morrer enquanto eu não encontrasse a escrivaninha. Que ele queria morrer, mas não conseguira. Senti medo. Queria encerrar meu contato com ele. Que direito tinha de me sobrecarregar com isso? Com a responsabilidade por sua vida se eu não a encontrasse, e por sua morte se sim?

E, no entanto, não conseguia me esquecer dele, disse Weisz, baixando a voz. Então comecei a busca outra vez. E um dia, há não muito tempo, recebi uma pista. Como uma pequena bolha de ar subindo do fundo de um oceano onde léguas abaixo algo está respirando. Segui a pista que me levou a outra. E outra. De repente, a trilha estava viva outra vez. Eu a sigo há meses. E finalmente, me trouxe aqui, ao senhor.

Weisz olhou para mim e esperou. Eu me agitei debaixo do peso da notícia que teria de dar a ele: que a escrivaninha que assombrara a nós dois não estava mais comigo. Senhor Bender

— ele começou a dizer. Ela pertencia a minha esposa, eu disse, só que minha voz saiu como um sussurro. Mas não está aqui. Há vinte e oito anos não está mais aqui.

Sua boca se retorceu e um tremor pareceu dominar seu rosto por um momento, depois desapareceu, deixando sua expressão dolorosamente vazia. Ficamos sentados em silêncio. Ao longe, sinos de igreja tocaram.

Ela vivia sozinha com a escrivaninha quando a conheci, eu disse, baixo. O móvel a dominava, ocupava metade do quarto. Ele fez que sim, os olhos escuros vidrados e brilhantes, como se ele também a estivesse vendo pairando sobre si. Devagar, como se usasse uma caneta preta e linhas simples, comecei a desenhar para ele o móvel e o quarto que era seu domínio. E enquanto eu falava, alguma coisa aconteceu. Senti alguma coisa pairando no limiar de meu conhecimento, algo que a presença de Weisz aproximava, algo que eu podia sentir, mas não captar. Ela sugava todo o ar, sussurrei, procurando um entendimento que estava fora de meu alcance. Vivíamos à sua sombra. Como se ela me tivesse sido emprestada de sua escuridão, eu disse, à qual ela pertenceria sempre. Como se — e então alguma coisa internamente se acendeu, quente, e quando se apagou senti o súbito frescor da clareza. Como se a morte estivesse convivendo conosco naquele quartinho, ameaçando nos esmagar, sussurrei. A morte que invadia cada canto, e deixava tão pouco espaço.

Levei um longo tempo para lhe contar a história. A expressão viva, dolorida em seus olhos e a maneira como escutava como se memorizasse cada palavra, me levaram a continuar, até que cheguei à história de Daniel Varsky que tocou nossa campainha uma noite, que atormentou minha imaginação e depois desapareceu tão depressa como tinha vindo, levando consigo a terrível e dominante escrivaninha. Quando terminei, ficamos sentados em silêncio. Então, lembrei de uma coisa. Espere um minuto, eu disse, e fui a outra sala, onde abri a gaveta de minha escrivaninha e peguei uma pequena agenda preta que eu guardava havia quase trinta anos, coberta com a caligrafia miúda do jovem poeta chileno. Quando voltei à sala, Weisz estava olhando, distraído, a janela que o vidraceiro havia trocado. Depois de um momento, voltou-se para mim. Senhor Bender, conhece o rabino do século I, Yochanan ben Zakkai? Só o nome, respondi. Por quê? Meu pai era estudioso da história judaica, disse Weisz. Escreveu muitos livros, que eu li anos mais tarde, depois que ele morreu. Nos livros, reconheci as histórias que ele me contava. Uma de minhas favoritas era sobre ben Zakkai, que já era velho quando os romanos sitiaram Jerusalém. Farto dos conflitos entre grupos dentro da cidade, ele fingiu a própria morte, disse Weisz. Os portadores de cadáveres o levaram para fora dos portões pela última vez até a tenda do general romano. Em troca de sua profecia da vitória romana, ele teve permissão de ir para Yavne e abrir uma escola. Mais tarde, nessa pequena cidade, ele recebeu a notícia de que Jerusalém havia sido incendiada. O Templo, destruído. Os sobreviventes, exilados. Em sua agonia, ele pensou: o que é um judeu sem Jerusalém? Como se pode ser judeu sem uma nação? Como se pode fazer um sacrifício a Deus sem saber onde encontrá-lo? Com as roupas rasgadas de quem está de luto, ben Zakkai voltou à sua escola. Anunciou que o tribunal que havia sido queimado em Jerusalém ressuscitaria ali, na sonolenta cidade de Yavne. Que em lugar de sacrifícios a Deus, dali em diante os judeus rezariam a Ele. Instruiu os alunos a começarem a reunir mais de mil anos de legislação oral.

 Dia e noite os estudiosos discutiram sobre as leis, e seus argumentos vieram a ser o Talmude, Weisz continuou. Tão absortos estavam em seu trabalho, que às vezes esqueciam a pergunta que seu professor tinha feito: o que é um judeu sem Jerusalém? Só mais tarde, depois que ben Zakkai morreu, foi que sua resposta começou aos poucos a se revelar, do mesmo jeito que um mural enorme só começa a fazer sentido quando nos afastamos dele: transformar Jerusalém numa ideia. Transformar o Templo num livro, um livro tão vasto, sagrado e intrincado quanto a própria cidade. Envolver um povo em torno da forma daquilo que perdeu e deixar tudo espelhar a sua forma ausente. Mais tarde, a escola passou a ser conhecida como a Casa dos Grandes, do versículo do livro de Reis 2: *E queimou a casa do Senhor e a casa do rei, como também todas as casas de Jerusalém, e todas as casas dos grandes queimou.*

Dois mil anos se passaram, meu pai me contava, e agora toda alma judaica é construída em torno da casa que queimou nesse incêndio, tão vasto que só conseguimos, cada um de nós, lembrar de um minúsculo fragmento: um desenho na parede, um nó da madeira da porta, uma lembrança de como a luz batia no chão. Mas se todas as lembranças judaicas se juntarem, se todos os fragmentos sagrados se juntarem de novo numa coisa só, a Casa se erguerá outra vez, disse Weisz, ou melhor, uma lembrança da casa, tão perfeita que seria, na essência, o próprio original. Talvez seja isso que querem dizer quando falam do Messias: uma montagem perfeita das infinitas partes da memória judaica. No outro mundo, habitaremos juntos na memória de nossas memórias. Mas isso não será para nós, meu pai dizia. Nem para você, nem para mim. Vivemos, cada um de nós, para preservar nosso fragmento, num estado de perpétuo lamento e saudade de um lugar que só sabemos que existiu porque nos lembramos de uma fechadura, de um tijolo, do jeito que a soleira estava gasta debaixo de uma porta aberta.

Entreguei a agenda a Weisz. Talvez isto ajude, eu disse. Ele a segurou um momento na palma da mão, como se avaliasse seu peso. Depois, guardou no bolso. Acompanhei-o até a porta. Se um dia puder retribuir de alguma forma, ele disse. Mas não me ofereceu seu cartão nem nenhuma outra forma de entrar em contato com ele. Trocamos um aperto de mãos e ele se virou para ir embora. Alguma coisa tomou conta de mim então e, incapaz de me controlar, perguntei: Foi ele quem mandou o senhor aqui? Quem?, ele perguntou. Aquele que deu a escrivaninha para Lotte. Foi assim que me encontrou? Foi, ele disse. Eu comecei a tossir. Minha voz saiu como um grasnido lamentável. Ele ainda...?, mas não consegui dizer as palavras.

Weisz estudou meu rosto. Pôs a bengala debaixo do braço, procurou no bolso do peito e tirou uma caneta e um estojinho de couro com um bloco de papel. Escreveu alguma coisa, dobrou ao meio e entregou para mim. Em seguida, voltou-se para a rua, mas depois de um passo parou, virou-se para olhar a janela do estúdio do sótão. Ele foi bem fácil de achar, disse, baixo, quando eu soube onde procurar.

Os faróis de um carro escuro parado na frente da casa vizinha se acenderam, iluminando a neblina. Adeus, senhor Bender, ele disse. Fiquei olhando enquanto ele descia o caminho e entrava no banco de trás do carro. Entre meus dedos tinha o papel dobrado com o nome e endereço do homem que Lotte amara um dia. Olhei os ramos negros e molhados das árvores, cujo topo ela enxergava de sua escrivaninha. O que ela teria lido neles? O que ela teria visto na trama de marcas negras contra o céu, quais ecos, memórias e cores que eu nunca veria? Ou me recusava a ver.

Guardei no bolso o papel, entrei e fechei a porta delicadamente. Estava frio, então peguei meu suéter do cabide. Pus lenha na lareira, amassei uma folha de jornal, e me agachei para soprar o fogo, até pegar. Pus uma chaleira para ferver, enchi de leite a tigela do gato e a deixei na poça de luz que a cozinha projetava no jardim. Cuidadosamente, coloquei o papel dobrado na mesa à minha frente.

E em algum lugar o outro acendeu seu abajur. Pôs a chaleira a ferver. Virou a página de um livro. Ou o botão de sintonia do rádio.

Quanto poderíamos contar um ao outro, ele e eu. Nós que colaboramos no silêncio dela. Ele que nunca ousou quebrá-lo e eu que me curvei aos limites estabelecidos, às barreiras erguidas, às áreas proibidas, que voltei o rosto e nunca perguntei. Que toda manhã estive a postos e vi quando ela desaparecia nas profundezas frias, escuras e fingia não saber nadar. Que fiz um pacto de ignorância e abafei o que me roía por dentro para que as coisas pudessem continuar como sempre tinham sido. Para que a casa não fosse inundada, as paredes não desmoronassem. Para que não fôssemos invadidos, esmagados ou dominados pelo que habitava os silêncios em torno dos quais tínhamos tão delicada e engenhosamente construído uma vida.

Fiquei ali sentado longas horas noite adentro. O fogo se abrandou. O preço que pagamos pelos volumes de nós mesmos que sufocamos no escuro. Por fim, perto da meia-noite, peguei o pedaço de papel dobrado da mesa. Sem hesitar, joguei-o no fogo. Ele se chamuscou e ardeu em chamas; por um momento, o fogo rugiu com uma nova vida e num instante estava consumado.

Weisz

Um enigma: uma pedra é atirada em Budapeste numa noite de inverno de 1944. Ela viaja no ar na direção da janela iluminada de uma casa onde um pai está escrevendo uma carta em sua escrivaninha, uma mãe está lendo e um menino está sonhando com uma corrida de patins no Danúbio gelado. O vidro estilhaça, o menino cobre a cabeça, a mãe dá um grito. Naquele momento, a vida que conhecem cessa de existir. *Onde cai a pedra?*

Quando deixei a Hungria em 1949, tinha vinte e um anos. Eu era magro, uma pessoa parcialmente apagada, com medo de ficar parada. No mercado negro, transformei o anel de ouro que encontrara num soldado morto em duas caixas de salsichas e as duas caixas em vinte frascos de remédio, e os vinte frascos em cento e cinquenta pacotes de meias de seda. Estes enviei num contêiner com outros luxos que seriam minha sobrevivência em minha segunda vida, a vida que esperava por mim no porto de Haifa, como uma sombra se detém debaixo de uma pedra ao meio-dia. No contêiner, dobradas entre várias outras coisas, havia cinco camisas de seda cortadas para me servirem como uma segunda pele, o monograma com minhas iniciais bordado no bolso do peito. Eu cheguei, mas o contêiner não chegou nunca. O turco da alfândega que ficava debaixo do Carmelo disse não ter registro dele. Atrás dele, barcos oscilavam nas ondas do mar. Um caco de sombra deslizou de uma pedra junto ao enorme pé direito do turco. Uma mulher de vestido fino beijava o chão seco, chorando. Talvez tivesse encontrado sua própria sombra debaixo de outra pedra. Vi alguma coisa brilhar na areia e peguei meia lira. Meia pode se tornar uma, que pode se tornar duas, que pode se tornar quatro. Seis meses depois, toquei a campainha da casa de um homem. O homem havia convidado seu primo e o primo, meu amigo, me trouxera junto. Quando o homem abriu a porta, estava usando uma camisa de seda e bordadas no bolso do peito estavam minhas iniciais. Sua jovem esposa trouxe uma bandeja com café e *halvah*. Quando o homem estendeu a mão para acender meu cigarro, a seda de sua manga roçou meu braço e éramos como duas pessoas tocando lados opostos do vidro de uma janela.

Meu pai era um estudioso de história. Escrevia numa enorme escrivaninha com muitas gavetas e quando eu era muito pequeno acreditava que havia dois mil anos guardados naquelas gavetas do mesmo jeito que Magda, a faxineira, guardava açúcar e farinha na despensa. Só uma gaveta tinha chave, e no meu aniversário de quatro anos, meu pai me deu uma pequena chave de latão. Eu não consegui dormir à noite, pensando o que ia guardar na gaveta. A responsabilidade era esmagadora. Muitas vezes, repassei mentalmente meus pertences mais preciosos, mas de repente todos eles pareciam inconsistentes e absolutamente insignificantes. Acabei trancando a gaveta vazia e nunca contei a meu pai.

Antes de minha esposa se apaixonar por mim, ela se apaixonou por esta casa. Um dia, ela me levou ao jardim do convento das irmãs de Sion. Tomamos chá na arcada aberta, ela amarrou um lenço vermelho no cabelo, seu perfil contra os ciprestes datava de tempos antigos. Era a única mulher que conheci que não queria trazer os mortos de volta à vida. Tirei do bolso meu lenço branco e estendi sobre a mesa. Eu me rendo, sussurrei. Mas meu sotaque ainda era pesado. De que se lembra?, ela perguntou. Depois voltamos a pé para a aldeia e no caminho paramos diante de uma grande casa de pedra com venezianas verdes. Ali, ela apontou, debaixo daquela amoreira, nossos filhos um dia vão brincar. Ela estava só flertando, mas quando me virei para olhar onde seu dedo apontava, vi um raio de luz brilhar na sombra abaixo dos galhos da velha árvore e senti dor.

Meu negócio progrediu, o negócio que eu havia começado com uma cômoda de nogueira entalhada que comprei barato do turco da alfândega. Depois, ele me vendeu uma mesa com asas dobráveis, um relógio de mesa de porcelana, uma tapeçaria flamenca. Descobri que tinha certos talentos; desenvolvi uma habilidade. Das ruínas da história, eu tirava uma cadeira, uma mesa, um gaveteiro. Fiz um nome para mim, mas não esqueci do raio de luz debaixo da amoreira. Um dia, voltei à casa, bati na porta e ofereci ao homem que morava lá uma soma que ele não tinha como recusar. Ele me convidou para entrar. Nos cumprimentamos em sua cozinha. Quando vim para cá, ele disse, o piso ainda estava coberto com as cascas de pistache que o árabe havia comido antes de fugir com a mulher e os filhos. No andar de cima, encontrei a boneca da menina, ele disse, com cabelo de verdade, que ela havia trançado amorosamente. Durante algum tempo, guardei-a, mas um dia os olhos de vidro começaram a me olhar de um jeito estranho.

Depois, o homem me deixou passear pela casa que seria a nossa casa, dela e minha. Fui de quarto em quarto, procurando o certo. Nenhum servia. E então, abri uma porta, e o encontrei.

Quando voltei para a casa em que cresci em Budapeste, a guerra havia terminado. O lugar estava imundo. Os espelhos quebrados, havia manchas de vinho nos tapetes, na parede alguém havia desenhado com carvão um homem sodomizando um burro. E, no entanto, a casa nunca havia sido tão meu lar como em sua profanação. No chão de seu armário saqueado, encontrei três mechas do cabelo de minha mãe.

Trouxe minha esposa para a casa que ela amou antes de me amar. É nossa, eu disse. Caminhamos pelos corredores. Uma casa construída para as pessoas se perderem dentro dela. Nenhum de nós mencionou o frio. Quero pedir uma coisa, eu disse. O quê?, ela perguntou, distraída, sem fôlego. Quero um quarto para mim, eu disse. O quê?, ela repetiu, mais fraco. Um quarto só para mim, em que você não vai entrar nunca. Ela olhou pela janela. O silêncio se desenrolou entre nós.

Quando eu era menino, queria estar em dois lugares ao mesmo tempo. Era uma obsessão minha, falava disso sem parar. Minha mãe ria, mas meu pai, que levava com ele dois mil anos onde quer que fosse, do mesmo jeito que outros homens levam um relógio de bolso, pensava diferente. Em meu desejo infantil ele via o sintoma de uma doença hereditária. Sentando junto à minha cama, destruído por uma tosse que não conseguia curar, ele lia para mim os poemas de Judah Halevi. Com o tempo, o que começou como uma fantasia se transformou em uma convicção profunda: quando estava na cama, eu sentia meu outro eu caminhar pela rua vazia de uma cidade estranha, tomar um navio ao amanhecer, rodar no banco de trás de um carro preto.

Minha esposa morreu e eu deixei Israel. Um homem pode estar em muitos lugares mais. Levei meus filhos de cidade em cidade. Eles aprenderam a fechar os olhos em carros e trens, a dormir num lugar e acordar em outro. Ensinei-os que qualquer que seja a vista da janela, o estilo da arquitetura, a cor do céu ao anoitecer, a distância entre você e você mesmo permanece imutável. Eu sempre punha os dois para dormir no mesmo quarto, ensinei-os a não ter medo quando acordavam no meio da noite sem saber onde estavam. Se Yoav chamava e Leah respondia, ou se Leah chamava e Yoav respondia, os dois podiam voltar a dormir sem precisar saber. Desenvolveu-se uma ligação especial entre eles, minha única filha e meu único filho. Enquanto eles dormiam, eu mudava os móveis de lugar. Ensinei-os a não confiar em ninguém além de si mesmos. Ensinei-os a não ter medo quando iam dormir com a poltrona num lugar e acordavam com ela em outro. Ensinei-os que não importa onde se põe a mesa, contra qual parede se encosta a cama, contanto que você sempre guarde suas malas em cima do armário. Ensinei-os a dizer: vamos embora amanhã, como meu pai, um estudioso de história, havia me ensinado que a ausência de coisas é mais útil que sua presença. Embora muitos anos mais tarde, meio século depois de sua morte, eu, parado em cima de uma amurada marítima olhando o recuo das ondas, tenha pensado: útil para quê?

* * *

    Anos atrás, quando comecei meu negócio, recebi um telefonema de um velho. Ele queria meus serviços e mencionou o nome de um conhecido comum que havia me recomendado. Me disse que não viajava mais; de fato, raramente saía do quarto onde morava à beira do deserto. Aconteceu de eu estar passando não longe da cidade onde morava, então disse a ele que iria vê-lo pessoalmente. Tomamos café. Na sala havia uma janela e no piso uma meia-lua escura de anos esquecendo de fechar a janela na chuva. O homem viu que eu estava olhando a mancha. Nem sempre vivi assim, ele disse. Tinha outra vida, em outros países. Conhecia muita gente e descobri que cada um tinha o seu jeito de lidar com a realidade. Um homem tem de aceitar um chão manchado pela chuva numa casa à beira do deserto, ele disse. Mas para outro, a própria contradição é a forma que a aceitação toma. Concordei com um gesto da cabeça e tomei meu café. Mas tudo o que entendi foi que lamentava uma mancha no chão de uma chuva que caía numa cidade aonde ele não ia havia anos.

    Meu pai morreu cinquenta anos atrás numa marcha de morte ao Reich. Agora me sento nesta sala em Jerusalém, uma cidade que ele apenas imaginou. Sua escrivaninha está em um depósito em Nova York, e minha filha tem a chave. Admito que não previ isso. Subestimei sua coragem e determinação. Sua astúcia. Ela achava que estava me renegando. Em seus olhos, vi uma dureza que nunca tinha visto. Ela estava aterrorizada, mas sua mente estava desperta. Levou algum tempo, mas acabei vendo o sentido daquilo. Eu próprio não poderia ter inventado um fim melhor. Ela descobriu uma solução para mim, embora não fosse aquela que nenhum de nós dois pretendia.

O resto era simples. Tomei um avião para Nova York. Do aeroporto, tomei um táxi para o endereço ao qual havia mandado minha filha recuperar a escrivaninha. Falei com o zelador. Era um romeno e eu sabia me fazer entender por ele. Ofereci cinquenta dólares para ele lembrar do nome da companhia que havia levado a escrivaninha. Ele não lembrou. Ofereci cem e mesmo assim não lembrou. Por duzentos dólares, sua memória voltou com ofuscante clareza; me deu até o número do telefone. De seu pequeno escritório miserável no porão, onde suas roupas estavam penduradas num cano, fiz o telefonema. Falei com o gerente. Claro que me lembro, ele disse. A moça disse uma escrivaninha, mandei dois homens que quase quebraram as costas. Eu disse que gostaria de saber para onde mandar a gorjeta que mereciam. O gerente me deu seu nome e endereço. Depois me deu o endereço do depósito onde seus homens haviam entregado a escrivaninha. O romeno chamou outro táxi para mim. A inquilina que era dona da escrivaninha, ele disse, ela foi viajar. Eu sei, respondi. Como sabe? Ela me procurou, eu disse, e então o motorista partiu, deixando o romeno parado na rua.

O depósito ficava perto do rio. Dava para sentir o cheiro do lodo e no céu cinza e desbotado, gaivotas flutuavam no vento. No escritório dos fundos, encontrei uma moça pintando as unhas. Ela fechou o vidro de esmalte quando me viu. Sentei na cadeira diante da mesa. Ela se endireitou e abaixou o volume do rádio. Um dos recintos deste local está registrado sob o nome de Leah Weisz, eu disse. Contém apenas uma escrivaninha. Eu lhe dou mil dólares se me deixar sentar a essa escrivaninha durante uma hora.

Ela nunca terá filhos, a minha filha. Sei disso há muito tempo. A única coisa que ela deixa escapar de si mesma são notas musicais. Começou quando era criança: *pling plong pling plong*. Nada mais pode vir dela. Mas Yoav — existe em Yoav alguma coisa sem resposta, e sei que haverá uma mulher para ele, talvez muitas mulheres, em quem ele se despejará para encontrar uma resposta. Um dia, nascerá uma criança. Uma criança cuja origem é a união entre uma mulher e um enigma. Uma noite, enquanto o bebê estiver dormindo no quarto, sua mãe sentirá uma presença do lado de fora da janela. Primeiro, vai achar que é apenas seu reflexo, desarrumada em seu roupão manchado de leite. Mas um momento depois, sentirá a presença de novo e, de repente, temerosa, vai acender a luz e correr para o quarto do bebê. A porta de vidro do quarto estará aberta. Em cima da pilha das roupinhas brancas do bebê a mãe encontrará um envelope com o nome dele, escrito em letra pequena e caprichada. Dentro do envelope haverá uma chave e o endereço de um depósito em Nova York. E lá fora, no jardim escuro, a grama molhada irá se endireitar devagar, apagando as pegadas de minha filha.

Abri a porta. A sala é fria e não tem janelas. Por um instante, quase acreditei que ia encontrar meu pai curvado sobre a escrivaninha, a caneta deslizando sobre a página. Mas a tremenda escrivaninha estava sozinha, muda e incompreensível. Três ou quatro gavetas abertas, todas vazias. Mas aquela que eu havia trancado em criança, continua trancada sessenta e seis anos depois. Estendi a mão e passei os dedos pela superfície escura da escrivaninha. Havia alguns riscos, mas fora isso, os que a usaram não deixaram marcas. Eu conhecia bem aquele momento. Quantas vezes o tinha testemunhado em outros, e no entanto quase me surpreendia agora: a decepção, depois o alívio de alguma coisa finalmente afundar.

ESTA OBRA FOI COMPOSTA PELO GRUPO DE CRIAÇÃO EM ELECTRA E
IMPRESSA PELA RR DONNELLEY EM OFSETE SOBRE PAPEL PÓLEN SOFT
DA SUZANO PAPEL E CELULOSE PARA A EDITORA SCHWARCZ
EM MAIO DE 2012